U0919053

读来读往

——关于书人书话的读书笔记

孙重人 著

湖南文艺出版社
HUNAN LITERATURE AND ART PUBLISHING HOUSE
博集天卷
CS-BOOKY

图书在版编目（CIP）数据

读来读往/孙重人著.—长沙：湖南文艺出版社，2011.7
ISBN 978-7-5404-5003-8

Ⅰ.①读… Ⅱ.①孙… Ⅲ.①杂文集－中国－当代
Ⅳ.①I267.1

中国版本图书馆 CIP 数据核字（2011）第 106505 号

上架建议：文学·书话

读来读往

作　　者：孙重人
出 版 人：刘清华
责任编辑：丁丽丹　刘诗哲
监　　制：刘　丹
特约编辑：袭村野
装帧设计：异一设计
出版发行：湖南文艺出版社
（长沙市雨花区东二环一段 508 号　邮编：410014）
网　　址：www.hnwy.net
印　　刷：北京嘉业印刷厂
经　　销：新华书店
开　　本：787×1092　1/32
字　　数：288 千字
印　　张：12
版　　次：2011 年 7 月第 1 版
印　　次：2011 年 7 月第 1 次印刷
书　　号：ISBN 978-7-5404-5003-8
定　　价：32.00 元
（若有质量问题，请直接与本社出版科联系调换）

目录
contents

书·收藏

书·书人

书·书店/书展

书·小说

写在前面　收藏书之记忆

通过阅读和思考，过去会变成现在；“过去”是对一切人都开放的书架，是取之不尽的源泉，我们采取适当的措施就能从中有所收获。

——托马斯·布朗，1642年

记忆湮渺，只留一片鸿蒙的汪洋。

阅读“专业读者”唐诺先生的《文字的故事》一书，探究文字的起源，给我留下最深刻印象的，便是上述这句话。我的这册关于书人书话的读书笔记，便是试着收藏几缕关于阅读、关于书籍、关于出版与人的记忆。

在蒙昧初开的年代，作为书写体系之文字，犹如“投射到幽暗深井里的一缕光”，为人类把记忆、对话和思维置于一己之外，提供了一种全新或全面可能的保存形式。大约五千年前，在西亚美索不达米亚的某个黄昏，苏美尔人在黏土上雕刻了楔形文字；在北非水草丰美的尼罗河三角洲，古埃及人也摸索出了象形文字的初始表达。正是这些泥土、骨头，以及后来的莎草和皮草等载体，赋予了美索不达米亚、埃及以及爱琴海非比寻常的力量，映照出人类文明的曙光。文字、字母以及分析逻辑体系的建立，使书面语言的推广成为可能，由此构建了当时社会最具生产力的真正的书写文化。公元4世纪，古埃及的奴隶们把以纸莎草为原材料制成的纸合成卷轴，然后，“书记员”们用芦苇笔在纸莎草纸上奋笔疾书。卷轴书可能成为了人类历史上最早的“狭义”上的书籍。

> 一本书用树皮制成……书从这里取了名字。虽然这书充满了并不真正是文学的内容，但我怀着极大的热情欢迎它，因为它纯粹、神圣、古色古香……

15世纪，意大利文学者这样颂扬书籍的诞生。

1455年，是书籍发展史上的一次大转折。这一年，德国人古登堡发明了铅活字版机械印刷术，印制了真正意义上世界第一本印刷书——《圣经》。50年后，欧洲印刷书的规模达到2.6万种。而这2.6万个品种，便是当今书籍收藏者们眼中弥足珍贵的“摇篮本”。文艺复兴时期，意大利人创造了自己的大、小写字母体系——罗马体铅字，从而迎合了滥觞于亚平宁半岛的人文主义思潮。

走出混沌，曙光呈现，智慧通达，一个“知识的世界”轮廓初成。

15世纪末至16世纪初的欧洲，书籍再也不是昂贵的消费品。印刷书，让书籍成为了大众学习知识、掌握学问的基本工具；阅读，也不再是痛苦历史的解读，成为了读者一种美妙、纯粹的享受。

1507年，康拉德·沃德塞缪勒出版《天体论》，之后，他又绘制了《新大陆地图》和《航海地图》，新知识借助出版业迅速流传。这是人类一次大发现时期，哥伦布著述了《关于新发现群岛的信》，哥白尼出版了《天体运行论》。此外，L.富士的《植物采集》、A.维萨尔的《解剖学》、盖斯内的《动物学》以及阿格里科拉的《地质学》等自然与社会科学著作也纷纷问世。沧海桑田，从路德论纲到基督新教，从哥白尼宇宙学说到向新大陆、向太平洋扩张。书籍，带着冒险精神，为读者开启了一个崭新的世界。

在印刷书的故乡，德国人对印刷书的贡献在继续。书贩们用马驮、手推或马车载着皮草包装的书籍，穿梭于乡村、小镇推销叫卖。这时，交通地位得天独厚的法兰克福，逐渐成为图书集散中心。法兰克福书展，六百年芳华由此绽放。书籍在欧洲成为了人们的精神食粮。

英国女王伊丽莎白曾这样描述自己的阅读——“我多次走进美妙的圣地，阅读绿色草叶般优美的语言，品尝其中的美味，细细地咀嚼回味，最后将它珍藏在记忆中。”……

阅读，让人们在浊世中实现了对精神故乡的回望。

与此同时，书籍设计制作工艺逐渐融入西方艺术的源流。16世纪，哥特式风格通过“讲究尺寸的合适”，表达了“用古希腊、古罗马文化的启发性短小格言，或者配上一幅象征性的雕刻作品”的书籍制作风格。17—18世纪的巴洛克风格，抛弃了单纯、和谐和稳重的古典风范，传承了文艺复兴时期确定的“错觉主义再现传统”。之后的新古典主义确定了书籍设计、制作“只有重要的并值得推敲的主题才印刷在质量上乘、具有新特性的纸张上”的新主张。抛弃无用装饰，革新制作技术，追求朴实无华，强调纯粹至上，新古典主义从而奠定了现代印刷书发展与风格形成的基础。

经过19世纪工业革命洗礼，书籍在印刷、插图、装饰和装订等方面逐步实现现代化。

在幼发拉底河和底格里斯河冲积平原上，经年累月，美索不达米亚的农耕者和狩猎者创造了人类历史上最早的一批神和神话，口耳相传出《吉尔迦美什》——世界上最早的一部长篇史诗。《伊里亚特》和《奥德赛》成为盲诗人荷马留存的古希腊史前历史的记忆，是西方文学最早的壮阔吟唱。

公元前600年至前400年，中国的孔子、印度的释迦牟尼、希腊的苏格拉底以及西亚地区形成的《圣经·旧约》雏形，在地球的四个方位几乎同时诞生。它们有如四根“擎天柱”，撑起了古典时代——一个以“思想”、“信仰”（宗教）和“规则”为支柱的精神大厦。

但丁《神曲》的问世，预示了新纪元的“天启”。于是，欧洲文艺复兴运动向人们展示了一幅幅五彩斑斓的人文图画。由意大利开始，从彼特拉克到薄伽丘，从拉伯雷到塞万提斯，当威廉·莎士比亚登上文学舞台的时候，文艺复兴运动达到了巅峰。

法国引领了启蒙文学的潮头。

17、18世纪，是莫里哀、弥尔顿、笛福、斯威夫特、卢梭和歌德们的时代。

查尔斯·兰姆在白兰地和烟草的熏陶下，如真似幻般地构思《伊利亚随笔》；威廉·哈兹里特在浓茶的影响下，一泻千里地写出《燕谈录》。人们沉迷于19世纪兰姆和哈兹里特的文学梦幻之中。

大众阅读，完全成为了19世纪个人的、私密的令人意动神摇的事情。

海莲·汉芙就是这样一个书痴。她在自己的书信札记《查令十字街84号》一书中，声称自己“一心一意醉心于寻找维多利亚时代的情怀”。《纸房子》记录了一位“病入膏肓的嗜读者”布劳尔。19世纪的小说成为布劳尔收藏的至爱。《坐拥书城》中，藏书家维克托·尼德霍夫谈了自己的收藏经历，他说，自己就像静杵在书架上的某本19世纪的小说。

20世纪初，一位弱女子在巴黎创办“莎士比亚书店”，她就是——西尔薇亚·比琪。从此，莎士比亚书店成为了美国“迷惘的一代”作家们在巴黎的“据点或专属俱乐部”。詹姆斯·乔伊斯的《尤利西斯》在莎士比亚书店出版后，掀起了20世纪波澜壮阔的出版潮。

在俄罗斯，绥青从木版画印刷起步，秉承“有趣和便宜”的原则，为书籍奋斗一生；两位法国出版人：米歇尔和伽利玛通过卓越的努力，成就了大批诺贝尔、龚古尔文学奖作家和作品；贝内特·瑟夫则突破了《尤利西斯》进入美国的法律障碍，颠覆了美国保守、严格的图书审查制度。通过创新、自由、自主、多样和以读者为中心的理念推动，贝内特引导了兰登书屋乃至整个美国出版业的“第二次革命”。英国“最有创意、最富有冒险精神，也最有新闻价值”的出版人是汤姆·麦奇勒。他获得了20世纪“英国最重要的出版人”的荣誉。20世纪40年代中期至80年代初的30余年，被誉为美国出版业“图书为王，文字当道”的“黄金时代”。书籍，迎来了自诞生以来人们最爱的时代。

20世纪的出版业，是精彩纷呈的一百年。福尔斯的《法国中尉的女人》，表现了一种对解构“真实”的探索；博尔赫斯的《交叉小径的花园》，尝试使用了侦探小说的结构；“黑色幽默”代表人物冯尼古特的《五号屠宰场》，采用了科幻小说的样式；新小说派代表性作家罗伯·格里耶在《去年在马里安巴》一书中则从视觉文化的角度，尝试了用电影的形式表达自己的新思想。20世纪更是文学创作风起云涌的时代。这一百年，自然科学的发展在不断刷新物质文明面貌的同时，也不断冲击和改变了人们的思维方式和价值判断。文学创作，更加关注人类自身的困惑和矛盾，以及面对生存状况的失落感和危机感。于是，劳伦斯通过《查泰莱夫人的情人》，鲜明地提出反工业化主张，歌颂了自然和生命力；菲茨杰拉德通过《了不起的盖茨比》，描写了青年一代的追求、幻灭和痛苦。对当代都市的厌烦与疏离，索尔·贝娄在《洪堡的故事》中进行了淋漓尽致的刻画，人们需要追求高于现实的精神生活，期望在混乱的世界中找到一席生存之地；纳博科夫的《洛丽塔》，试图提醒人们的是不能忽视心理病态的危险性；蕾切尔·卡逊通过《寂静的春天》，惊世骇俗地发表了关于对环境问题的预言；约瑟夫·海勒的《第二十二条军规》，运用“黑色幽默”和超现实主义手法，以丑为美对现实进行了深刻的揭露和批判。

20世纪，阅读回到了对现实的关注，人们找寻的是失去家园的灵魂。

阅读斯图尔特·凯利《失落的书》，深刻体味了他对书籍两个主题“脆弱和永恒”的独到见解。他说，从书籍诞生的那天开始，人类就试图通过文字和书写来寻求永生，“被记录”俨然成了天地间最具诱惑力的许诺。在我看来，从根本上说，书籍还是脆弱的。即使在书写社会，也难免不发生煮鹤焚琴之类的事。巴比耶在《书籍的历史》、费希尔在《阅读的历史》，以及曼古埃尔在《阅读史》中都无一例外地对此进行了记录与评判：历史上亚历山大图书馆在传说的大火中“沉默”；毕达哥拉斯的著作被雅典人烧毁；古罗马皇帝圣·奥古斯都对盖厄斯·科尔内留斯和奥维德进行封杀；西班牙人在新大陆销毁玛雅文明和阿兹特克文明的典籍；纳粹德国在“二战”期间，将书籍当众焚烧。即使在今天，萨德·伊斯康德的日记还在记录伊拉克国家图书馆遭受战火之苦的困扰与痛苦。卡夫卡在临终前吩咐朋友，要将自己的全部作品焚毁。于是，脆弱的书，变得“像露水一样短暂，像深秋的落叶一样不堪一击”。

传统，或者说固有的观念，也排斥着书。当弗洛伦斯·格林夫人在小镇哈堡，满怀信心地准备把开书店这件事情“当做对书籍本身蕴涵力量的赞美”去努力的时候；当菲奥纳·斯威尼怀着极大的热情去到“米帝帝玛”那个“尘中生长之物”地方的时候。

异化，从书籍诞生之日起就从来不曾停止。

20世纪，既是书籍生产登峰造极的时代，又是出版物被商品化、市场化的过程。当影片《查令十字街84号》主人公海莲·汉芙终于站在查令十字街深情地呼唤“弗兰克，你还在吗”的时候，“马克斯与科恩书店”的确已经一去不复返了。爱书的纽约穷作家与伦敦二手书店职员之间长达20年书信往来呈现的故事，直抵灵腑，令人辛酸。针对今天的出版现状，汤姆·拉伯说，我真的不希望因为恺撒说过“I came，I saw，I conquered （我来，我看，我征服）”的名言，就可以趁热推出他麾下战将们的名人系列传记——《我来了，我看了，我征服了》《我看了，我来了，我征服了》《我征服了，我来了，我看了》……

但事实往往就是这样。

20世纪是信息的时代，源于中叶的信息革命，引领了新媒体的发展。“日本书店业最后一个平稳和幸运的年代”已于20世纪90年代初便宣告结束。

数字化技术与产业的结合，引发了书籍制作、载体上的自印刷书诞生以来最深刻的变化。现代性阅读、书写与计算机、互联网之间建立了一种新的需求与技能。在新媒体的冲击下，传统出版业已经无一幸免，包括像贝塔斯曼集团这样的出版传媒巨头。进入新世纪，“电子书”凭借在形态、内容和阅读的方便性等方面呈现的新面貌，成为了书籍的新载体。

人们对互联网的应用已轻车熟路，出现了网络创作、远距离编辑和排版，甚至按需出版。今天，人人都可以是自己的“出版商”。某网站推荐了许多“网络礼节”用语，其中“Fingers Crossed（愿老天帮忙）”缩写成用“FC”表示；一些网民在电子信件中用“：）”这个符号表示“哈哈”；用“：{”表示“我是吸血鬼（贪财）”。看来，一般读者要弄懂这些符号的意义，还真要靠“老天帮忙”。的确，变化就是这样快。现在的手机和iPad等电子产品已经变得有能力不断拓展业已取得的成就。据说日本就有人将其用于创作或推广小说。网络变得可以移动，能够穿越时空。……

法国当代电影泰斗让-克洛德·卡里埃尔在《别想摆脱书》一书中说：“没有什么比持久的载体更暂时。”他举例说，我们今天可以读到一本五个世纪之前的印刷书，却无法看到或读到一张几年前的录像带或光盘。18世纪，欧洲的贵族们外出时喜欢将旅行读物装进小箱带在身边，三四十册，小开本。其实，贵族们的这种行为与今天人们用U盘或其他方式存储资料的原理是相同的，只是那些书没有这么大的容量。意大利著名学者安贝托·艾柯说，16世纪的一位威尼斯印刷商人阿尔多·马尼斯构思了一种便于携带的袖珍书，人类从未发明过比这更有效的信息传播方式。他认为，即便是现在电脑的存储量可以达到几十兆，但它依然需要电源，而书没有这个问题。

安贝托·艾柯坚定地认为：“书优越于文化工业近年来投入市场的任何产品。”我以为，这是艾柯的自我安慰。安妮·法迪曼在《闲话大小事》一书中，针对“小品文”这种文体风格已经“沉落到西天地平线”的状况，唱了一曲“温婉哀歌”。或许，印刷书时至今日也将成为一曲温婉的哀歌，因为任何读者都无法拒绝未来快捷、便携或廉价的“电子书”的诱惑。

时光还在流转，关于书的记忆将如何收藏？

书·书话/阅读

书籍的前世今生

——《书籍的历史》（外二部）

在中国河南舞县贾湖遗址发掘的距今8000年的甲骨契刻符号，具备了文字的雏形，或者说可能就是中国甚至世界最早的文字；公元前3300年在美索不达米亚（苏美尔）出现了刻于黏土上的图画表达，是楔形文字诞生的前兆；公元前2000年居住在东地中海地区的腓尼基人发明了一种22个符号的文字体系；公元前10世纪末，希腊字母逐渐形成……

公元前2世纪前后，西汉初期，中国陕西出现了"灞桥纸"和"中颜纸"；隋至唐朝初年，雕版印刷在中国开始盛行，再到北宋庆历年间（1041—1048年），布衣毕昇发明活字版印书；公元9世纪，中国的造纸术传入阿拉伯国家，12世纪又从阿拉伯传入了欧洲，到14世纪晚期，纸张开始在欧洲被广泛使用并于15世纪中叶全面取代羊皮纸。

纸张催生了印刷术的发明和印刷业的兴起，带来了出版的发展，使书籍从手抄本时代进入印刷品时代。

之一：古登堡的革命

——1450年前后的转折

德国，距离法兰克福不远，在莱茵河南岸，有一座美丽的小城，叫美因茨（Mainz），是欧洲印刷业的摇篮。约翰（海纳）·根弗雷希·祖尔·拉顿便出生在这里，因为他的诞生地（Zum Guten Berg）在美丽山，故称古登堡。

在欧洲，约翰内斯·古登堡（Johannes Gutenberg，约1400—1468）被公认为铅活字印刷发明第一人。发明时间为1450年前后。

那时候，一些不寻常的“抄本”[①]已经在西欧出现。这些“抄本”虽然外观与传统的手抄本相去不远，但字迹却是利用印刷机器“压印”在纸上，这是印刷书发明的前兆。

1455年，在德国斯特拉斯堡发生的一起诉讼案将古登堡送上了被告席。诉讼案的起因源于古登堡的印刷实验，因为资金不足，在1450年那年，古登堡向富裕的乔安纳·福斯特贷款800弗罗林（金币单位），后又借了300弗罗林用于对印刷术发明的最后投资。就在距离实验成功只差一步之时，福斯特突然状告古登堡违约，最终法庭判令古登堡偿还贷款及利息。1457年，福斯特与合作伙伴比特·舍费，印出了欧洲第一本有出版日期记载的印刷书《美因茨圣诗集》。《美因茨圣诗集》是否就是第一本印刷书？之后出现了争议。大多数研究者认为，虽然古登堡因为诉讼案遇到了资金问题，但印制书籍的努力并没有放弃，而且可能在1455年，或者说至少在1456年就出版了自己的印刷作品——《四十二行圣经》[②]。后人考证观点有很多，但具有说服力的有两点。其一，“古登堡与历史典型天才人物一样，穷岁月之所得仍不免遭人强夺”。意思是说，为了争印刷书的第一本，古登堡有遭强人所夺的疑点。如此，古登堡则应该当仁不让。其二，从《美因茨圣诗集》印制效果判断，该书品相甚佳，“绝非初试啼声之作”。意思是，作为第一本印刷书，不可能达到如此完美无瑕的程度。因为古登堡的印刷书均没有印制出版时间，所以，一时众说纷纭，成为谜团，成了悬案。这里，我们姑且不去探讨谁是第一，但古登堡印制的《四十二行圣经》一书，的确被誉为了“欧洲第一本伟大的书”。古登堡《四十二行圣经》的诞生，堪称欧洲乃至世界印刷史上一次伟大的革命，标志着书籍进入了印刷书的时代。

在技术方面，当年“古登堡的主要发明并不是印刷机，而是铸造机以及活字生产的冶金技术”。它的基本原理是每一个活字的线条均通过铜制的软金属印模凸刻出来，再用锤子敲击铸成。这种工艺，后来虽然有过不断改进，但整体技术却没有大的变化，而且一直沿用至18世纪末的工业革命前夕。

古登堡印制的最早的摇篮本[③]，从书籍样貌上看，与之前的手抄本并无大的不同。古登堡最初印制书的目的，并非以创新为宗旨，而是希望尽可能复制出最像传统手抄本样式的书籍。以《四十二行圣经》为例，其“字体便忠实地再现了莱茵区弥撒经本所用的手写字迹”。16世纪以后，五花八门的印刷字体才逐渐归一，直至最终由新兴的罗马体铅活字替代，才成为欧洲多数地方印书的主流。罗马体的统一，标志着象征人文主义精神的发扬光大。与此同时，印刷书的诞生，也使书籍的书名页、牌记、印刷铺印记、内文呈现、开本、插图、装帧形式等载体发生了质的飞跃。

诞生于莱茵河中游河谷的欧洲印刷业，以西欧这片山脊为出发点并呈同心圆状扩散，迅速覆盖了整个欧洲大陆。在意大利，1469年，威尼斯很快成为了印刷中心，印制的书籍达到4500多种。在法国，巴黎“金色阳光”印书馆，出版了大量神学、宗教与哲学方面的著作，如基·德蒙特罗谢的《自我拯救》，雅克·德沃拉吉的《圣徒传》以及拉丁文版《圣经》（1476）。里昂则成为了第二大印刷中心。在英国，富商威廉·坎克斯顿转投印刷业，在1472—1473年间，印制了第一部英文版图书《特洛伊城故事》，并于1476年在伦敦建立了第一家英国印书馆。到15世纪末，印刷业已遍及欧洲250多个城市，出版图书2.6万种，到16世纪，图书出版总量已近18万种。

从15世纪中叶开始，在西方社会，印刷书正式开始为人类服务。

回溯印刷书诞生之前的年代。在12世纪，一种新的“羊皮”，通过商人与阿拉伯国家的贸易在意大利出现，“羊皮书”成为当时主要的书籍形式。

纸张自西班牙的阿拉伯人统治区传入后，首先在热那亚出现，然后开始运抵意大利的各个港埠，并在欧洲许多国家开始使用。但由于纸张脆弱、不耐久的缘故，统治者们禁止用它来颁布谕令，因此使用范围受到局限。14世纪早期，在意大利法彼雅诺地区，出现了早期的造纸业者，也开始有了造纸厂，产业化使造纸术迅速传遍欧洲成为了可能。这时，随着使用用途的拓宽，供应的增加，纸张开始逐步取代羊皮。造纸厂的位置对印刷铺的影响在法国得到了充分的体现——里昂成为了一个印刷铺林立的城市。15世纪初，当时的雷贝家族便是一个投身于造纸与印刷相关产业的典型家族，这个家族的相关产业遍布法国、德国各地。不仅如此，雷贝家族甚至孕育了后来16、17世纪技术更精熟的一批雕刻师与铸字工匠。

在传统的欧洲，本质上是一种贵族社会。印刷术发明前后，谨守的依然是一种长期的文化与传统，认定学习仅仅是某些社会团体独享的权利。从罗马帝国沦亡到12世纪的700年间，修道院与其他一些相关教会机构，独占了书籍的生产，并且独享书籍文化。13世纪初，这种局面开始变化，知识生活的中心，开始走出修道院。在大学，学者、教师、学生与工匠和技师合作，创造了充满生机的制书业。这时，新大学的创建，催生了新的阅读群体。虽然这些新读者可能还是以神职人员为主体，但派生出了更多的“阅听众”。读者多了，作者也就不再烦恼如何将作品公之于世，作者群体得以专心创作他们的诗歌或者其他作品。

12世纪末至13世纪初，在抄誊工坊发展成熟之前，亚里士多德的拉丁文作品已经传遍欧洲。此时的抄写员，面对与日俱增的需求，不得不改善制作方法，这就使得一些工坊的作业，与近代标准化的生产更加类似。成书于1356年的《曼德威尔爵士游记》，在印刷成众多不同版本之前，已然广获传抄。这时，印刷术的催生已在悄然孕育之中。

印刷书源于木刻版。欧洲最早的木刻版画，可追溯至14世纪甚至更早，当时的法国勃艮第，此种行业就已相当盛行。15世纪初，木刻版画行业快速成长。版画与雕版书的成功，使人们预见了印刷更加理想的方法。古登堡的印刷热情，就源于雕版书广泛通行后的激励。

古登堡技术革新的主要成果在于系列地制造了规格化活字，实现了印刷机垂直与水平运动方式。尽管古登堡使用的是一台木制印刷机器，却开启了机械方式复制书籍的先河。

15世纪中叶出现的印刷书，使书籍制作实现了从手写向印刷时代的过渡，而且从16世纪初开始，逐渐摆脱了手写体书具体形式的束缚。公众的参与使书籍印制种类越来越丰富，新的文本分布方式使阅读进入了一个更高的层次。

印刷书导致的变化还体现在书籍印制的内容方面。最早的，必然都是当时的畅销书。首先是《圣经》及其评论等出版物；其次是教会法的论著，法律、教学用书以及经典著作等。印刷的方便，也推动了印刷品写作语言上的通俗化。约翰·蒙特林于1465—1466年在斯特拉斯堡出版了第一部通俗语言版《圣经》。S.布兰特（Sebastian Brant）的《愚人船》也为了扩大影响力而加大了印量，并被译成当时的国际语言拉丁语发行。出版商安东·科贝热出版发行了H.舍代尔的《书籍编年史》，成为当时第一本畅销书。科贝热为了做好这本书，雇用了当时德国最伟大的艺术家米歇尔·沃尔格姆刻画1809幅，成为当时人们热衷的收藏品，发行量达到1800册。这时的书籍，已基本呈现出现代书籍之雏形——与手写本传统书籍相比——作品布局设计新颖，拼版与篇章开头漂亮，雕刻字母衔接紧密，有了书眉与页码，插图丰富了书籍的内涵与结构……

古登堡的发明，推动了社会的变革，而这种变革使人们用较低的价格更方便地获取图书成为可能。最终，印刷书的发展以及它的通俗化，深刻地改变了人们的阅读环境。印刷书，使人文主义实现了欧洲化，而不仅限于某一区域、孤立、微型社会的单一范围。

成为了变革推手的印刷书，随着印刷带动文本的大规模普及，成为了变迁背后的原动力。此时的阅读者，不再仅仅局限于神职人员，普通大众成为了更加广泛的阅读群体。哥伦布的《关于新发现群岛的信》(1493)，康拉德·沃德塞缪勒的《天体论》(1507)，L.富士的《植物采集》(1542)，A.维萨尔的《解剖学》、哥白尼的《天体运行论》(1543)，盖斯内的《动物史》(1551) 以及阿格里科拉的《地质学》(1556)，等等，自然科学领域多学科书籍的出版与普及，推动了科学的进步。

古登堡的革命，正因为冲击了13、14世纪以来以手抄本为传播方式的书籍形式，通过印刷书，带给了人类光明的发展前景，并以此赢得后人的理解与尊重。

之二：普惠大众一盏灯

——从启蒙时代[4]（1680）到新传媒兴起（1950）

正常条件下，人口的增长能够表现为一种与人口成正比的对书刊的需求。到1650年，欧洲的人口规模已经达到1亿，这种人口的增长趋势“有利于对写作和图书采取一种不同的态度”。此时，在英国，伦敦已逐步成为世界上最大的城市和重要的书籍生产中心。

1670—1710年间，理性主义思潮兴盛。当时，马勒伯朗士（Nicolasde Malebranche）出版了《在寻找真理》一书，书中马勒伯朗士提出了“理性、认知和信义是建立一种新的联结的基础”的观点。此刻，洛克、牛顿等政治家或科学家的最早一批著作出版，预示着一场革命风暴即将到来，而且，这些作品在报纸以及期刊的庇护下迅速传播。

出版物成为了宣传新思想的主要媒体。遵循启蒙运动的基本思想，理性主义和应试自由成为了脑力劳动和社会进步的必要条件，思想的冲突和知识的普及需要运用这种方式。体现在教育领域，经济与印刷物的结合是政策实施最快的手段之一，这种变化在当时的英国和德国已经取得了相当的进展。其中，德国的图林根成为现代化最高的地区。莱比锡大学是德国的第一所大学，而成立于1736年的哥廷根大学，很快就成为欧洲最现代的大学，充分享有了教育和出版的自由。教育乃至学校的发展刺激了印刷量的增加。大学数量的增加，催生了一批又一批新的阅读群体，反哺了印刷业的“第二次革命”。

史载，17世纪是人类富于智性创造力的时代。这时候，理性思考被逐渐、系统地应用到社会、政治以及经济生活等各个领域。启蒙运动时期，争论已经公开化，而且产生了对现象规律看法的阶梯性转变。

在城市，在一些较大的书商云集中心，出现了特色书店。这些书店销售书籍的种类和数量不仅不断上升，而且经营范围也逐渐拓展至代卖品、古玩、音乐、版画及其他艺术品。开放或半开放的图书馆成为了免费的学术性交流场所，各种书斋式小型阅览室能够提供各种开架的书籍与期刊。1750年后，由书斋式小型阅览室派生出来的大型阅览室模式开始风靡一些大城市。与此同时，各种报刊也刊登出租书籍的信息，读者可以自由租阅。无论是城市还是乡村，书籍都在杂货商店里大量出现。尽管这些店里的书籍陈列还不太多，但它标志着18世纪书刊流动贩卖大时代的开始，而这种贩卖形式使更多人接触书籍成为可能。

期刊业的快速发展构成了出版业发展进程中的一个重要指标。或者说，期刊成为了书籍发展的“中间人”，它推动了印刷业新经济模式的形成。1680年开始的期刊发展，使人们懂得了图书市场的规律。书商们学习市场学，建立发行网络，利用广告资源，聚集经营资本，加速资金周转，从而推动了图书市场的成熟与发展。

需求的增加，发行的扩大，也在文学领域呈现。

1709年，英国颁布《版权法》，从法律层面规范了作者、出版者以及投资者和书商的行为。这样，拥有著作权利的投资商或者书商便可以在法律的框架下着手组织书籍的出版。这种背景，推动了一个新的职业——编辑的产生。编辑的作用，可以带来资金，也可以将可望取得成功的作品推荐给大众。勒布勒东就是这样一个人，在巴黎，勒布勒东翻译、策划出版了钱伯斯（Chambers）的《百科全书》，并使这部《百科全书》成为了一部成功的作品。社会分工、市场化运作的同时又催生了一批“大作家”的出现，而这些“大作家”如雷贯耳的名字又使他们的著作得到了畅销的保证，如伏尔泰、卢梭……

18世纪，对新兴的资产阶级来说，这个时候也许在政治上还未能显示出足够的力量，但对他们来说，阅读的实践则是核心的共同目标。他们认可，面对旧制度模式的逐渐消亡，书籍（包括期刊）是信息和知识的理想传播媒介。B.贡斯在布鲁塞尔这样描述了自己当时的心境：

> 人们任我使用一个邻近的书房，里面有世界各国的小说，各种反宗教的流行作品。每天有8小时到10小时，我读着手头随便什么书，从拉梅特里的作品到克雷比庸的小说。我的头脑和双眼一辈子也忘不了这一切。

L.S.梅尔西埃这样描述了当时（1780年前后）巴黎人阅读的景致：

> 人们在巴黎读的书比过去一百年读过的还要多，看看有多少小书商就可以知道。他们无处不在，在街边的铺子里躲着，或者有时干脆在风中，出售旧书或一本接一本新的小册子。（顾客们）仿佛被磁石吸引在柜台周围……

19世纪，法国的书籍销售网络已逐步延伸到乡村。“我是在康布雷买的书……它顾客很多，我被小册子和期刊的镶嵌画里的绳子拴住了，这绳子使书的两个门扇更神秘，比大教堂的大门更能散播思想。”在小城依利埃，康布雷就是这样一家书店。

在向工业时代[5]过渡的进程中，书籍的制造工艺也随着大众消费的变化进入新的时代。

首先，机械化改变了造纸业的面貌。1797年，法国人尼古拉斯·路易斯·罗伯特发明了机器造纸。这时，机器已经可以提供各种需要规格的用纸；其次，是印刷业。厄弗尔·维吉尔家族在1798年创建了开放式铅版浇铸集中印刷，大大简化了操作。铅版浇铸法，通过每一页的排版印刷，实现了相应铅字的转换，在减少印刷书籍成本的同时，也改变了出版的预算参数。这一发明直接推动了轮转印刷机的发明。1800年，洛尔·斯坦霍普改进制造了第一台整体用金属制造的印刷机。1803—1814年，费里德里希·科尼格发明了靠动力运转的平版印刷机、停辊式印刷机和二回转印刷机等三款印刷新机器，成为了现代印刷设备的原型。1812年，科尼格又制造了第一台滚轴印刷机，经过改进后，《泰晤士报》使用这种机器达到了每小时生产4200份报纸的印刷速度。到1866年，瓦尔特型轮转印刷机印速达到了每小时1.2万张。随着横截木块与钢、石印术、摄影术、锌版制造术以及胶版印刷技术的推进，印刷图像技术也得到了逐步改进。19世纪是图像的世纪，“新技术带来了复制的忠实性和使用的灵活性”。

从19世纪到1914年第一次世界大战前，是书籍印刷、出版迅速发展的时代。这时，印刷品的生产以惊人的比例增长，并且在深度上有了重新定位，因此传播和阅读的种类被彻底改变了。印刷品逐渐成为了日用品，书籍的发行与普及不再被限制在扫盲或富裕的少数，而是更快地普惠大众，甚至每一个人。

20世纪是一个全面竞争的时代，同时也是书籍发展过程中遇到情况日益复杂以及综合通信和信息体系相结合的时代。自19世纪30年代以来，照相技术、电报（1837）、海底电缆（1865）、电话（1880）、留声机（1887）、无线电广播和电影技术（1895）的发明与产生，以及交通运输业的重大变化与进步，彻底改变了世界的面貌与发展进程。20世纪新的革新浪潮发展更加迅猛。1923年电视机的发明，1935年录音机的发明，1938年复印机的发明，1951年编译程序第一次提供了计算机专家语言与语言间的接口，使以印刷品为形式的可用信息技术更加丰富。

德国出版业运用新技术，走上了规模化、现代化经营之路。集团化得以实施，金融资本与经济手段引入了出版传媒领域，市场需求使得一本书的销量甚至达到1000万册的规模与水平。科技进步，出版业也逐步走出了封闭式经营模式，跟上了工业化以及全球化的时代步伐。规模经营有效地降低了出版物的价格，而通过价格杠杆的作用，出版物更多地走进了大众生活。1904年，法国法耶尔出版社推出“现代图书馆”丛书，收录了以保罗·布尔热（Paul Bourget）为首的当代著名作家的作品，印制量达到10万册，这是一个新的高度。随之而来的是出版物在内容方面的全面创新。大众文学、实用文体为世纪初的出版业开辟了一条阳光大道。

上述现象都带有明显的工业化大规模制作的时代烙印。面对市场竞争，金融资本及其投入的增多，使出版业有机会或者说不得不酝酿新的变革。降低价格，改良装帧，合理安排内容等，书籍的载体、形式变得更加现代。1935年，艾伦·雷恩的英国企鹅出版社推出了以“企鹅丛书”为标志的“口袋书”⑥，风靡一时，成为了各国、各地书店与商场的畅销书，并成功走到今天。1939年，美国西蒙—舒斯特出版公司推出“平装书”⑦系列，仅在1951年销售量就达到2.3亿册。“口袋书”、“平装书”成为了书籍发展进入新阶段的时代象征。

从启蒙时代（1680—1760）到印刷的第二次革命（1751—1870），从工业时代（19世纪）到大众传媒的产生（1870—1950），书籍发展走过了短暂却又漫长的300年。这300年，神圣的、贵族化的书籍走下了神坛，摆上了普通大众的桌面，甚至书包和书房，从曲高和寡走向了普惠众生；这300年，是人类有史以来发展最快的时期。书籍在伴随着社会、政治、经济与文化发展的同时，推动了社会与文明的发展与进步；这300年，也是书籍发展史上从手抄本向印刷本过渡，并迅速普及的时代。如此，作者出书变得惬意，读者购书变得能够承受，读书变得更加轻松、愉悦。书籍成为了照亮大众的一盏智慧之灯，从过去的蒙昧与蛮荒中走来，在茫茫的黑夜里照亮了前进的方向。

之三：进入信息时代®

——从印刷书到电子书的嬗变

回溯至第二次世界大战后，晶体管与集成电路的发明使微型化变成了现实。1973年第一台微型计算机宣告诞生。

之后，越来越强大的“芯片”以每18个月翻一番的速度不断改进，在计算机硬件设计先行的同时，随着价格的下降，软件技术也从中受益。声音和图像，从打孔卡片到磁带再到软盘，直至光存储器的问世。最终，数据传送为电信和电视提供了覆盖全球的卫星发射，之后便是光纤技术的发展。20世纪80年代，人类社会进入“机器与使用者之间的接通与互联、数字化将技术与产业结合和社会生活所有领域中信息技术的使用（得到）普及”的信息社会，人类进入在线时代。

现代性在阅读、书写与计算机方面建立了新的需求和技能。在后现代社会，经济领域呈现出融合与集中的大趋势。通信与信息技术的整合导致了诸多工业集团的形成。出版业，像法国阿歇特出版集团这样的工业化后的出版社，在图书、报纸和期刊的生产与发行领域成为了控制力量，一些独立的出版社逐步被兼并。少数几家出版社，如阿歇特、弗拉马里翁和伽利玛等拥有了法国大多数出版社商标。在德国，第一个世界级出版商，贝塔斯曼出版集团成立。不但针对出版，而且在通信与信息业领域，贝塔斯曼的多元化发展都异常活跃，甚至通过其视听领域的子公司U.F.A.占据了许多电视频道。

这个时期的印刷业也发生着革命性变化——非物质化倾向。铅字印刷逐渐被“二进制”取代，机组操作、整行排铸机列入了键盘。美国率先实现了用字符的摄影生产不定期替代活版印刷的全副铅字。不同字符先被收录在一张碟片内，然后再收集于存储器中。每个符号都在镜头前被命名且被拍摄，生产出来的胶片再用在旋转胶版印刷上，这就是照相印字的原理。倒角和切割装置技术从摄影字模进一步发展到数字化字符，发展到机器操作信息等，通过瞬间曝光，修正计算并拼版，然后是字符数字化。

500年时间，印刷业从印刷前组装各个零件的系统中得到了解脱，从光子替代铅字，再到数码比特（二进制单位）替代光子，印刷技术的非物质化过程宣告成功，出版业进入一个新的阶段。

新技术以及传播方式的变革开始引发传统出版业的危机。

这种危机首先表现为结构性。在西方国家，传统的出版业规模及其指数风向标——营业额，开始呈现出下滑的趋势，先是平均发行量，再是营业额。譬如美国，1995年袖珍平装本书籍的销售规模是5.3亿册，到1998年则下降至4.7亿册。

新兴媒体尤其是新的生活方式带来的竞争给传统出版业造成了强有力的冲击。据估计，1997年，普通美国人购置录像机的费用首次超过了读者购买书籍的费用。这个时候的图书发行也呈现出不同的现象，一方面，同一种书在同一时间被不断地销往各地；另一方面，各地都会出现大量的滞销书。这时就出现了一个悖论，出版业的合理化催生了越来越多的滞销书，滞销的书“滞”在书店后，导致了出版社和书店资金周转速度日益减慢。这时，图书市场已悄然发生变化，视听产品的市场份额在逐步增加，而且这种转变越来越显著。

亚马逊创办于美国，贝塔斯曼在线创办于德国，这种依靠互联网形成的图书在线销售模式在20世纪呈现了快速发展态势。据统计，到2003年，在线书店的销售量已占到德国图书市场份额的7%。

从发展趋势分析，数字化趋向成为了主导出版业发展的共同主旨，经过数字化处理的文章或者书籍被存放在某个计算机网络的工作站，而工作站则可以通过互联网使得它能够被任何拥有该网络通行证的个人处理，包括阅读、下载、复制和打印。当然，对出版者或者传统发行商来说，还可以将图书资源储存于网络中，只要有读者要求购买，某一本书籍即可通过按需印刷手段满足需要。在传统印刷与传统出版业时期不可想象的事情在信息时代变为了可能。

进入21世纪，帕罗-阿尔托和哈佛（麻省理工学院）实验室曾经致力于发明的电子书，现在已经变成了现实，并开始了商业化之旅。

电子书，看上去像一个小小的电视屏幕，或者说就像一本传统的纸质普通书。它的书页不过是一些没有任何字符的塑料，但读者通过使用磁盘、芯片或电信网络就可以接收和发送数据或程序，根据个人需要接收或处理屏幕或书页上的文字。小型化技术使一张面积仅2.5平方厘米的磁盘可容纳340兆相当于300册普通书籍的信息量。电子书最早的产品仅仅是把文章纵向排列在屏幕上，但是在运用方面，目前已有很大的改进。

电子书的使用前景仍将不断拓宽并延伸。人们可以根据需要处理文章，利用微处理器，可以十分方便地存储并使用大量文章，甚至图片。各种可能都有，针对个人，可以创立数据集，保存整本书籍或文章中的某些章节。还有，电子书因为直接针对多媒体，因此不仅有文字、图片和声音，而且通过显示屏开启了生动的图画和录像的新领域。

从手抄本到凸版印刷书的演变过程，展现了一个正在规范分析和抽象工作的更复杂的阶段。当年，古登堡印刷书的出现，使习惯了阅读手抄本的读者出现难以割舍的情结，甚至形成了一股反印刷书的逆流，所以印刷书最初的出现是低调的。今天，进入网络时代，特别是电子书出现以后，书籍的外在形态与肩负功能都面临重大的变化。至于未来书籍的发展何去何从，雷吉斯·德布雷说：

> 文字“外化”了言语……如同印刷品外化了文字和电视。文字……分析，从而粉碎并转化了（语言）……凸版印刷术分离了（文字），数字化……将图像和文章离散为点或像素……计算机用0和1的系列取代了多变的语言，编码的分散化作用使自动化处理得以实现。

在21世纪，新技术发展的潮流是不以个人的意志为转移的，需要拭目以待。书籍的演变仍在继续。

书人小传

《书籍的历史》，作者弗雷德里克·巴比耶（Frédéric Barbier），曾就读于法国国立文献学院，历史学博士和社会科学国家博士，法国科学研究中心科研指导教授等。主要著作有《法国历史参考文献》和《财政与政策：福德王朝》等。广西师范大学出版社2005年1月第一版，刘阳等译。

《法国媒介史：从狄德罗到因特网》，弗雷德里克·巴比耶与卡特琳娜·

贝尔托·拉维尼尔（Catherine Bertho Lavenir）合著。卡特琳娜·贝尔托·拉维尼尔，毕业于巴黎文献学院，现任新索邦-巴黎第三大学现代史学教授。主要著作有《20世纪民主与传媒》等。上海人民出版社2009年1月第一版，施婉丽、徐艳、俞佳乐译。

《印刷书的诞生》，费夫贺（Lucien Febvre）与马尔坦（Henri-Jean Martin）合著。费夫贺，20世纪史学大师，主要作品有《菲利普二世和弗朗什孔泰》和《命运：马丁·路德传》等。马尔坦，曾任法国高等研究实践学院研究主任，主要著作有《17世纪法国的印刷、权利与人民》和《宗教、专制与阅读：1858—1715年的法国》等。广西师范大学出版社2006年12月第一版，李鸿志译。

---

①抄本（Codex），即手抄本。指手写而非印刷的书籍，形似现代书本。由很多书页构成的文本，正反两面都有文字，可翻页，而不用卷起。公元前3000年前后古埃及书记员用芦苇笔在莎草纸上书写，形成卷轴书。欧洲最早也是使用埃及传入的莎草纸书写，后进化为羊皮纸。公元前1世纪古罗马尤里乌斯·恺撒把莎草纸折叠成单页派送给战地上的军队，此举最终创造了“抄本”。公元2—4世纪抄本盛行于古希腊。印刷术发明前，抄本是主流的文化传播方式。

②《四十二行圣经》（*42 - Line bible*），此版《圣经》是古登堡根据圣·杰罗姆（St.Jerome）翻译的拉丁文通俗版于1455年左右印制，因每页行数均为42行，故称为《四十二行圣经》。正因为42行的保证，于是也成为了印刷术发展的标志性结果。

③摇篮本，“摇篮本”一词源于拉丁文incunabula，指1450年古登堡以活字印刷书籍以来，至1500年之间，在欧洲生产的最古老的印刷书。

④启蒙时代，17世纪末18世纪初至1789年法国大革命间的一个新思维不断涌现的时代。与理性主义等构筑了一个较长时期的文化运动，覆盖了自然科学、哲学、伦理、政治、经济、历史、文学和教育学等诸多领域。代表人物有：法国的孟德斯鸠（1689—1755）、伏尔泰（1694—1788）、让-雅克·卢梭（1712—1778），英国的洛克（1632—1704），德国的伊曼努尔·康德（1724—1804）等。狄德罗（1713—1784）在《百科全书》的“理性”词条中的解释“人类认识真理的能力”，“人类的精神不靠信仰的光亮的帮助而能够自然达到一系列真理”，代表了这个时期思想家的精神。

⑤工业时代，发生于18世纪的欧洲。以钢铁、塑料为代表的新生产原料，取代手工业时代的传统原料；以煤、电、石油和蒸汽机、发电机为代表的新能源和动力，取代传统的畜力和人的体力作为动力来源；瓦特发明的蒸汽机和珍妮发明的纺纱机代表了新的自动机器；以轮船、飞机、电报、电话为代表的交通工具和通讯工具使得人类交流和文化传播效率大大提高。

⑥口袋书，顾名思义是指能装进口袋里的书。没有一致标准，泛指开本小于32开，大致不超过10个印张的书。口袋书制作源头可追溯至公元1500年，当时意大利巴齐亚诺人阿杜斯·马努提斯（Aldus Manutius）开办的印刷所生产了一系列“体积小巧、使用方便、价格低廉”的学术书籍，开创了“口袋书”的先河。1935年伦敦企鹅出版社出版“企鹅丛书”口袋版，问世后的3年时间里销售量超过2500万册，取得巨大成功。由此引发了一场“纸皮书革命”，对欧美国家的出版业产生了深远的影响。

⑦平装书，亦称“简装书”，书刊装帧形式之一，一般采用纸质封面。主要工艺包括折页、配贴、订本、包封面和切光书边等。也有不经切光的毛边本。历史上最早的平装书源于17世纪早期，法国特鲁

瓦印刷工尼古拉斯·乌多特（Nicolas Oudot）利用旧字模在廉价的纸张上印制出的一种小巧的书籍，用蓝纸装订封面，因其价格低廉、销量大而一举成名，故名“蓝色图书”。

⑧信息时代，始于20世纪50年代。随着计算机的出现与逐步普及，信息对整个社会的影响提高到了一种绝对重要的地位。信息量、信息传播与处理速度以及信息应用的程度等都以几何级数的方式增长。以电子信息业的突破与发展为标志，主要包括信息、生物工程、新材料、海洋和空间技术等五大领域。特别是1989年互联网的出现，一个全新的网络经济从此迅猛发展。

好说歹说且为书

——《卡萨诺瓦是个书痴——关于写作、销售和阅读的真知与奇谈》

《书籍的前世今生》一文简要地叙述了书籍发展的三个阶段。作为爱书人，在无法全面了解书籍发展史的情况下，总希望得到更多这方面内容的丰富与补充，恰好，约翰·马克斯韦尔·汉密尔顿做了这件事。他创作的《卡萨诺瓦是个书痴》从书籍写作、销售和阅读等角度对千百年来的西方出版文化史进行了深入的研究。汉密尔顿没有将该书写成一部严肃的学术著作，而是通过对大量相关书籍、作品的分析、解读来构建自己的体系，参考、引用的书籍达到了466部。这样，他写出了一本好看而又易读的通俗性读物。《卡萨诺瓦是个书痴》还登上了《纽约时报》畅销书排行榜。

在欧洲，卡萨诺瓦曾经是一位如雷贯耳式的人物，他是18世纪的大众情人——“世界上最棒的情人”。1725年出生于意大利威尼斯的卡萨诺瓦青年时代曾就读于教会学校，后因所谓的伤风败俗等原因被驱逐。据说，这个卡萨诺瓦，曾经从事过多种职业——会拉小提琴，当过兵，当过外交官，是戏剧制作人，也善于跳舞，当过演员和丝绸厂商，同时还是个神秘主义者，曾经多次蹲过监狱，还是一个骗子、间谍甚至政治评论家。经过研究，汉密尔顿挖掘、发现了卡萨诺瓦的另一面。1785年，卡萨诺瓦退出社交圈，在一位波希米亚贵族的收留下，担任了一家图书馆的馆员，同时，在文学、数学、诗歌和音乐等领域展示了自己的品位和才华。他“尊重女性，而不是利用，因此也赢得了许多异性的爱”。在回忆录中，卡萨诺瓦追述了一生亲历的各种风流韵事。他的书也一度成为当时全欧洲的畅销书，后来人甚至将他的姓氏“Casanova”演变成了“风流浪子”的专有名词。其实，卡萨诺瓦应该还是一位在欧洲文学史上占有一席之地的作家，这是“一个不大为人所知的实情”。“卡萨诺瓦是个狂热的书痴，他是这个嘈杂的书籍和文学世界中的一个代表”，汉密尔顿这样为卡萨诺瓦正名。

在威尼斯，卡萨诺瓦就曾经因为“莫须有的冒犯权威”之罪名入狱。但历史学家得出的结论是，卡萨诺瓦入狱的原因是他的无神论思想，显然，“书籍就是他的罪证”。

在狱中，卡萨诺瓦酝酿了《逃离铅屋》一书。卡萨诺瓦的文学成就还在于，他将荷马（Homeros）的《伊利亚特》翻译成了意大利语，创编了《小品文杂录》杂志。之后，卡萨诺瓦还著有《波兰动乱史》《哲学家与神学家》与《道德批判随笔，科学与艺术》等书。晚年，卡萨诺瓦写下了十二卷的《波希米亚杜克斯堡的威尼斯人雅克·卡萨诺瓦·德·塞郭特回忆录》。

后人这样评价卡萨诺瓦——他的每一个词都是一个启示，每一个想法都是一本书。于是，汉密尔顿从卡萨诺瓦的启示中，开始了对写作、作家和作品，甚至对书籍出版、营销以及阅读等历史发展脉络的一番重新认识和评价。

汉密尔顿认同历史学家关于资本主义经济制度是从15世纪中叶约翰内斯·古登堡第一次使用活字印刷术开始的划分。他认为，古登堡的印刷术所带来的机械化生产方式预示着大规模市场经济的可能性。之后，活字印刷术对出版业的发展来说“使写作变成了一种飞速发展的生意，每年生产成千上万种新书”。

汉密尔顿分析了杰弗里·乔叟（Geoffrey Chaucer）、威廉·莎士比亚和约翰·弥尔顿[①]这三位14—17世纪英语文学史上最重要的作家，并分析了他们当时的写作状态，得出的结论是：三人都不是为了面包而写作。用伊萨克·狄斯雷利（Isaac D'Israeli）的话说，“现代名词称之为‘职业作家’的那一类作者”还没有被发明出来。当时的状况是，以出版为目的的原创性写作只是一个很小的范畴，基本上没有出现作者为了挣钱而奋力写作的情形，因为那时的写作也“挣不到什么钱”。“有些作家，看到自己的作品印刷出来那么漂亮，就已经算得到回报了。”16世纪一位荷兰作家曾这样认为。

即便到了弥尔顿时期，即17世纪之后的年代，写作仍然是“休闲生活的副产品”，“一种贵族们生活的消遣”。工业革命在技术上使大规模出版图书成为可能，伴随着工业化，贵族阶层逐渐丧失了在写作方面的霸权，阅读与写作的技能逐渐成为了新出现的职员群体谋生的手段。

汉密尔顿列举了本杰明·海内（Benjamin Hayne）自我推销的例子。本杰明说，自己可以“为任何一个雇用他的人写作”。这里，本杰明所说的“写作”泛指在拼写和标点都已经像工业产品那样标准化以前的概念。至此，为了响应把图书视为商品的新观念，写作已成为一种职业。之后，作者对自己的著作享有的著作权也在许多国家获得认可，因此，越来越多的书商取代了贵族们在供养作家方面所扮演的角色。19世纪中叶的法国小说家埃米尔·左拉（Emile Zola）就这样认为，是“金钱解放了作家，金钱造就了现代文学”。

20世纪末，美国出版家协会的统计表明，2000年美国图书销售总额达到250亿美元。工业化的成果在它所产生的现代经济制度下得以体现，每个人基本上都具备了读写的能力。但形成的另一种束缚是，作家人数的大量增加使得每个人的市场占有率变小了，因此只有少数几个畅销书作家的作品能够取得好的销量。19世纪英国诗人格特鲁德·斯泰因（Gertrude Stein）留下一句话："18世纪没有足够的阅读供作家谋生，而20世纪则有太多的东西可供阅读以致作家无法谋生。"这个预言真实地表达了现状。

所以，汉密尔顿得出结论："当代资本主义是滋生'写作工业家'的温床。"

"在这个国家的写作工业中，有相当重要的一部分产品不是出自人们想要去写作的东西，而是一些被人希望写出来的东西。"艾尔摩尔·戴维斯（Elmer Davis）在1940年纽约公共图书馆的一次演讲中这样说。詹姆斯·米切纳（James Michener）也坦言，自己《百年纪念》一书的写作就雇用了三个秘书，甚至由成队的研究者完成，"它不是被写出来的，是被编辑出来的"。"如果说石油业有洛克菲勒（Rockefeller），那么文学界就有斯特拉特迈耶（Stratemeyer）。"《财富》杂志这样评价斯特拉迈耶这位出版了130多本书的"作家"。而且，1930年斯特拉特迈耶去世后，他的女儿继承了他的工厂并继续经营，利用雇佣的作家顺应时代的变化改写旧书，生产了更多的书。

新千年伊始，"营销已经开始成为了一种信仰"。

追溯图书营销的过程，不得不提到本杰明·富兰克林（Benjamin Franklin）。富兰克林曾是美国历史上起草《独立宣言》的"五人小组"成员之一。辉煌的政治生涯，丝毫没有掩盖富兰克林在出版、营销方面的才能。汉密尔顿认为，富兰克林是美国跟文字最有缘的人之一。富兰克林的自传被历史学家誉为"第一部由传主自己完成的自传的杰作”。而从文字意义上说，富兰克林甚至可被誉为美国最早的“商人”，因为他“本能地意识到了文字生意为他的书和他自己在市场上提供了无穷的可能性”。因此，富兰克林被历史学家杰克逊·威尔森（R.Jackson Wilson）说成是“第一个从写作中名利双收的美国人”。富兰克林在推销自己的《穷理查德历书》时，这样声称：

> 我得先向各位声明，我写这本历书没有别的意图，完全是想给大家带来点好处。我这样说是为了博得你们的好感，可又似乎有点儿不太诚实。如今的人都聪明透顶，不会听了别人的自吹自擂就上当受骗，不管用的是多么华丽的辞藻。还是实话实说吧：我自己是个穷光蛋。

于是，《穷理查德历书》第一版在1732年出版后，先后印刷了两次，卖了1万册。不仅如此，之后，富兰克林还创办了自己的出版社，也出版别的作家的书，成立了“共读社”，与成员共同分享读书的心得。在费城，富兰克林创办了自己的“费城图书馆公司”，并依照当时的公司组织模式，以会员投资入股的方式，集资采购图书并经营图书馆，在“文字质量和可销售性两方面之间获得了一种平衡”。

现在这种平衡被打破了。当今社会，市场具有了压倒性作用，图书市场亦不例外。一个显著的变化是，“过去摆在书店橱窗里的是大作家的签名，现在摆的则是销售排行榜”，“市场不会为一个作品没人看的作家的生计负责”。在美国，20世纪70年代中期，大约50个出版商控制了约75%的成人图书出版市场，而到了20世纪90年代末期，这75%的市场则被7个出版商控制。一位沮丧的书店经理人将这种现状称为“著述工业联合企业”。

1998年，出版史上出现了一次著名的收购，德国贝塔斯曼（Bertelsmann）集团公司花14亿美元收购了美国兰登书屋（Random House），并购了班塔—道布戴尔集团（Bantan Doubleday Dell），使原来的三个大公司变成了一个传媒业的“托拉斯”。时任兰登书屋首席执行官的彼得·奥尔逊（Peter Olsen）这样说明其中原委：“这不是一次成本驱动的运作，更多的是因为市场的效力。我们有太多的出版商在为有限的书架空间以及公众有限的购买力和阅读力而竞争。问题就是如何做到最有效，这就是驱动力。我们所要做的就是提高销售量。”

当今图书出版业的竞争，或者说营销手段与方式都已经达到了登峰造极的程度，出版业与关联产业的融合也更加紧密。当时，时任企鹅出版社主席兼CEO的迈克尔·林顿（Michael Lynton）就曾是迪斯尼好莱坞影片公司的总裁。林顿将自己对图书经营的策略称为“书+（Books Plus）”。他说，在“书+”的世界里，到底是书先出还是电影先出的界限已经变得越来越难分辨。这种融合，正如经纪人杰夫·伯格（Jeff Berg）所说：“如果你在一个领域中已经拥有了一定的资源，比如书，那么你就可以把你的品牌扩大到其他领域。”

小说家奥利维亚·戈德史密斯（Olivia Goldsmith）分享了这一经验，他说，你可以把一份手稿当成一本书来卖；也可以翻译成多种语言，当电影来卖；或者卖给期刊报纸做连载，再或者灌制磁带做成有声读物……的确如此，伴随着信息技术的发展，媒体呈现的多元化扩张趋势为写作和图书的推广与创新提供了无限的可能。在多如牛毛的有线电视频道中，诸如国家袖珍图书出版社则与喜剧中心频道合作出版相关系列书籍；布莱克娱乐电视台则买下蔓草花出版社，出版系列非洲裔美国人的罗曼史小说；西蒙–舒斯特（Simon & Schuster）为年轻人出版了天气频道的书籍，依托点唱机为儿童电视频道出版了850万册图书。

电影与电视的发展同样助推了名人文化。现实就是这样，对一个作家来说，同媒体交上朋友就如同交上了好运，否则便只有默默无闻。成为文化名人则意味着拥有更多的追随者。美国肥皂剧明星琼·柯林斯（Joan Collins）写的两本书尚未问世，就从兰登书屋拿走了400万美元的预付款。典型的辛普森（O.J.Simpson）案件，催生了大批图书的出版，成就了大批写作者。其中不乏有罪案检察官、代理检察官、案件中受害人的律师、证人、侦探、陪审员甚至被解雇的陪审员、报道审判的记者、辛普森前妻的朋友、辛普森的前女朋友和外甥女，以及拒绝认罪的被告本人。

汉密尔顿用“拥有的越多，得到的就越多”这句古老的格言来验证名人出书的经济效益。于是，大批的作者，这时候所遵循的，都自觉不自觉地“沿着富兰克林开辟的路子出版自己的书，因为书是推销你自己的最佳途径”。

面对如此情形，汉密尔顿用伯尼·约翰·迪恩（Bonnie St. John Deane）在《持续健全：在这个疯狂的世界中制造快乐的空间》一书中开篇的第一句话作了诠释：“这本书正如一棵枝繁叶茂的大树紧紧抓住我，令我心怀敬畏。”而该书的最末一句话则是：“这本书的结论就是：事实上，由你做主。”

因为市场的无孔不入，作家或者出版商们就必须绞尽脑汁地运用更加具有颠覆性的方式促销图书，甚至运用各种低劣的伎俩。

工业革命催生了职业作家，但作者们知道，要想在这个行业获得成功，就必须像一个工业家对待生产那样对待写作。被誉为19世纪“美国小说的鼻祖”的詹姆斯·费尼莫尔·库珀（James Fenimore Cooper）曾说过，自己完全是靠钢笔维持生计，自己的作品“仅仅是商品”。在31年的职业生涯中，库珀平均每年写作一部长篇小说，另加20余本其他内容的书。作者们进入了“写作机器”时代。巴西通俗小说家罗齐·爱侬（Ryoki Inoue）1986年弃医从文，投身写作队伍。十年后，爱侬用39个笔名写下了千余本葡萄牙语书籍。为有效地利用时间，爱侬甚至制定了一个公式，要求自己每天写够三本书的工作量，其中每一本书的情节至少包括五次谋杀、两个浪漫爱情故事，且不超过20个人物。谈到自己的书，爱侬坦率地说：“其实我自己也没能看完所有我写的书。”

据《在版书目》提供的数据，1998年美国出版新书14万种，即平均每1264个24岁以上的美国人便拥有一种新书。1990年美国用于印刷和书写的纸张消耗量是2500万吨。20世纪初美国国会图书馆藏书100万册，但到了20世纪末，这个数字达到1800万册。思想的商品化解释了图书大量生产所带来的这种变化。

随着图书和杂志出版量的成倍增长，新媒介出版物在20世纪也不断涌现。首先是照片，然后是电影，再后还有录像带。之后，留声机唱片让位给了CD、VCD和DVD。目前纸质出版物也面临电子产品的挑战。最显著的表现是读者查找一个词语或者一个问题的方式已经从字典和百科全书转向了电脑。

这是一个信息爆炸的时代，现在的新闻报纸，既可以出版纸质产品，也可以通过万维网（World Wide Web）或其他网发布电子版。一个数据库的提供者甚至可以每天或者每小时发布一个新版本。语言学教授格雷戈里·南伯格（Gregory Nunberg）这样说：“在网上，没有什么物质上或者经济上的因素帮助减少那些啰唆的话或者删掉那些多余的帖子。”

这时，“要自助出版一本看起来很专业的书是如此容易”，美国国会图书馆的洛丽塔·希尔瓦（Lolita Silva）评论道。

就目前的状况来说，出版物中变化最快的是音像制品。如今，技术性符号对一部作品再也不显得如此前那么重要了。在此之前，歌曲作家创作一首作品后还必须将乐谱记录下来才能去申请版权，现在只要对着录音系统把歌词唱出来就行了。有人说：在美国，是个人就是歌曲作家。

图书出版市场尽管正在发生深刻的变革，但技术也为写作者甚至读者提供了更广阔的空间。自助出版的忠实倡导者玛里琳（Marilyn）和汤姆·罗斯（Tom Ross）坚持认为：自助出版是美国梦的一种完美证明。

美国鲍克公司（R.R.Bowker）是国际标准书号在美国的注册商。据鲍克公司介绍，1968—1978年，十年间他们编了9863个出版社标准代号。到了1998年，这一代号已编订了112445个，其中1998年一年就有8100个新的出版商出现，而他们中有95%是个人出版自己的书。罗斯夫妇创办的“有关图书有限公司”成为了一间专门从事写作、出版和推销的咨询服务公司。这些公司通过广泛吸纳会员、召开年会，在自办刊物上登广告，将图书封面设计人、印刷厂、书展公司、图书发行人、图书出版软件零售商、广告人、版权专家以及编辑等出版关联人聚集起来，以“可以完成任何一种你在出版自己的图书时个人所做不了的事情”为服务宗旨，为作者提供自助出版整体解决方案。

图书馆是一个最能有效反映出版业发展状态的地方，但越来越多的出版物已经让不少图书馆不堪重负。广泛性的期望和空间的短缺形成了图书馆的戈耳迪之结[②]。汉密尔顿以为，当阅读还是一种精英行为的时候，出版商制作手工的线装书，并且使用可以维持若干世纪的优质纸张。但随着19世纪中期以后具有阅读能力的公众数量的成倍增长，大规模生产追求的低成本使图书出版物的质量变得越来越差。一个研究数据显示，在美国研究型收藏中，80%的图书是用酸性纸印刷的，且其中30%已经变脆了。书籍的保护变得越来越困难。书籍将成为图书馆中的“濒危物种”，不仅是书籍，甚至还包括电影胶片以及最新的光盘等出版载体。

具有200年历史的美国国会图书馆的第十三任馆长詹姆斯·比林顿（James H.Billington）曾自豪地声称自己的图书馆是“地球上曾经有过的收藏最丰富、品种最多的图书馆”，它的使命就是要保持这个纪录，“要为后代子孙维持并保持一个知识和创造力的包罗万象的收藏”。针对图书市场的巨变，比林顿提出了更为振奋人心的计划，即国家数字图书馆规划——策划以电脑为基础，通过网络借阅，使馆藏的1.15亿条目中的500万条目能够实现在线阅读。

今后图书馆的发展，数字化将成为一大趋势。而不列颠图书馆首席执行官布赖恩·兰（Brian Lang）则认为，建立国家图书馆的观念已经过时，未来的图书馆将“不会再收纳任何出版物”。在此背景下，最高级的图书馆已经不再是拥有最多出版物的地方，而是拥有最易于网络检索的卡片目录的地方。在互联网这个前提下，建立包罗万象的完整体系成为了各级图书馆共同的目标。

“如果所有现存文本、手稿或者出版物都被数字化了，总有一天，可以把整个国会图书馆的书都装进一张一分钱那么大的载体中。”IBM的一位官员这样说。

还有一种观点认为，书籍本身也能促进生产。汉密尔顿搜罗了许多书店的案例后分析道，早在美国目前最大的连锁书店巴诺集团在书店附设咖啡馆之前的很多年，富兰克林就已经在自己的书店里卖咖啡、奶酪，甚至鳕鱼、秘方药、渔网以及彩票了。如今，世界上最大的亚马逊网站也从一开始卖新书，变成了代售珍本图书、录像带、唱片、私人贺卡、电子产品、工具或玩具等，而且还主持拍卖。1999年，亚马逊买下了杂货零售网三分之一的股份，这个网站则负责美国西雅图和波特兰地区的杂货零售和快递业务。与此同时，亚马逊还买下了网上药店公司，现在他们可以把药品和巴尔扎克一起出售了。

经过市场化、商业化的荡涤，经过科技的洗礼，出版业从写作、出版和营销开始，一直到现代读者的阅读方式都在变化，变得混沌、模糊，不可预测。

一位哲人如是说："万物终究都是要回归的。"

在卡萨诺瓦时代，卡萨诺瓦在阐述自己撰写的回忆录时，说："我知道这样做是不明智的。但是我总得干点儿什么让自己开心的事情，因此我怎么能不把它写出来呢?"

或许，这仍然还"应该成为所有真正热爱书籍的人的信条"。

书人小传

约翰·马克斯韦尔·汉密尔顿（John Maxwell Hamilton），曾长期担任驻外记者，现为美国路易斯安那州立大学霍普金斯·布雷齐尔教授，并兼任该校大众传媒学院主任。汉密尔顿教授还是国际公众电台"市场"节目的评论人，在本书之前已经独立写作或与人合作出版了四本著作。《卡萨诺瓦是个书痴——关于写作、销售和阅读的真知与奇谈》，生活·读书·新知三联书店2008年4月第一版，王艺译。

①约翰·弥尔顿（John Milton，1608—1674），英国诗人、政论家。代表作《失乐园》和《复乐园》等。如何阅读弥尔顿，美国当代文学评论家哈罗德·布鲁姆在《如何读，为什么读》一书中指出，当今读者需要沉思力，才能充分欣赏《失乐园》，而阅读非同凡响的撒旦，是打开《失乐园》大门的钥匙。《论出版自由》是弥尔顿著名的演说词。弥尔顿的创作轶事趣闻是躺在床上进行写作。晚年，为了出版《失乐园》，弥尔顿勉强接受出版商5英镑的分期付款条件，为得到20英镑的稿费，他甚至放弃了这部史诗的版权。

②戈尔迪之结（Gordian Knot），戈尔迪是古希腊神话传说中小亚细亚弗里吉亚的国王，他打了个分辨不出头尾的复杂绳结，并把它放在宙斯的神庙里。神谕说，能解开此结的人将能统治亚洲，这就是被人们广为传说的"戈尔迪死结"。然而，多少个世纪过去了，无数聪明智慧的人面对"戈尔迪死结"都无可奈何。公元前334年，马其顿王亚历山大远征波斯，有人请他看了这个古老的"戈尔迪死结"。亚历山大挥剑将此死结劈成两半，破解了"戈尔迪死结"。之后，"戈尔迪死结"常被喻作缠绕不已、难以厘清的问题。

追本溯源话阅读

——《阅读的历史》

史蒂文·罗杰·费希尔的《阅读的历史》一书，从多角度全面记录、阐述了阅读的历史，既可称做一部“人类阅读思想进化史”，又堪称为一部“人类文明的发展史”。从美索不达米亚[①]到小亚细亚；从欧洲到美洲；从结绳记事到电子文本；从泥板信函、莎草纸[②]到羊皮纸[③]古卷；从活字印刷到网络阅读。作者徜徉于人类阅读的历史长河之中，引经据典，旁征博引，讲述了种种阅读的神奇故事，描述了阅读的行为，以及阅读者及其所涉及的社会环境。笔力所触，跨越了历史的时空，折射了人类阅读史的全貌。

阅读的起源由来已久。

原始意义上的阅读，源于对记忆之物和图示的解码。比如，穴居人在龟甲、骨头上记录猎物以及月亮的周期；原始部落用树皮或兽皮对图画信息进行记录并阅读；印加人通过结绳文字了解复杂的商品交易过程；古波利尼西亚人通过阅读绳结和刻痕，传承对先人、族人的颂扬。

数千年来，人类的阅读就这样，从“五颗鹅卵石代表五只羊”的指示性数量记录开始，到古代美索不达米亚人用特制陶土“信封”装上代币图案以识别物品的类别，再到苏美尔人对文字的表音性探索，继而书写阅读的进化历程。

早在美索不达米亚时期，阅读便成了一种原始的工具。就我们目前所知，世界上最早可供阅读的文本结构，就是这一时期由名称、商品和金额组成的用于商业用途的简单文本，而这一文本是一种权力的象征，目的是为统治者服务。在美索不达米亚人使用泥板进行记录的过程中，“书记员”发挥的作用功不可没。此时，阅读已不再是一件“孤立的、惬意的、缄默无言的事情，而是一种公共的、繁重的、放声的行为”。书记员们把文字记录下来，帮助人们将文本铭记于心。

公元前3300年前后，阿卡德人入侵苏美尔之后，逐渐建构了楔形文字。在楔形文字的发展过程中，阿卡德人采用了与欧洲人保护古希腊语和古拉丁语类似的做法——确定音节表。公元前721年至公元前633年，亚述帝国[④]从埃及扩张到波斯湾，将苏美尔—阿卡德楔形文字运用于书写，并逐渐让邻国借鉴、适从。这一书写系统用十分丰富的口头题材，表述了史诗、法律、医药、烹饪、天文、数学、历史、宗教和爱情诗歌，尤其是汉谟拉比国王时期，阿卡德通过创世纪史诗，将史诗与圣歌进行了合二为一的演绎，从而形成了“混合型文学文本”。朗读成为当时人们阅读的一种最重要、最主要的表达形式。

“是读书人把他的故事传扬”，这是古埃及书记员说出的一句话。它表明，在当时，阅读是一种口头行为，其双重特征表达了书写既“被认为是一种视觉言语”，同时又是“所有的阅读实际上都是书记员兼见证人朗读的一个过程”。在古埃及，埃及人发明了“象形文字”[⑤]，并用莎草纸书写。在信息的获取与控制方面，埃及人通过阅读获得的体会甚至比苏美尔人还要深刻，埃及最早的文学文本《金字塔经文》便是见证。

美索不达米亚文明的书写观念和许多规约开始向东方传播。公元前3000年，生活在伊朗高原上的原始人——埃拉米特人，将统计或计算视为阅读。在古印度河流域，阅读和书写用于确证和巩固经济权力。公元前2000年，音节阅读丰富了爱琴海地区的文明，使希腊人成为欧洲最早的阅读者。之后的岁月，宗教文学的阅读在西方一直居于主导地位，并长达千年之久。宗教文学阅读者接受书记员培训的教士，通过口述传说，然后在神圣的场所诵读，由此形成了一个特殊的精英阶层。在美索不达米亚文字日臻完善之后的3000年里，阅读的潜势才真正被人类所认识，形形色色的阅读材料逐渐丰富了起来。古罗马时期，阅读已经享有了一定地位，至少在贵族精英阶层。小普林尼（Pline Ie Jeune）就是这样一位以书信浩繁而著称的古罗马作家兼行政官。古风时期之后，希腊人和罗马人的日常生活虽然还是以口头文字为主，但书面文字已经被广泛使用。随着书写的增加，不同级别、不同阶层的罗马人和希腊人开始手捧从埃及引进的莎草纸撰写的书卷（蜡板）阅读了起来。由24部互不相连的书卷组成的荷马《伊利亚特》，这时独立成篇就成为了可能。

公元前7世纪前后，希腊商人将埃及的诺克拉提斯城建成为繁华的希腊商业中心，莎草纸再次进入了他们的日常生活。

作为书写材料的莎草纸，促进了地中海东部沿岸地区的阅读和书写活动，这种需求推动并促使尼罗河流域形成了一个完备的造纸行业。到公元前4世纪末，由“口头传播的社会知识已经决定性地转变成了书面传播”，“阅读不再是简单的辅助记忆的工具，而是传递、阐释和创造信息的自主途径”。公元前3世纪，在亚历山大这个以希腊人为主体的社会，莎草纸贸易成就了通过书面文字赋予活力的世界古代史上最伟大的文字殿堂——亚历山大图书馆。亚历山大图书馆经过150年，从托勒密一世（公元前323—前285年在位）到托勒密三世（公元前246—前221年在位)，馆藏的莎草纸书几乎达到50万部。

公元1世纪前后，罗马成为了整个罗马帝国的书籍出版、销售和发行中心。书店成为在罗马“很受欢迎”的地方。书店里，木制的书架上摆放着最新出版的莎草纸书卷。而早在几百年前，因为埃及国王托勒密为了维护亚历山大图书馆作为世界知识宝库的卓越地位，终止了莎草纸向希腊的出口，迫于无奈的东希腊王国国王欧迈尼斯二世(公元前179—前158年在位)只好下令本国的专家为他的图书馆研制一种新的书写材料，于是，他们很快就完善了羊皮拉薄和晾干技术。这一工艺的突破，最终产品就是羊皮纸。瞬即，羊皮纸成了“传播新世界信仰的主要工具，也成为了新时代的媒介”。

当羊皮纸流行开来，特别是当基督教徒们爱上羊皮纸文本，或者说当医师们因查阅方便而喜欢上抄本的开本时，装订在一起的抄本就开始风行起来了。这时，一本羊皮纸抄本就可以完全记录荷马的《伊利亚特》，而不再需要使用24卷轴来装莎草纸书卷了。大量出现于公元前1世纪，且比莎草纸更便宜、更耐用的羊皮纸经过普及，到公元4世纪，完全取代了莎草纸。千年以后，直至发生印刷机器的大规模生产革命，羊皮纸才被更便宜的纸张所替代。在当时的西方，羊皮纸开启了文化表达的新领域。

如果说早期的希腊人和罗马人通过“莎草纸之舌”，成功地将阅读转化为了“获取信息的一种大众化口头工具”的话，那么，史蒂文·罗杰·费希尔认为，他们的后人则认识了“羊皮纸之眼”，从而实现了“以缄默的方式传播基督教的信仰”。此时，阅读已从占据主导地位的地中海地区开始快速走向世界，呈现给世人一个更加完整的阅读新世界。

在亚洲，公元前14世纪，汉字已在中国的中原地区普及。到公元18世纪中期，用汉语出版的书籍已超过了世界上其他语言出版书籍的总和，“汉语成了东亚的‘拉丁语’”。此时，朝鲜人从汉语的阅读中，创造出了新型书写系统的朝鲜语，日本人也从最初遵循朝鲜汉语的模式，通过对阅读汉语进行的补充，创造了日语语言和作为阅读产物的日本历史与文化。印度的阅读与书写历史此时仍滞后于欧洲及亚洲的东亚地区。虽然早在公元前8世纪，阿拉米语就已经传入印度，但文字传播的主流仍然是口述的习俗。直到公元14世纪后半叶，印度教最古老的典籍《吠陀经》才被系统地编辑成书面文字。

在哥伦布发现美洲之前，中美洲地区已经拥有15种以上不同语言的书写传统。作为美洲文明的代表，玛雅文字通过纪念性浮雕、木牍、玉器、壁画或彩陶等形式的图腾表达，乃至后来的纸质抄本，成为美洲文明的精髓之一。玛雅文明源起于公元前200年到公元50年间，对玛雅人来说，当时他们阅读的对象并非人类，而是神灵。玛雅人的阅读方式是对重要的公共碑文放声诵读，但这还只属于一种被动阅读，主动的人不可能很多。虽然听者能够会意，但“有读写之名，却无读写之实”，阅读还是一种边缘文化。随着后来西班牙的殖民入侵，从16世纪起，中美洲和南美洲的阅读史便成了欧洲阅读史的一部分。

听读合一是中世纪阅读的特点。

公元1300年之前，个人独立的阅读风气尚未形成。在西欧，经典阅读的画面是——人们在阳光明媚的花园或人群聚集的大厅，诵读传奇故事或史诗；在教堂礼拜仪式上诵读《圣经》。这时唯有教堂、修道院、法庭、大学和住宅区等五类地方才有书面阅读。对穆斯林来说，《古兰经》则是“以阿拉伯语为媒介，对基于碑文的天启的永恒文本的转述”。这时，欧洲的阅读之风，从“口述社会逐渐向读写社会转变”已是不争事实。

9世纪前后，默读悄然兴起。默读成为了一种运用“新颖、清晰、均衡的简化文字的直接结果”。西班牙神学家伊西多尔（Isidore）就认为默读是“轻松自如地反思和记忆所读内容的一个过程”。他提醒读者，阅读能使人超越时空与不在场的人进行对话。默读，赋予了阅读一个新的维度。从此阅读开始从公众行为演变为个人行为，从而改变了人们的阅读习惯，进而影响到了阅读的外部环境和内容，也影响到了读者的心理情操。默读所产生的效果成为了“一个人业已内化的存在的一部分”。

从此，阅读“超越了其作为工具的社会功能”，进而成为“人类的一种智能”。

如果说被动听读是“中世纪阅读”的本质特征的话，那么，随着中世纪末期人文主义者“无声胜有声”的默读推动。随着读写的普及，普通民众从此开始摆脱教会的干预，实现了“个人默读与神灵的单独对话”。主动的默读逐渐取代了被动的听读，阅读进入了一个新的时代。15世纪50年代，活字印刷术在德国美因茨问世，古登堡的横空出世，宣告了羊皮纸时代的终结，人类迎来了崭新的纸张时代。印刷书的问世，继而引发了更深层次的一场阅读，甚至社会和知识领域的革命。

活字印刷术带来了书籍生产数量的惊人变化，进而对当时的读者和阅读材料产生了决定性影响。

从15世纪下半叶开始，在印刷术的推动下，读者开始对自己的阅读行为负起责任，阅读已向积极的方面转化。这一变革体现于：口语转变为书面语；图画故事转变为印刷文字；拉丁文转变为本国语言；

附庸思想转变为独立思考。于是，教育逐步得到了普及。法国历史学家昂利-让·马丁（Henri-Jean Martin）对此这样评说，他说，这种变化，“……归根到底，带来的是创新——一种全新的机制得以建立，它鼓励重新认识自我，提供抽象精神……鼓励行为逻辑和文字逻辑，提倡理性决策的能力和高度的自制力”。

人文主义者的推动使阅读成为了个人行为，而每一位读者都有可能成为某个方面或领域的权威。阅读习惯的改变继而促成了社会观念的彻底转变，促进了欧洲文艺复兴运动的蓬勃兴起——一个全新的欧洲由此诞生。

阅读能力造就了现代人。18世纪，欧洲的海陆交通已变得四通八达，经济繁荣富庶。人们阅读能力的提高催生了启蒙运动，引发了工业革命。“文化与财富相伴”，使法国、德国、英国、意大利直至之后的美国等新兴的工业化国家把握了当时世界文化的发展方向，尤其是文学革命。1709年英国出台《版权法案》，取缔了以往所有书籍的检查制度，成为“解放欧洲出版业的先锋”。广泛的读者群体，使书籍赢得了史无前例的销量。1719年丹尼尔·笛福（Daniel Defoe）出版《鲁滨孙漂流记》，1726年乔纳森·斯威夫特（Jonathan Swift）出版《格列佛游记》，销量均达到数万册。

欧洲近代史上书写文字最杰出的泰斗式人物之一的塞缪尔·约翰逊（Samuel Johnson）博士，就是一位当时的善读之人，他道出了“阅读是基石”的至理名言。关于阅读，约翰逊博士认为，“真正的”阅读应“以学习为目的”，“人应该根据自己的兴趣来阅读……年轻人一天应该阅读5小时左右才能获取丰富的知识”。他强调：“阅读自己感兴趣的东西印象会更加深刻。”他解释说：“我读完了维吉尔的史诗《埃涅阿斯纪》，每晚一卷，十二个晚上就全部读完了，并且从中获得了无穷的乐趣。”约翰逊通过讲述自己的阅读，将对阅读的认识提升到了一个新的境界。

18世纪后，越来越多的人们喜欢在“傍晚时分走进卧室，在明亮的灯光下享受独自看书的乐趣”。18世纪80年代，欧洲人的“卧室兼具了社交功能，人们在此招待客人，谈天说地。卧室里设有椅子、窗座，通常还有两三架书”。到了19世纪，出现了新景象，卧室成了人们“梳洗打扮、享受宁静、放松身心、独自品尝开卷之乐”的地方，而会客室、休息室及走廊，逐渐替代了卧室的其他功能。豪门大户开始设立独立的私人图书室，富人们“竞相购买成套的精装书，一排排满满地摆放在又高又宽的书架上”。1816年，一位名叫雅克–西蒙·梅林（Jacques–Simon Merlin）的爱书人在巴黎购买了大量的书籍，其中不乏稀有珍本。他将这些书“存放在特地为此购买的两栋五层楼的房子里”。随笔作家、评论家查尔斯·兰姆（Charles Lamb）曾极力褒扬自由阅读所带来的力量。他说：“我素喜徜徉于他人的思想之中。只要不走路，就在阅读；我无法闲坐空想，书本会引领我思考。”在兰姆看来，书籍不是用以向他人炫耀的物品，而是自己的密友，是珍爱的收藏，是值得倍加珍惜的内心情感。

19世纪初，经济意识觉醒，出版业得以迅速发展。这时，出版商已经实现了与书商的分离，他们意识到了愿意出高价买好书的精英和文化品位一般的中下层老百姓之间的读者群体划分。于是，书籍成了批量分销的产品。随着收入的增加，人们大量购书并阅读书籍，读书之风盛行。欧洲读者喜欢随时随地地享受文字食粮，尤其是在旅行中。19世纪的各项变革构建了20世纪全球性阅读的主要特征，尤其是伴随着技术革新的突飞猛进。20世纪30年代西方的平装书革命，使书籍成为了一种大众消费品。之后，一大批畅销书陆续出版，如埃里希·玛丽亚·雷马克（Erich Maria Remarque）1929年出版的《西线无战事》、玛格丽特·米切尔（Margaret Mitchell）1936年出版的《飘》、杰罗姆·戴维·塞林格（J.D.Salinger）1951年出版的《麦田里的守望者》，以及约翰·罗纳德·瑞尔·托尔金（J.R.R.Tolkien）的《指环王》和考琳·麦卡洛（Colleen McCullough）的《荆棘鸟》等，这些作品创造了数百万册的销售量。尤其是乔安妮·凯瑟琳·罗琳（J.K. Rowling）的《哈利·波特》系列科幻小说，效仿电影和流行音乐的运作模式，获得了巨大成功。

印刷书诞生500年以来，人们将其视为“保存人类最崇高情感的圣殿”。印刷书使人人都在“私密、静谧的环境下专注地体味、享受开卷之乐”。在史蒂文·罗杰·费希尔看来，这便是“宇宙意识”的表达。

无数的变革造就了阅读史。

如今，在各类认读语境中，个人阅读行为发生了巨大的变化。商业精神主宰了人们的阅读环境——个人电脑引领职业阅读；信息性阅读在电子屏幕或仪器上进行；娱乐性阅读将文化读者推向网络世界；宗教、礼仪性阅读空前繁荣；甚至不经意的阅读活动，诸如橱窗广告、车体广告以及各式各样的宣传单都在急剧增加。

新技术，特别是个人电脑和网络技术的出现，预示了未来阅读群体的根本性变化。与实用性阅读相比，文化阅读的未来发展方向也将变得扑朔迷离。关于文化阅读，弗朗茨·卡夫卡（Franz Kafka）曾这样说：“我平生所求，乃以切骨之痛叩击心灵之书，乃令人如失挚爱、痛贯心膂之书。好书，必令人如迁臣逐客，放浪山林，远离人寰，痛心绝气。好书，必如一柄利斧，破除心中久冻之冰。”由此，费希尔认为，文化阅读活动因而将会，也应该会继续包含人类所有的经历。

在崇尚书写文字的社会，阅读会继续发展，仍将包含更多的种类、技术和领域，从而真实地记录人类自身的转变。

在《阅读的历史·阅读未来》中，费希尔引用了社会历史学家乔纳森·罗斯（Jonathan Rose）收集的一些有关阅读的普遍看法，他认为：

· 文化读本的发行量与其实际社会影响力无关。

·“高雅”读物仍然比“通俗”读物更具吸引力，并且能够更好地反映大众观念。

·“高雅”读物通常会挑战而不是维护社会政治秩序。

·“杰作”的标准由普通读者而不是由精英人士确定。[6]

这是“21世纪初或可视为放之四海而皆准的箴言”。这些箴言说明，不管人们喜欢还是不喜欢，就阅读来说，“阅读是平等的、讲原则的”。人们追求的是精华，而非糟粕。不管是为了愉悦身心，为了获取信息，还是为了学习，作为读者都必然会挑选自己认为最好的书。因此，文化阅读将成为“衡量一个人社会品位的有效尺度”。

关于未来的阅读，史蒂文·罗杰·费希尔认为——

> 伴随着新技术的发展，现代阅读活动也将分化、塑造阅读的未来。微缩胶卷和微缩平片的出现使人们可以对大量书面材料进行归档、保存并以极低的价格出售。激光影碟、视频光盘以及只读光盘使得阅读的成本更加低廉，更加容易获得。主要资讯将可以存储在电脑播放光盘上。这些资料将实现以网际文本的形式存储在互联网上，以便人们从全球任何地方即时获取。将来，网络能够实现让读者即时访问世界上任何一家图书馆。借用专家的话说，一旦新的扫描技术使数据迅速录入成为可能，网络书籍的数量将呈几何级数飞速增长。可以预见，网络图书馆终将在全球范

围内取代有形图书馆。届时，“阅读”将无一例外地在电脑屏幕上进行，而有形图书馆将成为明日黄花。

电子邮件、网络聊天、手机短信的出现，将使阅读交流日益广泛。未来社会人们使用“电子纸张”[⑦]进行阅读将更加普遍，而这种“电子纸张”将变成不断显示内容的电脑屏幕或手持阅读终端。理论上，“电子纸张”将推动印刷的可及性和潜能，并使其发生质的飞跃——人们可以把整个图书馆的书下载下来，做成便捷的“报纸”，然后再把它们折叠起来带到任何想去的地方。一旦电子纸张的造价足够低廉，人们就可以把许多页电子纸张装订成性能极佳的电子图书——“e书”。

到那时，电子图书的前景将无比广阔。这种电子图书由一系列处理器芯片控制，由电池提供能量，读者可远程下载当地报纸、荷马的史诗《奥德赛》，甚至《大英百科全书》……

500多年前，活字印刷术问世，拼音文字取得了巨大优势，技术与文字的完美结合改变了世界。今天，以拉丁字母为基石的个人电脑构建了整个电子社会，并同时编织着每一个人的未来。随着电子图书方兴未艾的发展，虽然目前对其终极形态的判断还为时尚早，但可以肯定的是，未来的阅读与今天的阅读相比将发生巨变。电子图书将为人类提供更加丰富的阅读体验，诸如全身文本、动画文本、超文本[⑧]、互动文本以及其他现在还无法想象的各种文本形态。电子阅读本身，将以其丰富多彩的形式最终定义“读”和“书”的概念。

纵观阅读发展史，历史上，黏土书板和莎草纸被羊皮纸替代，于是装订成册的羊皮法典得以为个人所收藏；而随着羊皮纸被纸张取代，大批印刷书籍开始填充人们的家庭书架和图书馆。同样，电子纸张及其衍生出来的电子图书，无疑将会宣告阅读领域另一场划时代革命的到来。

史蒂文·罗杰·费希尔最终断言——随着新一代读者的兴起，阅读的未来必将得以重塑，阅读的定义将发生划时代的改变。

书人小传

史蒂文·罗杰·费希尔（Steven Roger Fischer），新西兰奥克兰波利尼西亚语言文学研究所所长，语言史和古代书写系统研究领域的国际知名专家。代表性著作有《语言的历史》和《写作的历史》等。《阅读的历史》，商务印书馆2009年9月第一版，李瑞林、贺莺、杨晓华译，党金学校。

---

①美索不达米亚（Mesopotamia），源于古希腊语，意指“两河之间的地带”，即位于西亚底格里斯河和幼发拉底河之间的包括现在伊拉克大部分地区的区域。公元前约1万年起就有人居住，是世界上最早的几个文明发源地之一。它的都城在美索不达米亚，由苏美尔人在公元前第4千纪建立。

②莎草纸（Papyrus），美国哥伦比亚大学古典系和历史系教授、纸草学家和希腊罗马时期的埃及史专家罗杰·巴格诺尔（Roger S.Bagnall）将纸草概念划分为狭义与广义。狭义指一种水生的灯心草属植物，形似芦苇，是“草”。这种多年生植物一般能长到4.6米高。古代主要分布于非洲和巴勒斯坦等地区，盛产于埃及尼罗河三角洲。可搓绳编篮、制鞋造船，但使用最广泛的，还是作为书写材料；

广义指用这种植物的木髓制成的书写材料，是“纸”。莎草纸就是此植物晒干后，用切分好的梗制成的。大约公元前500年，纸草卷开始用于书写希腊文学，尤其是诗歌。最终，以交易莎草纸图书为主的书市在罗马发展起来，出现了数十家出版商，雇用着成百上千的书记员和绘图员。现存世界上最古老的莎草纸残片源自公元前3世纪。公元4世纪以前，东地中海沿岸各国大多数生产的书和所有的官方记录、文献均采用卷的形式，一卷通常由20张纸草黏合而成，有6—8米长。——参见《阅读纸草，书写历史》，作者：（美）罗杰·巴格诺尔，宋立宏、郑阳译，上海三联书店2007年3月第一版。

③羊皮纸（Parchment），把某些动物的表皮处理后制成在上面可以写字的材料，主要是绵羊皮、山羊皮及小牛皮。公元前2世纪在希腊发明，清洁、绷展与刮屑后的手稿页两面都可用于书写，从而装订成书籍。最有名的羊皮纸为犊皮纸。希腊最早的上等羊皮纸抄本是公元3世纪荷马的《伊利亚特》抄本。羊皮纸风行于公元400年，之后手抄书或装订书逐渐取代莎草纸书卷。随着基督教的发展，羊皮纸的用量不断增加，《圣经》最早的副本就是采用上等羊皮制作而成的抄本，这种做法之后变成了一种传统。基督教确保了羊皮纸抄本的胜利，实际上创造了现代书籍。

④亚述帝国（Assyria），亚洲西部的古帝国，原为亚述城（伊拉克北部）附近的一个小地区。公元前9世纪是其鼎盛时期，后曾征服了以色列、大马士革、巴比伦和撒马利亚等地区。亚述文化深受苏美尔、巴比伦文化影响，亦采用楔形文字。

⑤象形文字（Hieroglyph），几种文字体系的书写符号，近似图画，但读音不一定与图形一致。埃及象形文字可按照图形、语音及其相互关系去读。

⑥针对“读者反映的五种一般性谬误”，乔纳森·罗斯在《重读

英文通俗读本：序·一个听众史》中进行了归纳，他认为：第一，所有的文学都是政治的，意思是它总是影响着读者的政治意识；第二，一个既定文本的影响力直接与它的循环成正比；第三，“流行”文化比“高级”文化有更多人追随，因此它更正确地反映大众的态度；第四，“高级”文化倾向于强化对既有社会与政治秩序的接受；第五，“伟大书籍”的典律是单独由社会精英所建立的。普通的读者不是不承认那个典律，就是只出于对精英意见的崇拜而接受它。——参见阿尔维托·曼古埃尔《阅读史》第381页。

⑦电子纸张（Electronic Papers），类似纸张的电子显示器。由一种包含“微小球体”的“导电高分子”材料制作，外观是像纸或像投影片通用的超薄型平面监视器，厚度多半小于1mm。微小球体大小代表显示器像素的大小，使用高分子材料强调的是可挠性。目前实现电子纸技术的途径主要包括胆固醇液晶显示技术、电泳显示技术（EPD）和电润湿显示技术等。基于电子纸技术的电子阅读器是一种轻巧的平板式阅读器，相当于一本薄薄的平装书，具有重量轻、大容量、大屏幕和电池使用时间长等特点。2000年11月美国E-Ink公司和朗讯科技公司成功开发出世界上第一张可卷曲的电子纸和电子墨。2002年3月，日本东京国际书展推出了世界第一张彩色电子纸。

⑧超文本（Hypertext），又称超级链接，指通过电子联系将相关的信息片段连接起来，以方便用户取用。这一概念于1945年由V.布什提出，20世纪60年代D.恩格尔巴特发明。在互联网的浏览器中，超文本链接热链通常用不同的字体或颜色把词或短语凸显出来。超文本链接创设了一种分支的或网状的结构，可以直接地、无须中间步骤就得到相关的信息。

· 曼古埃尔如是说

——《阅读史》

20世纪80年代，莫林·威特洛克（Merlin C.Wittrocr）在对人类阅读行为与功能进行研究后，对阅读作了“我们不只‘阅读’它，还为它建构出一道意义”的解析，并针对阅读的复杂过程，提出了“读者处理了这篇文本，他们创造出影像和言辞的转换来呈现它的意义”的观点，继而认为“阅读时，他们靠着知识、对经验的记忆，与书写的句子、段落之间建立起关联来产生意义”。阿尔维托·曼古埃尔在自己的著作《阅读史》一书中，借用了威特洛克的上述研究成果，他认为：“阅读不是一种捕获文本的自动过程，像是感光纸捕获光线那般，而是一种令人眼花缭乱、迷宫般、平常但又是具有个人色彩的重新建构的过程。”“这个过程反映了读者欲以所受之训练在语言的规则之内建造一个或更多的意义之企图。”

《阅读史》体现了这一过程，并遵循这一界定，曼古埃尔将《阅读史》写成了一部阅读活动百科全书式的著作。在写作上，他有别于史蒂文·罗杰·费希尔的《阅读的历史》。他没有按史论著作的一般形式，沿着人类阅读活动的历史轨迹去作断代划分，去勾勒阅读历史的具体演变过程，而是把自己放在了一个读者的角度去研判阅读的历史，包括对阅读活动、阅读的作用、阅读的社会发展以及对阅读方法的叙述。这样，阅读曼古埃尔的《阅读史》，对读者来说不但不会感到晦涩难懂，甚至还会感觉到轻松和愉快，或趣味盎然。

> 在一处色彩斑驳的森林里，一个男孩坐在一根长苔的树干上，双手捧着一本小书，在柔软的静谧中阅读，仿佛时空的主人。
>
> ——《阅读史》之《最后一页》

《阅读史》的开篇，阿尔维托·曼古埃尔列举了自古至今各式读者的各种阅读方式。

> 年轻的亚里士多德坐在一张垫椅上，双脚舒服地交叉，一只手垂靠在侧身，另一只手抵到眉边，疲倦地读着一卷摊开在他膝盖上的书；一个名叫玛丽·马格德林的女孩，头发梳理整洁，全身赤裸，似乎毫无羞耻感地躺于铺在原野岩石的一块布上，读着一大本附有插图的书；查尔斯·狄更斯手握自己所写的一本小说，正打算利用他的表演天分，对一群仰慕者朗读……

由衷钦佩曼古埃尔超强的阅读和文字统驭能力，以及丰富的想象力。《阅读史》将人们的阅读活动进行了分散式展示——这些人都是读者，通过他们的手势、技巧，正从阅读中获得乐趣、责任与力量。

把自己也当成一个阅读者，曼古埃尔坦诚地认为“领悟是孤独的事件”，并认为这也是一个“普遍具有的功能加以扩充或集中”的过程。犹如，天文学家阅读一张不复存在的星图；动物学家阅读森林中动物的臭迹；舞者阅读编舞者的记号法，观众阅读舞者在舞台上的动作；农民阅读天气；渔夫阅读海流；精神科医生帮助病人阅读他们饱受困扰的梦；情人晚上在被子底下阅读爱人的身体……

一切的阅读活动都和书本的读者共享辨读与翻译符号的技巧。

“不管是哪种情况，阅读其意义的都是读者；允诺或承认事物、地方或事件具有某种可能的可读性的是读者；觉得必须把意义归诸一套符号系统，然后辨读它的是读者。每个人都阅读自身及周遭的世界，俾以稍得了解自身与所处。”“阅读以求了解或是开窍。”“阅读，几乎就如同呼吸一般，是我们的基本功能。”曼古埃尔如此认识、归纳，并雄心勃勃地从“一名读者的历史跨步到阅读活动的历史”。

> 阅读的历史便是每位读者的历史。
>
> ——《阅读史》之《最后一页》

阅读可“得悉人生的经验”。

成书于公元3世纪的《创世之书》[①]讲述了上帝借着32个“智慧路径”——10个数字和22个字母——创造世界的故事。故事中的10个数字创造了世界上所有的抽象事物，而22个字母则创造了宇宙的三个层域——世界、时间与人。犹太教与基督教的传统观念将宇宙描述成了一部由数字与字母写成的“书”。因此，要了解宇宙，关键在于“适切阅读这些数字与字母，并精于组合它们”。这便是阿尔维托·曼古埃尔研究阅读史的切入点。

曼古埃尔阅读观的形成，借鉴了萨特（Jean-Paul Sartre）的观点，就像柏拉图通过知识来认识知识的主体，在事物中发现更多的现实，并在获得理念后，将理念当做事物去认识。正如，弗吉尼亚·伍尔芙[②]记录重读《哈姆雷特》时的所感——把它当成是记录自己的传记，以此发现生命，并从对莎士比亚的评论中获得更多对世界的理解与认识。从中，曼古埃尔读出了自己的认知。他以为，世界的内容通过书籍得以显露，每一本书的内容，它的世界，就包含在其中，而且变得触手可及。不仅仅限于书的封皮或图片，甚至还珍藏在每一章节的标题、篇头的字母以及各个段落与栏列之中。这样，自己心居其中，在书籍的字里行间，发现惊奇，满足快感。他借鉴心理学家詹姆斯·希尔曼（James Hillman）“你要生活其中并克服的东西，一个灵魂得以安身立命的道途”的箴言，为自己的阅读找到了一个独处的借口。

在阅读方法上，曼古埃尔总结了自己认为有效的两种方式。其一，屏息紧盯事件的情节与人物，不拘泥细节，通过快速阅读吃准、吃透故事。譬如阅读亨利·莱得·哈迦德爵士、《奥得赛》、柯南道尔以及德国作家卡尔·迈的“蛮荒西部”故事。其二，小心探究，细察文本，了解它的纠结意义，在隐喻的线索中发现乐趣。譬如刘易斯·卡罗尔、但丁、吉卜林以及博尔赫斯[3]。通过阅读这些作家的作品摸索出适合自己的阅读方式，“让空洞贫乏的心灵运动获得充分的更新”。

每一种新的阅读都建立在先前的阅读基础之上。曼古埃尔认识到，阅读的累积呈现的是几何式递增规律。他回顾自己在与博尔赫斯的交往过程中，曾经因为自己选择故事时擅作臆断的体验——吉卜林散文的矫揉浮夸、斯蒂文森作品的幼稚以及乔伊斯作品的晦涩难懂。终于，他达到了通过读一则故事而盼望阅读另一则故事，记住了博尔赫斯与自己的反应而变得更加丰富多彩。之后的境界是，通过大声朗读自己读过的作品，来修正先前那些孤单的阅读所得，以此增添记忆，激发回想。

> 大声朗读，静默阅读，能够将储存着所记忆之文字的亲密图书馆携于心中，这是我们借着不确定的方法所取得的惊人能力。
>
> ——《阅读史》之《学习阅读》

圣·奥古斯丁[4]与他的朋友这样阅读保罗的《使徒书》——其中有一个人静静地阅读，为了个人的学问；而另一个人则大声朗读，以示与同伴共享作品的启示。这是阅读史进程中迥然不同的两种方式。

在《忏悔录》中，奥古斯丁描述了朗读与默读这两种阅读方法。

公元384年，奥古斯丁来到意大利米兰，拜访了主教安布罗斯。关于阅读，有记载说“安布罗斯是一位不凡的读者”。针对安布罗斯的阅读，奥古斯丁这样记录：“他的眼睛扫描着书页，而他的心则忙着找出意义，但他不发出声音，他的舌头静止不动。……他就这般默默地阅读着，因为他从来不出声朗读。”对奥古斯丁来说，这显然是一种十分奇怪的阅读方式，所以在《忏悔录》中禁不住大书特书了一番。相对于当时大声朗读这种主流阅读方式，尽管此前默读的例证也有迹可寻，但直到10世纪以后的西方，这种沉默专注的阅读方式才得以普及。而此时，作为默读行为的开创者，安布罗斯则居功至伟。

古代西方有句名言：“Scripta manent，verba volant.”可译为：“书写之字得以留存，口说之语消失无踪。”这是对朗读的赞颂，相比之下，静默的文字却在书页上沉寂。按当时的说法，面对书写的文本，读者有责任把声音添加到这些沉默的字母上。《圣经》的编写就体现了便于朗诵的要求——每个字母与字母的数目及其排列顺序，传说均是神的口述。欲达到完整的理解，不仅需用眼睛，还需要整个身体的配合——随着句子的韵律摆荡，将《圣经》喃喃念出，避免有任何神意在阅读中不慎流失。

为此，美国心理学家朱利安·杰恩斯（Julian Jaynes）在研究人类意识起源的报告中，提出了“二室心智”的观点。这一观点认为，早期阅读的实例或许是一种听觉而非视觉的感知过程。他分析认为，公元前3000年的阅读可能就是一种聆听的楔形文字。而对“聆听”进一步推论，或许还可以说明在奥古斯丁时代也可能就是实际的阅读状况。从而，杰恩斯得出第一个结论是：阅读是思考与言说的一种形式。直到中世纪，作者们在写作过程中，都认为读者会“听到”而非单单“看到”其作品。这时，用于大声朗读的书本，在功能上，书上的字母就不需要予以分成一个个语言单元，而是被串成一个个连续不断的句子。因此，分析古代书写在卷轴上的文章，之所以“既未将各个文字予以分开，也没有区分大、小写，更未使用标点符号”的原因，可能就是为了适合大声朗读这种阅读形式的需要。

之后，字母分离文字和句子的过程得到了缓慢发展。公元4世纪末，圣·杰罗姆在狄摩西尼 （Demosthenes）和西塞罗[5]的抄本中发现了这种方法。

书写中标点符号的出现，无疑推动了默读这种阅读形式的发展进程。

公元6世纪末，叙利亚的圣以撒就有“练习默读时，所读的作品与祈祷文的韵行居然让我充满了欢欣……”的表达。公元7世纪中期，西班牙塞维利亚的神学家伊西多尔对默读已极为熟悉，并称赞这是一种“极轻松的阅读”方式，可以一边“思考所阅读的东西，令它们更难从记忆中逃离”。

借着默读，读者终于能够与书本及文字建立起一种不受拘束的关系。套用奥古斯丁的快乐说辞——默读在书本与读者之间建立起了一种未有他人在场的沟通，并让读者单独得到了“心灵的振作”。

因此，关于阅读，“阅读诗作比聆听它们要有趣得多”应该就是可以得出的第二个结论。曼古埃尔这样认为，在文字社会，学习阅读是一道入会仪式，一个告别依赖与不成熟沟通的通关仪式。

> 未来世界中，书籍不是用纸张来传递，而是由脑子的记忆。
>
> ——《阅读史》之《最后一页》

在阅读过程中，就曾经有人拥有不凡的记忆力，能够随时将念过的文章写出或随意重组其文句。1658年，一位名叫让·拉辛的18岁青年曾展示过这一非凡的记忆力。面对自己阅读过的书再三被教堂司事焚毁的状况，拉辛干脆凭记忆，将阅读过的书全部记了下来。这种特殊的阅读能力使得读者不仅靠细嚼文字来掌握文本内容，而且真正地将它们融成了自我的一部分。

针对阅读与记忆之论，苏格拉底曾说："书写文字只能够使人想起他原本就知道的事物。……书写的文字，似乎在对你说话，仿佛它们只有智慧和聪明，但假如你为了更进一步求知而询问它们所言何物，它们只会一再地告诉你相同的东西。"苏格拉底所言，意义明了地阐述了文本即文字，其中的符号与意义交叠之精确是令人眩惑的。而诠释、评注、注释、评论、联想、驳斥、象征性与寓意性的意义，都并不起于文字自身，而是来自读者的附添。如同文本"就像一幅绘画，只说出'雅典的月亮'，而读者则给它添加了完整的象牙色面貌，一片黑邃的天空、一处苏格拉底曾漫步其中的古代废墟景致"。

圣托马斯·阿奎那（St.Thomas Aquinas）依循西塞罗所创改进修辞学记忆能力之法，竭力为读者设定了一套记忆规则：将欲记住的东西安排成某一种秩序，培养一种对它们的"感情"，将它们转变成"不寻常的类似物"，使它们具象化，并时常予以反复练习。

关于记忆，《阅读史》引用了一段奥古斯丁的精辟言论：

你在念书时，只要一发现让你感觉刺激或令你的灵魂欣喜的绝妙字句，不要只想凭恃你的智慧力量，一定要强迫自己用背诵的方法记住它们，并以思考来熟悉其内容，以便苦恼之事紧急发生时，你随时都有疗药可治，好像它已铭刻在你的心灵之中一般。只要看到似乎对你有用的段落，便画下醒目的标记，这大大有助于你的记忆，不然的话，它们可能飞得无影无踪。

这是奥古斯丁论述并提供的一种崭新的阅读方法。这种阅读，曼古埃尔归结为，既不把书本当做思想的支柱，也不像贤人的权威般相信它，而是从中攫取一个观念、一句警语、一个意象，并将它与自己保存在记忆中的文本和反思撷采而来的观念、警语、意象相联——如此便诞生了一篇由读者自己做出的新文本。

> 当阅读普及的时候，隐喻则变成了普通的修辞。
>
> ——《阅读史》之《阅读的隐喻》

阅读的隐喻有其悠久的历史。德国评论家库尔提乌斯（E.R. Curtius）在《欧洲文学与拉丁中世纪》一书中认为："书本隐喻始于古希腊。"而德国评论家汉斯·布鲁门伯格则认为："隐喻首先不再被认为是代表着我们犹豫不决的理论构想的领域，或是一处通往概念形成的入口大厅，或是尚未巩固的专门化语言里一道暂时的装置，而是理解文脉背景的真正工具。"

对美国作家沃尔特·惠特曼[⑥]而言，文本、作者、读者和世界在阅读的活动中是彼此互相映照的。惠特曼将阅读活动的意义扩大到了所有人类的生命活动，及所有这些活动所发生于其中的宇宙——读者反映了作者，世界对书本发出回响，书本有血有肉，这个世界是一本尚待解码的书。曼古埃尔说："终其一生，惠特曼似乎一直在找寻对阅读活动的理解与定义，这种活动既是它自己，也是它各个组成部分的隐喻。"

正如惠特曼所指出的，我们的任务就是阅读这个世界，因为这一本巨大的书是我们尘世之人唯一的知识来源。

当然，人类自身也是一本待阅读的书籍。

"书籍如美食。"伊丽莎白一世女王（Queen Elizabeth Ⅰ）曾用隐喻描写了自己阅读《圣经》时的情景，她这样说："许多次我走入

《圣经》令人愉快的领域，在那里我采摘了句子的优质绿色药草，借着阅读吃下它们，沉思咀嚼，而最后将它们放置在记忆中……由此我可以减少对不幸生命的辛酸的感受。”到1695年前后，隐喻已在英文中根深蒂固，威廉·康格里夫（William Congreve）在《为爱而爱》中这样描述：

读，读，喂！琢磨你的食欲；学会靠知识果腹；设宴款待你的心灵，并克制你的肉欲；读，用你的眼睛摄入营养；闭上嘴巴，反刍理解。

阿尔维托将其归纳为，无论读者如何将一本书读成自己的，结果都是书和读者的合二为一。如此，就替阅读之无穷无尽创造了一个循环的隐喻——我们即是我们所阅读的东西。正如惠特曼所说，这个循环的完成过程并非只是一个智性的过程，我们的理智只能阅读到肤浅的表层，只能掌握一些意义、了解一些事实。但在同时，在无形的不知不觉中，文本和读者相互交融，从而创造出了新的意义层次。

> 对奴隶来说，学会阅读并非是立即通往自由的护照，而是取得其压迫者的强有力的工具之一——书本——的途径。
>
> ——《阅读史》之《禁止阅读》

其实，禁读的历史一直伴随着阅读史的发展。

伏尔泰在《关于阅读的可怕危害》一书中写道，阅读是为了驱除蒙昧，而“蒙昧向来是完美控制之国家的监管与保护工具”。

在西方，从最早的莎草纸卷出现到现代，禁书都不曾停止。公元前411年，毕达哥拉斯的著作在雅典烧毁；公元前168年，耶路撒冷的犹太图书馆在暴动中被摧毁；公元1世纪，奥古斯都将诗人加鲁斯和奥维德放逐，并查禁了他们的作品，之后罗马暴君卡利古拉下令将荷马、维吉尔和史学家李维的所有著作烧毁；公元303年，戴克里先将所有基督教书籍丢入火堆；1933年，在第二次世界大战期间，德国纳粹将两万余册书籍当众焚烧。……

历来统治者都明白“文盲群众最容易统治”。因为阅读技巧一旦学会就无法抹消，书籍和其他人类的创造物不同，一直被统治者视为眼中钉。

17世纪英王查理（Charles）统治时期，当时奴隶主的心理状态是，想到“有读书能力的黑人”就害怕，因为会读书后他们就有可能在书中找到危险的革命思想。这种情形在当时的英属殖民地——美国也很典型。譬如，那时的南卡罗来纳州就制定了严格的法律——黑人，不论是奴隶还是自由人，都禁止受教阅读，而且这些法令一直延续到了19世纪中期。

奴隶主们迷信文字书写的力量，他们甚至比某些读者更明白，形成了力量的阅读，往往几个字就能掀起波澜。能够读一个句子的人就能够阅读一切，更重要的是，读者有能力反省句子，并付诸行动，为它加上一个意义。阿尔维托引用奥地利剧作家彼得·韩得克（Peter Handke）的话说：“……你可以将一切事物放进你的句子里。而凭着这个句子，一切事物就属于你。凭着这个句子，一切事物就是你的。”

因此，为了这些理由，必须禁止阅读。

> 在希腊、罗马和拜占廷，学者诗人手中要握着一片刻字板或一个卷轴——这个形象已经被认为是一个模范。
>
> ——《阅读史》之《书呆子》

1494年，塞巴斯蒂安·布兰特⑦出版了一本叫《愚人船》的寓言诗，风靡一时。1509年，人文主义者约翰·盖勒·冯·凯塞贝格（Johann Geiler von

Kayserberg）以布兰特的愚人角色为基础，设计了一系列讲道内容。他将书痴分成了7种类型，并借用铃铛的“叮当”声进行辨认。

第一只铃铛，表示为虚荣而收集书本的“愚人”，他们把书本当成昂贵的家具。盖勒认为：“那些想要靠藏书来得名的人，必须从书中学点东西；他不可以把书储存在他的图书室中，而是要储存在头脑里。”第二只铃铛，响于那些梦想凭借大量阅读来变聪明的“愚人”。盖勒说：“不，你不应该那样做。可是你应该选择那些对你有用的书，并适当加以运用。”第三只铃铛，响在那些只藏书却没有真正去阅读，而只是随便翻翻来满足自己闲懒的好奇心的“愚人”。盖勒将这种人比喻成一个疯子。

第四只铃铛，唤出的是喜爱有插图书籍的“书呆子”。盖勒下结论说，这种对印画形象喜爱的人，是“对智慧的一种侮辱”。当第五只铃铛响起，出现了以精美布面来装订书籍的“书呆子”。盖勒在此借用了塞涅卡的一个观念，塞涅卡抗议那些“从封面与标示获得乐趣”的藏书者。第六只铃铛，唤出了那些没有阅读过经典作品，不懂拼字、文法或修辞知识，却写出糟糕著作的“书呆子”。第七只铃铛，是指那些蔑视书本并轻视从书本中可以获得智慧的人。

通过布兰特的智性意象，盖勒从一个人道主义者牧师立场出发，批判了未受训练或空洞虚然的智性竞争。与此同时，盖勒也强烈地为读写能力的必需与书籍的价值进行了辩护。

如何在凡人身上发现类似于创意写作的活动？后来，心理学家西格蒙德·弗洛伊德（Sigmund Freud）研究后认为，可以将小说的发明与白日梦的发明相互比拟，因为阅读小说时，“我们从想象作品所获得的愉悦，实际上来自我们的心灵从紧张中（获得的）解放……”

关于阅读，阿尔维托·曼古埃尔这样总结陈述：

> 书页的世界有时候会进入我们意识的想象事物——我们日常所说的意象——然后，我们在那些虚构的景物中漫无目的地徘徊，迷失于惊奇中，就像堂吉诃德。但大部分的时间我们坚定阔步，我们知道自己正在阅读，即使暂时停止怀疑；我们知道为何而阅读，即使不知道如何做。仿佛我们的心灵同时怀有引起幻觉的文本和阅读的动作。我们阅读，以便知道结局，就因为故事的缘故。我们阅读，以便不要达到结局，就因为阅读的缘故。我们锲而不舍地阅读，就像追踪者，过于专心而忘记了周遭的环境。我们心神不专地阅读，跳页。我们轻蔑地、赞叹地、疏忽地、愤怒地、热情地、嫉妒地、企盼地阅读。我们读着，突然一阵愉悦，却不知道这愉悦感从何而来。……我们不知道：我们无知地阅读。我们在缓慢、长久的动作中阅读，好像飘浮于太空，没有重量。我们充满偏见，心怀恶意地阅读。我们慷慨大方地阅读，为正文找借口，填满漏洞，修正过失。
>
> 有时候，当星星亲切的时候，仿佛……是一阵闪烁或一道阴影，它以幽灵的形式升起，在我们看得见它是什么之前，退回到我们内心，使我们变得老而更有智慧。

《阅读史》就这样精妙地描述了阅读的种种情形，展示了作者宽广而丰富的想象。这部书写作风格上的独特，博古通今的视野，很大程度上得益于阿尔维托·曼古埃尔是一位作家，并运用了文学的思维、文学的手法以及文学的语言进行素材的组织与创作，从而让人读后难忘。

书人小传

阿尔维托·曼古埃尔（Alberto Manguel），生于布宜诺斯艾利斯，曾旅居意大利、法国、英国等地。1985年后成为加拿大公民。极具天赋的作家、小说家、翻译家兼文集编纂者，在国际享有盛名。获奖作品包括《天堂之门》和《虚拟处所辞典》等。《阅读史》，商务印书馆2002年5月第一版，吴昌杰译。

---

①《创世之书》（*Sefer Yezirah*），犹太教著作。现存希伯来最早的四边形文本。主要内容是论善良法术及宇宙，融思维的系统性和推理性为一体，是已知此类著作中历史最悠久者。《创世之书》认为上帝创造的世界有32个神秘的“智慧路径”，由10个数字和22个字母组成。宇宙的三个层面——物质世界、时间与人，是“智慧路径”的直接产物。所有的创造之物都可视为一部由数字和字母构成的书。如果人类能“正确”解读这些数字和字母，按上帝的启示破解它们的组合，就同样可以创造生命。

②弗吉尼亚·伍尔芙（Virginia Woolf，1882—1941），英国著名女作家，注重描写人物的内心世界和感受，世界三大意识流作家之一。在小说创作和文学评论方面有卓越的贡献。主要作品有：小说《达洛威夫人》（1925）、《到灯塔去》（1927）、《奥兰多》（1928）和《海浪》（1931）以及散文《时常上街去走》（1930）等。《到灯塔去》的写作，如视角转换、两种时间、象征手法、音乐结构、借鉴

绘画等是典型的意识流手法。

③豪尔赫·路易斯·博尔赫斯（Jorge Luis Borges，1899—1986），阿根廷诗人，超现实主义小说家兼翻译家。1922年自费出版第一本诗集《布宜诺斯艾利斯的激情》（1923），1941年发表短篇小说集《交叉小径的花园》，在阿根廷和拉丁美洲国家赢得很高声誉。1955年任阿根廷国立图书馆馆长。其他重要作品有：小说《阿莱夫》（1949）、《死亡与罗盘》（1951）和《布罗迪埃的报告》（1970）以及大量的散文和文学评论。博尔赫斯的作品文体纯净，构思或幻想新颖奇特，带有浓重的神秘色彩，基调是孤独、迷惘、彷徨与失望。美国当代文学批评家哈罗德·布鲁姆评说："卡夫卡是博尔赫斯的主要前驱人物，博尔赫斯则可以说取代了契诃夫，成为影响20世纪后半叶短篇小说的重要力量。"

④圣·奥古斯丁（St. Augustine，354—430），罗马基督教作家、思想家。最重要的著作是公元397—401年写的《忏悔录》13卷和公元413—426年间写的《天国论》22卷。

⑤西塞罗（Marcus Tullius Cicero，公元前106—公元前43），古罗马演说家、修辞学家和政治活动家。主要作品：演说词《为罗斯齐乌斯·阿墨利库斯辨护辞》、修辞学《论演说术》和《布鲁图斯》以及《论国家》《论法律》等政治、哲学著作。

⑥沃尔特·惠特曼（Walt Whitman，1819—1892），美国诗人、散文家、记者和人文主义者，他被认为属于文学上先验论向现实主义转变的作家。1855年出版《草叶集》第一版，共收录12首诗，最后第九版出版时共收录诗383首，诗集因公开谈论性，曾一度被一些人列入淫秽范畴。惠特曼的诗的背景是纽约的街道和长岛的海滩。草叶象征着一切平凡、普通的东西和平凡的普通的人。他是一位土生土长的美国作家，诗行比较接近口语和散文诗的节奏，没有韵，也没有极

为规律的重音，因而更加接近于他精益求精地所要表达的思想感情。关于自己，在《我自己之歌》中他这样吟唱：惠特曼，一个粗人，一个美国人；关于书，在《草叶集》第三版中，惠特曼有轻声呼唤震撼人心的描写：伙伴哟，这不是书本/谁接触它就是接触一个人/（现在是夜里吗？我们是单独在一起吗？）/你所拥抱的是我，也是我在拥抱你/我从书中跳出，投入你的怀中……

⑦塞巴斯蒂安·布兰特（Sebastina Brant，1458—1521），德国作家。写有大量宗教、政治、历史诗歌、格言诗以及社会讽刺作品。《愚人船》是布兰特一部代表性讽刺诗体小说，作品通过对船上111个愚人各种不同性格的描写，每一种性格都代表了一种愚蠢或一种社会弊端，如轻浮、抢劫、买卖官职、荒淫无耻、贪得无厌以及重利盘剥等。小说出版后受到欢迎，被译为多种语言。此后还出现了许多模仿《愚人船》的作品，文学史上称这些作品为愚人文学，布兰特则理所当然地成为了愚人文学的创始人。

朗诵的年代

——《古罗马人的阅读》

观看中国中央电视台的“青年歌手大奖赛”，引发对阅读的一些思考。其中“原生态”的演唱形式，那时而声嘶力竭，时而柔婉悠扬的表演，带来一种梦幻感觉，犹如原野吹来的一阵风，清新爽人；远古流年燃起的一团火，热力四射。

从“原生态”演唱，自然联想到“原生态”阅读。于是，找来法国作家卡特琳娜·萨雷丝的《古罗马人的阅读》一书追本溯源。

该书记录了距今两千年前古罗马人的一种阅读状态。在《古罗马人的阅读》中，作者没有展现全景，而是取其一个“点”，一个“片段”，“截取了一定的时间和空间”，将公元1世纪前后古罗马的作家、作品和读者拣选了出来，虽不是全部，但已经足够了。就阅读来说，作家、作品和读者是不可或缺的三要素，它们建构了“一种在社会任何阶层都有所延续的三角关系”。公元1世纪是罗马发展历史上一个非常重要的时期。因此，从这个意义上说，仍然是全面的。

诗云：

……里格瑞丝，你恶毒的言行，使我如此的悲伤。

命运，恺撒[①]，对我如此垂青，当你成为罗马历史中最为光辉的一部分时。

当你凯旋后，我细数着你堆放在诸神的圣堂上，堆放得满满的战利品时。

终于，诗歌成为了我们的赞歌。

……

这首诗选段，不是最早的诗歌，却来自公元1世纪的古罗马，诗中描写的人与事，反映了那个时代。1978年，当一支美国考古队在距离罗马遥远的埃及东南部，一个极度干旱的阿斯旺地区发掘后，诗文立刻成为了一份珍贵的文稿。尽管文稿已经残缺，作者也无从考证，但至少可以让后来的读者回溯到那个年代，并随着诗意体验那个时期作家的写作感受、读者的阅读心境；通过诗歌的表现手法，回味作者当年在广场上当众朗读时的慷慨激扬……

罗马是一座古城，至今保留着许多公元前后的残垣断壁，也许那就是当年的故事发生地。在罗马或西班牙广场，人们把自己创作的诗歌或者其他作品，在广场上朗读、传扬。

与现代阅读不同，那时的文学及其作品的传播渠道是狭窄的，作品的生产与制作也是简陋、粗糙的。古罗马时期，书籍成批翻印技术还没有完全被掌握，甚至纸张也还是莎草纸—— 一旦遭遇灰尘、高温或者潮湿就容易腐烂的纸。书籍制作工艺当然还是靠手工，或者作者自己动手，或者请人誊写，总之困难重重，束缚多多。卡特琳娜·萨雷丝铆足了劲，将公元1世纪古罗马的作家数量罗致到了206人，但只有其中26位作家的作品弥足珍贵地得以传承。

“有文化的罗马人都成了写作狂”是那时的一个说法，因为不少人非常乐于看到自己的作品被别人赞许而投入写作行列。其实不尽然，公元1世纪前后，罗马帝国疆域辽阔，社会和经济已得到了很大发展，直接或间接地促进了文化的繁荣。

为了使自己的作品能够有机会在大众中得到传播，也由于不畅的传播渠道，于是，作家们都要带上自己的作品，在大庭广众之下进行“原生态”式演唱——大声朗读——大众阅读。

一位名叫阿西纽斯·波里翁（Asinius Pollion）的有钱人，率先开始了大众朗读的创举。这个波里翁是恺撒的拥护者和维吉尔[②]的保护人，至于他为何要采取这种方式？有不同说法，有的人认为这是作者政治上的虚荣表达；有的人认为这是王权为加强对文学监控所采取的一个有效办法；还有的人认为是波里翁本人出于对自己作品的深厚感情而为之。但不管如何，大众朗读这种形式拓展了作品的受众面，影响力是无可置疑的。于是，这种人为的带有强制性的传播方式迅速获得了成功。而罗马人在公元1世纪上半叶勤勉好学的风尚，也起到了推波助澜的作用。

小普林尼[③]这样描述自己的朗读活动：

> 餐时，我当着妻子和朋友的面，捧起一本书朗读。餐后，我们一起欣赏喜剧，或者听人弹奏竖琴。之余，我们一起散步，其中不乏博学的朋友。傍晚，大家谈天说地，不拘一格。即使是最长的一天，也过得很快，饶有兴味。

这里暂且不对大众朗读的负面社会影响作出评价，但其积极意义是显而易见的。公元1世纪的古罗马，从社会结构来说，依然是严格的等级制度。骑士、议员、城市资产阶级、被解放的奴隶、罗马人以及奴隶构成了基本的社会阶层。作家群体也不例外，他们体现在各个等级阶层之中，为了生存，不少人甚至当起了门客作家。因此，不同等级的作家，在大众朗读方式展开的过程中是不一样的。对于贵族或处于上层社会的作家来说，在安排朗读场所方面，往往占得先机。这时，公共的或私人的剧场，甚至专门的礼堂，就成为这些人的舞台；一般中等阶级出身的作家，则无法享有如此优厚的条件。他们既没有礼堂，也无法得到朋友或保护人的资助，只能租一间房，并自己支付开销；但对于社会最底层的作家来说，要想获得朗读的机会，就只能奴颜婢膝，甚至忍辱负重地请观众来听。他们只能在街角，在柱廊下，甚至在公共浴池朗读自己的作品。在佩特罗尼乌斯④的代表作《萨蒂利孔》中描写的诗人欧莫普（Eumolpe）就是这样一个被侮辱的言语所折磨的知识分子的典型代表。塔西佗（Tacite，约56—120）在自己的著作《演说家的对话》中这样记录当时大众朗读时的物质条件，他说："巴绪斯用了整整一年时间加工润色一部作品，经过不断卑躬屈膝的请求，终于有人同意听他朗诵自己的作品，但代价太大了，巴绪斯得租一块地改建成礼堂，还要租凳子、分发讲义。"

尽管如此，大众朗读对公元1世纪罗马文学风格的形成或者对写作的推动作用是显著的，的确形成了一批重要的作家队伍，产生了一批有影响力的作品。就连奥古斯都（Auguste）皇帝也把"真心、耐心地参加一次朗诵会看做自己的义务"。为了适应大众朗读的需要，文学类型及其表达形式在选择上也发生了根本的变化。一方面，诸如史诗、悲剧以及历史研究这样能够使听众产生钦佩之情的长篇作品成为了当时的创作主流；另一方面，一些讽刺短诗、颂诗和专题著作等非主流作品也得到了很好的普及与传播，而且作品的精细化、短小化成为了发展趋势。这时候，为了使听众的注意力更加集中，文学作品中的深刻思想也往往能通过通俗易懂的形式予以表达，并呈现出风格奇特、语言风趣、思想性强的特点。创作层次既阳春白雪，又下里巴人。

基于对大众朗读的认识，小普林尼成为了"为公众朗读及其重要影响大唱赞歌的人"。小普林尼认为，大众朗读让作家更加注意思想的表述和文笔的精练。因为听众的尊重，作者的自尊心以及害怕失败的心理对所有作家来说都可能起到激励作用。这时，一位作家的声誉甚至比他一部作品的质量更能为他带来好评。小普林尼曾经称赞年轻的卡尔普尔尼乌斯·皮索（Calpurnius Piso）诵读时的卓越表现——文章是用流畅、轻柔，甚至可以说是卓越的对句写成的……声音跌宕起伏，节奏分明，变化有致。一会儿高昂，一会儿简约；一会儿干涩，一会儿洪亮；一会儿严肃，一会儿诙谐。变化之中，才情不减……

大众朗读，在公元1世纪引发了罗马知识分子对它的长期眷恋，持续影响了整个世纪，甚至影响到了后来西方读者的阅读倾向。

公元1世纪的罗马社会，各个阶层人员的社会地位虽然都有所提高，但社会财富的绝大部分仍然掌握在特权阶层手中，特别是骑士与议员两个等级。当财富变成社会地位提高的主要手段时，往往将发生社会变革，那些不甘于现状的被解放的奴隶开始从事贸易与经济活动，逐步形成了一股新生力量，从而转变成新兴的城市资产阶级。尽管他们对财富的拥有依然不如贵族阶级，但却在社会和经济活动中扮演了越来越重要的角色，体现出社会进步的勃勃生机。

在意大利，公元前2世纪就出现了翁布里亚人普劳图斯（Plaute）、非洲自由奴隶泰伦提乌斯（Térence）、意大利塔兰托议员埃尼乌斯（Ennius）和高卢自由奴隶卡厄西留斯（Caecilius）等因为社会和种族地位以及保护与被保护的关系而形成的关系融合，这种融合对民族文学的形成起到了积极的作用。到公元1世纪，作家职业的演变在知识分子群体中产生了影响，而且影响力越来越显著，导致了各种文学社团的产生。阿西纽斯·波里翁（Asinius）、瓦勒里乌斯（Valerius）和梅塞拉（Messala）分别组建的三个文学社就为后人提供了成功的范例。文学社团依靠保护人殷实的资产实力，为被保护的作家、艺术家提供了物质方面的资助，为作家能够自由地创作提供了必不可少的条件。

马提雅尔[5]和尤维纳利斯[6]都曾在各自的著作中追忆了得到资助人支持的那个年代。卡尔普尼乌斯（Clpurnius）的作品《罗斯·皮索尼》和《田园诗》反映了尼禄[7]统治初期资助事业的复苏。塞内加[8]在《论善行》中就有关于想成为当时的文艺资助人的论点。而一些并不富裕，不能加入高层级社团组织的作家，则通过组建“抄写员和诗人社团”的方式相互支持，“诗歌学校”在某种程度上就是这种社团组织的延续，它为社会地位低微的作家群体提供了一个沟通、交流以及聚会的场所。“诗歌学校”和那些大型社团一样，也拥有自己的文化生活，从而扩大了罗马社会文学活动的基本面。

任何一部作品的问世，作者总是希望能最大范围地扩大发行量或读者的阅读面。文学社团的活动，在作者与读者之间建立了一条使文学流通的重要通道。但还不够，即使在罗马社会人际交往中有给朋友赠送书籍这种礼尚往来的风尚，但作品传播仍然只能局限于狭窄的朋友圈和作家群体中，而面向广大读者是作者们梦寐以求的。从最早的游走四方以口述故事方式传播作品，到后来请誊写人抄写原文，然后再把这些抄写本发放或贩卖出去，是传播的渐进演变过程，而抄写则通过作家自己或让朋友、家奴来完成，或雇请既负责作品的抄写又承担销售的“书商”来实现。在作家推广作品的过程中，诞生了一个新的职业——书籍销售商。马提雅尔在《讽刺短诗》中有这样的记录——恺撒广场的正对面有一家书店，店门上写着这儿的所有诗人的作品。书店此时似乎在罗马成为了很“受欢迎的”地方——木制的书架上摆放着最新出版的莎草纸书卷。白天，他们去书商的家里拜访；晚上，文人们与书商聚会交谈。无疑，书店的出现为文学发展与繁荣起到了积极的作用。欧吕-热拉（Aulu-Gelle）就曾在自己的著作《典雅之夜》中，对有人用20个金币从书店购买《埃涅阿斯纪》第二章的一个非常古老的版本进行了描述。当然，在当时，罗马的文人想靠写书、出书的收入来维持生计仍然是困难的，他们的主要目的还是想通过书店的销售来达到引起更重要的保护人的重视和关注。

“准备一枚钱币来听一个精彩的故事吧！”这是小普林尼在《信札》中关于作品大众化普及时的一句推广语。的确，作品大众化是必然的趋势，而面对识字率不高，甚至诸多文盲的大众阶层，讲故事是一个充分的理由。早期的罗马文学，就是从“摇篮故事”开始的，包括带有教育的、神怪的甚至淫秽的故事以及关于为人处世的建议、预言、寓言和谚语格言等。

在《萨蒂利孔》中，佩特罗尼乌斯讲述了《扁豆地里的公山羊》《屋顶上的驴》和《青蛙王子》等有趣的故事。贺拉斯（Horace）也讲过《自负的青蛙》等寓言。维德拉（Phèdre）栩栩如生、极富表现力的《农夫与蛇》的寓言故事则流传至今。《埃菲丝的女人》这样的作品，则是淫秽故事的典型代表。

那个时候，讲故事的人往往将故事发生的背景设置于听众熟悉的环境中，尤其是对生活在社会底层的手工业者、农民和士兵。这种通俗文学，虽然遭到知识分子和所谓“有文化的人”的抵制，甚至蔑视，但却深受大众的喜爱。如《萨蒂利孔》，特定的读者对象就是普通大众，作品将读者对象假想为高水平者，尤其针对年轻读者。通俗文学之路尽管曲折，但作品的选择权却赋予了大众，于是就有了更广泛的基础。这种蕴涵着大众智慧精髓的文学形式顺应了当时罗马大部分居民的欣赏品位。公元1世纪的罗马文学或其他艺术形式，如果说对今后社会有更大推动的话，那么，通俗文学的普及与流行，应该居功至伟。

一般情况下，任何政治、公共或个人生活，甚至经济准则、精神及道德价值的变化均会影响社会的发展，在古罗马也不例外。作为重要社会现象之一的文学，虽然承受了当时罗马政权不断更替带来的动荡与冲击，但文学引领阅读倾向的作用，依然是社会进步不可或缺的推动力量。为此，古罗马作家们付出了很多。公元35年，作家帕科尼努斯（Paconianus）就因为被指控写了讽刺皇帝的诗而付出了生命的代价。文学创作逐渐在罗马政治与公共活动中占得了一席之地，赢得了自身地位和尊严。罗马文学活动及其各种具有影响力组织的出现，逐渐建构了一股文明社会力量，使大众文学在创造与复兴的过程中显示出勃勃生机，文学在巩固自身地位的同时，也获得了通向不朽荣誉的途径。

公元1世纪罗马文学的兴起，特别是在走向大众的演变过程中，虽然也存在许多的不适与问题，但它就像一股涌动的波涛，穿越了吉光片羽，给后世的文学，甚至大众参与阅读的方式，洒下了一缕阳光，开启了一条光明之路。

小普林尼这样说：

> 我们必须延长这种转瞬即逝的短暂时光，不是用行动而是通过写作，因为我们不可能长生不死，那就留下一些东西证明我们曾经活过吧。

这是一个风生水起却又悲壮的世纪，也是逝去的、遥远的却又近在咫尺的世纪。

书人小传

卡特琳娜·萨雷丝（Catherine Salles），文学博士，任教于法国巴黎第十大学。多年来潜心研究古代罗马社会发展与演变以及演变过程中的文化现象。著作有《古罗马的底层》《提比略:第二个恺撒》和《斯巴达克斯与角斗士的反抗》等。《古罗马人的阅读》，广西师范大学出版社2005年9月第一版，张平、韩梅译。

---

①恺撒（César，公元前102—前44），原名盖尤斯·尤里乌斯。公元前63年任大祭司，前59年任执行官。公元前46年与前45年先后在塔普斯、西班牙蒙达消灭庞贝反对派，获任终身独裁官，声名显赫。公元前44年被布鲁图及其阴谋家杀害。恺撒自诩是埃涅阿斯后裔，在位期间，实施了众多城建工程，其中再建了罗马广场和长方形大会堂，并开展了众多社会与立法改革。

②维吉尔（Virgile，公元前70—前19），全名蒲布里乌斯·维吉尔乌斯·马洛（Publius Vergilius Maro）。古罗马最伟大的诗人之一，被誉为“非犹太人的先知”。他的时代是罗马文学的黄金时代。维吉尔生于意大利北部曼图亚，先后求学于克雷莫纳、米兰和罗马。师从伊壁鸠鲁派哲学家西隆，后参加总督阿西努斯·波利翁诗社，并模仿希腊田园诗体传统，创作牧歌。主要作品：《牧歌》十首、《田园诗》（《农事诗》）四卷和史诗《埃涅阿斯纪》，其中史诗《埃涅阿斯纪》在印刷书发明后的500年间，差不多每年都有一个版本印行，是欧洲最著名的非宗教类书籍，通常被视为一本最好的书。

③小普林尼（Pline Ie Jeune，约公元61—约公元113），生于意大利考摩，19岁被提升为罗马皇帝提图斯的祭司，公元100年成为执政官。作品除了创作司法辩护词和情诗外，以书信浩繁著称，代表作《信札》，共收集和发表了10卷，369封信件。

④佩特罗尼乌斯（Pétronius,？—公元65），似乎成为尼禄的挚友，伊壁鸠鲁学说大师。可能因牵扯皮索反尼禄阴谋活动而自杀。主要著作《萨蒂利孔》是一部拉丁语小说。该书内容庞杂、人物众多，既虚构又纪实，被称为“一幅无所顾忌、生动逼真的公元1世纪罗马社会风俗画”，具有重要的文学史价值，其中穿插了许多民间故事，并用当时的民间语言写成。《萨蒂利孔》对17、18世纪欧洲小说创作产生了重要影响。

⑤马提雅尔（Martial，约公元40—约公元104），生于西班牙，后到罗马求学，并结识尤维纳利斯、小普林尼等人。代表诗作《讽刺诗》（共14本），主要抨击当时人们的不良习俗，嘲笑当时社会的种种弊端。

⑥尤维纳利斯（Juvénal，约公元60—约公元130），著名讽刺诗人，存留讽刺诗5卷16首。诗中既抨击同辈人的陋习，同时又不乏揶揄。既抨击图拉真之公元前社会，又批评当时图拉真统治下的社会。

⑦尼禄（Néron，公元37—公元68），罗马皇帝，公元54年至68年在位，在塞加和布吕斯的教导下，成为臣民爱戴的王子，后转向恐怖统治。由于横征暴敛，被元老院宣布其为“公敌”，公元68年自杀。

⑧塞内加（Sénéque，公元前27—公元65），原籍西班牙，古罗马著名的斯多葛派哲学代表人物。公元49年，成为尼禄的老师。公元65年。因卷入皮索阴谋事件，被迫自杀。写作以哲学和悲剧为主，主要作品有《美狄亚》《特洛伊妇女》《阿伽门农》和《俄狄浦斯》等。

书与文学俱伤怀

——《失落的书》

弗兰茨·卡夫卡（Franz Kafka，1883—1924）在人生的最后时刻留下遗愿，嘱托朋友马克斯·布劳德（Marx Brod）将自己的作品全部“付之一炬”。他说：

> 最亲爱的马克斯，我最后的愿望：我留下的所有东西，(包括）笔记本、手稿、我自己和他人的信件及草稿等，还有你或其他人所拥有的我的作品或字条，都要烧掉。你可能需要以我的名义向别人索要我的作品。没有交与你的信件至少要保证由那些拥有它们的人烧掉。

虽然卡夫卡有这样的愿望，但布劳德却拒绝这么做。正因为布劳德的拒绝，才为后人保存了卡夫卡的《变形记》《审判》以及《乡村医生》等许多重要著作，但仍有许多其他的重要书信、戏剧、短篇小说等珍贵文献，在卡夫卡的亲自操持下化为了灰烬。

在这里，姑且不去评判马克斯·布劳德做法的对与错。卡夫卡坚持要烧掉自己的书籍，反映了他“了解坚决而不可逆转的评判、难以平息的不公正法则以及对于最终的刀子的屈服”。他以为，我们需要的是那些如同最痛苦的不幸一样能刺痛我们的书，这让我们觉得我们被驱逐到了森林，一本书必须成为劈开我们冰冻的心灵的利斧。

卡夫卡烧掉了自己的手稿，是因为它们可能带来伤害。

上述就是英国作家斯图尔特·凯利在阅读卡夫卡后，在《失落的书》一书中记录的关于卡夫卡的读书心得。关于凯利，译者卢葳这样介绍："斯图尔特·凯利是个书卷气十足的作者，从他的笔端透露了一位身处现代、心怀古典的雅士。……他是一个了解书的人，但同时也具备了深厚的古典学功底和敏锐的眼光。这样，《失落的书》便成为了一本'奇特'的书。"

说奇特，还在于作者的细心。通过阅读，斯图尔特探寻、挖掘了作品背后许多鲜为人知的故事，从而达到了对作品、作者以及作品创作时代背景的清晰认识。自从书籍诞生以来，人类遗失的书又何止数以百计！从文学的角度，没有这些失落的书，又如何建构完整的文学史？于是，至少说，斯图尔特独辟蹊径地找到了一种新的方法，或者说开辟了一条新的探索补遗之路。

"文学将我的热忱引向了新的高峰。"斯图尔特·凯利写作《失落的书》的时间在他30岁前后。的确，没有对文学的热情和喜好，难以写出如此厚重的阅读笔记。斯图尔特曾这样描述自己，他说，十几岁时，自己便有过阿加莎·克里斯蒂[①]平装书的收藏经历。14岁生日时，便拥有了一套1982年版《莎士比亚全集》和一套1985年版的华兹华斯的选集。学生时代，靠周末打工赚来的钱，凯利购得了企鹅古典文学系列之希腊戏剧书籍，如两本埃斯库罗斯（Aeschylus，约公元前525—前456）、两本索福克勒斯（Sophocles,公元前495—前406）、三本阿里斯托芬（Aristophanes，约公元前444—前380）、四本欧里庇得斯（Euripides，公元前480—前406）以及一本米南德（Menander，约公元前342—前291）。然而，也正因为购得了这些书，并通过阅读，他发现了其中一个"悲惨"的事实——手头已有埃斯库罗斯七部戏剧，但埃斯库罗斯实际上写了八部，而索福克勒斯的作品应该有三十六卷，并不是自己手中仅有的两卷。而且，从阿里斯托芬喜剧《特士摩》中，他不可思议地获悉当时最著名的悲剧诗人之一阿加松（Agathon，约公元前457—前402）的作品全部遗失。

于是，15岁那年，斯图尔特决心改变这种现状，开始为所有失落的书籍做记录——从莎士比亚（William Shakespeare）到西尔维亚·普拉斯（Sylvia Plath, 1923—1963）、从荷马（Homer）到海明威（Ernest Hemingway）、从但丁（Dante Alighieri）到埃兹拉·庞德[2]——伟大的作家们都曾写过我们无法得到的作品——文学史中失落文学的历史。

《失落的书》便是斯图尔特·凯利在收录了文学史上81位甚至更多著名人物有关著作或遗失、或毁弃、或未完成、或未开始，甚至作者、作品难以辨识的“书目集”之后，而悉心阅读、研究后的一种“伤怀”文学成果。

关于荷马，在希腊人的眼中，《伊利亚特》和《奥德赛》是希腊文学成就的巅峰之作。荷马作品的地位甚至被后人誉为诗人的化身。但除了《伊利亚特》《奥德赛》《塞浦利亚》残篇和所谓的《荷马颂诗》被公认为荷马的作品之外，还有其他史诗作品，经过研究也可能是荷马之作或跟荷马相关。其中，最令人关注的便是《马尔吉泰斯》。斯图尔特引用了亚里士多德在《诗的艺术》中的介绍。

> 荷马是风格严谨的高超诗人……他第一个提出了喜剧应当效法的形式，因为他的《马尔吉泰斯》之于喜剧的意义，就像他的《伊利亚特》和《奥德赛》之于悲剧的意义一样。

当然，还有其他不少论证，从而《马尔吉泰斯》被宣布为荷马的首部作品，而且是喜剧。凯利推断，在所有失落的书中，荷马的《马尔吉泰斯》是最难解读的，因而也是最吸引人的。没有了有史以来最伟大诗人的喜剧，就有必要去重新找回，斯图尔特下定决心。

需要找回的还有《埃斯库罗斯全集》。当时世界仅存的一部掌握在雅典人手中，埃及国王托勒密（Pyolemaic）创建亚历山大图书馆后，非常希望能拥有这么一套藏书。于是，埃及人与雅典人之间展开了一场艰苦的谈判，最终埃及人花费高昂的押金，将《埃斯库罗斯全集》书稿借至亚历山大。这之后，只允许学者们拜读，严格禁止誊抄的《埃斯库罗斯全集》吸引了世界各地的学者们。但传说中，公元640年的一场大火，将亚历山大图书馆焚毁。之后，《埃斯库罗斯全集》也灰飞烟灭，永远消失于人间。不仅如此，深受希腊人喜爱的索福克勒斯先后写过的120部剧本，流传下来的仅剩7部。还有，欧里庇得斯的《智慧的墨拉尼佩》《斯忒涅玻亚》和《俄纽斯》，阿加松原创的悲剧作品《花》等，均已遗失。

柏拉图（Plato）在有关爱情的本质与目的经典辩论《会饮篇》中，对哲学家苏格拉底（Socrates）、悲剧作家阿加松以及喜剧作家阿里斯托芬有众人皆醉三人独醒的评价。公元前427年崭露头角的阿里斯托芬，创作了攻击克里翁（Cleon）——在伯里克利死后得势的煽动型政客——的作品《巴比伦人》之后，又创作了《黄蜂》和《前瞻》等作品。阿里斯托芬的作品“结合了克拉忒斯的哲学思考和克剌提努斯的激烈讽刺”，成为一个扎根文学的喜剧家。他的作品强调“对罪恶的申斥、对和谐的呼吁，以及对统治者所担负社会责任的提醒”。然而，阿里斯托芬曾经创作的40部剧作，留传至今的仅存11部。尤其可惜的是，包括《巴比伦人》《前瞻》《诗人》《缪斯》和《萨福》等在内的作品均已遗失。

这种遗失自古至今都层出不穷，《失落的书》还特别提示了：古罗马早期，从公元前100年尤利乌斯·恺撒到公元68年尼禄（Nero）统治时期，法尔托尼娅·贝提提亚·普罗帕（Faltonia Betitia Proba,约332—370）、爱德蒙·斯宾塞[3]、劳伦斯·斯特恩牧师（The Rev.Laurence Sterne）、约翰·沃尔夫冈·冯·歌德（Johann Wolfgang von Goethe）、弗兰克·诺里斯（Franr Norris,1870—1902）以及厄内斯特·海明威等作家作品的遗失状况。

与此同时，公元前7世纪时期的作品《神谱》与《工作与时日》，却不能确定就是赫西奥德（Hesiod）的作品。大约公元前6世纪的《摩西五经》等重要著作，也无法确定就是摩西（Moses）本人所写。甚至《爱的收获》是否就是莎士比亚的作品，或是莎士比亚著作《驯悍记》，或《无事生非》《皆大欢喜》和《终成眷属》，或《特洛伊斯与克瑞西达》的别称，也始终无法取得确切的判定依据。

不但弗兰茨·卡夫卡毁弃了自己的大量作品。历史上，许多作者的作品都已无迹可寻，斯图尔特研究过后说，毁弃成为了书籍最简单的失落形式。

俄利根（Origen，约公元185—254），基督教经典最伟大的早期注释者之一，作为哲学家、文本批评家和布道者的声名为他赢得了广泛的赞誉。在对《约翰福音》的注释中，俄利根将重点放在了“考察约翰与其他福音传播者的区别上”。这种对 《圣经》的解读方法无疑形成了一笔巨大的财富，但是，俄利根的许多作品，在他死后同样遭到了被禁止或毁灭的命运，其中就包括他的8卷本《创世记注》。

本·琼生（Ben Jonson）是16世纪末17世纪初与莎士比亚同时代的作家。终其一生，本·琼生的作品“都同时缠绕着市井无止境的喧嚣和古典文学的高贵典雅”展开，并开创了一个新的方向。1597年，他与托马斯·纳什（Thomas Nashe）合著并参演了讽刺喜剧《犬岛》。

这是一部带有“极具煽动性和诽谤性内容”的剧本，因此理所当然地遭到了政府的查禁。后来本·琼生因为一部《嘿，东去！》的剧本再次入狱。《悲伤的牧羊人》是本·琼生对田园诗进行尝试的一个新剧本。可惜，最终他没能将其完成。

《穿越法国和意大利的感伤旅行》是18世纪中叶劳伦斯·斯特恩牧师的一部已失传的作品。斯特恩的名作是《特里斯坦·项狄的生平与见解》[④]，简称《项狄传》。《项狄传》头两卷于1759年问世。当时斯特恩还是英国约克郡的一位乡村牧师，在教廷论战期间发表过一些讽刺性小品文，但大部分副本都被当局付之一炬。《项狄传》被认为是作者隐居的结果——不管他希望与否，他都可以做任何他想做的事，沉湎于每一个古怪的想法或者剖析每一个跳入脑海中的幻想。然而，早期的《项狄传》在斯特恩念给一位邻居听的过程中，因为听者打瞌睡，结果手稿被斯特恩丢进了火里，幸亏及时抢出，才避免了完全被烧掉。

斯图尔特·凯利在分析托马斯·卡莱尔（Thomas Carlyle）时说，如果一位作家的作品无法留存的标准是啰唆、晦涩、反动且毫无节制，那么托马斯的作品就一页也不会被保存下来了。托马斯·卡莱尔的作品之所以还能保留，是因为他是一个天才。

《滑稽书稿》是卡莱尔早期尝试的一次小说写作，因为那“不过是说教式的喋喋不休和真人小说的别扭组合”。然而在1827年绝大部分手稿被烧掉。但是，仍然有一部分手稿被抄写员偷去，并在卡莱尔死后发表。由此，该书获得了《周六评论》的好评：“在很多优秀的评论家眼中，他是那个时代最伟大的作家。”

卡莱尔的痛苦还在于另一本他倾力所著的《法国大革命史》的撰写过程，这是一部卡莱尔充满文学雄心和仰仗为自己带来经济保障的书。完成第一卷后，他借给了朋友——哲学家约翰·斯图加特·穆勒（John Stuart Mill），恳请其提出修改意见。不幸的是，穆勒的女仆错将手稿当成废纸烧掉了，造成了一个无可挽救的损失。用卡莱尔自己的话说，她“毁掉了我的整个生活”。拥有同样经历的人，还有19世纪著名诗人海因里希·海涅（Heinrich Heine），尽管海涅是一位著作颇丰的作家，但仍然有其回避的题材和销毁了的手稿。信仰转变之后，海涅烧掉了自己一些含有亵渎内容的诗，他自己说：“烧掉这些诗总好过烧掉诗人。”他甚至还烧掉了自己对黑格尔（Hegel）作品研究的成果。在海涅最早的剧本《阿尔曼索》中，他具有先见之明地预言：“当书被烧掉之后，人或早或晚也会被烧掉了。”

海涅销毁了自己的作品，同时也希望能够烧掉自己的矛盾。

关于诗论，英国第一位受封“桂冠诗人”的约翰·德莱敦（John Dryden，1631—1700）认为，它“毫无疑问是人类灵魂所能展现出的极致”。荷马的《伊利亚特》和《奥德赛》可谓史诗这条河流的源头，维吉尔的《埃涅阿斯纪》和托奎多·塔索[5]的《解放了的耶路撒冷》则是主要支流。斯图尔特说，在17世纪，每个诗人都知道，最高的荣誉和最深的赞美都留给了史诗作家。

约翰·弥尔顿具备创作史诗的雄心，但他也清楚自己的能力。17岁就读剑桥大学时，弥尔顿创作了一首名为《十一月五日》的诗歌；二十多岁，弥尔顿自诩为史诗诗人的时间，远比他尝试创作史诗所花费的时间还要多。1640年，当弥尔顿在《创世记》扉页上发现一出戏剧手稿的四种不同草稿的时候，一个具有可能性的故事被弥尔顿勾勒出了一些细节。此后，他甚至写出了其中的将近两幕，但手稿最终放在一边后丢失。弥尔顿的思想停留在最古老的故事，以及最初的原则之中——那就是比维吉尔、荷马和摩西都更古老的智慧。如果说要写一首英雄的诗歌，弥尔顿知道它必须是真实的，他需要它是神圣的，并且他坚信它是纯粹的。

1660年，双目失明后的弥尔顿在隐居中开始了《失乐园》的创作。1666年伦敦的一场大火让圣保罗教堂周围许多印刷商和书商的房屋，包括约翰·奥格尔比（John Ogilby）的史诗手稿都化作了灰烬，但弥尔顿的作品却幸运地保存了下来，并于1667年出版。

萨缪尔·约翰逊在弥尔顿传记中曾告诫："人类兴趣的需要总是可以被感知的。读者欣赏《失乐园》，但放下这本书会忘记再拿起它。没有人会希望它再长一点。细细品味这本书，与其说是享受，倒不如说是责任。"

历史就是这样，许多作品或停留在作者最初的构想阶段，或因为生不逢时，或由于作品问世前作者便撒手而去，留下诸多遗憾。

公元1世纪，古罗马诗人卢坎（Lucan）因为自杀，导致自己关于尤利乌斯·恺撒的诗歌《内战记》成为未完成的绝响；同时期的古罗马著名作家奥维德（Ovid）因为《爱的艺术》惹恼了皇帝，而遭到遣送黑海边托弥斯的严厉惩罚；13世纪，但丁花费近13年时间，创作了百科全书式的寓言巨著《神曲》，却遭到自己家乡佛罗伦萨的放逐，并在那里被缺席判了死刑，导致《神曲》最后十三篇遗失，全诗的高潮《天堂篇》全部失踪。幸运的是，在但丁两个儿子雅科波和彼得罗的努力下，《神曲》得以最终完成；14世纪，杰奥弗里·乔叟[6]的《坎特伯雷故事集》，虽然有一个完整的结尾，但本身还是一个残破的结构，成为一部"流于罪孽的诗歌"；16世纪，塔索用史诗般的方式"回顾十字军在布洛涅的戈弗雷的带领下围攻圣城耶路撒冷"的历史著作《解放了的耶路撒冷》，被弥尔顿认为是可与《伊利亚特》和

《埃涅阿斯纪》相提并论的一部著作。它的一炮而红，却是因为“盗版的迅速散布”；17世纪，约翰·多恩（John Donne）的许多作品可能都已失传，其中一部主要作品《转世再生》令人惋惜地没能写完；约翰·歌德是读者对其生平、思想和感情生活知之甚多的一位作者，但歌德创作的散文集《德国侨民的对话》，以及用拉伯雷式文笔——粗俗幽默——写成的讽刺作品——《梅加普利森的儿子们的旅行》，却没能完成或是残缺不全。1870年3月9日，查尔斯·狄更斯（Charles Dickens）给维多利亚女王朗读自己的新作《艾德温·德鲁德之谜》，由于女王的拒绝，作品才完成了不到一半。而且，在朗读之后的第3个月，狄更斯便去世了，因此任何该小说结局的笔记、提纲或者线索都没能留下。

斯图尔特说，许多小说没能得以问世，原因可能是灵感的火花没有点燃，可能是作品还处于雏形，也有可能是死亡折断了创作的笔尖。

《阿加莎》的创作是独一无二的。赫尔曼·梅尔维尔（Herman Melville）和纳撒尼尔·霍桑（Nathaniel Hawthorne）这两位天才作者都想写这部小说，但都没有成功。一个极富戏剧性故事的《阿加莎》，便从文学史上消失了。

关于失落的书，尼古拉·果戈里（Nikolai Gogol）作了最终诠释。

> 1845年，果戈里第一次烧掉了《死魂灵》第二部的手稿。他说：“要烧掉五年的心血真是件难事，它给我带来了那么大的精神压力，每一行字都要让精神错乱一次。”
>
> “当火苗吞噬了我的书稿的最后一页的时候，它就获得了新生，光辉而纯净，就像凤凰自灰烬中涅槃，而我突然就意识到了我原来以为条理清晰和谐的内容其实是多么混乱。”
>
> ……

1852年2月24日凌晨，果戈里叫来仆人，命他点燃一把火。然后便把手稿一张张丢进火里。……他把稿纸全部都丢进火里，再把一摞原本是第二部和第三部的焦炭取出来，再一张一张丢进火里。……

然后他便停止了进食。绝食九天之后，果戈里溘然长逝。

斯图尔特·凯利这样说。

如果文学是一座大房子，那么，《失落的书》就是雷切尔·怀特雷（Rachel Whiteread）的《屋》——一个吸纳的空间，里面满布坟墓和残痕。

“书籍灰飞烟灭，世界沧海桑田。”世间最脆弱的是书，最持久的也是书。斯图尔特·凯利在《失落的书》中，力图建构的是一部另类文学史，这是一个称号，一个提示，一个假设的图书馆，一首唱给本应存在的书的书之挽歌。

书人小传

斯图尔特·凯利（Stuart Kelly），生于1972年，长期担任《苏格兰周日》和《诗歌评论》杂志书评人。现居英国爱丁堡，《失落的书》是他的第一本书。《失落的书》，生活·读书·新知三联书店2008年4月第一版，卢葳、汪梅子译。

---

①阿加莎·克里斯蒂（Agatha Christie，1890—1976），英国“侦探小说女王”，据说她的作品销量仅次于《圣经》。塑造了名满天

下的比利时侦探波罗和乡间女侦探马普尔小姐等角色。代表作有《斯泰尔斯庄园奇案》和《东方快车上的谋杀案》等。

②埃兹拉·庞德（Ezra Poung，1885—1973），美国诗人、评论家。1909年在伦敦出版《狂喜》及《人物》两本诗集。1914年编写《意象派诗选》，帮助詹姆斯·乔伊斯发表《青年艺术家的肖像》和《尤利西斯》，并推荐艾略特的诗《普鲁弗洛克的情歌》发表。1920年发表重要诗歌《休·赛尔温·毛伯利》。代表诗作《比萨诗章》，1948年获博林根诗奖。庞德的诗学对现代英美诗歌的发展具有重大的作用。

③爱德蒙·斯宾塞（Edmund Spenser，1552? —1599），英国诗人，早期诗作《牧人月历》仿古罗马诗人维吉尔等古代牧歌写成。主要作品《仙后》，长诗每节9行，前8行10个音节，第9行12个音节，称为“斯宾塞诗节”。斯宾塞的诗深受荷马、维吉尔和奥维德、意大利诗人阿里奥斯托和塔索、英国的乔叟和骑士传奇的影响。之后，他的诗又影响了英国诗人，包括弥尔顿以及18世纪前期浪漫主义诗人汤姆逊、格雷和19世纪浪漫主义诗人雪莱、济慈等。

④《特里斯坦·项狄的生平与见解》，简称《项狄传》。作者劳伦斯·斯特恩（Laurence Sterne，1713—1768），出生于爱尔兰，英国小说家。1759年发表《项狄传》第1、2卷，并一举成名，1767年完成最后第9卷。《项狄传》是一部奇书，全书既无主人公的生平介绍，也没有作者的见解。小说中人物善良、幽默，各有怪癖，但全书没有情节，充满了作者信笔而来的插话、插曲，割断和颠倒时序。作者的怪诞还表现在文字上，他不仅成段引用拉丁文，而且特别喜欢用破折号、断句，并大量采用星号、白页、黑页、虎皮纹页和图解。《项狄传》作品的基本情调是幽默、善意的戏谑、感伤和暗示，预示了20世纪小说的“意识流”手法。在英国约克郡的方言中，“特里斯

坦·项狄”就是“一个悲伤而古怪的人”的意思。当时英国《每月评论》杂志称赞“特里斯坦·项狄先生，作为一位作家远比当今任何一位小说家更有天分，更引人入胜”。斯特恩其他重要作品包括《感伤旅行》。

⑤托奎多·塔索（Torquato Tasso，1544—1595），意大利诗人。文艺复兴运动晚期的代表。主要诗作有牧歌剧《阿明达》和叙事长诗《解放了的耶路撒冷》。

⑥杰弗里·乔叟（Geoffrey Chaucer，1340—1400），早期英国文学“三杰”之一，英语文学传统的奠基人。中世纪的欧洲在教会的控制之下，书面写作都是拉丁语一统天下。14世纪前后，随着欧洲各国经济、文化的发展，各自本国方言写作的趋势开始出现。意大利的但丁、英国的乔叟都是用本国方言写作，是推动本国语言文学发展的重要人物。他开创了英国文学的现实主义传统，莎士比亚和狄更斯在不同程度上都是乔叟的继承人和弟子。乔叟的代表作有《坎特伯雷故事集》等。1998年，《坎特伯雷故事集》的一个早期版本在德士得拍卖行曾卖到750万美元。

心灵的栖息安眠

——《夜晚的书斋》

《圣经》故事《创世记》[1]第十一章，讲述了洪水过后，人们向东迁移至示拿（Asi'nar），并建造一个通天塔（巴别塔）和一座图书馆之城的故事。

这塔和城，至少在西方人眼里，形成了两座丰碑，成为了当时人类宏伟意图的显著标志——通过塔，搭建通向天堂之路，欲望征服空间；通过城，收藏世间所有语言记载的书籍，欲望征服时间。在今天伊拉克首都巴格达郊外的巴比伦古城遗址，巴别塔遗迹尚依稀可见。相对于巴别塔，位于埃及亚历山大城，传说中的亚历山大图书馆（The Library of Alexandria）的存在却显得更加真实。阿尔维托·曼古埃尔在《夜晚的书斋》一书中，为读者作了上述诠释。

建巴别塔，表明人类"曾相信宇宙是统一的"。人类居住的世界没有语言界限，并相信天堂和大地一样，人类都是有权进入的。而亚历山大图书馆的寓意则相反，"它证明宇宙是多样的"。认为用不同语言写成的书籍，每一本都是一个复杂的宇宙。巴别塔，在口头传说的史前时代就倒塌或被火烧了；亚历山大图书馆，传说已经形成书本，而且企图找到一个框架，使每一个词、每一个图表和每一个卷册都在其中有明确必要的位置。

一

像死海书卷一样，像从遥远的古人手中流传给我们的书一样，我的每一本书都有它幸存下来的历史。

——《夜晚的书斋》之《书斋·幸存物》

阿尔维托·曼古埃尔追溯了亚历山大图书馆的历史。生活在公元前3世纪后半叶，一个称为科斯地方的一位诗人赫罗达斯（Herodas）谈到了一个被称为Museion（博物馆）的建筑，意思是Muse（缪斯，智慧女神）之家，其中就包含了亚历山大这个著名的图书馆。

史称，亚历山大图书馆是公元前3世纪末托勒密历代国王创建的学术中心，为实现亚里士多德的教导而建。当时的国王托勒密一世为了建造这座包罗万象的图书馆，曾写信给“大地上所有的君主和长官”，请求他们寄来每一位作者写出的每一种书，包括诗人和散文家、修辞家和诡辩家、医学家和占卜家、历史学家及其他种种。而且确定收藏的数量目标是50万卷。

在设计上，亚历山大图书馆按分类法被分割成了许多陈列主题区，形成了一个图书馆群，每个区负责处理这个复杂世界的某一个方面。于是，当时人们曾这样评价亚历山大图书馆：“这里是使记忆保持鲜活的地方；这里每一种有记载的思想都被安放在适当的位置上；这里每一位读者都能找到他的航程，而航程由一行又一行文字组成，有些部分也许还在从未打开的书里；宇宙本身在这里得到了文字的反映。”因此，当初托勒密国王建造亚历山大图书馆的定位，确切地说“是一个保存记忆的地方”，它的影响力“不仅仅是为了追求不朽，它还记录下了已经或者能够记录下来的一切”。

这座图书馆被毁的传说，据曼古埃尔并不确切的考证，在于公元前47年尤利乌斯·恺撒驻留亚历山大城时的一场大火。

阿尔维托·曼古埃尔梦寐以求希望建造的属于自己的书斋，终于在2000年的时候，在法国卢瓦尔省南部的一个山丘之上找到了归宿。远在基督教时代之前，这里曾经被罗马人修建了一座用于祭祀酒神狄奥尼修斯（Dionysus）的神庙。经过多年闯荡，曼古埃尔花了半个世纪收集来的书籍，终于有了一个安稳的家。

这块安置书斋的地方，15世纪的时候，原本是当地的一个粮仓，历经风雨沧桑之后，到曼古埃尔的时候只剩下了一堵石墙。荒地两侧，是农夫的耕地和神甫的住宅，中间则形成了一块长13米、宽6米的长方形空地，上面布满了石块与灰尘，古墙上也长满了藤蔓。书斋建筑之时，工匠们在古墙上发现的窗户向外，可看见邻居家的院子以及院子里奔来跑去的小鸡。透过新建的墙的窗户则可看见另一边神甫的家以及自家的花园。花园里有两株槐树，是聊天待客的理想之地。神甫家的花园，则开放着玉兰花树和绣球花丛。晚上，从花园看书斋，书斋像一艘巨大的船。

书斋里通明的灯光，消逝了外面的世界。此时，唯一的存在是书籍的空间，当然还包括书籍的主人。黑夜，窗户散发着光亮，书斋成了一个封闭的世界、自成一体的宇宙。夜深人静时，书斋里的阿尔维托仿佛从白天的束缚中得到了解放，眼睛和手恣意地在整齐的书架中漫游，恢复了混沌状态。一本书出乎意料地呼唤另一本书——跨越不同文化、不同时代，人与书，建立了亲密的关系——一种“迷宫式逻辑的吸引，感到理性（或艺术）可以统管一大堆杂乱喧闹的书籍”。此时的曼古埃尔，置身于书丛之中，体验着一种“冒险的快感”。

“不论是我自己的书斋或是与公众分享的图书馆，都是令我着迷的地方。”阿尔维托这样认为。

二

读书人的力量不在于他们能够收集信息，也不在于他们能够将书整理编目，而在于他们善于解脱与联想读到的东西，使之转化为行动。

——《夜晚的书斋》之《书斋·力量》

17世纪，莱布尼茨[②]说：“图书馆的价值只在于其内容以及读者对内容的利用，而不在于藏书的数量和珍藏的稀有程度。”他进一步认为，图书馆的使命是促进学者之间的交流。他曾经提议建立全国性文献目录学组织，以便科学家了解当代科学的最新发现。

公元前3000年，在美索不达米亚出现了人们所知的最早的图书馆。

文艺复兴时期，意大利米兰的安布罗西亚那图书馆于1609年开馆，成为欧洲拥有的第一座正式的真正意义上的公共图书馆。

1850年，在议员威廉·伊瓦特的推动下，英国国会通过议案，确定每个市镇都有权建立一所免费的公共图书馆，并宣布“公共图书馆为社区福利所必需”。

在馆藏方面，美索不达米亚的图书馆开展了一般性作品的收藏，诸如国王的碑刻。当时这些图书馆可能还属于私人收藏性质，于是，主人就指示书写人将主人的名字刻在碑上，作为所有权的标志。当时美索不达米亚的亚述巴尼拔（Ashurbanipal，公元前668—前633年在位）国王为了扩充自己的收藏，曾派代表走遍全国去收集自己尚没有的书籍。公元前2世纪前叶，亚历山大城出现了阿里斯托芬和阿里斯塔科斯（Aristarchus，约公元前310—前230，古希腊天文学家、数学家）两位大师级人物。他们不仅选注各种重要著作，而且还选编书目。其中，阿里斯托芬就编辑了荷马和赫西奥德的著作集。两位大师选出的“最佳作家”，盛名延续至中世纪，甚至文艺复兴时期。

在阿尔维托心目中，自己的书斋应符合这样的构思，房间的墙板呈暗色，光线柔和，坐椅舒适，而且还得有一个小小的空间能容纳自己的写字桌和随手可查的参考书。

曼古埃尔的书籍收藏，源于曾经生活过的阿根廷、英格兰、意大利、法国、加拿大等国家和地区动荡迁徙过程中零星的积累。书斋分成了一大一小两间，大间是“书斋的主体”，用于陈列或挑选需用的书籍，并可坐下来看书，记笔记，查阅百科全书；小间则安排成“工作室”，陈列各类字典、词典之类的常用、必需甚至亲密的书，以便随时选用。

虽然藏书不少，但曼古埃尔并没有刻意设计自己的图书目录，用他自己的话说，找书凭的是记忆力。

其实并不尽然，也有方法。曼古埃尔的图书分类方法很简洁，有时按不同语言，如英语、西班牙语、德语和法语等几大部分大致分类，而对自己特别感兴趣的几个主题，如希腊神话、一神教、中世纪传说、文艺复兴时期文化、第一次和第二次世界大战以及书籍史等几个主题则单独立项；有时又会按题材重新组织，如第一架陈列童话书，第二架陈列冒险故事书，第三架陈列科学类书籍和游记，第四架陈列诗歌，第五架陈列传记，等等。有的时候，或许还会按颜色，按喜爱程度分类，花样不断变化。当然，有时还会模仿大名鼎鼎的前辈——塞缪尔·佩皮斯[③]给小书册装上“高跟鞋”的做法——在最低层安置大册的图画书，使所有的书本整齐划一，列在同一水平线上。然而，为了陈列好每一本书，他总会亲力亲为地上架。这样，找书时想一想整体书斋的布局，就能准确地找到相关书籍的陈列位置。关于书籍的分类与陈列，他形象地比喻，就像一个观测星象的人能够有条有理地把星宿的位置指示得清清楚楚一样。他认为，书斋是主人的自传，自己是书斋里唯一的公民，也只有自己才能分清其中复杂内容之间的共同联系。

“如果图书馆是宇宙的一面镜子，那么图书目录就是镜子的镜子。”

在阿尔维托·曼古埃尔看来，私人书斋与公共图书馆在分类方面还是有些不一样，私人书斋至少在分类上会体现出个人的口味，甚至自己的奇思妙想。公共图书馆则必须遵循每个读者都有所了解的规则，而这种规则甚至在图书收集上架之前就确定了。

2200年前，历史上出现了按字母顺序分类的方法。亚历山大图书馆最卓越的主持人兼诗人卡利马科斯（Callimachus）就是其中的一位。他最重要的贡献之一是为图书馆的大量卷帙创建了编目的方法。譬如，将全部材料分为许多“表”，每个“表”登录一种体裁：叙事诗、悲剧、喜剧、哲学、医学、修辞学、法学或者最后的杂著等。字母顺序分类方法之后延续到了伊斯兰图书馆，继而影响了阿拉伯图书馆，中世纪后期的图书馆分类也受其影响颇深。

在古罗马奥古斯都统治的初年，在阿西琉斯·波利奥的主持下，罗马第一所公共图书馆对外开放，而且采用了字母顺序分类法。不仅如此，古罗马图书馆的建设也遵循了亚历山大图书馆的形象。

17世纪，塞缪尔·佩皮斯领悟到无尽的数字比字母能更有效地应对书籍猛增的局面，从而采用了数字来为书籍编号，目的是“易于寻找要读的东西”。

19世纪后，美国人麦尔维尔·杜威（Melvil Dewey）追随前辈学者按主题分类方式，提出了“把全体人类知识的印刷材料”分为十大主题的分类方法，然后每个主题分配100个数字，每个数字还可以进一步分为10个数字，并以此类推，提出了“杜威分类法”。杜威开创了现代图书馆科学分类基本方法之先河。

17世纪末期，法国皇室图书馆已经由路易十一的私人藏书发展成为巨大的图书库。到19世纪，亨利·拉布鲁斯特（Henri Labrouste）开始了法国国家图书馆的设计，“方中有圆”的设计理念，体现了图书馆的形式与规模，既宏大又亲切，既气派又互不干扰的隐蔽性特性。整个大厅如同冬日的温室，五层书架布满四周墙壁，藏书容量超过100万册。30年后，即1857年，大英博物馆图书馆新阅览厅也落成开放，为图书陈列提供了更大的空间，并赋予了更多的人文关怀。在书库，大量的图书不仅用于陈列，开放式管理也更加方便了读者的取阅。大英博物馆图书馆遵循国王乔治二世（George Ⅱ）“虽然它的设计主要服务于国内外的饱学与勤学之士，供他们钻研各种知识之用，但作为一所国家设立的机构，它带来的利益应当尽可能为广大民众所享用”的愿望，一律面向公众开放。直到今天，大英博物馆图书馆仍是全世界最精彩、管理得最好的图书馆之一，成了“世界最伟大的文化中心之一”。

三

于是，我展开想象：（即使）在我死去的第二天，我的书斋将要和我一同倒塌。这样，我死后就又和我的书聚到一块儿了。

事实上，从我能记事开始，就没有一天不是在书堆里生活的。……

——《夜晚的书斋》之《书斋·秩序》

书斋的设计，代表着自己所想象的阅读方式。阿尔维托·曼古埃尔梦想着有一个长方形的低矮的书斋，书桌的聚光灯周围有足够的黑暗，感觉外面是夜晚。长形书斋中，面对面的墙互相靠近，互相映衬，让人感到似乎各种书刊都能触手可及。对于读书没有次序，任性而为的曼古埃尔来说，让各种书籍自由联系，只凭一点相似之处便可在屋里相互呼应——书斋的形状——将大大鼓舞自己的读书习惯。

书斋赋予它的主人一种心态，塞内加（Seneca）称之为“灵魂的祥和”——每个书斋都可以以“不受干扰的回忆，阅读时的亲切感，繁忙后独自消磨的闲暇”在书斋里追寻。

为了提高自己对最熟悉书本的记忆，马基雅维利（Machiavelli）也总是喜欢夜间在书斋里读书。他认为只有在夜间才最容易享受人与书的最佳关系——一种亲切感和闲暇的思考。这时候，阅读者可以自由地与古人交谈与沟通，探讨各种行为的动机，关注人性等问题。在书斋，忘记了世界，忘记了一切烦恼，不再害怕贫穷，不为死亡而战栗——进入书籍的世界。

书斋显示主人的身份，反映了主人对书籍的选择。书斋中，一本本书闪着智慧之光，让人不禁对它们之间的联系浮想联翩。曼古埃尔这样体验着——走在书斋通道中，看着伏尔泰的著作，却听见《查第格》东方寓言的声音；远方某处，威廉·贝克福德（William Beckford）的《瓦塞克》把故事的线索拾起来，交给了拉什迪（Rushdie）《撒旦诗篇》蓝色封面后的小丑；另一个东方人的声音在12世纪撒马尔罕的扎希利小村庄里得到回响，又转手把故事送到现代的埃及，送给了纳吉布·马哈福兹（Naguib Mahfouz）的悲哀的幸存者们。

如今，每一个经验都要靠别的经验来支持，每一次记忆都要靠别的记忆来充实，每一本书也要依靠别的书来丰富或改变其内容，赋予它文学词典之外的意义或经历。书架构成的实在书斋和记忆中不断变动的书斋，通过联想，神奇地结合在了一起。

巴黎蓬皮杜中心图书馆馆长米歇尔·梅洛（Michel Melot）曾经说过："一定程度上，每个图书馆馆长都是建筑师。他要创造一种整体效果，使读者找到一条路，发现自己，生活下去。"

建立图书馆的一条有力的理由源于古埃及人对不朽的追求。

当时的埃及人认为，如果宇宙的形象能够集中保存在一个房屋里，那么这个形象的每个细节——每颗沙粒、每滴水以及国王本人等——都应当占有一定的位置，由诗人、说书人、历史学家用词语记载下来，永远保存下去。

1751年，狄德罗（Diderot）与达朗贝尔[④]合作，编辑了法国启蒙时代最伟大的著作——28卷《百科全书》，又名《科学、艺术、技艺理论词典》。

对于《百科全书》的问世，狄德罗解释说："编辑《百科全书》的目的在于把分散在全球各地的知识集中起来，系统地呈现在后世子孙面前，使数百年前的辛劳成果在数百年后继续发挥作用……”于是，《百科全书》被视为一所存放档案的图书馆，如同博尔赫斯认识到的“世界的百科全书，包罗一切的图书馆，就是世界本身”。

1642年，托马斯·布朗（Thomas Brown）就认为，通过阅读和思考，过去会变为现在：“过去”是对一切人都开放的书架，是取之不尽的源泉，我们采取适当的措施就能从中有所收获。与此同时，加布里埃尔·诺代（Gabriel Naudé）在《设立图书馆的建议》中也盛赞图书馆提供的财富。他说，如果我们可能享受世界上某种至善、某种完美的幸福，我相信就没有东西能比得上图书馆给我们既愉快又有益的享受与对话。……拥有图书，一个人就有理由自称为“世界公民”和“世界主义者”。他就会知悉一切，明鉴一切，不遗秋毫……

诺思洛普·弗莱（Northrop Frye）说：“大型图书馆真有语言魔力以及心灵感应的无比神通。”只要人们坚持把周围世界的一切都记录下来，并且为将来的读者妥善保存，很有可能，图书馆将会继续存在，曼古埃尔坚持这一观点。

2003年10月，传说中的亚历山大图书馆新馆重建落成，提出建造一个平行影像图书馆作为主要的工程项目，该项目属于电子图书馆性质，并命名为“亚历山大图书馆学术收藏”。

作为人类文化标志的图书馆，阿尔维托·曼古埃尔认为，希望今后的图书馆能够实现纸墨和电子并存，而且应该也能够并存。

书人小传

阿尔维托·曼古埃尔（Alberto Manguel），生平略。《夜晚的书斋》，上海人民出版社2008年8月第一版，杨传伟译。

---

①《创世记》（*Genesis*），“创造世界的记录”之意，或者说是“记录起源的书”。词源于希伯来语《圣经》。《创世记》是《摩西五经》中的第一卷，其他包括：《出埃及记》《利末记》《民数记》和《申命记》。《创世记》记载了人类历史的开始和神的大救赎——神所选择的以色列百姓出埃及和在旷野受到训练的历程。

②威廉·莱布尼茨（Wilhelm Leibniz，1646—1716），17世纪德国大哲学家、伟大的科学家。和牛顿共创微积分，研究成果遍及力学、气体学、航海学、化学、地理学、地质学、植物学、解剖学、语言学、逻辑学、法学、哲学、历史和外交等许多领域，为丰富人类的科学知识宝库作出了不可磨灭的贡献。

③塞缪尔·佩皮斯（Samule Pepys，1633—1703），17世纪英国作家和政治家，海军大臣。以散文和日记而闻名。1660—1669年的十年间，佩皮斯用日记实用速记的形式完整地记录了自己生活和工作中的见闻，包括王政复辟、鼠疫的恐怖和伦敦大火等重大事件。《佩皮斯日记》计6卷，共125万字，是一部杰出的艺术作品，堪称“前无古人，后无来者”的天才之作。佩皮斯还是那个时代著名的藏书家，修建了17世纪最重要的私人图书馆。晚年，在视力渐失的境况下，仍不减对书的热衷，在他的日记中这样记载：“吾两眼昏花虽久矣，不知世间尚有何事能命吾掷卷罢读。”

④让·勒朗·达朗贝尔（Jean Le Rond d·Alembert，1717—1783），法国物理学家、数学家和天文学家。在数学、力学、天文学、哲学、音乐和社会活动等方面建树卓著。著作有《数学手册》8卷、力学专

著《动力学》。达朗贝尔深受狄德罗的器重和厚爱，并与狄德罗合编了《百科全书》。达朗贝尔认为：一个文人的座右铭应当是“自由、真理、贫穷”，因此他一生毫不费力就得到了贫穷。

那迷醉的、纠缠的沉沦

——《嗜书瘾君子》

嗜书者说：

书，是教人意乱情迷的玩意儿，看见书，嗜书者总是心痒难耐。轻抚着书的封面，会惊颤狂喜；将书紧抱入怀，则春心荡漾。嗜书者，不但崇奉书籍装帧绽放的皎洁光芒，而且对百般诱人的封面纹饰、书衣图案也纠缠不舍。茅塞顿开的还有那鼻子的一嗅，扑鼻油墨、纸页香气带来的迷醉……

书籍，带给嗜书者的，不仅是“不足为外人道的愉悦滋味”，而且还是“引人入胜乃至无可自拔的力量”，是“爱到最高点、书随人俱往”之境界。

美国人汤姆·拉伯算得上是一位超级嗜书瘾君子。他的《嗜书瘾君子》一书也称得上是这样一部作品。

嗜书者之书瘾与书俱来，它的年轮与书籍一般久远。

嗜书者与爱书人之区别，在于“书痴”与“书爱”的范畴界定——嗜书者竭力于搜书、藏书；爱书人则用心于获取书中的智能与知识。当然，爱书人并不排斥对书籍的收藏。

嗜书者，不断地聚积书本，或许是为了有朝一日可以拿出来展读。……结果，聚积书本的目的越来越像是存心要把它们堆积起来——放任心中那段对书、对阅读情愫无边无际地蔓生、滋长，直到这份渴望藉以坐拥书城。一生积累书籍达到了60—80万册的18世纪法国大藏书家布拉尔（Boulard）便是这样一个典型的嗜书者。

爱书人，对书籍的喜爱则秉持纯良的心情性灵，触及内心。他们购书往往通过理性把关——必须是自己心仪的作家、主题，或其他周边条件均一一吻合。

自己书房里的书到底读了多少，是“痴”与“爱”之分野。买了书却又没打算阅读是嗜书瘾君子们的真实写照。据称有一位名叫埃斯特雷斯（Estress）的公爵就是这样一个人，他本人从不看书，但藏书却超过五万册。

> 一脚踏进某家占地广袤的大书店，（嗜书者）油然而生（的是）一股庸庸碌碌、生活错乱发狂之抽离的感觉，一头栽进静谧、清明的天地，在充满知性与高深学问的圣殿中悠游徜徉，心里头涌起的是雀跃，引发的是狂喜悸动。……（嗜书者）造访书店，在那些溢满知识与智慧的走道上不断来回穿梭，在书架间随意浏览，偶尔从架上抽出几本书翻阅，屡屡赞叹出色的封面设计，欣赏错落有致的书脊——拥抱知识，亲近旷世巨制，嗅闻书本的气味。

买书行为本身俨然取代了学而时习之。

于是，诸如沉迷詹姆斯·乔伊斯的嗜书者，在乔伊斯的那些深奥的神话典故，以及与他晚近作品内涵有着密切关系的晦涩难懂的爱尔兰传说之中浸淫。然后，不断购买他写的书，还有关于他的书，并义无反顾。

为了买书，嗜书者什么都能拿来当理由。

汤姆·拉伯坦承：

> 为了比别人抢先一步掌握全球关注焦点，我买了关于缅甸、尼泊尔、蒙古和秘鲁的书。……如果吉姆·莱勒[1]哪天晚上谈到马

来西亚的橡胶产业，隔天我就赶紧上街买一本相关书籍。要是某个周末晚上的读书频道里提及马丁·艾米斯[2]，我便火速奔向书店，把文学区书架上找得到的每一本书都搜括一空。……

经济上的窘困也难以抵挡书籍的诱惑。这时，嗜书者往往会在内心呼喊“你简直是个不折不扣的优柔寡断、胆小怯懦、无药可医、言而无信的窝囊废”——从单纯的爱书人转眼变成了书奴——辛辛苦苦挣来的血汗钱，瞬间化作了一堆堆多而无当的书。书籍成了嗜书者日常生活中最要紧的事物。在疯狂的追求下，即便是朋友、家人，全部都变成了次要考虑。而且，更多的时候，嗜书者还执著地认为——看书、爱书乃是人生在世，有益于健康、富含意义、爽快而且快活的勾当。

经验表明，嗜书者往往将买书、看书变成自我存在的两个组成部分，甚至认为，此乃生命之所以得以延续的重要理由。看书还是吃饭，买衣抑或买书，嗜书者要维持起码过得去的生活格调，还是选择了一种拮据却能够享受自虐愉悦的度日方式，放任自己徜徉快活林。“饱受脑袋的欲求与肚皮的需索双重煎熬”的乔治·吉辛（George Gissing）就是这样一个宁可饿肚子也要看书、买书的嗜书者。而法国瘾君子格里耶（Gaullieur）为省钱买书，同一套衣服竟然穿了20年。

“血脉汩汩贲张，两眼闪闪发光。”嗜书者汤姆这样述说自己逛书店时呈现的状态。

还有，亨利·沃德·比彻（Henry Ward Beecher）“置身书店满室诱惑之中，那种对于智慧的渴盼、那种想望、那种永无餍足的美好，神奇的滋味，更令好学之士目眩神驰”。极端的是，英国政治家威廉·格拉斯顿（William Gladstone）曾经在书店购书时，就显示了“凶性大发”。格拉斯顿指着书，对店员大手一挥：“喏，就那些呗！”一口气买下整家书店的现货。另一个英国人里查·希伯[3]也曾有一次买下三万册书籍的记录，大有嗜书瘾一犯“片页无存，仿佛飓风过境，将书叶横扫一空”之气势。

嗜书者们就是这样，只要一跨进书店的大门，便胸有成竹地抱定购买某本特定书籍或某类特定主题、类型的书籍。如此，“冥冥中有一股深邃幽远的力量牵引着我们的步伐，教我们一再纵身投入灵魂深处炽热翻搅的烈焰之中反复试炼”。在他们的心目中，书店便是这样一个高雅老成，可供鸿儒们谈笑、徜徉，并气定神闲地舒卷展页的文化场域。

——“世人皆云生可贵，唯我独钟阅读乐。”洛根·皮尔索尔·史密斯（Logan Pearsall Smith）曾就阅读发出这样的感叹。

古罗马时代的普林尼（Pliny）说：“生命的过程倘若没有阅读一路伴随，简直毫无趣味可言。”阅读，对于嗜书者来说是极乐的世界，而极乐世界的状态，则是远离一切烦嚣，坐进心爱的坐椅，静静翻读一本好书。

> 一旦翻开手上那本书，我们全然遗忘了时间、空间。我们和那本书合而为一，对于外界的动静丝毫无动于衷。我们如老僧坐定，不动如山，与世隔绝，在那一刻——全世界只剩我们、我们脑中的思想和手上那本书。

这是嗜书者追求的阅读境界。

——搜集，人类原始之本性，对嗜书者来说，对书籍的搜集与收藏如出一辙。

> 我喜爱书，只要一看见书本，我就方寸大乱、小鹿乱撞。但是我压根算不上藏书家，对包括诸如摇篮本、初版本、古登堡《圣经》、纸面原装、未裁未开的伊丽莎白时代的小说、和雪莱一

块儿葬身斯培西亚湾海底的那部《索福克勒斯》等古老、稀罕的宝物并不热衷。

汤姆这样叙说自己对书的偏好，但并不回避对喜爱书籍搜集与收藏的企图与热衷。

藏书，对嗜书者来说，也总结出了一些很好的门道。书以稀为贵，唯品相是问，百善首版为先，签名书，落款本与题字本以及讹误至上等五条衡量标准，甚至成为嗜书者藏书之行为准则。他们选书，往往精耕细作——页眉宽窄、装帧样式、纸质良窳、字体大小、版刻精粗、书名页、书口刷金、水印、转手沿革等，都得磨蹭琢磨一番，而且将获取的书安置在18℃、40～50%的湿度下好好地珍藏。

同时，在藏书应具备的相应资格方面。嗜书者还认为，不但要饱读诗书，还要世事练达；除具备融会贯通、锱铢必较的市场绝活与专业领域之学问本事外，为了将某部好书据为己有，随时还得有节衣缩食，随时准备“慷慨就义”的心理；一旦锁定某本书，还要有能够一掷千金面不改色，浸淫其中不为所动的气度。他们痴迷自己的书房，将其誉为通向灵魂的窗口——通过书架庋藏，使得书籍主人之兴趣梗概、心智趋向、学养高低呼之欲出。

嗜书者就是这样，虽然深知嗜书瘾是如何有害，却依然故我、无怨无悔、寡廉鲜耻，仍旧乐不可支地从书店的书架上抽出一本又一本书带回家。

为书籍生，为书籍亡，便是嗜书瘾君子们的无悔誓言。

书人小传

汤姆·拉伯（Tom Raabe），在丹佛担任编辑与自由撰稿人。奉行“买万卷书，行万里路”的古训，不买书的日子喜爱旅行，足迹遍及印度尼西亚、新加坡、印度、尼泊尔、阿富汗、伊朗和欧洲各地。《嗜书瘾君子》，上海人民出版社2007年1月第一版，陈建铭译。

---

①吉姆·莱勒（Jim Lehrer），美国公共电视频道新闻节目*The News Hour*主持人。——原书注

②马丁·艾米斯（Martin Amis，1949— ），英国作家，前代重要作家金斯利·艾米斯之子。崛起于20世纪80年代，在英国有“文坛教父”之称。他的创作受卡夫卡、纳博科夫以及乔伊斯的影响，又深深影响了威尔·塞尔夫（Will Self）和莎娣·史密斯（Zadie Smith）等英国新生代知名作家。其作品呈意识流、黑色幽默以及浓厚的魔幻写实风格。主要作品有《瑞秋档案》和《钞票》等，其中《钞票》获选《时代》杂志百部最佳英文小说。

③里查·希伯（Richard Heber，1773—1833），19世纪英国藏书家，其藏书有“举世无人能出其右”之誉。希伯“购买各式各样的书籍，不计手段，无论场合。只要看到一部好书出现在眼前，他就想尽办法纳为己有”。最终希伯拥有八个书库，二三十万册藏书，而且“生前不仅勤于阅读，还孜孜埋首研究，至死方休”。

重访旧时明月路

——《阅读日记——重温十二部文学经典》

阅读，因人不同，见仁见智。阿尔维托·曼古埃尔在2002年6月至2003年5月的一年间，以日记方式记录了自己每月重温一部文学经典之后的心得、联想与回忆。并在《阅读日记》一书中一一呈现。引领读者，重启了一条与众不同的阅读，甚至写作的“旧时明月路”。

一

那是一个幸运的夏季，在我们租住的离布宜诺斯艾利斯不远的一个宁静的乡村小屋里，我发现了尼古拉斯·布莱克（Nicolas Blacr）的《野兽必须死去》，贺拉西奥·奎罗伽[①]的短篇故事，还有雷·布雷德伯里[②]的《火星人编年史》。现在威尔斯[③]也被加进了我的寒酸而不为人知的藏书目录之中。

——《阅读日记》之《莫罗博士岛》

从法国家中出发，带上自己30年或35年前阅读过，现在又准备重读的阿道夫·拜奥·卡萨雷斯[④]的《莫瑞尔的发明》，阿尔维托·曼古埃尔登上了前往布宜诺斯艾利斯的航班。

这是一本讲述一名男子被迫搁浅在一座被幽灵占据的岛屿上的故事，而回阿根廷，曼古埃尔怀揣的就是这样一种心情。

在《世界报》，阿尔维托曾经发表过一篇文章，并且用上了“真正的阿根廷已经不复存在”这样的言辞。显然，这是作者对自己出生的故土的现状发泄的不满与愤怒。

曼古埃尔的童年及青少年时光，在布宜诺斯艾利斯度过。那时：

> 人们似乎拥有一种能够体味最微不足道的闲适的恩赐的禀赋，怀有强烈的好奇心，拥有敏锐的眼睛，尊重智慧的头脑、慷慨的行为和使人豁然开朗的洞察力，知道自己在世界的地位，并对想象中的自我身份感到自豪。……

这样的日子是闲适自在的。

> 或在租住的乡间小屋的花园里打发漫长的时光，或在乌拉圭优美的海滩的松树下，周复一周地读书或骑自行车，充满了愉悦感。读完了自己的一本书，然后做着白日梦，想象着书中的人物，思考着自己的人生。……

现在，“我轻蔑地发现，荣耀如白云苍狗一般，转瞬即逝”。西蒙·德·波伏娃（Simone de Beauvoir）的这句话表达了曼古埃尔此刻的心情。

于是，在曼古埃尔看来，布宜诺斯艾利斯已经成为了一个“充满幽灵的地方”。

对自然与人类的挚爱，对公共事件的关注，强烈的社会正义感和责任心，引发了曼古埃尔对种族、科技、经济以及历史与现实状况的批判与思考。

阅读成为了关注命运的方式。

经过多年闯荡，阿尔维托终于在法国卢瓦尔省安了家。在该省南部的一个山丘上，他建造了新花园，砌了新围墙，开始整理起属于自己的图书室……

书架已经准备就绪，光洁又明亮。

花园里，夏天含蕴着一年四季的景物变化：冬去春来，树枝吐露新芽，在秋天果实成熟落下的地方，花朵正次第开放……

记忆逐渐被时间蚕食，证明着万物恒久不变的特质。

图书室里很凉爽。曼古埃尔翻检着自己的书籍，外面的阳光透入室内。曼古埃尔感到，这一切似乎了解自己的心情，仿佛是自己的皮肤甚至生命的一种延伸，让主人能够追寻自己的记忆。

阿尔维托回想起在布宜诺斯艾利斯南部马德普拉塔城贪婪地阅读的情景——手捧各种书籍爱不释手，一本接一本地读下去的日子。

关于阅读，曼古埃尔已经有了更深的体验。他想，一本书要吸引读者，就必须要在它所虚构的故事与读者的经验之间建立某种联系——在我们自己的存在和书页之间建立起一种充满想象力的巧妙的联系。

《阅读日记》尝试了这样的联想与对比，包括感悟、旅行印象、回忆以及自己的各种观点表达。

二

我在自己的图书室中发掘，正如一个人在几十年之后，回到他阔别的祖国一样。只要我沉浸到书的盛宴当中去，我就会一遍又一遍地在脑海中重温它们的基本构架。在一架又一架的书前面流连，记住那些我一连好几个星期都没有想起来的书的名字。

——《阅读日记》之《四签名》

两年前，阿尔维托·曼古埃尔买下的这座房子，既是一座奇妙之屋，又是一个富有魔力的地方。远在基督教时代之前，罗马人在此修建了一座祭祀酒神狄奥尼修斯的神殿。

这是2000年的秋天。曼古埃尔一见倾心，喜欢上了这座房子。因为在过去长达十年的时间里，他从来没有拥有过一个可以被称做自己的家的地方。

在前往伦敦的“欧洲之星”的高速列车上，曼古埃尔阅读着H.G.威尔斯的《莫罗博士岛》，分享着书中主人公——爱德华·帕莱迪，一位隐居独处的绅士——身份的那种不确定性，当然，还有情节发展的不确定性。他迷恋书中对阅读的安排。

阿尔维托有自己鲜明的阅读观——我不喜欢别人为我概括书里到底说的是什么，他（她）可以用一个标题、一种场景甚或一段引文来诱惑我。但是，不要试图对我概括完整的故事情节。……过度关注情节内容，会破坏自己通过阅读获得的大部分的乐趣。

在明斯特，曼古埃尔经历着愉快的德国读书之旅。坐在位于一条用大鹅卵石铺成的街道边的露天咖啡馆里，他一边喝着咖啡，一边读着亚瑟·柯南道尔[5]的《四签名》。之后，不断变换城市，天天如此阅读。

在曼古埃尔看来，读福尔摩斯，虽然觉得柯南道尔在语言表达与描述方面似乎不及斯蒂文森和吉卜林[6]那么富于魅力，但曼古埃尔对福尔摩斯“对于编织谎言的伟大文学作品”是一种“真正出色的补充”，以及福尔摩斯将阅读比喻成“好比是沿着小溪流，去追寻那个作为它的源头的大湖一样”的观点尤为认同。

曼古埃尔翻看着书架上的书，展开联想——这些书对自己的存在来说，其实是一无所知的。正是由于自己打开了这些书，翻动了其中的书页，书籍才获得了生命，然而，“它们并不知道我就是它们的读者”。

门外露天平台依然开放着，天气仍仿佛停留在夏季。各处窗台上，天竺葵的花朵正在怒放。……

三

> 无可置疑的是，各种细节就是普照的阳光——它们是生命，构成阅读的灵魂——假设我们把它们从这本书中剥离出去——那么，实际上你就是把这本书本身也剥离了出去。
>
> ——《阅读日记》之《布拉斯·库巴斯的死后回忆录》⑦

半空中飘着某种像是雪的东西，但不能确定，这便是加拿大12月时的情景。

在纽芬兰的圣约翰市。晚上，一场暴风雪席卷了这个城市，透过旅馆的角窗，雪云吹来，打得窗玻璃哗啦啦地响，整个旅馆仿佛在白色的波涛中颠簸起伏。

曼古埃尔购买拉迪亚德·吉卜林的《吉姆》，是1914年印度孟买25卷本版《吉卜林文集》中的一本。该书纸张呈淡米色，深黑色的字微凸，而首字母则是普蓝色。每一卷里都有一张印有书名和卷数的特别标签，书装订好之后可以贴上去，印刷也十分清晰。

《吉姆》成为了曼古埃尔为数不多的几本能够时常令自己快乐的书之一。《吉姆》的叙述风格，书中人物生动的形象，以及存在于那位寻找一条河流的喇嘛和寻觅真实自我的主人公之间的友谊，令曼古埃尔感动不已。

曼古埃尔真心希望书中的朝圣之旅永远都不要终结。

阿尔维托第一次读歌德的《亲和力》还是在25年前。到加拿大卡尔加里后，进行了第二次重温。在歌德的笔下，繁复的表象背后，往往能展示出一种强烈的激情。在情感、职责和一种最终的绝望感之间相互撕扯，揭示人物内心深处的骚动，是歌德自己在情感上的真情袒露。曼古埃尔喜欢歌德这种源于力量与优雅之间脆弱的结合。

歌德干净而准确的叙述文风，以及揭示人性深处的黑暗，往往将曼古埃尔感动得落泪。而《亲和力》则被曼古埃尔认为是理解“歌德文明”的参考指南。

在曼古埃尔位于法国的私人藏书室,有关塞万提斯（Saiwantisi）的著作占据了整整三层书架。

曼古埃尔的习惯是从不把别人的书留在自己家里。他说，对别人的书，要么明确地据为己有，要么就即刻归还，这样才能保证一个人借书的信誉度。

关于阅读空间，曼古埃尔认为，一个真正的读者，要意识到阅读的礼仪。首先，彻底的私人状态，安静而泰然自若；其次，虽然安静，却能与人分享，正如但丁笔下的保罗与弗兰西斯卡的共同阅读，先用眼睛，再用嘴唇在同一书页上会聚；再次，通过大声朗读而共享。这时，真正拥有书页的就只剩下读者本人了，并不包括那位倾听者。

四

我的阅读不仅为我的人生经历添色增彩，也对我的写作大有裨益。让我常常觉得惊奇的是，我会在读过的某位作家的声音中，找到另一位完全不同的作家的回应，两位作家之间不仅在地域上，甚至在时间上也会发生迁移与变化。

——《阅读日记》之《布拉斯·库巴斯的死后回忆录》

坍塌的墙重新修好后，变成了自己现在的图书室。于是，图书室与房子之间形成了一个开放的广场。房子上方是花园，旁边还有一小片果树林。夏天，能享受到李子、樱桃、无花果甚至干果的滋味。

曼古埃尔想，也许那堵墙终有一天会倒下，书架上的书也终有一天会散落四方。但我们毕竟都曾经成为这个世界的一部分，无论多么微小，都依然会在星空下坚定不移地延续下去。

比起下在新大陆的雨来，法国的冬雨感觉要温暖一些。

曼古埃尔非常喜爱《布拉斯·库巴斯的死后回忆录》这本书，且拥有5个不同的版本。对曼古埃尔来说，马沙多·德·阿西斯是一个神秘的作家。阿西斯的小说，结构上有自己的特色，文中往往是将原原本本的、未经加工的素材大量堆积，通过讲故事的方式呈现给读者，只有在结尾，才将各个零散的部分拼合成一个整体。阿西斯不遵循某种显而易见的、事先建立起来的架构。在作品中，他不断颠覆读者对小说忠实性的信任，让读者在阅读过程中自己去感觉作品在变魔术，情节跌宕起伏。

不错，曼古埃尔需要的就是书本上发生的事件在一段时间里能够与自己的阅读心境，与自己的心灵世界相呼应。像平行的宇宙，显得更加真实、更加恒久。

读《堂吉诃德》，曼古埃尔完全被塞万提斯再造出来的那个世界所吸引。他欣赏斯蒂文森“我们人生中的使命并不是为了获得成功，而是要以最佳的精神状态不断地面对失败”这句箴言。在《堂吉诃德》的结尾，当桑丘将受伤的主人带回家，英雄再也无法前行的时候，曼古埃尔钦佩塞万提斯预示着新开始的写作安排。他认为，这种有关正义的信念应该持续保留下去。他将这种信念归结为“理想主义的绝对胜利”。

阅读一本自己喜欢的书，曼古埃尔说，就好比有一次难得的机会与一位多年未见的老朋友会面，能够感受到一种以前未曾料想过的幸福时光。

在寒冷的天气中，享受的是灿烂的阳光。

阿尔维托·曼古埃尔就是这样一位阅读大师。

对他来说，文学永远是一支响亮的号角。谈到阅读，他认为，读到的其实并不是作者所写，而是自己希望看到的东西。看《堂吉诃德》，他关注的是主人公的道德理想以及与仆人桑丘之间奇特的友情，而不仅仅是游侠骑士的世界；看《吉姆》，他对大游戏以及那些幼稚的间谍故事没兴趣，但着迷于小吉姆和喇嘛们各自的追寻历程；看《柳林风声》⑧，对河鼠、鼹鼠和獾的关心远胜于癞蛤蟆；看《枕草子》⑨，他关注清少纳言就个人的观察所得，从各种闲言碎语以及日常生活事件种种印象中提炼出来的164条名录，并认为，这是自己写作过程中可以借鉴的方法。

关于阅读，曼古埃尔进一步说，我们阅读任何一本喜欢的书，直至故事中的各类人等的侥幸余生所呈现的生活，其实都是以我们作为读者的存在为基础的——都是以我们的好奇心，我们渴望获得某个细节的心理，以及对某种缺乏感到吃惊的愿望为基础的——这就好比是我们自己用爱的能力从一大堆单词之中创造出了那个被爱的人。

《阅读日记》是阿尔维托·曼古埃尔以心灵的力量逐字逐句地对经典作品重读后，以日记形式留下的心得、联想与回忆式随笔或札记。作者以为，重温这些自己心爱的老书，是因为震惊于“书中呈现的那些丰富而繁杂的过去的世界似乎折射（了）我（们）正生活于其中的当下（这个）世界的令人沮丧的混乱”。于是，有必要将“那些时刻瞬间产生的灵思”予以记录并激活它们，使之凝聚成一种思想。

书人小传

阿尔维托·曼古埃尔（Alberto Manguel），生平略。《阅读日记》，华东师范大学出版社2006年7月第一版，杨莉馨译。

---

①贺拉西奥·奎罗伽（Quiroga，1878—1937），乌拉圭短篇小说家，擅长写恐怖故事。

②雷·道格拉斯·布雷德伯里（Ray Bradbury，1920— ），美国科幻小说家，电视电影脚本作者，著有著名科幻小说《火星人编年史》。

③赫伯特·乔治·威尔斯（Herbert George，1866—1946），英国

小说家、散文家。以科幻小说《时间机器》（1895）一举成名。《莫罗博士岛》（1896）描写了一位生物学家想通过器官移植使野兽变成类似人的动物的故事。

④阿道夫·拜奥·卡萨雷斯（Caceres，1914—1999），阿根廷小说家，博尔赫斯的挚友。

⑤亚瑟·柯南道尔（Arthur Conan Doyle，1859—1930），生于苏格兰爱丁堡，英国小说家。1891年弃医从文，专门从事写作。因塑造了侦探家福尔摩斯这一典型人物而闻名于世。

⑥拉迪亚德·吉卜林（Rudyard Kipling，1865—1936），英国小说家、诗人。出生于印度孟买。吉卜林的作品以印度的大自然、社会以及英国殖民者的日常生活为背景，创作了大量的诗歌和小说，作品以敏锐的观察力、渊博的知识和对自然风光精细入微的描写而受到世界文坛的广泛好评。1907年，其《丛林故事》获诺贝尔文学奖，颁奖词说："他，吉卜林，毫无疑问，是英国文坛近年来最值得注意的人物。"《丛林故事》的获奖评语："这位声名远播的作家，以其精微的体察、非凡的想象和高超的叙述技巧，写出了沉厚有力的作品。"1901年出版的《吉姆》讲述了一名爱尔兰士兵的孤儿吉姆，如何作为拉合尔当地人长大的过程。《吉姆》是吉卜林最后一部以印度为题材的作品，被评论家公认为吉卜林最出色的长篇小说。

⑦《布拉斯·库巴斯的死后回忆录》，本书由非常简洁的章节混合而成，主要包括一些札记、谈话片段、不完整的爱情生活场景、短小的人物速写、微型散文等。作者马沙多·德·阿西斯，生于1839年，巴西浪漫主义作家，作品抱有一种浪漫主义的、简约的、批评性的和具有讽刺意味的世界观。

⑧《柳林风声》，根据英国作家肯尼斯·格雷厄姆（Grahame. K，1859—1932）于1908年给儿子讲述鼹鼠的故事整理出版的童话名

著。作品赋予了整个童话故事深厚的内涵，表达了作者对人生的理解和对大自然的感悟，是一部脍炙人口的佳作。

⑨《枕草子》，日本平安时代宫庭女官作家清少纳言（966/967—1013？）的随笔作品。作品内容分为：一，描写四季、山川、鱼、鸟等自然景象与动物；二，叙述宫廷的见闻和皇后定子一族的荣衰；三，抒发作者对人生和现实的感慨。《枕草子》为日本文学开拓了一个新的领域，清少纳言的随笔为日本散文文学奠定了基础。

阅读锦囊：以普鲁斯特为例

——《真的不用读完一本书》

作家珍·瑞丝（Jean Rhys）在作品《梦回藻海》[1]中这样表述自己对阅读的观点，她说："阅读使我们化身为旅人，带我们远离家乡，但更重要的是，因为阅读，我们在世界各地都找到了新的家园。"

如何有效阅读？皮耶·巴亚德[2]有新见解，并写作了《不用读完一本书》一书。书中巴亚德描述了英国当代作家大卫·洛吉[3]安排的在一群文学界学者之间进行的一个叫"丢脸"的游戏。游戏中有一个难题：想赢，就得不怕丢脸，坦承自己不熟悉某本应该熟悉的书。游戏中，如果因为自己的自尊心太强，不愿意说出自己觉得陌生而旁人却早已读过的书，则成为输家。游戏结果，果真还有人胜出，一个名叫霍华德·瑞朋（Howard Ringbaum）的美国人，因为宣称自己从未读过《哈姆雷特》，让全场傻眼。他虽然获奖，但付出了牺牲自己专业信誉的代价。这虽然是一个游戏，但引发了巴亚德关于读书的有趣观点，他说："大部分对书的评论，表面上是在谈论那本书，实则不然；真正在谈论的，是塑造出当代文化的其他书籍。"他又认为，谈论书的真正关键是"充分掌握这些书籍"，"了解书与书的关系，而不是特定的一本书"，这样，"即便是很多书都没读过，也没什么关系"。因为知道了书的类别，了解了书的定位，就算是没有读过的书也能对它发表评论。

之于巴亚德的观点，并受此启发，于是亨利·希金斯也"克隆"了

《真的不用读完一本书》这样一本既别具一格又与众不同的书。书中，希金斯并不完全赞同巴亚德“要谈论没读过的书，有时就得放聪明点，显出一脸热衷的模样，甚至滔滔不绝地装腔作势一番”的所谓高论。他以为，人们之所以会聊自己没读过的书，其中一个原因，便是不想让自己看起来显得没有学养或无知，觉得欺瞒可能是人的天性，索性就顺其自然，甚至是想借机出风头，让自己高人一等，追求一种空虚的优越感。由此形成的批评或者评论，在希金斯看来都不能随便而为，要用对字眼。至于为何没有什么人把多读书当乐趣，希金斯分析，常见的理由，包括书很难读懂，或者说读书比其他休闲活动更花心思，以及书价太贵等。人们之所以忽略阅读或是根本忘了阅读，是因为心力都放在健康、亲友、工作、家庭和财务等事情上，因而就无暇再关心别的事情了。或者说，“知识的普及使人们轻忽了阅读，许多人便逐渐自满起来，于是，少了文盲，多了‘文茫’”。当然，对阅读达人来说，形成的阅读观点有两种：一是珍·瑞丝所说的“阅读旅人”；二是莫里亚克④的说法——告诉我你读了什么书，我就可以说出你的为人，但若要我更了解你，便告诉我什么书让你一读再读。

关于阅读推崇，16世纪的散文家蒙田曾毫不隐讳地说：“每当我读书遇到难解之处，并不会为此苦恼；读一两次后若仍然不懂，就算了。”他还说，“如果一本书很乏味，我就换一本读，而且我只在无聊到发慌时才会找书来读。”蒙田在此鼓励读者，千万别把书当成是至高无上的东西。希金斯也承认自己并没有读完某一本书，之所以如此，他认为是不想把时间浪费在无益的书上。他列举了18世纪大文豪约翰逊说过的一句话“世上的书，能让人从头读到末尾的没几本”，约翰逊坚信书不用从头看到尾。在希金斯看来，这种想法虽然令人惊叹，却也呈现了“现代思维的一种感性”。

对于“喜欢掉书袋而不希望把书掉得满地的人”，对于“因为没读过的书太多而又有职业和考试焦虑的人”，对于“想快速掌握西方经典的人”来说，如何谈论一本自己知道一些但又印象不太深刻，甚至根本就没有看过的书？通过《真的不用读完一本书》，希金斯给出了自己认为相对务实的一些对策——应该知道的书籍、作者以及书籍的情节摘要和现成的评论，从而弥补自身知识的不足。而要谈论不胜枚举的名家名作，希金斯总结出来的一个妙招是：与其欣赏一些主流的角色，还不如谈些默默无闻却有趣的小配角。他还说，好书有如聚宝盆，理解文学的方法有很多，而优秀的作品文本总是能够实现让读者以不同的方式去解读。

以普鲁斯特[5]为例：

马塞尔·普鲁斯特，法国作家，生于1871年卒于1922年的他，最著名的代表作是家喻户晓的《追忆逝水年华》。

据说，当年普鲁斯特创作《追忆逝水年华》，从动笔到完稿花了近14年的时间，形成的规模达七卷，并在1913年至1927年间陆续出版。于是，有人将此书形容为“大河小说”。意思是，这部鸿篇巨制不仅记载了一个家族或一个社群间的生活史，而且同时也折射了整个时代和社会的变迁。《追忆逝水年华》通过七卷主题，着墨于贵族、食客、交际花、艺术家以及仆从们的生活，展现了新科技、新观念对既有传统礼节、社会习俗以及现状所构成的矛盾冲击。

尽管普鲁斯特的《追忆逝水年华》出版后影响巨大，引发了许多名流人物的热烈追捧，甚至形成了“普鲁斯特风格”，诸如铺天盖地的动画电影片段、名流们的报刊心得、唱片封套，以及各种服装、罐头、药品，或者度假圣地广告等。但具体到作品本身，《追忆逝水年华》仍然是一部世界上“最无人问津的文学经典”。人们谈论得多，但真正细读过作品的人却寥寥无几。由此形成的一种社会现象为：没读过作品的人，只要一提到《追忆逝水年华》，往往就变得仿佛在讲什么深不可测的神话怪兽。希金斯这样介绍，如果有50个人读过这本书，大概也只有一个人能坚持读完，实际比例可能还要低。

下面是《追忆逝水年华》中的三个爱情故事梗概：

> 犹太裔却是社会名流的夏尔·斯万，着魔于奥黛特·德·克雷，并在饱受所有爱情和嫉妒的折磨后与她结婚；希尔贝特是叙述者马塞尔痴迷的初恋情人，后来却嫁给了他最好的朋友圣卢，后者早年热恋的女演员则是拉谢尔；希尔贝特·斯万只是叙述者的至爱阿尔贝蒂娜·西莫内的先驱，马塞尔与西莫内之间维持了一场漫长而错综复杂的恋情。故事最终以阿尔贝蒂娜·西莫内逃走和死于骑马事故而结束。[6]

为什么会这样？美国作家罗杰·沙杜克（Roger Shattuck）的阅读体验是，读普鲁斯特的《追忆逝水年华》"有如观看一张地图，可清楚看到城市、河流、主要省份的名字，唯独不知道是哪个国家的地图"。结果，是因为普鲁斯特通过从社会的各个角落将奇人异事进行汇集或提炼构思出了一个故事的整体，让人既大开眼界具有娱乐效果，又使阅读者费时吃力，原因还是作品的篇幅太长。就连普鲁斯特的弟弟罗伯特也说："真有时间去读这本巨著的人，不是重病在床就是刚好腿断在休养。"

分析普鲁斯特的生存状态，可以知道，这是一个昼伏夜出，又患有忧郁症的荒谬人物。小时候，在回答"你想住在哪里"这样的问题时，普鲁斯特的答案是："理想中的国度。"若干年后，他又说："住在可以实现愿望的神奇的地方，在那儿人人皆有柔情。"普鲁斯特觉得，如果自己的生命是公寓，那么旁人只不过是其中的摆设而已。无须讳言，普鲁斯特的人格形成，既成就了他超乎常人的想象力，也形成了他独树一帜的行文风格。

普鲁斯特是一个擅用长句的作家。他的长句虽然有些可能因为长而给人一种东拉西扯、云里雾里的感觉，但个人特色鲜明。

> 另一处，似空出一个角落种常见的花，净白、淡粉且状似紫罗兰，像主妇细心拭亮的瓷器，若稍微往前看，簇拥的花朵形成一道飘浮的边界，花园中的三色堇，仿如蝴蝶般，将其冰晶透蓝的翅膀，停歇于此涟漪阵阵的透明花床斜面；其实说它是天之花床亦不为过，因映照出的色彩，比花色更珍贵、更动人；午后，在荷花下如万花筒般闪耀出专注、静默和多变的光芒；黄昏，其犹如远方的港口，充满了夕阳的红晕和梦想，周围是色彩较一致的花冠，本身却变化无穷，以和此刻最深沉、神秘且稍纵即逝的无限天地取得和谐，这些地上的花儿便好似已化作满天云彩。

上述长句共177个英文单词，充满了浓浓的抒情笔触。据统计，普鲁斯特作品中的最长一句话曾用过958个英文单词，意象丰富又精确。普鲁斯特喜欢用一种迂回曲折的方式来漫谈，从而达到一种吊诡的效果。希金斯提醒，如果读者想模仿普鲁斯特并不难，想学普鲁斯特的风格，便要知道“离题往往才是主题，（作品中）再琐碎的事情都值得详加留意（或详加评论）”。同时“也需（要）学会放慢脚步去感受（或是去感受那个感受），才是在庸碌生活中寻找意义最有效的方式”。

既然普鲁斯特的文句如此夸张而且东弯西拐，为什么还有那么多人想阅读或关注他的作品？原因之一，希金斯认为，在于普鲁斯特“擅长嘲讽势利、虚伪和不忠的行为”。以说谎为例，普鲁斯特说，偶尔说谎能保护自身利益，说谎也能引发相当细微的感官体验。所以通过普鲁斯特巧妙处理后的作品，各式虽有人格缺陷的人物也能呈现出可喜的一面。或者说，他栩栩如生、快活地刻画了反面人物。行善和为恶带来的结果，直至如何取舍，成为普鲁斯特探讨的一个主题。

> 普鲁斯特在《追忆逝水年华》中列举的主要人物，包括阿尔贝蒂娜·西莫内、夏吕斯、弗郎索瓦丝、奥丽阿娜·德·盖尔芒特、叙述者的妈妈、奥黛特、圣卢、斯万和维尔迪兰夫人，再加上叙述者本人共十人。读者掌握、厘清了这十个人的关系和命运，便是一种无与伦比的阅读。⑦

作家兼电视节目主持人艾伦·狄波顿（Alain De Botton）出版了一本《拥抱逝水年华：普鲁斯特如何改变你的人生》。书中，艾伦指出，普鲁斯特的作品总是“教我们凡事慢慢来（这样才懂得珍惜），以及如何欣赏简单事物的美好”。例如，吃一片面包带来的快乐可能超过一顿丰盛的佳肴。狄波顿认为，普鲁斯特带给读者的是：“让我们不再虚度光阴，更懂得珍视生命的可贵。”“痛苦是帖良药，引领我们找到美满的生活艺术。不幸也能对人有益。生命的价值，可能就藏在最意想不到的地方。”

普鲁斯特拥有丰富、敏锐的内心世界，是“其他作家难以望其项背的”。在谈到普鲁斯特处理回忆的写作手法时，希金斯说，他不但“善于描写心理层面，更在字里行间蕴藏（着）哲学家的笔触”。用普鲁斯特自己的话说：“我们并不了解自己的‘能见度’，我们以为自己在某些人眼中很重要，但其实他们根本（就）不在乎自己；相对来说，我们从未把某些人放在心上，却不知道他们对自己的关注。”普鲁斯特看待回忆的方式，使人们相信逝去的时光并未远去。而且对他而言，为了达成自己的艺术，失去生命也在所不惜。在《追忆逝水年华》中，斯万就是这样一个普鲁斯特笔下既“充满神秘”，又“文质彬彬”的社会名流角色。作品通过斯万表达了叙事者普鲁斯特对生活以及人生观的理解和追求。

在常人眼里，《追忆逝水年华》中的一些情节描述是荒谬的。回忆，在普鲁斯特的意识中总是不由自主的，由此在他的作品中引发的思绪也是源源不断的。因为他的回忆开关常常是经由感官经验而开启，但又似乎与经验本身无太大关联。于是，回忆一旦不自觉地在脑海中浮现，是“普鲁斯特”；细细检视自己谜一样的过去，在半梦半醒之间重回往日时光，悉数以往种种，是“普鲁斯特”；一般说到“我们觉得怎样怎样”或“我们发现什么什么”之类笼统的话，也是一种“普鲁斯特”。因此，阅读普鲁斯特并不容易。

如何阅读普鲁斯特，希金斯作了归纳。

· 爱聊自己的事没什么关系。

· 历史的真相飘忽不定，但是……

· 过往从未真的离我们远去。

· 避免陈词滥调。

· 任何事物都有所关联。

亨利·希金斯认为，上述五点就算无法改变你的人生，也有助于你善用人生。

书人小传

亨利·希金斯（Henry Hitchings），生于1947年，语言和文化历史评论家，毕业于英国牛津大学和伦敦大学，著有《约翰逊的字典》以及《文字的秘密家谱》。《真的不用读完一本书》，台北：大家出版社2010年5月第一版，林步升译。

---

①《梦回藻海》又译《藻海无边》，后殖民文学经典作品。作品故事不是《简·爱》，但与《简·爱》的故事前后关联——作者讲述了一个疯女白莎的故事。作者珍·瑞丝是英国的海外移民，父亲是英国人，母亲是西印度群岛的欧洲白人后裔。1966年珍·瑞丝76岁时出版了《梦回藻海》。藻海指位于西印度群岛东北部的海域。

②皮耶·巴亚德（Pierre Bayard），法国作家，巴黎第五大学法国文学教授兼心理分析学者。主要作品有《福尔摩斯错了！》《谁杀了艾克洛德》等。《不用读完一本书》又译为《如何谈论一本你未曾读过的书》，书中皮耶·巴亚德提出了"虚拟图书馆"的概念，意思是指：很多书虽然大家不一定都读过，但似乎都知道它大概在讲什么，而且作过很多评论。于是这些评论的地位甚至超越了原书的地位及其实际含义。那么，这些围绕书的讨论构建起来的巨大文化遗产就称为虚拟图书馆。皮耶·巴亚德在《不用读完一本书》一书中提出了一个大胆的观点：他认为书是不用读完的，不仅如此，甚至可以对一些自己从没读过的书进行评论。

③大卫·洛吉（David Lodge，1935— ），英国知名小说家，亦写剧本、文学批评（代表作为《小说的五十堂课》）等，著作丰富，曾多次入围英国布克奖，并担任布克奖小说类的评审。——原书注

④弗朗索瓦·莫里亚克（Francois Mauriac，1885—1970），法国小说家，出生于法国波尔多。主要作品有《握手》《爱的荒漠》等。弗朗索瓦·莫里亚克分析敏锐，笔触真实，写作语言简洁而又富有表现力。他的小说充满令人难以忘却的情景、对话和紧张场面，启示神秘、残酷。1952年获诺贝尔文学奖。

⑤马塞尔·普鲁斯特（Marcel Proust，1871—1922），法国作家。1913年出版《追忆逝水年华》第一部《去斯万家那边》，1927年完整出齐，共7大部分15册。其中第二部《在少女花影下》曾获得法国龚古尔文学奖。曾有批评家这样评价《追忆逝水年华》，认为不应把这部书看做一本小说，而应该视之为一部散文或诗歌。法国评论家安德列·莫洛亚则说："对于1900年到1950年这一历史时期而言，没有比《追忆逝水年华》更值得纪念的长篇小说杰作了。"普鲁斯特在小说创作中"实现了一场'逆向的哥白尼式的革命'。人的精神重又被安置在天地的中心；小说的目标变成描写为精神反映和歪曲的世界"。《追忆逝水年华》是一部划时代的巨著，是20世纪世界文坛最重要的小说之一，与《尤利西斯》并称为意识流巅峰之作。

⑥⑦两段根据哈罗德·布鲁姆《如何读，为什么读》一书相关内容引用、编写。哈罗德·布鲁姆（Harold Bloom，1930— ），当代美国著名文学教授、"耶鲁学派"批评家、文学理论家。代表作有《影响的焦虑》（1973）、《西方正典》（1994）和《莎士比亚：人的发明》（1998）等。哈罗德·布鲁姆以其独特的理论建构和批评实践被誉为"西方传统中最有天赋、最有原创性和最有煽动性的一位文学批评家"。

阅读规则：以想象文学为例

——《如何阅读一本书》

如果说亨利·希金斯通过《真的不用读完一本书》介绍了提纲挈领式的阅读，甚至提供了一种以“别有用心”的方法快速完成一本书的阅读的话，那么，《如何阅读一本书》则是从规范的或规则化的角度，向读者讲述了如何严谨地阅读一本书的技巧和方法。

《如何阅读一本书》是历久弥新的一本书。该书初版于1940年，始作者莫提默·J.艾德勒受19世纪英国重要思想家约翰·斯图亚特·密尔[①]自传的影响，而成为美国文学界和出版界的传奇式人物，并创作出版了《如何阅读一本书》（第一版）。之后，查尔斯·范多伦在协助艾德勒编辑《大英百科全书》时，又对《如何阅读一本书》的原书内容进行了大幅修编增写，最终两人共同完成了这部著作。《如何阅读一本书》初版至今已风靡全球70年，销售量超过700万册。

简单地说，艾德勒在结构上，将《如何阅读一本书》所论述的阅读方法分成了基础、检视、分析和主题阅读四个层次，并针对四个层次的划分分别进行了介绍；具体地说，艾德勒完成《如何阅读一本书》的目的，源于对美国教育制度的深刻理解和认识。他指出，要达到阅读的目的，就必须在阅读不同书籍的时候，运用适当的速度，落脚点是使阅读更有效率，对象是旨在增进阅读理解能力的人，技巧和方法则定位于不同层次阅读的规则化。而所谓阅读规则，就是用一种比较正式的说法来表述一件事。正如俗语所说：“你必须读出言外之意，才会有更大的收获。”

关于阅读的四个层次，艾德勒将其归纳为，种类是样样都不相同的，而层次却是高一级同时包含了较低一级，也就是说，阅读的层次具有渐进性特征。即第一层次基础阅读完成后并不会在第二层次检视阅读阶段消失，第二层次同时又包含在第三层次分析阅读之中，第三层次又在第四层次主题阅读之中体现，如此递进与关联。第四层次是最高的阅读层次，这一层次包含了阅读的所有层次，也超越了前面所有的层次。

基础阅读和检视阅读。基础阅读，艾德勒将其称为初级阅读、基本阅读或初步阅读。这一阶段的任务是认字，摆脱文盲状态。从阅读准备，到读一些简单读物，再到快速建立词汇能力，继而精练与增进前面所学的技巧。到了检视阅读阶段，艾德勒才将其算作真正的阅读层次。它的特点在于时间的强调，特别是对学生来说，这个层次的要求是将阅读作为必须在规定时间内完成的一门功课。也就是说，能够实现在规定的时间内抓出一本书的重点，而方法有系统地略读或粗读和粗浅地阅读两种形式。略读或粗读，包括一本书书名页、序、目录页、索引或作者介绍等结构性内容。粗浅的阅读应该遵循——头一次面对一本难读的书的时候，先从头到尾读完一遍，遇到不懂的地方先不要停下来查询或思索的规则，譬如阅读莎士比亚的戏剧。这样做的好处是能够帮助读者在后来重读第一次略过的部分时，增进理解。于是，快速阅读是检视阅读阶段的基本特征。

在检视阅读的过程中，读者必须回答三个问题。第一，这是部什么样的书；第二，整本书在谈什么问题；第三，作者写作的整体架构，以及如何发展他的观点或陈述他对这个主题的理解。这时，艾德勒建议，读者要养成记笔记的习惯，使阅读保持清醒、主动思考、记下感想，从而记住作者的思想，并且正确运用结构、概念和辩论三种记笔记的方法。其中，辩论笔记侧重于针对一场讨论的情境，是一个更高层次的方法。因为辩论笔记是从多本书中摘要出来——就一个单一主题，将所有相关的陈述和疑问顺序而列，是进入主题阅读的前提。因此艾德勒说，养成在书上做笔记或对书中要点进行摘录的好习惯，其实就是在表达你与作者之间相异或相同的观点，这是你对作者所能付出的最高的敬意。摘要能唤醒记忆，特别在之后的分析和主题阅读阶段，对知道、掌握某些特定的议题和主题密切之间关系时，作用显著。也许摘要不能替代真正的阅读，但摘要往往能告诉你，你想不想或需不需要读这本书。

分析阅读。在《如何阅读一本书》中，艾德勒特别强调分析阅读的重要性，因为他认为这可能是读者最不熟悉的一种阅读方式，因此作者花了很长的篇幅来讨论，定出规则，并阐述应用的方法。

分析阅读较之基础和检视阅读更复杂，也更系统化。艾德勒说，分析阅读就是全盘、完整地阅读，或者说是优质地和最完整地阅读。分析阅读的目的是求得理解。

> 规则一：你一定要知道自己在读的是哪一类书，而且要越早知道越好。最好早在你开始阅读之前就先知道。

艾德勒说，这一规则适用于所有的书籍，特别是阅读非小说和论说性的书。阅读一本书，对阅读者来说，首先必须了解这本书的分类，是虚构的作品——小说、戏剧、史诗或抒情诗等，还是某种论说性书籍？这种分析，说起来容易，其实不然。例如，像《波特诺的牢骚》这本书，是小说还是心理分析著作，许多读者并不能分辨。又例如，即便是读者熟悉的《飘》，也不能准确地说出是爱情小说，还是反映美国内战时期有关南方历史的书。再如像《宇宙与爱因斯坦博士》

这本书，明明不是小说，但又几乎与“可读性”的小说一模一样。

于是，艾德勒对此作了进一步分析。他认为，任何一本书，如果主要的内容是由一些观点、理论、假设和推断组成，并且表达了作者的主张，那么这是一本传达知识的书，也就是说，是一本论说性的书。这样的书，分辨之难在于它的多样性，诸如历史类与哲学类图书，它们所提供的知识与启发方式就截然不同；诸如物理学与伦理学方面的书，处理同一个问题的方法也可能不尽相同。这就要求读者在知道哪一类的书带给指导的同时，还要知道指导的方法。

切合想象文学，带来的困难可能还甚于阅读论说性作品。之所以这样说，在于阅读文学作品相比阅读科学、哲学、政治、经济与历史等论说性为主体的作品，一般人似乎更广泛地拥有阅读文学作品的技巧。作为阐述经验本身的想象文学，读者只有借助阅读才能拥有或分享经验，甚至享受成功。所以艾德勒说：“不要抗拒想象文学带给你的影响力。”阅读小说，一般读者往往会表现出喜乐，或乐在其中，却无法回答之所以乐，更无法对小说作出好的评论。评论或阅读需要依赖一个人对一本书的全面理解。问题在于，读者说不出喜欢的理由，可能只是阅读了表象，却没有深入内里。于是，艾德勒给出的建议是，要用推理的方法，将阅读非小说的规则转化为阅读小说的规则；要抓住诸如抒情诗在叙述故事时基本上是表达作者个人情绪经验这条主线；在分辨小说与戏剧作品时，要抓住戏剧是以行动与说话来叙述剧情的主线；要抓住想象文学中作者为增强文章丰富性与渲染力的多重字义的使用，掌握作者整合整本书时所采用的隐喻式方法。文学作品写作上的差异，带给读者的是不同的感受。如同但丁的《神曲》，虽然使用的是一般的诗与小说语言，但每一个人的阅读感受是不一样的。因此要学会分类，准确判断出作品的性质。

规则二：使用一个单一的句子，或最多几句话（一小段文字）来叙述整本书的内容。

用艾德勒的话说，即每一本书在封面之下都有的自己的骨架，读者阅读时要找出这一骨架。

站在一本书是一件艺术品的立场来说，书除了要外观精致外，相对应地，还要有更接近完美、更具有渗透力的整体内容。对于“整体内容”，只有一个方法能知道你是否清楚地理解，那就是，你必须能用几句话进行概括，告诉自己或别人，这整本书在说什么。比如，亚里士多德在自己的著作《诗学》中就做到了。他用一段话，非常精练地概括了荷马《奥德赛》的故事。

某个男人离家多年。海神嫉妒他，让他一路尝尽孤独和悲伤。在这同时，他的家乡也濒临险境。一些企图染指他妻子的人尽情挥霍他的财富，对付他的儿子。最后在暴风雨中，他回来了，少数几个人认出了他，然后他亲手攻击那些居心不良的人，摧毁了他们之后，一切又重新回到他手中。

规则二表明，用这样的方式来了解一个故事之后，通过整体调性统一的叙述，就能将不同的情节部分放入正确的位置。

规则三：将书中的重要篇章列举出来，说明它们如何按照顺序组成一个整体的架构。

艾德勒在规则三中将一本书的结构比喻成一栋拥有许多楼层的房子，每个楼层又有许多房间，房间又是由不同尺寸与形状等，包括不同的外观和不同用途构建的建筑组合，而串联这些房间的就是门、廊、楼梯等，即建筑师所谓的“动线”架构。正因为这一架构，使每个部分在整体的使用功能发挥上起到了作用。同理，一本好书也是如此，每个重要部分都是有序的排列，都具有一定的独立性。但是，这些顺序或独立性却一定要跟其他部分实现有效连接，这便是结构的功能，否则部分便无法对整体的智能架构作出贡献。因此，艾德勒说，可读性最强的作品一定是作者达到了建筑学上最完整的整体架构，即最好的书都有最睿智的架构，而作为读者，就必须将这个架构找出来，方法是列出全书的大纲。

在文学作品中，譬如小说，艾德勒认为，部分就是不同的阶段，作者据此将故事情节——角色与事件的细节予以发展。要了解一个故事的架构，读者就一定要知道故事是从哪里开始的，中间经过些什么事，最后的结局是什么。这时候，读者要知道带来高潮的各种不同的关键是什么，高潮在哪里，又是如何发生的，之后的影响是什么，等等。例如但丁的《神曲》三部曲，自《地狱篇》第一章“但丁在森林中迷路了”开始，到历经了九层地狱，到“向缪斯求助”的《炼狱篇》，再到《天堂篇》中“基督的胜利”、“天堂的玫瑰”以及“向圣母马利亚祈祷”和“最终的救赎”的情节关联与层层推进。

规则四：找出作者要问的问题。

艾德勒说，规则四非常重要，但往往又容易被读者忽视。身为读者，应该负责地并尽可能精确地找出这些问题。无论作者告诉或者不告诉你他的问题是什么。规则四，用艾德勒的话说，这个规则可以帮助读者做好掌握一本书的整体精神和重要部分。或者说，遵守规则四，能让读者达到与第二、第三条规则产生前后呼应的效果。否则，读者可能对一本书的主题或重点就不是很清楚。当然，由此而列出的架构也可能是一团混乱，尤其是在阅读富有想象力的文学作品的时候。

上述四个规则，艾德勒告诉了读者在分析阅读的第一阶段，即找出一本书谈些什么的时候应该掌握的规则。按《如何阅读一本书》的说法，这当然还不够，分析阅读应该还有第二和第三阶段。在第二阶段，艾德勒提出了“诠释一本书的内容规则”。这些规则，要求读者学会善于诠释作品中的关键词，与作者达成共识；要通过作品中最重要的句子，抓住作者希望表达的重要主旨，知道作者论述的重点，确定作者已经解决或还没有解决的问题，由此作出自己的判断。而在第三阶段，艾德勒则提出制定了需要读者像沟通知识一样去评论一本书的规则。

主题阅读。艾德勒认为，主题阅读是阅读的最终目标。为此，他提出了两个阅读要求，一是对一个特定的问题来说，所牵涉的绝对不是一本书而已；二是要知道就总的来说，应该读的是哪些书。

如前所述，主题阅读是阅读的最高层次，但并不是孤立的。其中，检视阅读与分析阅读可当做进入主题阅读的前置作业或准备动作。譬如，当一位读者要将“爱”作为一个阅读主题，手中有上百本拟参与书目的时候，就必须找到阅读的捷径，而这个捷径先要靠检视阅读技巧来完成。有时，则需要将检视阅读和分析阅读一并进行。一旦检视步骤完成，确定了所选定的与阅读主题的关联性，便可进入主题阅读。艾德勒认为，主题阅读是最主动的一种阅读形式，与分析阅读的关系，可以比喻成当你在分析阅读一本书时，你应该把书当做主人，听它使唤。而在做主题阅读时，你就是书的主人。如何进行主题阅读，艾德勒设计了五个步骤。

步骤一：找到相关的章节。这一步骤中，作为读者，首先应该确定阅读的顺序，将主题放在首位。艾德勒告诫：“在主题阅读中，你及你关心的主题才是基本的重点，而不是你阅读的书。”也就是说，主题阅读是为了要解决你自己需要解决的问题，而不是为了这本书本身而阅读，包括读者在检视阅读时就要将焦点集中于你要进一步做主题阅读的主题上。

步骤二：引领作者与你达成共识。这时候，要由读者来建立起共识，而这种共识已经比分析阅读第二阶段诠释阅读中提出的与作者达成共识的要求更进了一步。因为此时读者面对的是多个作者，难度已经更高，“在这时候就是要由你来建立起共识，引领你的作者们与你达成共识，而不是你跟着他们走”。要战胜的困难是要“强迫作者使用你的语言”，而不是你使用作者们的语言，即读者能够实现将自己在阅读中构建的一种共通的词汇加于许多作者身上，为己所用。

步骤三：厘清问题。找出书中的关键句子，分析阅读中诠释阅读的第二个规则是了解作者的作品主旨。那么，主题阅读时，读者也需要做同样步骤的工作。在建立自己的词汇时，还必须“建立起一组不偏不倚的主旨”。根据研究的概念或现象的存在或特质，解决自己或者作者提出的问题。

步骤四：界定议题。通常，问题的答案之不同来源于各人对每一个主题的不同观点。如果一个问题很清楚，往往能得出赞成或者反对的结论，这时，这个议题就被定义了。所以，读者做主题阅读时，艾德勒认为，要尽可能确保议题是大家共同参与的，把许多围绕着议题进行争议的问题的前后关系整理清楚。

步骤五：分析讨论。经过了前面四个步骤，此时，读者的责任就不仅仅是自己回答这些问题，而是要能够将这类问题进行仔细整理，达到说明主题本身和讨论的目的。并在相互矛盾的答案冲突中找到令人信服的证据，找到支持自己观点的确切理由。由此，艾德勒对此进行了归纳——依照特定的顺序来提出问题，辨认顺序，说明问题的不同答案，并说明原因，从检视过的书中找出支持答案分类的依据。只有这样，才能形成分析，或者说，这时才算真正地了解了问题。这样的分析结果，不但于己，即便对后来使用者也能够提供一个好的研究基础。

《如何阅读一本书》与读者共同探讨了一系列有关阅读的技巧和方法。艾德勒认为，一个人的阅读时间毕竟有限，而依据西方传统所写出来的书已经达到了几百万册的规模，其中99%对提高一般读者的阅读技巧毫无帮助。如何寻求到一种有效的解决方案，提高阅读效率，是每一个阅读者必须认真研究并掌握的。艾德勒认为，《如何阅读一本书》提供的这套阅读方法适用于任何一本书的阅读，无论是小说还是非小说，想象文学还是论说性作品，实用性读物还是理论著作，例外的只有个别类目。对读者来说，最重要的，不只是要达到读得好，更重要的还在于提高分辨能力，知道哪些书能够帮助自己增进阅读能力。艾德勒甚至提示，哪怕是一般读者都认为比较困难的科学著作的阅读，只要掌握了恰当的阅读技巧和方法，也能达到比一些非科学的书籍还要容易阅读的效果，譬如牛顿的书就比荷马的书容易读。

读一本好书，总会让读者的努力能够得到应有的回报。或者说，阅读最好的书对读者的回馈也越多，这是艾德勒自己的阅读感受。他说，这种回报体现在两个方面：一是当你成功地阅读了一本难读的好书之后，你的阅读技巧必然增进；二是一本好书能教你了解这个世界以及你自己。这样，或许你就会成为一位智者，对人类生命中永恒的真理会产生更深刻的体认。而伟大的经典会帮助你把这些问题想得更清楚一些，或者说，能够极大地提高你的研究能力和写作水平，因为这些书的作者都是比一般人思想更深刻的人。好的阅读，也就是主动的阅读，更能帮助我们的心智保持活力并成长。

书人小传

莫提默·J·艾德勒（Mortimer J. Adler，1902—2001），以学者、教育家、编辑等多重面貌享有盛名。曾主编《西方世界的经典》，因为担任1974年第十五版《大英百科全书》的编辑指导而闻名于世。查尔斯·范·多伦（Charles van Doren，1926— ），曾任美国哥伦比亚大学教授，也曾协助艾德勒编辑《大英百科全书》。《如何阅读一本书》，商务印书馆2004年1月第一版，郝明义、朱衣译。

---

①约翰·斯图亚特·密尔（John Stuart Mill，1806—1873），又译为约翰·斯图亚特·穆勒。英国著名的哲学家和经济学家，19世纪具有影响力的古典自由主义思想家。主要著作有《论自由》《穆勒名学》《代议制政府》和《政治经济学原理》等。著名言论："如果整个人类，除一人之外，意见都一致，而只有那一个人持相反意见，人类也没有理由不让那个人说话。正如那个人一旦大权在握，也没有理由不让人类说话一样。"《论自由》的要义可概括为：只要不涉及他人的利害，个人（成人）就有完全的行动自由，其他人和社会都不得干涉；只有当自己的言行危害他人利益时，个人才应接受社会的强制性惩罚。密尔以此划定个人与社会的权利界限。

那甜美的、沁心的浸润

——《书趣——一个普通读者的自白》(外二部)

国内陆续引进安妮·法迪曼的三本小书：《书趣——一个普通读者的自白》《闲话大小事》和《旧书重温忆华年》。三本书篇幅虽都不长，但装帧、设计精美，经藏书票点缀，书香味浓郁。

《书趣》一书收录了18篇短文，篇篇贴切安妮的阅读经历，写作过程费时四年。阅读是主线，并将书籍、个人、家庭以及喜爱的作家与作品揽入其中，有感而发。《闲话大小事》撰文12篇，写作时间始于1998年之后的7年，可见作者精雕细镂之功力。文集充满了作者特有的"对生活、对文学、对家庭、对各科秘传知识的爱"。《旧书重温忆华年》是安妮的编辑之作，收录了安妮喜爱的17位作者关于书籍旧梦重温的"机智而生动"的系列文章。

安妮·法迪曼的文章短小精致，而且善用"小品文"形式表达。用她自己的话说，是为了"宣示自己的爱，体现自己的性格"。优美、清爽的文笔，写来自然流畅，优雅明澈，细腻而又丰富。"既幽默，又博学，二者相得益彰。"形成了安妮的行文风格，而这一风格，也激活了一种读者喜欢的文体——小品文。由此，安妮·法迪曼赢得了"美国当代最优秀的随笔作家"的美誉。

对爱书人来说，关于"书之书"，总是格外关注，安妮·法迪曼亦不例外。在《书趣》的最后章节中，安妮列举了一个"推荐书目"，介绍了有关“书之书”的书籍及文章达30余种（篇），让人大快朵颐。但这些书籍，大部分“已经不再出版，有的已经绝版超过一个世纪了”。的确，对于中国读者来说，除阿尔维托·曼古埃尔所著《阅读史》（商务印书馆）、马歇尔·布鲁克斯（Marshall Broors）编的《书的浪漫史》（新星出版社）等少数几本曾出过中译本外，其他的都不能有幸阅读，很是遗憾。其中，霍尔布鲁克·杰克逊（Holbroor Jackson）写的《关于书的书：藏书癖之剖析》、亚力山大·艾尔兰（Alexander Ireland）编的《爱书人便览》、威廉·达纳·奥尔库特（William Dana Orcutt）编的《书籍王国》、威廉·塔格（William Targ）编的《嗜书者的鱼羹》以及文森特·斯塔利特（Vincent Starrett）的《花钱聪明，买书痴迷》等，一概向往，但无眼福。好在有安妮·法迪曼这样的爱书人，将自己的所获，通过阅读，间接予以传递、介绍，让读者也能从中得到一丝甜美的、沁心的浸润。

在《书趣》前言中，安妮谈到自己孩童时受哈代[①]小说的影响——没有弄清某个男孩是戴蒙（Damon）还是克利姆（Clym），绝不和他谈爱情；孩子出生时，盼望——像《安娜·卡列尼娜》中吉提（Kitty）的孩子那样降生；害怕出现《雾都孤儿》中辛格密夫人（Mrs.Thingammy）的分娩场面。寥寥几句，博学之才传达真切。关于自己的阅读观，安妮借用弗吉尼亚·伍尔芙的话说，读书是为了乐趣，而不是为了传授知识或纠正别人的意见，是一种本能的驱使，从而也是从各种零零碎碎的杂物中为自己建立某种完整观念的过程。对于读书体验，她认为，阅读的要害，不是要去买一册新书，而是为了保持与旧书的关系——熟悉它们的质地、色彩和气味，就像熟悉自己孩子的肌肤一样。气质鲜明，幽默趣味。安妮·法迪曼就是这样，通过朴素、真切、幽默以及风趣的言语，表达着自己的阅读心境。

关于阅读生涯，安妮·法迪曼在《书趣》中这样描述，她有一个书香家庭，父母的藏书达7000余册。在《我的祖传城堡》中，她描述了父亲横跨五大洲，纵贯3000年的藏书经历和规模，特别是18、19世纪的诗歌小说。她说，父母家的墙之四壁“从来不会充当挂画的白色背景。它本身是另一种美术杰作，从地板到天花板都堆满了五光十色的长方形‘瓦块’，摸上去不仅很舒服，而且闻着也愉快”。小时候，安妮和哥哥一起游戏时，就喜欢搭建城堡，而材料用的就是父亲的一套袖珍本——22册《特罗洛普文集》。青少年时代，全家都喜欢围绕着长字难字打转转，比赛谁能找到最长的字（《长字之乐》）；甚至，对报纸、餐厅菜单或者生日蛋糕上的书写错误也统统不放过，斤斤计较（《插入胡萝卜》）。自小至大，安妮的阅读世界是丰富多彩的。婚前，安妮与乔治的圣诞互赠礼物，都是书。乔治将塞顿（Ernest Thompson Seton）所著《灰熊传》赠给了喜欢熊的安妮；安妮则将米切尔（Joseph Mitchell）写的《老弗洛德先生》回赠了喜欢鱼的乔治。他们的互赠题词分别是：“给真正的新朋友”和“给乔治，爱你的安”。婚后，互赠的书籍及题词成了永久的纪念。《书的婚事》是安妮·法迪曼安排在《书趣》中的第一篇文章，讲述了自己与丈夫乔治婚后决定将两个人的书混合在一起的故事。安妮说，夫妇两人都是以写作为职业，彼此对书投入的感情，如同其他人对他们旧日情书投入的感情一样。故事风生水起，其乐融融。

> 我们大约用了一个星期的时间，把我在房间北头的书和他在房间南头的书搬来搬去，跨越梅森–狄克逊线[②]。每天晚上我们把许多书排在地板上，把他的书和我的书混编在一起，然后放上书架。这就是说，一个星期之内，我们必须在几百本书上面玩跳格子游戏，才能从浴室走到厨房，走到卧室。我们亲手接触（抚摸）

每一本书。有的书上写着旧日情人的题词，有的书上是我们互相赠送的题词。有的书好似时间旅行舱，把我们带到过去的时代。……

……我的书，他的书，都成了我们的书。我们是真正结婚了。

英国史学家、文学家麦考莱（Thomas Babington Macaulay）说："像我这样爱书真是上帝的恩惠：使我能够与死者交流，生活在幻梦中。"安妮盛赞麦考莱是古往今来最伟大的读书家，而自己的读书理想就是要接近麦考莱"生活在幻梦中"的境界，要"身临其境"地读书，走进书的自然背景中去，而且越深入越好。她说："壮丽的旅途是孤独的，没有人分享它的巨大快乐。"安妮·法迪曼讲述了自己平生最愉快的身临其境的阅读经历，那是在科罗拉多大峡谷旅行途中，宿营在谷底花岗岩险滩附近阅读鲍威尔（John Wesley Powell）的《科罗拉多河及其峡谷探险记》。

河岸的沙滩像加勒比海岸一样白，四周的悬崖有黑色的片麻岩，也有粉色的花岗岩，像墙一样包围着我们。(……此情此景，如同鲍威尔们正穿过急流险滩）而急流险滩就正好在（自己）前边，这是一种奇妙的感觉。……完美的身临其境体验，看到的与书中描写的完全相合，（此时）只要稍稍眯上眼睛，就能够跨越这想象成真的门槛。

安妮·法迪曼的阅读经历引人入胜，同时她也尝试着将这些体验所获的心得用文字的方式予以表达。"小品文"就是她的写作形式以及喜欢构建的风格。通过她的作品，可以看出，查尔斯·兰姆[3]是她最贴心的作家。兰姆的《伊利亚随笔》成了对她影响最大的作品之一，以至于不惜用《不含糊的兰姆》一个章节的篇幅为兰姆立传。

"小品文"从写作风格上来说，属于散文的品类之一。这种文体结构短小灵活、简练隽永，具有议论、叙事的多重功能，偏重于即兴抒写零碎的感想、片段的见闻和点滴的体会，是一种轻松自由的文学形式。风行于19世纪初的“小品文”到当代已成“温婉哀歌”，安妮哀叹这种风格的文体即将消亡。于是，她决心为小品文的生存奋斗一番。而这种影响，正是来自安妮的父亲——克利夫顿·法迪曼。父亲对“小品文”作过这样的概括：“它已经沉落到西天的地平线。整个星座里有庄重的态度，恰如其分的引语，希腊文与拉丁文，清晰的语言，谈话式的文风，绅士的书斋，绅士的收入，以及绅士本人。”通过查尔斯·兰姆的《伊利亚随笔》，威廉·哈兹里特的《燕谈录》，安妮形成了自己对小品文的认识与写作风格。

> 小品文不是面对千万人写作，而是只对一个人讲话。仿佛两人并坐在熊熊火炉前，敞开领口，手捧心爱的刺激性饮料，长夜的闲谈就这样延伸下去。作家的看法是主观的，提到的事总是具体的，表达方式东拉西扯，性格的怪异十分明显，哈哈大笑往往是在嘲弄自己。虽然写的是自己，但也同时写一个主题，写熟悉的事，非常热心的事，所以文字总是充满恋人般的亲切。……谈兴味，就是对小品文最简明的概括。

《闲话大小事》就是安妮·法迪曼对小品文的奉献。所谈大事，是指兴趣的广阔；所谓小事，则关注相对集中的领域。也就是说，追求点面结合，将需要表达的思想说深写透。引用威廉·哈兹里特的话，即“心智和眼睛瞳孔一样，可以扩大或缩小，这样才能观察广大或狭窄的表面，找到纷繁的事物，产生对一切事物的注意”。安妮的文章总是由自己的生活和外界事件促成。譬如，学会使用电子邮件、从城市搬到乡间；又譬如，文化论战，美国国旗的重新发现，等等。写冰激凌的时候，她吃下大量的哈根达斯；写咖啡的时候，她感受咖啡碱导致的强烈耳鸣；写夜枭，她将每个字都安排在午夜和黎明期间完成。当然，还有对她形成影响的作家们。

《不含糊的兰姆》是安妮写出了真情实感的一个故事。也许一般读者对作家查尔斯·兰姆不会有太深的印象或感觉，对兰姆的作品《伊利亚随笔》，甚至《涉士比亚戏剧故事集》都不会有太多的记忆。但安妮的阅读与写作却能深入查尔斯·兰姆的内心，甚至人生经历，并与之心灵对话。安妮痴迷于兰姆，源于与兰姆作品构成的共鸣。她说："他（兰姆）懂得怎样扼住爱神的咽喉，狠命地摇动几下以后，把它变成古往今来最美艳的文章。"安妮甚至认同兰姆提到的阅读"风向万变"时代观的看法："……我要去读一页老老实实的班扬[4]的书，或者汤姆·布朗（Tom Brown）的书，好放松一下。什么人的书都行，只要他不属于这个风向万变的时代。"（兰姆《格格不入的读者》）

讲述查尔斯·兰姆的故事，安妮的切入点有两个：一是兰姆与好朋友、作家柯勒律治[5]的患难之交；二是兰姆与姐姐玛丽·兰姆的手足之情。她既对兰姆生活中的种种曲折感到悲哀与同情，又欣赏兰姆的杰出才华，并希望在"风向万变"的时代，《人人爱读的兰姆》能重新变得真的人人爱读。

在《不含糊的兰姆》中，安妮对兰姆的刻画，用了万字文，描述是细腻、丰满甚至深刻的。这种细腻、丰满和深刻，源于安妮本身对写作素材的深入。与一般的文章写作方法不同，安妮的写作，不但能为读者奉献一篇篇优美的文章，而且还能随书附上写作过程中参考的各类资料背景的来源，包括写作对象的著作以及与写作对象相关的著作，或者说，提供了更加全面的阅读背景，甚至写作方法。

安妮·法迪曼出任《美国学者》杂志的编辑后，开辟了一个图书评论栏目。这个栏目，她没有评论新书，而是评论重读的旧书。每一期，她都邀请一位著名作家选出一本书，或者一首诗、一个故事，讲述自己若干年后对旧书重读的感受。于是，安妮从中收集了自己喜爱的17篇文章，汇编成了《旧书重温忆华年》一书。《旧书重温忆华年》既阐明书，又阐明读书的人。每篇文章都似微型的回忆录，所谈的话题既扣人心弦，又往往能更深入地探讨着有关爱的变化的本质。安妮说，尽管这些作家的观点、文学风格和幽默感千差万别，"仿佛一床色彩斑驳的百衲被，上面装饰了不同的补丁，既有巴黎世家长袍的碎片，也有蓝色的牛仔裤料"，但是，所有的文章探讨的都是一个难以掌握的问题——阅读的本质是什么？也许，这正是一个"使你紧密贴近过去的自己"的过程，和那个"诚挚的、急迫的、装模作样的、令人尴尬的过去的自己度过一段时间"。

如果说一本年轻时读的书是情侣，许多年后重读这本书，它便成了朋友，安妮·法迪曼如是说。安妮的观点与叶灵凤在《读书随笔》中谈到重读之书"正与旧地重临一样，同是那景色，同是自己，却因了心情和环境的不同，会有一种稔熟而又新鲜的感觉"一样，心有灵犀。

读安妮的书，既是轻松、愉快的，又是深刻、让人思索的。安妮通过自己的表达方式，与你沟通、谈心并交流，让你在她讲述的故事中获得新知与新觉，使你愿意与她交朋友，构筑心灵上的相互辉映。这个过程就如同"一次新大陆的探险，一次埋藏宝藏的寻觅，一次直到彩虹尽处的征程"。而这一切，都源自于安妮对书籍的追寻与痴迷。在《书趣·格拉斯顿[6]先生的藏书》中，安妮引用了他的一段话，概括对于书籍的理解与认识。

纸、墨、铅字是灵魂居住的身体。而灵魂、身体、服装三者必须根据和谐的原则互相协调，合成一体。书籍是死者的声音，是我们与另一个世界里广大人类交谈的工具。书籍是每个人最重要的朋友，是把人类束缚在一起的纽带。

“一本聪明的小书，可以迎回家中，让它慢慢变老。”这是《纽约时报》克里斯托弗·雷曼-豪普特对安妮·法迪曼书籍的评价，也是安妮带给读者的。

书人小传

安妮·法迪曼（Anne Fadiman），生于美国纽约市，在康涅狄格州和洛杉矶长大，毕业于哈佛大学。毕业后，她在怀俄明州当野外探险向导，后来回到纽约从事写作。曾任《生活》杂志的特约撰稿人，《文明》杂志和《美国学者》杂志编辑。她的第一本书《鬼怪抓住你，你就跌倒了》获“美国国家书评奖”。她现与家人居住在马萨诸塞州西部，并担任耶鲁大学弗朗西斯住校作家。《书趣——一个普通读者的自白》（2009年5月第一版）《闲话大小事》（2009年5月第一版）和《旧书重温忆华年》（2010年3月第一版），上海人民出版社出版，杨传纬译。

---

①托马斯·哈代（Thomas Hardy，1840—1928），英国诗人、小说家。主要作品有《绿林荫下》《德伯家的苔丝》和《无名的裘德》等。

②梅森－狄克逊线（Mason－Dixon Line），美国内战前划分南部蓄奴州和北部自由州的界线。

③查尔斯·兰姆（Charles Lamb，1775—1834），英国散文家，代表作有《伊利亚随笔》和《莎士比亚戏剧故事集》（与姐姐玛丽合著）等。查尔斯·兰姆是一位与蒙田并列的具有世界声誉的大随笔家。关于读书，查尔斯·兰姆说："（我）每日中大部分时间用来读书了。我的生活，可以说是在与别人的思想的交流中度过的。我却又喜欢让自己淹没在别人的思想中。除了走路，我就读书，我不会坐在那里空想——自有书本代我去想。"（引自《伊利亚随笔》之《漫话读书》，上海三联书店2008年4月第一版。）

④约翰·班扬（John Bunyan，1628—1688），与莎士比亚齐名，同属英国文艺复兴后期的著名作家。代表作是讽喻体小说《天路历程》。《天路历程》用异常简单的答案回答了"我该做什么才能得到救赎"这样令人生畏的问题。《丰盛的恩典》是他的自传，讲述神对罪人的恩典。

⑤塞缪尔·泰勒·柯勒律治（Samuel Taylor Coleridge，1772—1834），英国诗人和评论家。在英国浪漫主义思潮中，柯勒律治在诗歌和评论方面都占有重要地位。主要作品有诗歌《古舟子咏》，散文《政教宪法》，评论《对沉思的援助》和《文学传记》等。

⑥威廉·尤尔特·格拉斯顿（W.E.Gladstone，1809—1898），曾经四次担任英国首相，自由党元老、学者、金融家、神学家、演说家和人道主义者。曾出版小书《论书及其安置》，专门探讨"书太多，空间太小"等有关书的安置问题。

书·收藏

探秘一本改变世界的书

——《无人读过的书——哥白尼〈天体运行论〉追寻记》

世上究竟有没有出版后无人阅读过的重要著作？著名作家阿瑟·克斯特勒（Arthur Koestler）提出了这一疑问。这位天文学史作者，在他1959年出版的《梦游者们》一书中，认为尼古拉·哥白尼（Nicolaus Copernicus）的《天体运行论》就是其中重要的一本至今无人读过的书。

克斯特勒的观点立刻引发了学术界的争议，由此也激发了欧文·金格里奇对科学史的浓厚兴趣。此时，金格里奇已是美国哈佛大学天文学和科学史的双料教授。为筹备将于1973年6月召开的世界天文学界庆祝哥白尼诞辰500周年（1473—1973）纪念大会，金格里奇决心纠正克斯特勒的观点可能出现的错误，并从1965年开始，对哥白尼的《天体运行论》的写作、出版以及流通过程进行了全面的追踪探秘。经过七八年广泛调查、考证和研究分析，金格里奇得出了《天体运行论》不但有人读过，而且曾有过多个版本，并形成了丰富的研究成果的结论。这一发现，使金格里奇之后又花费了近30年的时间进行更大范围的搜寻，为600余本《天体运行论》拷贝（copy）[①] 作了图书的物理描述、传承渊源和评注考察，论证了这部书出版后产生的重要影响。2002年，欧文·金格里奇出版了自己的研究成果——《哥白尼〈天体运行论〉的评注普查》一书，以“完美流畅的文笔”解开了一个长达450年之久的谜团。

1543年5月24日，在自己的家乡弗劳恩堡（今波兰弗龙堡）大教堂，终身教士尼古拉·哥白尼正处于弥留之际。这时，从数百英里外的纽伦堡，德国印刷商约翰内斯·佩特赖乌斯（Johannes Petreius）负责印刷的珍贵印刷品送到了这里，这部书便是哥白尼倾注了毕生精力著述的巨作《天体运行论》。佩特赖乌斯在书的扉页上采用“论天球运行的六卷本集”这一命名。书送达的两天后，即5月26日，伟大的天文学家在给世人留下了“科学革命”的经典后，安然辞世。

从历史的角度看，《天体运行论》的横空出世成了当代天文学的起点。人们也将哥白尼的发现称为“哥白尼式革命”，当然，它也成了现代科学的起点。

按照哥白尼写作的体例编排，《天体运行论》由六部分构成。

第一卷论述了太阳居于宇宙的中心，地球和其他行星都围绕太阳运行；第二卷论述了地球的自转，指出地球是围绕太阳运转的一颗普通行星。它一方面以地轴为中心自转，另一方面又沿着自己的轨道围绕太阳公转；第三卷论述岁差。在《天体运行论》中，哥白尼测量计算所得的地球围绕太阳公转一周的数值，精确到了恒星年的时间为365天6小时9分40秒，比现在的精确度仅多30秒，误差率是百万分之一。他得到的月亮至地球的平均距离是地球半径的60.30倍，误差率仅为万分之五；第四卷论述了月球的运行和日月食；第五、六卷分别论述了水星、金星、火星、木星和土星五大行星的运行规律。

虽然在今天看来，哥白尼的《天体运行论》认为“太阳是宇宙的中心”以及“行星均围绕太阳做匀速圆周运动”的观点有失偏颇，甚至是错误的，但在16世纪仍然是具有革命性的“科学大发现”。哥白尼创立“日心说”的重大意义，在于推翻了自公元2世纪以来占主导地位的克劳狄·托勒密（Claudius Ptolemaeus）的“地心说”。为此，哥白尼是谨慎小心的，为避免“他那有悖于当时常识的，关于地球移动性的观点会导致他遭到嘘声一片”，或为了让自己免于遭受教会权威的迫害，哥白尼甚至将1514年就已经完成的《天体运行论》书稿胆怯地推迟到了自己生命的最后时刻才出版发行。《天体运行论》出版后，对后来天文学发展的影响是巨大的。之后，意大利思想家乔达诺·布鲁诺（Giordano Bruno）通过《论无限性、宇宙和诸世界》等著作，进一步提出了“宇宙在空间与时间上都是无限的，太阳只是太阳系而非宇宙的中心”的观点。伽利略·伽利莱（Galileo Galiei）在1609年发明了天文望远镜，并于1610年出版了《星界信息使》一书，之后又于1632年出版了《关于托勒密和哥白尼两大世界体系的对话》。德国天文学家约翰内斯·开普勒（Johannes Kepler）则通过对自己老师丹麦天文学家第谷·布拉赫（Tycho Brahe）的观测数据研究，于1609年和1619年相继出版《新天文学》和《世界的谐和》两部天文学论著，分别揭示了行星运动的三大定律和判定行星围绕太阳运转是沿着椭圆形轨道进行，而不是不等速运动的规律。

《天体运行论》的出版，以及哥白尼创立的“日心说”，尽管在之后的岁月对天文学的发展产生了重要影响，但天文学界也付出了沉重的代价。其中，哥白尼科学大发现的倡导、传播者布鲁诺就因为“作为一个怀有太多异端思想的异教徒被判刑”，并于1600年被送上火刑柱，献出了自己的生命。公元1616年，哥白尼的《天体运行论》也被罗马教廷列入《禁书索引》被禁止，直到1835年才解禁。但无论如何，《天体运行论》的诞生都是天文学，以及现代科学发展史上的一次重要革命，它不但对后来牛顿三大定律的发现产生了重要影响，沉重地打击了当时教会的宇宙观，而且引起了人类宇宙观的重大变革，极大地推动了欧洲文艺复兴运动的蓬勃开展。

15世纪，书籍印刷业告别手抄本，进入古登堡的合金活字印刷时代，但书籍采用便宜的纸封皮进行装订的做法直到17世纪才盛行起来。16世纪印制出来的书籍，在形式上还是通过散页的形式流通，于是每一个拥有者对书籍的保存均不同，大多数人采用的方法是根据自己的品位去装订。虽然书的载体与现代的书籍并无大的差别，但由于装订各异，因此每一本书都可能构成不同的形式与特色。个性化装订，必然导致同一内容的书籍出现不同的卷本，《天体运行论》亦不例外，书页最初也是以散页的形式卖出的。这也成为欧文·金格里奇在以后的岁月中不遗余力地追踪各种版本每一册书籍的散存地及收藏拥有者评注的原因之一。

1970年11月，欧文·金格里奇在苏格兰首府爱丁堡皇家天文台偶然发现了第一版《天体运行论》的详尽批注本拷贝。这本源于19世纪末克劳福德伯爵（Earl of Crawford）的收藏本点燃了金格里奇对克斯特勒的质疑之火，并由此开始了长达几十年的追踪探秘之旅。而第一个拷贝“这本书从头到尾，字里行间，都有十分丰富的评注”，让金格里奇欣喜不已。在金格里奇看来，“评注”就是证明《天体运行论》是否有人阅读过的最有力的线索和最直接的证据。爱丁堡第一版《天体运行论》拷贝，经金格里奇考证，评注者是伊拉斯谟·赖因霍尔德（Erasmus Reinhold，1511—1553），一位“16世纪40年代北欧数一数二的天文学教授”。赖因霍尔德的评注像一支催化剂，鼓舞着金格里奇像着了魔一般决心全力揭开《天体运行论》每一个版本背后隐藏的秘密。

从丹麦的奥胡斯到中国的北京、从葡萄牙的科英布拉到爱尔兰的都柏林、从澳大利亚的墨尔本到俄罗斯的莫斯科、从瑞士的圣加仑到智利的圣地亚哥……这是一个足迹踏遍世界几十个国家和地区，行程数十万英里、长达几十年的追踪之旅。最终的成果是显著的，金格里奇在25个国家的213个地点搜寻到了《天体运行论》第一版276个拷贝，在29个国家的261个地点搜寻到了325个第二版拷贝，并撰写了长达400页的《哥白尼〈天体运行论〉的评注普查》一书。从纽伦堡的印刷商约翰内斯·佩特赖乌斯可能印刷的最大数目开始，逐一描述、记录了这一漫长的过程。金格里奇搜寻的拷贝数量超过了第一、二版出版印数总量的60%，形成了一个相对完整的评注分析体系，取得了其他方法无法取得的重要成果。

在追踪哥白尼《天体运行论》拷贝的过程中，欧文·金格里奇根据评注价值的重要程度，将《天体运行论》分成了四类。少数的，最值得考证的被他定为三星级评注，包括了前面所述爱丁堡的赖因霍尔德拷贝，瑞士沙夫豪森的迈克尔·梅斯特林（Michael Meestirling）有惊人完整评注的拷贝，以及哈里森·霍尔布利特（Harrison Horblit）所拥有的由格奥尔格·约阿希姆·雷蒂库斯（Georg Joachim Rheticus, 1514—1574）题赠的拷贝等。雷蒂库斯的拷贝，因为哥白尼未来得及亲笔签名就去世了，所以变得尤其珍贵。二星级拷贝保存在加拿大的多伦多，最初的拥有者可能属于一位17世纪荷兰天文学家兼星表计算家菲利普斯·兰斯贝根（Philips Lansbergen），因为其中匿名序言后写着的一条错误的信息而引起金格里奇的兴趣。一星级的拷贝存于摩根图书馆和列宁格勒（现俄罗斯圣彼得堡），匿名评注中有很多《圣经》中的句子，并有“反对地球移动”的观点。其他的拷贝，金格里奇都归入了第四类，这些拷贝体现了“书中的评注琐碎而无关紧要，或者根本没有评注”。

雷蒂库斯是哥白尼唯一的门徒，因此也成为研究哥白尼及其《天体运行论》的重要人物。1532年，雷蒂库斯进入德国教育体系的中心——维滕堡大学学习。在学习过程中，他引起了首席教育副职菲利普·梅兰希通的关注。1536年，雷蒂库斯取得硕士学位，被学校聘为“初等数学”讲师。之后雷蒂库斯南下纽伦堡并从约翰·舍纳（Johann Schöner）那里了解到在“地球遥远的一角”（指哥白尼所在的波兰最北部教区）尚在发展中的新宇宙学。哥白尼的“日心说宇宙论”激发了雷蒂库斯的想象力，于是，他带上为哥白尼准备的三大卷书，踏上了去弗劳恩堡——波兰最北端波罗的海沿岸的长途旅行，而且一去就是若干年。雷蒂库斯成了哥白尼讲授自己繁复天文学理论的对象。为了使哥白尼天文学研究成果早日问世，雷蒂库斯根据哥白尼早已规划好的手抄本《纲要》，在征得老师的同意后，编写了哥白尼天文学入门介绍小册子——《初讲》②。在波兰逗留了两年多以后，雷蒂库斯终于得到了哥白尼的授权，将一份哥白尼的手稿送到了纽伦堡的佩特赖乌斯的印刷厂，自己则回到维滕堡大学，得到了期待已久的教授席位。在雷蒂库斯进入维滕堡大学之前的两年，即1530年，另一位后来对天文学发展也带来重要影响的伊拉斯谟·赖因霍尔德率先进入了维滕堡大学就读。后来，在雷蒂库斯成为那里的“初等数学”讲师的同时，赖因霍尔德则成为了天文学讲师。

赖因霍尔德尽管与雷蒂库斯不是一类人，但他们仍然是“亲密的同事”。成为高等数学教授之后，赖因霍尔德完成了《行星的新理论》——天文学新的注释版高等教科书的编写。在该书的序言中，他写道：“一位现代的天文学家，他具有超凡的技巧，令每个人充满热烈的期待，人们希望他重建天文学。”赖因霍尔德所指的人便是哥白尼。而且，赖因霍尔德曾经在他评注的《天体运行论》的扉页上留下了“天界运动不是匀速圆周运动，就是匀速圆周运动的组合”这句符合哥白尼天文学观点的格言。赖因霍尔德的暗示和1540年出版的雷蒂库斯的《初讲》引起了天文学家和占星学家团体的注意，于是，催生了16世纪最伟大的天文学著作——哥白尼《天体运行论》的出版。

《天体运行论》是一本“艰深而难以应付”的专业著作。所以，阿瑟·克斯特勒宣称“它是一本没有人读过的书”。事实上，除了雷蒂库斯和赖因霍尔德可能成为《天体运行论》最早的读者外，随着调查的深入，还有越来越多的人可能成为阅读者。安德烈亚斯·奥西安德尔（Andreas Osiander）是纽伦堡的一位神学家和教士，也是《天体运行论》初版印刷过程中的校对者，理所当然，他应该是一位读者，而且看到了最早的成品。开普勒曾经在1596年撰写了《天体运行论》问世后的第一本不加掩饰的日心学说专著，显然也是阅读过《天体运行论》后的作品，开普勒通过他的“大斋节椒盐脆饼图解”③，展示了不同的宇宙论模型如何解释以地球为中心的回旋状图案。在金格里奇看来，根据书的评注，可能的阅读者，至少还有开普勒在图宾根大学的导师迈克尔·马斯特林（Michael Maestlin）、天文观测家和仪器制造者第谷·布拉赫和1581年在自己编写的天文学教科书中特别提到哥白尼的，在意大利工作的天文学家克里斯托弗·克拉维于斯（Christopher Clavius）等九位天文学研究学者和《天体运行论》一书的收藏者。

在梵蒂冈艺术馆，金格里奇看到了索书号标示为“奥托博尼1902号”的《天体运行论》图书和手稿。这是瑞典国王古斯塔夫·阿道弗斯的女儿克里斯蒂娜（Christina）从斯德哥尔摩带来的。1689年，克里斯蒂娜去世后，罗马教皇亚历山大八世，即先前的红衣主教奥托博尼（Ottoboni）得到了她的收藏，使藏书成为梵蒂冈教廷图书馆的一部分。奥托博尼的收藏对于哥白尼的研究具有重要的意义，由于书后装订有大量的评注，这个拷贝被金格里奇归入了手稿类。它的特别之处还在于，该书是印刷者赠送给博学的阿希莱斯·佩尔明·加塞尔（Achilles Permin Gasser）的，加塞尔对书作了评注，并曾经被海德堡大学图书馆收藏，之后又曾转赠与冯蒂利伯爵将军，最后才成为被梵蒂冈教廷图书馆收藏的一件镇馆之宝。

“奥托博尼1902号”的扉页上有金格里奇熟悉的与伊拉斯谟·赖因霍尔德拷贝上相同的格言题词，除此之外，书上还有一些赖因霍尔德拷贝中没有的图示行星机制的技术细节。而且最后的一系列奇妙图解，从最初展示哥白尼日心说的行星运转，转变成了地心说的布局方式。这一转变，让金格里奇既兴奋，又迷惑。联想到第谷·布拉赫的“地—日心说”理论，金格里奇似乎在这里找到了一个合乎逻辑的过渡。1588年，第谷公布了经他改良的“第谷体系”，提出：地球是不动的，月亮和太阳围绕地球旋转，而所有其他的行星又是围绕着太阳旋转的。据此，第谷似乎找到了这种宇宙的解决方案，以地球为固定中心。他保留了哥白尼体系的优美之处，并体现在第谷的著作《论天界之新现象》之中。奥托博尼1902号的评注者究竟是谁？唯一的线索是一位早期的图书管理员在扉页上留下的一句话：“有一位杰出者亲手添加了评注。”之后的考证得出，这是一位德国人，格里高利历改革的耶稣会天文学家克里斯托弗·克拉维于斯，前面提到的九位可能的阅读者之一。最终，第谷认识到，透明的天球只不过是一种主观的想象，并不是《圣经》中的规定。没有了透明天球的限制，他就可以允许火星与太阳圆周交叉。正是奥托博尼1902号揭示了第谷这个新体系产生的足迹，即如何一步一步从日心布局后退到准地心布局的。由于该书中有赖因霍尔德的评注，也预示着第谷与维滕堡大学之间存在的某种联系。这一发现，金格里奇认为：“它改变了我们公认的第谷传记中‘关于第谷怎样以及如何开始构思第谷体系’的若干事件。”由此也证实了金格里奇自己提出的假设，即从伊拉斯谟·赖因霍尔德到第谷之间，存在着某种智力上的联系。这也成为金格里奇在追踪《天体运行论》过程中取得的一个理论研究成果。

在欧文·金格里奇追踪《天体运行论》拷贝的过程中，书商及藏书家也发挥了不可或缺的作用。厄恩斯特·魏尔（Ernst Weil）博士就是其中之一，他是一位独立书商，始终致力于早期珍本科学书籍的经营与收藏。在英格兰，魏尔最早推出的目录《科学经典》中，提供了伽利略1632年《对话》的拷贝，开普勒1609年的《新天文学》以及“哥白尼最早出版的书”——《三角形的边与角》（1542）和一本第二版《天体运行论》。魏尔还是一位对哥白尼情有独钟的收藏者，曾经就哥白尼的《天体运行论》提出了一项普查建议，而且也的确身体力行过。他说：“我希望有一天，我为之收集资料多年的普查能够被出版出来。”很可惜，魏尔的普查最终未能刊行，但他作为先驱和主要的珍本科学图书交易商，曾经经手买卖过相当多的《天体运行论》第一版拷贝，为后来金格里奇的调查打下了良好的基础。魏尔保留下来的工作笔记，标明了一些十分著名的科学图书在市场上流通的踪迹，并且对大约三十本第一版哥白尼拷贝的出售情况做了详细记录。

“老于世故的（Sophisticated）”拷贝，就是金格里奇在魏尔工作笔记中透出的内幕消息中得到的一大发现。这种拷贝，最显著的特点是通过“化妆以掩饰其缺点”，如书页被替换、染色或仿制书页等。其中，金格里奇发现了一个“非常高质量的现代仿制品”，即第一版《天体运行论》拷贝的赝品。它来源于维多利亚-阿尔伯特博物馆，这个拷贝在1897年索斯比拍卖行拍卖时标注为来源于“一位业余爱好者所成就的图书收藏”，而且“被形容为一本有着来自16世纪法国著名收藏家让·格罗利耶（Grolier）的豪华封面压印的装订”。这是一本“装饰艺术的一个浮华样本”，金格里奇将其形容为“它无比豪华的装订使得它像面值3美元的钞票一样假不可言”。虽然这是一个蓄意伪造的装订，但在图书市场上，往往还得遵循“品相良好的原版装订拷贝会比那些再装订的拷贝卖出一个更高的价格”的原则。

2001年11月，欧文·金格里奇为了见证一次《天体运行论》的市场价值，专程前往纽约参加了一次索斯比的竞拍会，那是一个被称为迈耶·弗里德曼（Meyer Friedman）博士收藏品的拍卖活动。竞拍结果：以67.50万美元成交，加上佣金，这本《天体运行论》总成交价格达到了75万美元，超过了以往任何一本第一版拷贝的拍卖纪录。很显然，这也是一本“老于世故的”拷贝。《天体运行论》的价值还在一个窃书案件中得到体现。1984年，一个神学院的学生，被控在穿越州界时携带了价值超过5000美元的被窃财产。确切地说，那是一本哥白尼《天体运行论》拷贝。经过激烈较量，最终法庭对被告做出了有罪判决。的确，窃书者偷错了书。

2001年春夏之交，欧文·金格里奇的《哥白尼〈天体运行论〉（1543年纽伦堡版和1566年巴塞尔版）的评注普查》一书的写作终于进入了最后阶段。为了普查，金格里奇历经了30年，这是一个耗时、费力的过程。《普查》加上补遗，收入的条目达到了601条，对《天体运行论》拷贝拥有者进行了一次“壮观的大检阅”。金格里奇并不肯定这些拥有者都真正读过这本书，但他认为，至少另外一些人通过评注做到了，他们为后人留下了珍贵的遗产。金格里奇也进一步认为，在科学的文艺复兴时期，这本书曾被人们阅读，于是也被人们感受并理解。欧文·金格里奇通过案例考证，有力回击了克斯特勒的所谓《天体运行论》是“一本没有人读过的书”和“有史以来销量最差的书”的错误观点，而且认为这是一个大错特错的观点。

书人小传

欧文·金格里奇（Owen Gingerich，1930— ），哈佛–史密森天文台荣退资深天文学家，哈佛大学天文学及科学史双料教授。他曾任哈佛大学科学史系系主任、美国哲学协会副主席和国际天文学联合会美国委员会主席。他的研究兴趣包括恒星光谱的分析、哥白尼著作的研究和16世纪宇宙学家的研究。主要著作有《哥白尼大追寻与其他天文学史探索》《天眼：托勒密、哥白尼与开普勒》和《上帝的宇宙》等。现居马萨诸塞州坎布里奇。金格里奇还是旅行爱好者、古书及贝类收藏家。《无人读过的书——哥白尼〈天体运行论〉追寻记》，生活·读书·新知三联书店2008年4月第一版，王今、徐国强译。

---

①拷贝（copy），起源于拉丁语词Copia，经法语Copie而引入英语，原义是“多”。copy意为复制、摹本。当一份文件、一篇文章有了抄本、副本、复制件时，就“不再是一本”了，而变成了“多”本。《无人读过的书》中译本译者对每个印刷本，仍然采用“拷贝”来称呼，目的是使这个内涵丰富的词语能够保持与原文的表达一致，并显得更为醒目。

②《初讲》，全称为《致光荣的大师扬·绍内尔先生，一位年轻

的数学爱好者谈托伦人、瓦尔米亚神甫、学识渊博的大师、杰出的数学家尼古拉·哥白尼博士先生有关运行的几卷书，初讲》。《初讲》主要介绍了《天体运行论》第一卷前十章的内容，共70页，1540年出版。后因哥白尼同意刊印《天体运行论》全书，雷蒂库斯就没有再出第二讲。

③大斋节椒盐脆饼图解。“大斋节（Lent）”是基督教为准备耶稣复活节而斋戒及忏悔的节期，西派教会大斋节始于耶稣复活节前六周半的圣灰星期三，节期禁食40天，但星期日除外，以效法当年耶稣在野外禁食。“椒盐脆饼”，起源于德国南部，也是开普勒的家乡，是大斋节期间给孩子们准备的礼物。开普勒在《新天文学》中，用“大斋节椒盐脆饼”形象地为火星的地心轨道绘图，并解释不同宇宙论模型以地球为中心的回旋状图案。

一位藏书家的沾沾自喜

——《藏书家的乐趣》

对藏书者来说，书籍出版品类的增加，有两种结果：一方面，拓展、丰富了藏书的领域；另一方面，增加了藏书选择的难度，尤其是价值提升。乌尔夫·D.冯·卢修斯通过《藏书的乐趣》一书沾沾自喜地阐述了自己对藏书的观点和立场。这是一本实用的、有指导意义的关于藏书理论与实践的好书，堪称一部藏书文化简史。卢修斯将藏书作为一种活动，有意识地从一个藏书家的主观角度，给年轻的或后来的藏书者就藏书实用性途径给出了许多真知灼见的建议，甚至箴言。

关于藏书立场，卢修斯主张：

> 藏书家藏书的最初出发点各不相同，有的是对文字感兴趣，有的是对书籍装帧或装帧的某一部分感兴趣，有的是对文化史感兴趣，（但）无论出于哪种原因藏书，所有的动机都有同样的权利，其间没有是非对错之分。……每一位藏书家都自由自在地生活在——或者应该生活在——（书籍）封底和封面之间那个他自己发现或自己发明的世界中，（而）这个世界（只）属于他一个人……

关于私人藏书，卢修斯说，无须在任何人面前为自己的任何行为辩护，只要他能摆脱流行的藏书样板和模式的束缚，不强迫自己去适应它们，他的活动空间就是完全自由的。藏书家，满足于自己逐步建立起来的这种收藏轨迹。

“藏书伊始需要的不是大决心，而是小行动”是一句关于藏书久经考验并具有普遍意义的格言。这句格言丰富了卢修斯对藏书意义的理解与认识。

循环论证法对藏品有一个简单定义，即一样东西只要有人收藏，它就是藏品。而对于什么东西能够成为藏品，卢修斯则以为，其实没有绝对客观的标准，不能指望谁都理解自己的决定。例如，收藏一本别人作为宣传品赠送的儿歌小册子。这样的小册子如果积少成多，或者说攒到了一定的规模，无疑，就构成了一个非常有趣的小收藏了。“成功的收藏更多地取决于行动的决绝和藏品的丰富精练，而不是取决于（某一）主题和藏品的重要性。”以例为证，正如以歌德为主题的收藏并不见得有多大的价值，而一些出色的收藏都以“不重要”的作家为主题，或者有着别的冷门的主题。这样，收藏质量的决定，就不再是一些人观念中主题的崇高或平庸，而是做事的方式。也就是说，一件物品是否具有艺术性，更大程度上，是看它在艺术爱好者，或者说在艺术家、批评家还有收藏家们眼中能否称得上艺术品。于是，收藏的意义在于随着收藏理念和环境的变化而变化。

卢修斯将书籍按作者、主题（及地域）、时代（世纪、年代、年份）、造型艺术家（插图画家、版式设计者）、书籍装帧、前收藏者、出版社、语种以及印刷术等进行分类，从而确定收藏的划分标准。他认为，凡是收藏家围绕着某个文学的、科学的、文化史的或其他任何主题长期收集的书籍都属于真正的藏书，但仍须遵循“二等货禁止入内”的金科玉律。他坦言，只有经过了严格筛选的“完美收藏”才可以作为艺术品带着原创的结构和特点流传后世。

关于收藏动机，卢修斯说，每个收藏家的动机构成均是一个混合体，单个动机在混合体中的分量对比构成这个收藏家的独家特色。用瓦尔特·本雅明[1]的话说，即“藏书家的生命线就紧绷在混乱与秩序这一对辨证关系的极点之间”。为此，卢修斯将收藏的动机进行了个性化和社会性两方面的划分。

对美好事物的喜爱是收藏的首要动机。

体现在对书籍的收藏方面，这时候，书籍就不仅仅是“文本或知识的载体，而且还是艺术品”。卢修斯描述了作家保罗·瓦莱里[2]在欣赏自己的作品从印刷机中送出时的心情。当白纸黑字相互交融，当精心安排的版面变成成品书的时候，瓦莱里兴奋之情溢于言表。这时，“……作者对他自己的语言和风格就会产生全新的感受，他感到尴尬和自豪，他看见自己一身荣耀。……他相信他听见一个完美无瑕的声音在朗读他的作品”。此时此刻，对作者来说，书成了“独立于文字的美学实物”。这种新的“传播形式、书籍形态和版式能给作者的声音增添新的力量”。这就是作品被艺术化后所产生的一种新的感召力。

纵观藏书的发展进程，在西方图书史上，对插图、封皮的鉴赏以及高级版本、特藏本、初版书等藏书要素的出现，构建了藏书家判断、分析藏品价值的主要依据。

卢修斯认为，一个藏书家如果不收藏带插图的图书，是不可想象的。从古典晚期开始的图书插图，通过实物插图，比如技术工艺程序、植物、动物等；文学插图，比如服装、仪器、建筑等，它们既反映了时代的风情，又赋予了作品更多的文化史和社会史意义。而书籍封皮的制作也同样对作品本身存在意义。自印刷书诞生以来，书主们就喜欢给那些他们觉得重要的或者珍贵的书籍加上封皮。这时，加上了封皮的图书对书不仅起到了保护作用，而且体现了书籍的内容价值，增强了书籍的艺术效果。这种演变在18世纪的欧洲尤其显著，那时的图书就已经能够用柠檬黄或苹果绿颜色的摩洛哥羊皮做成珍贵的封皮。到了19世纪早期，书籍封皮采用暗绿、深蓝或紫红等颜色，这成为当时的时代风格。20世纪的书籍在装订过程中，广泛采用方格粒纹小牛皮作为高级封皮材料，进一步丰富了书籍的色调。书籍加上一个高质量的护封，能完全遮光避尘，不受化学物质的侵害，甚至百年后都依旧如新。这正符合收藏家们的收藏要求，由此大大提升了藏品的价值。

15世纪中叶，约翰内斯·古登堡发明金属活字印刷术并印制的《四十二行圣经》，是图书印刷史上第一部高级版本印刷体图书。古登堡分别印制了150册普通纸本和大约30本羊皮纸本《圣经》。这种羊皮纸本不仅更漂亮、更名贵，而且也更结实，成为无价高级版本之特藏本。之后，这种制作高级版本的传统贯穿了整个图书印刷发展史。在欧洲，从18世纪开始，同一版次的图书，按照印刷材料质量区分形成了风气，从而推动了平民藏书的普及和发展。于是，出版商为了迎合这种需求，开始特意为那些有钱或比较讲究的收藏者生产更精美、更昂贵的版本。羊皮纸、瑞士纸和荷兰纸就是那个时期的高档纸张，与此同时，选材也变得更加讲究。高级版本的出现，总体上，给一个特别富裕、特别考究的收藏阶层提供了特别的书籍。20世纪，不少所谓的“世界文学名著”被不断地反复出版，比如浮士德、《圣经》中的雅歌、维吉尔等。这些书籍至今还是收藏家们的搜寻对象，从而见证了那个年代收藏家们的自我感觉以及当时的文化氛围。20世纪下半叶之后，收藏行为发生了新的变化。艺术家书籍与之前的情形相反，占主导地位的收藏变成了当代人的文字，很多书在文学作者与插图画家的紧密合作下完成。

对收藏家来说，初版书，包括杂志创刊号的魅力在任何时代都是“深入人心”的，这就是藏书家的“初版书情结”。所谓“初版”，卢修斯解释为，作品第一次以书的形式单独发表，且带有书名页。以当代美国为例，美国的初版书往往比早先在英国出版的真正初版书来得昂贵。其中缘由，一方面是因为罕见，另一方面是因为美国存在庞大的购买力市场，以及强大的收藏家队伍。对初版书的鉴别与判断，因为其乐无穷，所以对收藏家来说也就理所当然地变得“情有独钟”。

汉堡藏书家格奥尔格·艾林（Georg Eyring）曾经将自己的藏书行为表述为“为了文字而收藏”，他坚持的原则是“不求完整，但求丰富”。艾林的收藏，既体现了一位藏书家在藏书过程中的心态和立场，也体现了自己快乐的藏书精神。个人对某个特定主题或人物的强烈兴趣是藏书家藏书的又一个动机。例如，一个忠实于拿破仑的崇拜者就喜欢收集一切与拿破仑相关的书籍和物品。或者说，一个热爱某一地域或某一领域的人将热衷于对这一地域或领域藏品积累的不断深入。

收藏，体现于“每增加一件藏品，他的收藏主题就更加丰富、更加深化、更加清晰”的过程中，收藏家可以通过“发明”一个领域，或者说至少“发明”一个视角，并在“再创作”中赋予创造对象新的价值。卢修斯引用本雅明的话说，最重要的是了解藏书家与藏书之间的关系，了解收藏本身是“藏书的激情则近于回忆的骚动”。

> ……在这种关系中，物对于人的价值首先不在于它的功能，也就是它的实用性，而在于人可以将它看成（是）它自己命运的活动舞台，从而研究它，爱护它。最让藏书家陶醉的事情就是把一件件藏品关进禁区。……对于真正的藏书家来说，他的每一件财物的产生年代、产地、工艺和前任主人都能汇集成一部引人入胜的百科全书，所有这些因素构成的整体就是藏品的命运。……重建旧世界——这是藏书家寻求新藏品的最深层的动力。

对于收藏家来说，还有一条必须遵循的规律，即整体价值大于个体价值之和。事实证明，像这样收集起来的藏品，会开辟一条此前无人认识到的全新的关联环境。藏书也一样，这时的藏书将可以获得新的内容价值，最终提升藏品的经济价值。“耐心、记忆力和金钱”是卢修斯归纳出来的收藏活动必须具备的三个要素。他认为，金钱很重要，但不是首要因素，前二者在一定程度上可以弥补后者的不足。当然，除了上述三要素，还有一些重要的要素，诸如品质。关于品质，权威的克里斯蒂拍卖行这样认定：

> 激情，无穷无尽的精力，也许再加上点儿好胜心，这就是大收藏家的品质。在任何自己所钟情的领域里都想拥有最好的物品，最稀有的式样，这就是所有收藏背后的推动力。但是，使得整个集合体出类拔萃的却是它的基础结构，积累不等于收藏，毫无意义的堆积是没有价值的。大收藏家总是（能）从认知意义的角度安排他的藏品，（并）试图通过出人意料的组合加强整体效果，在看似零散的物品间建立某种关联，往往以标新立异的构成挑战精神的眼睛。

上述评价，可以这样理解，物品通过被人收藏，或者说，只有通过“被博物馆化”，物品的收藏意义才会发生本质的变化。正如一件只有放进了陈列柜的农具，它的功能和意义才会发生根本变化一样，如果农具再回到商店或粮仓里，那么它又失去了艺术性。收藏的意义，卢修斯进一步阐述为，物品被人收藏后就脱离了原来的用途，从而进入了一个新的环境。书籍也一样，虽然书的“真正”功能——可读性——始终保持不变，但收藏价值越高的书，可读性功能必然会相对弱化。这时，收藏的书籍占有和阅读这两种意图的性质就完全不同了，作为实物、作为历史与美学的见证功能便成了首选。书籍收藏，只有那些从一开始就是为了收藏目的而制作的，尤其是豪华版和艺术家书籍，才能在被人收藏后保持原来的功能，而其他的书只有经过岁月的流逝后渐渐变得物以稀为贵，才在收藏中变成了另一件东西。

这就是书籍收藏的社会性动机，特别体现在现代艺术的收藏领域。

德国社会学家皮埃尔·布迪厄（Pierre Bourdieu）在分析收藏与法国中产阶级之间的关系时这样认为，这个阶级将艺术品纳入奢侈品范畴，从而彰显了他们的卓尔不群。这种收藏通过主人与艺术品之间赤裸裸的占有与被占有的关系，传达了一种物质上的占有，而显示出主人的身份，从而进一步证明自己是上流社会中的一员，炫耀的是主人的社会地位。正因为如此，在18世纪法国，贵族阶层都应该拥有一个内容丰富的精美的藏书室，而且有别于其他的艺术品收藏，于是这种行为就自然而然地成为一条不成文的“严格规定”。因为从这个角度说，一方面，图书属于艺术品，在特定的社会圈子里，收藏常被看做是否有教养的证明，这时的藏品也被赋予了特别的意义；另一方面，历史上这些藏书室的藏书，又成为研究社会史或文学作品的一片沃土。藏书既成为生活方式不可或缺的一部分，也成为反映生活方式的一面镜子，具有积极的社会意义。

“睁大眼睛，保持好奇心，为新的发现而快乐”是藏书家在书籍发现之旅中的座右铭。书籍的循环也如同有机分子的循环，如同树叶在秋天凋落、腐烂，来年再重生。书籍更换主人的频率与人类时代交替的频率也呈大致一致的规律。从这个意义上说，每本书就是一个分子，在收藏家之间辗转流动。

卢修斯将中世纪的一句名言“正因为荒谬，所以我才相信”改写成“正因为荒谬，所以我才收藏”，用以表达自己对待收藏的认真态度。他认为，收藏的终极意义“取决于我以及我的同伴们制定的游戏规则”。收藏的人本功能，既体现在使收藏成为收藏家生活中的一个高度稳定的核心，使他的思想和追求有一个固定的目标，又体现在收藏自身的发展过程中。收藏家本身能够保持变化和发展，尤其是心智方面。收藏活动往往成为一种永久性的，并以收藏家的死亡而告终。收藏无论成功还是失败，对收藏家而言，始终都将充实着他的生活，使他保持心智和情感的活跃。

在具体实际的收藏活动中，撇开重点环节不说，卢修斯将收藏策略归纳为两类：其一是系统性和完整性目标；其二是“开放型收藏”。系统性和完整性侧重于主题类收藏，就书籍收藏来说，则更多的是关注特定的作者、出版者、艺术家或文字主题，这种收藏势必趋向完整，甚至版本和印刷方面的细小差别也不可放过；“开放型收藏”则强调美学导向，源于收藏家本能的情感反应。概而言之，前者是学究式的，后者是享乐型的，听凭收藏家自己决定；前者能让他日益接近他飘忽不定的目标，后者能让他享受自由和偶遇。

总之，收藏的过程“需要英雄式的自我克制”，这样，才能使收藏活动走向连贯和完整。与本雅明所说的“骚动”相近，正因为这种“骚动”，才使收藏家们终日劳碌，并乐此不疲。

> 藏书活动胜过一切教育手段，因为它能增强我们的感觉、智力和心灵的力量，从而使得起初狭隘的占有快感得到无限升华。
>
> 经验表明，一个人一旦开始在某个领域里进行收藏，他就会感觉到他的心灵起了变化，他变得更快乐了，内心充满了深切的关怀，并且能以开明的态度理解世界上的万事万物。

上述是卢修斯引用德国汉堡画廊著名主持人阿道夫·里希特瓦尔克（Adolph Lichtwark）关于藏书论述的一段箴言。如果真是这样，这孜孜以求的回报，或许将成为“收藏家的小小的永垂不朽”。

书人小传

乌尔夫·D.冯·卢修斯（Wulf D.von Lucius），德国图书艺术基金会主席，图书出版界的行家里手、藏书家。《藏书的乐趣》，生活·读书·新知三联书店2008年5月第一版，陈瑛译。

---

①瓦尔特·本雅明（Walter Benjamin，1892—1940），德国现代卓有影响的思想家、哲学家和马克思主义文学批评家。被称为“欧洲最后一个知识分子”。主要作品有《发达资本主义时代的抒情诗人》《德国悲剧的起源》《论歌德的〈亲和力〉》和《单向街》。本雅明还是独特的“收藏家”，他喜欢藏书，不只是为了阅读，更是为了在其中游荡。关于人与书，他说：“不重功能与实用，不讲究有用，而是把书作为命运的场景、舞台来研究和欣赏。”

②保罗·瓦莱里（Paul Valéry，1871—1945），法国诗人。1920年出版《旧诗集存》，以富有音乐性的诗句和象征的意境，抒发梦境和默想。1926年发表《海滨墓园》，从自然的永存和人生的无常的对比，烘托出肯定现实、面对未来的积极的主题。这首诗既是诗人的自我独白，也是诗人诗歌创作的高峰。

赏心乐事话淘书

——《疯雅书中事——21世纪淘书的策略和视界》

《疯雅书中事》是尼古拉斯·A.巴斯贝恩在走访了众多著名书商和藏书家之后，结合自己的淘书经验写给21世纪的图书收藏爱好者们的淘书指导性“秘籍”，希望他们能“按照自己的生活方式去生活”。

书名中，巴斯贝恩之所以将本意是“风雅”的淘书之乐称为“疯雅”，其实是一种深刻含义的表达。尽管爱书者们的收藏活动在巴斯贝恩看来，有可笑甚至矛盾之处，但他更多体味的，却是这些人从内心深处发散出来的“洞察感知的天赋”。由此巴斯贝恩借用了约翰·希尔·伯顿（John Hill Burton）“欲得书而后快的秉性”之表达，也认同爱书者“普遍致力于从无用中挖掘价值，并逐渐培养起特殊的技巧和敏锐，使他们能在垃圾堆中准确出手，翻出具备珍贵、稀少潜质的藏品”的眼光和执著。并认为，这种眼光和执著就是一种“潜能”，而且是收藏爱好者们必备的技能之一。

其实，巴斯贝恩自己就是这众多书籍收藏爱好者中的一员。他不但有同样的淘书经历，也拥有丰富的私人藏书门类。他坦言，在《疯雅书中事》一书的写作过程中，他的参考书目就有95%出自自己的图书馆，足见其藏书之丰富。

谈到书籍收藏的体验，巴斯贝恩似乎总是谦逊的。他说：“我不是书商，不是图书馆员，也不是专业的目录学家。淘书，纯粹是为了自娱，不敢以‘藏书家’自居。”如此一来，他之所以还敢弄墨于古今淘书或藏书的巨人们，目的只有一个，是想“借机享受我自己做梦都无法拥有的财富”，找一个心理安慰，以此企图走进这些巨人的生活，去分享他们所拥有的喜悦与满足，去追寻他们那种激情与持久的魅力。

藏书的持久魅力在哪里？巴斯贝恩认为是“步步皆有满足感”。于是，他定义了关于藏书的第一条原则：知道自己的能力所限，在预算下行事，最重要的是，凭头脑而不是血气出手。

从桑福德·L.伯格[①]那里，巴斯贝恩上了藏书的第一课。伯格是英国诗人、设计师兼出版商威廉·莫里斯的生平及作品资料的忠实收藏者，但也有因为囊中羞涩买不起书而苦楚的时候。于是，伯格采取的办法是，设计一张“应买单”，记录自己应买而没有买的书目，等待时机再出手。巴斯贝恩的另一课，则来自以收藏当代初版书而见长的大行家厄文·T.霍茨曼（Irwin T. Holtzman）。霍茨曼的经验是，谨守对《出版商周刊》《图书馆杂志》《书目》以及《柯克斯》等业内书评杂志的关注，该出手时就立刻行动，绝不错失良机。特别是当遇到自己喜欢的作者，而自己又确实想收藏时，就大胆放手去购买。据此，巴斯贝恩逐步建立起了自己的藏书观。正因为这些方法的掌握，让他陆续收藏到了约翰·斯坦贝克（John Steinbecr）、威廉·福克纳（William Faulrner）、厄内斯特·海明威（Ernest Heminggway）和托马斯·沃尔夫（Thomas Wolfe）等知名作家的作品初版，以及田纳西·威廉斯（Tennessee Williams）和阿瑟·米勒（Arthur Miller）的全套初版作品。当然，遗憾还是有，由于经济能力所限，F.司各特·菲茨杰拉德（F.Scott Fitzgerald）的作品就始终未能如愿。

如何遵循第一条原则，巴斯贝恩用路易·赞茨玛利（Louis

Szathmary）对藏书的精妙注释给了读者建议。赞茨玛利说："当你买书时，有些是为阅读，有些是为了拥有，有些是为备查。你想得到这些书，拥有它们，抓紧它们……"同时，他还透露了路易·丹尼尔·布罗德斯基（Louis Daniel Brodsky）的一个收藏诀窍。作为威廉·福克纳的坚定收藏者，布罗德斯基解释了没有将福克纳作品全部收齐的原委，那就是坚决按照自己制定的方式去做。他说："审视一件藏品，然后作决定。或者拿下，或者不拿，因为我要么带着它走一段很长的路，要么不能，但我们必须活在自己的决定中，不再回头。你要建立一种平衡感，一经定论，绝无反悔。"

品相！品相！品相！——书商约翰·F.弗莱明（John F.Fleming）在谈论书籍的收藏价值需要考虑三个因素时提出的信条。

这个信条的关键点是"精品"，特别是在"评估同一名称的不同书籍"之时。巴斯贝恩记录了2001年10月美国"9·11"后，在纽约佳得士拍卖行举办的首次伯兰德专场拍卖会上，一本品相绝佳的1623年版的《莎士比亚戏剧作品集》——俗称第一对开本[2]的拍卖经历。该书估价200万至300万美元，到最后阶段每次竞价达到了20万美元的阶梯攀升，最终以616.6万美元成交，刷新了印刷书的拍卖纪录。这次拍卖，说明品相在收藏家心目中的崇高地位。藏书家宁愿出600万美元买一本"更好"的书，也不愿意用少得多的钱去买一本品相稍差的书。巴斯贝恩对此进行了各类手稿的对比，确认这一拍卖本《莎士比亚戏剧作品集》的印刷版是后来众多莎士比亚作品集的源头。也就是说，就莎士比亚作品而言，这本书才是历史上印刷过的最重要的英语书籍之一。所以，为了这样一部书，有财力的人当然会毫不犹豫且不计代价地得到它，并在日后享受与之每日亲近的荣耀，享受与珍贵藏品独处的时光。这时，“如新”说明了书籍可能达到的最好品相。

在美国，古籍书商协会针对藏品有所谓“如新”“极美品”“近美品”或“美品”的划分。根据协会制定的判断标准，一本“上好”的书并不是常规概念中应有的意思，而是指“有些磨损，但无大伤”。同理，所谓“好品”，是指难有第二个可资比较；而“一般”，基本上是指相当于差；至于“差品”，则是没有收藏价值，只具备阅读价值。当然，对于极少见的书，品相才可能成为非主要参考因素。巴斯贝恩曾经仅花费20美元就购得美国20世纪最出色的犹太裔作家之一的伯纳德·马拉默德（Bernard Malamud，1914—1986）的《天生好手》一书。

1952年，约翰·卡特（John Carter）出版了《藏书入门》一书。该书收录了450个藏书词条，其中解释最长的词条是“珍罕”。卡特将“珍罕”分成了“极珍罕”“较珍罕”“暂时性珍罕”和“区域性珍罕”等级别。在藏书界，巴斯贝恩认为“珍罕”是最常用的词之一。字典编纂者将“珍罕”直截了当地定义为“不寻常的”。到底怎样的书为“不寻常”？美国收藏家罗伯特·H.泰勒（Robert H.Taylor）说，是“极度渴慕却遍寻不着的”。保罗·安格勒（Paul Angle）则说，是“占有欲和难到手”，除此之外，还包括书的“重要性”。巴斯贝恩赞同上述说法，认为“它们都表示的是供求关系的不同对比程度”。而这种关系，巴斯贝恩认为，藏书行为的真正目标是“将许多藏品聚集成一个整体，形成一种具有说服力的叙述——尽管要冒重复的风险。倘若做得足够漂亮，想得足够深入，结果将不单单是珍罕，而是独一无二，满意度高达百分之百”，如前述《莎士比亚戏剧作品集》这样堪称英语世界最伟大的印刷书，最让人朝思暮想的书。由此，巴斯贝恩将“珍罕”的概念，概括成应该既包括重要性、值得拥有的程度和得到手的难易度，也包括其奇迹般的存在本身所具有的符号意义。其中，最典型的“珍罕”书莫过于古登堡的《四十二行圣经》。

不仅如此，“珍罕”的书，甚至“极珍罕”的书，用约翰·卡特的话来表述，还可以定性为“已知某本书当年印量就很少”的书。正因为当时公共需求不大，或者说大多数处女作在当时并不为人所知。所以，对收藏者来说，这样的收藏难度也就越高。在巴斯贝恩的脑海中，诸如《天使，望故乡》[③]、《麦田里的守望者》、《杀死一只知更鸟》，以及《第二十二条军规》和《飘》等这样的处女作签名本，虽然从出版时间上说并不久远，但由于稀缺性，也使得这些书逐渐具备了“珍罕”的价值。因此，书的珍罕性不仅仅泛指书的年代久远，还包括了特定时期的代表性作品以及具备学术、史料价值的作品或文献资料。同时，书与其他一切收藏门类的差别还包括文字的“内在美”。虽然书籍收藏可能许多人更注重扣人心弦的外表，但内容永远是高于一切的。只有作品的内容最终被读者接受，才能引发共鸣，才能提升收藏的价值。事实说明，1997年出版的《哈利·波特与魔法石》原版初版，在2001年的拍卖会上就拍出了1.5万美元的好价钱。上述介绍，巴斯贝恩将其概括为理解藏书的另一条重要原则——价值发现。

虽说藏书有所侧重是一个十分正确的理念，但巴斯贝恩根据自己的理解，拓宽了它的想象空间。他说：“如果你是一个认真的收藏者，你选择了一个专业领域，你也可能有若干领域，但你仍留有想象空间。”“假如我称收藏为一种讲故事方式的说法成立，那么你所收集起来的历史遗存就可以成为将千丝万缕集结起来的点，使你正在编织的故事鲜活生动。”

英国极具影响力的藏书家托马斯·J.怀斯（Thomas J. Wise，1859—1927）就是这样一位善于编织故事的人，“似乎从一开始就有着不同寻常的远见、藏识、精明、坚韧和搜罗技巧”。怀斯的收藏有别于当时的社会主流风尚，而是将精力放在了当代作家方面。他的方法是直接从作家本人那里获取第一手资料，继而对这些作家的生平和作品的权威性进行研究。怀斯收藏的结果，不仅因为将藏品系列化而体现出整体的坚固，而且他引领了对当代作家的收藏热潮，甚至通过收藏，贡献了作家们的许多宝贵细节，起到了对当代文学作品进行全面梳理的重要作用。怀斯的收藏以“求全”著称，哪怕是目标作家的片纸只字他都不曾放过。

巴斯贝恩说，决定一套藏书是什么或不是什么，实为个人收藏的真正乐趣所在，也是其不可磨灭的印记。藏书家就是这样，他们根据自己所好，在满足收藏欲望和激情上各显神通；他们在实现自己的目标之前，都力图成为各自领域的专家。

戴安娜·柯赞尼克（Diana Korzenik）是美国马萨诸塞州的一位艺术权威。因为财力有限，她走的是一条传统学者路线。戴安娜花费了30年时间在新英格兰乡间的跳蚤市场、古书店和露天书市不停奔波，寻找记录美国19世纪工业革命时期教师们用过的教学资料，由此创立起一个研究门类。最终柯赞尼克的资料库被作为“不同凡响的研究用藏书”落户于加州圣马力诺亨廷顿图书馆。卡萝尔·菲茨杰拉德（Carol Fitzgerald）的藏书选择是1936—1964年间美国出版的美洲河流系列图书专题。她的目标不仅是寻找36本书的初版，而且还要找出与这项工程有关的人员——作家、艺术家、编辑——并记录进程中的每一个步骤。最终，她获得了美国国会图书馆的表彰，撰写并出版了两卷本描述性书籍——《美洲河流》。杰伊·弗里格曼（Jay Fliegelman）是美国斯坦福大学的英语教授，他的研究目光锁定在“留念本”，侧重于对自己藏品中每一本书的详细历史考证。弗里格曼认为，书页的残破恰好可以证明它们曾经被不断翻阅过，他细致地厘清每一本书是如何影响曾经拥有或翻阅过它的人们的生活。这种研究可谓别具一格，最终他居然出版了《所有财产：美国图书拥有者的故事，1660—1860年》一书。而最特立独行的藏书家要数罗兰德·康姆斯多克（Rolland Comstock）。巴斯贝恩这样介绍康姆斯多克：他不满足于只是拥有自己喜欢的书籍，而是更进一步，穿梭于美洲大陆之间去与他仰慕的作家们进行面对面的交谈。同时，他的购书还打破了藏书界的常规，一买就是几本。他说："既然一本罕见的书算好，那么10本罕见的书当然就是好上加好。"他的家庭藏书馆分上下两层，上层是已故作家的作品，下层是尚健在的作家的作品，由此构建了一道另类"独处书山"的景观。事实也证明，康姆斯多克的判断颇具前瞻性，他认准的许多作家之后都成为大家。自然，他购买并被作者签名的书也成了后来收藏者眼中的香饽饽。

所以，巴斯贝恩这样总结，如果说约翰·弗莱明所言非虚，"品相！品相！品相！"是搜寻古籍善本时最关键的三个要素的话，那么，"研究！研究！研究！"就是淘书迷们强化实战技术的不二法门。

进入21世纪，如果说淘书领域有什么重大发展的话，巴斯贝恩将其归结为计算机技术的应用。

当今计算机技术的应用不仅挑战了传统古籍自身的实物特性，而且还大大地改变了发现和获取藏品的过程。互联网既为人们的全部收藏活动一体化提供了可能，也使书商和藏书者之间的界限变得模糊。如美国的"高级藏书交易网"（Advanced Book Exchange），其数据库至少就存有9000位书商提供的4000万册书籍可供搜索和交易。这是一个庞大的数字，而且速度极快。

这是一个淘书客的新时代，它不仅让买书者受益，而且传统书商的经营模式也得以突破。藏书家们实现了足不出户，几分钟就能“淘”遍天下的图书。比如在www.abebooks.com上，发布500本书籍销售信息的费用每月仅25美元，既经济又便利，而且人人皆可成为买家或卖家。互联网通过无与伦比的资源功能影响，不但对想建立自己的学术和研究型藏书的机构图书馆有着不可否认的影响力，而且对私人淘书客来说，通过计算机在搜寻查找、联络书商、展开研究，以及确定价值等诸多领域提供了实现途径。

美国史方面的顶级书商威廉·S.李兹（William S.Reese）这样说：“我得说我现在50%的生意是在网上进行的。”

在硬件和便捷性影响人们如何藏书的同时，计算机也改变了人们关于收藏的概念。巴斯贝恩认为，21世纪，藏书仍将一如继往地遵循从前人们所确定的那些基本原则。然而，人们现在乐于去收藏的图书种类更加精简完善。面对互联网上如此繁多的信息，以及光盘、微缩胶卷等资源的多样化，今后的收藏者将变得更为精挑细选，追求高端。来自美国特拉华州的高登·A.普菲法尔（Gordon A. Pfeiffer）就是一位eBay上的“老江湖”。他有30年收藏“历史碎屑”专题的经验。现在，凭借互联网他找到了新的契机。尽管如此，身为美国特拉华州历史学会主席的普菲法尔还是坦诚地表达了自己对藏书未来的看法，他承认自己在淘书方面始终还是一个传统主义者。他说，“我的藏书哲学就是，看、学、听和用心”，而且“这是千古不变的铁律”。

面对藏书业的新发展，厄文·T.霍茨曼说：“我偏爱活生生的当下，以及未来。我们总可以买到昨天写的书，而我更感兴趣的是明天要出版什么。”

书人小传

尼古拉斯·A.巴斯贝恩（Nicholas A.Basbanes），被誉为“关于书之书的权威作者”，著有大量图书收藏方面的畅销书，曾入围美国国家书评奖决赛。他与妻子及两个女儿现居住在美国马萨诸塞州的北格拉夫顿。《疯雅书中事》，生活·读书·新知三联书店2010年11月第一版，卢葳译。

---

①桑福德·L.伯格（Sanford L. Berger，1867—1933），英国小说家、剧作家和藏书家。1932年凭作品《福尔赛世家》三部曲《骑虎》《出租》和《有产业的人》获诺贝尔文学奖。

②第一对开本（First Folio）。1623年，在莎士比亚去世七年后，他的朋友约翰·海明斯（John Heminges）和亨利·康德尔（Henry Congell）将他的手稿重新编辑，出版了由36部剧组成的版本，即对开本。“第一”是相对于莎士比亚著作1632年的第二、1663年的第三和1685年的第四对开本而言。

③《天使，望故乡》，作者为托马斯·沃尔夫（Thomas Wolfe，1900—1938），美国作家，出生于北卡罗来纳州。1929年出版自传体小说《天使，望故乡》，并蜚声文坛，被认为是最有前途的美国小说家。1935年其《时间与河流》出版，成为畅销书。其他著作有短篇小说集《从死亡到早晨》，长篇小说《蛛网与磐石》和《你不能再回家》，以及一部未完成的杂集《远山》。《天使，望故乡》描述了小

说主人公尤金·甘特的成长以及离开家乡去哈佛大学深造的过程，反映了20世纪30年代美国乡村年轻一代的精神风貌。小说重现了作者本人充满孤独、幻想、思索与渴望的一生。1938年，沃尔夫在旅行中因感染肺炎而英年早逝。

寻觅那些遗漏的珠贝

——《旧书与珍本——戈德斯通夫妇书店漫游记》

劳伦斯·戈德斯通和南希·戈德斯通夫妇在女儿3岁时，把家从美国纽约曼哈顿移居至马萨诸塞州小镇莱诺克斯。因为对购书的共同兴趣，于是有了一段乐此不疲的逛书店、找旧书，并能够与关注旧书购买、收藏的读者一道分享的快乐经历。

> 《聚书的乐趣》出版于1918年。在当时十分畅销，15年里再版了至少八到十次。藏书在那个时代是一大时尚，而A.爱德华·纽顿[①]是当时的代表人物。
>
> ——《旧书与珍本——戈德斯通夫妇书店漫游记》，P11

确切地说，戈德斯通夫妇对旧书购买与收藏的兴趣源于夫妻俩生日相近，因为需要互赠礼物而绞尽脑汁地寻找必须将价格控制在20美元左右的旧书并由此达成“一言为定”默契协议的过程。而“勾引”他们的第一本书，则是列夫·托尔斯泰的《战争与和平》。

莱诺克斯位于马萨诸塞州西部，属伯克希尔县所辖。从莱诺克斯小镇往北经过威廉斯便是佛蒙特州，往西是纽约州，往南穿过大巴灵顿则进入康涅狄格州，是一个四州交界地区。戈德斯通夫妇的寻书之旅，首先着眼的就是这一地区，以及马萨诸塞州首府波士顿和并不遥远的纽约市。

为尽快解决《战争与和平》，他们找到了莱诺克斯一家称为“自上周二起服务社区”的本地书店。与欧洲国家类似，美国的书店也大都是小规模而又个性十足的独立书店。“自上周二起服务社区”书店亦不例外。这家书店除经营畅销书和最新版主流书籍外，还经营“晦涩难懂的诗歌、各种风格的小说、犹太文物研究、女性研究、美国土著研究、美国黑人研究、超常心理学以及有机蔬菜烹调等书”。当然，还有一些杂志和儿童类图书。寻找《战争与和平》，特别是能够满足戈德斯通夫妇“英语精装本，带插图，大开本”且价格便宜的要求，仍是一书难求，甚至包括全美最大、最著名的纽约史传德（the Strand）旧书店和遥远的英国伦敦玛格斯兄弟书店，还有威廉·里斯书店。

这个时候，对戈德斯通夫妇来说，寻找《战争与和平》便有了一种“神圣的味道”。努力了，总有收获。他们发现了寻找书店，或者说寻找书籍的一条最有效途径——电话簿广告黄页中的“书商——零售”及其“书商——旧书与珍本”分类栏目。果然，通过电话，他们获悉一家位于谢菲尔德镇的旧书店，即“伯克希尔图书公司”存有《战争与和平》一书，而且是精装、传统出版社的版本，莫德译本，并附有主要战役地图，折叠的彩色插图，还有书套……尤其令戈德斯通夫妇满意的是：价格10美元。

旧书店的藏书也能反映店主的个性

——《旧书与珍本——戈德斯通夫妇书店漫游记》，P38

谢菲尔德镇位于伯克希尔县最南端，从莱诺克斯出发车程半小时。因为在此邮购了《战争与和平》，于是戈德斯通夫妇驱车来到了这里。伯克希尔图书公司并不好找，费尽周折后呈现在戈德斯通夫妇面前的是“一幢阴森的红色附属建筑”。用他们的话形容，“乍一看，好像曾经是车库或马厩，也许是牛棚”。只有门上的小玻璃窗上贴着的一个很小的招牌，才告诉他们，这里的确就是他们要寻找的伯克希尔图书公司——一家典型的美国式书店。

进入书店，尽管里面光线暗淡，地板踩上去会发出咯吱咯吱的响声；尽管空气中散发的怪味，像是橱柜经历了几十年发霉的味道，似乎还有化肥味道，但戈德斯通夫妇却听到了微型喇叭里传出的悠扬的风笛之声。窄窄的过道两边，所有的书架、地上，满屋子都塞满了书。U字形一楼大厅，光是文学类书籍就占据了书店的三面墙。这时，对戈德斯通夫妇来说，最好奇，也最关心的还是《战争与和平》。在这里，他们看到了该书的几个不同版本，不仅有已经购得的价格10美元的一卷本传统版，而且还有15美元的两卷本传统版和一本价格9.5美元的译文质量稍差、无地图、无插图，也无注释的版本。另外，1942年由西蒙-舒斯特出版，售价20美元的早期莫德译本书斋版则有漂亮的护封和大幅地图。

不同版本的价格差异，引起了戈德斯通夫妇的兴趣，也让他们有机会了解了更多版本学方面的知识。在其中一个标有“私立出版社”的书架上，他们见到了伊斯顿出版社出版的、书口镶有金边、皮面精装本的《白鲸记》，该书售价9.95美元，远低于一般状况下40美元一本的市场价格。店主大卫·基尼蒙斯介绍，因为这是传统出版社出版物的缘故。这种版本虽然所采用的原文内容和插图与限量版一致，但装订和印刷更商业化，由此也就能制作出比限量版更便宜的书籍，以此满足一般务实的图书馆或读者对传统出版社旧版本的阅读与收藏需要。在美国，20世纪20年代后期，出现了一个叫梅西（George Macy）的人创办的限量本俱乐部，其方法是挑选一些自以为人们愿意收藏的书，然后请来最好的私人印刷商印刷；找来最好的画家，譬如，为《尤利西斯》作画的马蒂斯，为马克·吐温（Mark Twain）的作品绘插图的诺曼·罗克韦尔，甚至请来毕加索（Pablo Picasso）为《利西翠妲》绘插图；用最好的纸张，少而精致地印刷装订并签名，然后以合理的价格卖给收藏者。

除了《战争与和平》，戈德斯通夫妇还想完成寻找、购买菲茨杰拉德[②]《了不起的盖茨比》的任务，在伯克希尔图书公司，戈德斯通夫妇虽然没有买到这本书，但还是收获了詹姆斯·鲍斯威尔（James Boswell，1740—1795）的传世名作《约翰逊传》，儒勒·凡尔纳（Jules Verne）的《神秘岛》《塞缪尔·佩皮斯日记》和《哈克贝利·芬历险记》，以及《汤姆·索亚历险记》等书籍，甚至许多其他传统出版社的书，而且价格便宜。重要的是，他们弄明白了“图书俱乐部出版”的书籍的鉴别方法，了解到了现代图书俱乐部出版的书，远不及出版商出版的书更有价值这样一个事实。

伯克希尔地区共有注册书商21家，如此众多可供选择的书店，对戈德斯通夫妇来说，“在寒冷灰暗的星期六下午到旧书店去找要买的书实际上是件惬意的事情”。在布鲁斯·格温特和苏·格温特书店，他们真的只花费40美元，就购得了一套19册1904年出版的安东尼·特罗洛普（Anthony Trollope）小说系列。除此以外，还有位于大巴灵顿的黄房子书店和法尔萧书店。颇具特色的古书、旧书和珍本书书店——法尔萧的广告宣传如下：

> 如果您想享受搜书的乐趣，法尔萧书店值得您光临，这里价格公道，环境温馨。图书种类齐全，各具特色。

约翰·桑德森珍本书店紧靠莱诺克斯，位于斯托克布里奇镇。这家安排在店主约翰·R.桑德森家地下室的书店，是戈德斯通夫妇偏爱的书店之一。店主人约翰曾经在英国完成了研究生学业，在获得伊丽莎白时代戏剧博士学位后，回美国办起了这样一家以学术书籍为主的“收藏室”。约翰·桑德森书店的特色是经营：20世纪的小说，19、20世纪的英美文学，还有有关新英格兰和美国的史料，甚至有关航海、鸟类、农业以及19世纪以前的各类书籍。其中许多是美国作家作品的英国初版，如福克纳（William Faulkner）、杰克·伦敦（Jack London）、海明威等，风格鲜明，俨然一个小书市。除此之外，霍华德·S.莫特珍本和手稿书店和乔治·明科夫书店也是两家在当地具有影响力的书店。莫特书店主要经营价格昂贵的美国史料类书籍。而乔治·明科夫书店则位于阿尔弗德镇，老板乔治·R.明科夫是一个很有艺术、文学见解的人。

关于作家及作品，明科夫以为，约翰·多斯·帕索斯（John Dos Passos）是一位很棒的作家，爵士时代最具创造力和影响力的小说家和优秀的社会批评家之一，而且他的作品《美国三部曲》是20世纪的伟大作品之一。乔治针对海明威的小说，发表了“风格表面上简单，其实很有诗歌的味道”的见解。关于作品的时代性，乔治说，每一代都有自己的代言人。……斯坦贝克代表大萧条时期；海明威代表伟大的流亡时代；福克纳在发表《一个国家的诞生》后，开始代表南方；凯鲁亚克[3]的《在路上》则反映了颓废的20世纪50年代的生活……他认为，那些被选为代言人的作家将永远流行，而其他同样出色的作家就将消失。“文学声誉是以文化因素为基础的，是独立于小说文本之外的。”所以，成为代言人的作家的作品之命运，就变得人人爱读，人人都愿意购买。乔治·明科夫所谓“时代的图书”理论让戈德斯通夫妇大长见识。

……开始了一场伟大的历险。收藏书籍是最美好的爱好，非常美妙。

——《旧书与珍本——戈德斯通夫妇书店漫游记》，P55

至此，戈德斯通夫妇开始了一段疯狂的淘书活动。他们几乎走遍了莱诺克斯周边45分钟车程之内的所有旧书店。购买了儒勒·凡尔纳、托尔斯泰、陀思妥耶夫斯基④、罗伯特·路易斯·斯蒂文森⑤、马克·吐温和亨利·詹姆斯（Henry James）等自己喜欢的作家们的作品，而且精装本价格都在10美元以下，质优价廉。除此之外，他们还花80美元买到了一套《吉卜林全集》（33卷），70美元不到收获了威尔·杜兰和阿里尔·杜兰11卷本《世界文明史》全集，以及威廉·萨罗扬（William Saroyan）、埃德娜·费伯（Edna Ferber）和约瑟夫·康拉德（Joseph Conrad）的书籍。

在纽约，戈德斯通夫妇通过拜访巴特菲尔德善本与珍本书店，发现了1931年由南萨奇出版社印刷的“不能磨光”的荷马希腊原文著作《伊里亚特》和《奥德赛》。这是装订商用小牛皮或摩洛哥小山羊皮，并用大英博物馆配方（一种特殊的亮光剂）制作的可保持皮革发亮且柔软的书籍封皮。这种封皮不能磨光，否则就将褪色。久而久之，保存不易的这种书便成了“珍罕品”。在巴特菲尔德书店，让戈德斯通夫妇大开眼界的还有一种称为“书边印图”的书籍制作工艺。这种工艺始于15—16世纪的意大利，盛行于18、19世纪的英国。所谓“书边印图”，即将图印在书页边。阅读时，展开书的封皮并借助一定的角度，读者便能清晰地看到印在页边的图案。《在阿尔及利亚的四个月：对迦太基的拜访》就是这样一本书，打开封面，将页边像扑克牌般呈扇形打开，一幅画出现了——港口的几艘船，背景是几座山丘——色彩鲜明，细节绝妙，一种神奇的图书开本。

芝加哥的鲍威尔书店，是一家具有相当规模的书店。鲍威尔的书籍陈列风格和其他书店基本无异，书架几乎都是从地板到天花板，因此，取书架上部的书必须借助滑动梯子。另一家叫罗厄的书店，存有丰富的19世纪末至20世纪初美国中西部作家的作品，包括马克·吐温、布斯·塔金顿（Booth Tarkington）、辛克莱·刘易斯（Sinclair Lewis）、埃德娜·费伯和斯科特·菲茨杰拉德。尽管在这里戈德斯通夫妇还是没有买到《了不起的盖茨比》一书，但他们弄清楚了谁是乔治·埃德（Georgt Ade）。幽默作家埃德的小说背景设在印第安纳州，他“稍带讽刺的作品，精确地抓住了乡镇气的美国本质”，从而使他享有盛誉，成为20世纪初最受欢迎的美国作家之一。

这时，买书和阅读，对戈德斯通夫妇这对爱书夫妇来说，似乎是“做什么事情也赶不上读好书”。在他们看来，“有了好书在家里，就好像我每天都和历史上某些最伟大的人物在一起”。比如，可以随时翻阅莎士比亚、丘吉尔，或者狄更斯的作品。

在芝加哥，戈德斯通夫妇有幸看到了一套由南萨奇出版社出版的《莎士比亚全集》。英国书商这样记录这套书：

> 查尔斯·W．特雷兰，英格兰吉尔福德。南萨奇版《莎士比亚全集》，共七卷，340英镑。根据第一对开本和四开本的修正内容。由赫伯特·法杰恩编辑的现代读本选集。南萨奇出版社，纽约兰登书屋公司，1929年。在大不列颠和爱尔兰发行1050套，在美国发行550套。由A.W．贝恩在伦敦装订。这一套是第134号，1982年2月9日。

上述描述就是书商对一本书籍标准出版内容的记载。在美国，凡是购买的旧书，每一本书书商都会附上一张这样的小字条，有一些甚至还包括书籍的品相和出版差错等内容记录，以此为购买者提供一份准确的甄别依据。再如，《月落》一书，通过“初版样张”，说明该书也是第一版的一部分，表示印刷过程中发现错误之前已经印出来的那一部分。

> 约翰·斯坦贝克。《月落》。纽约：维京出版社，1942年。第一版初版样张。第112页上有这样的字样：“讲。这个。”全书完美，护封近乎完美。150元。

其中“讲。这个”错误，指示了如何识别版本的一种方法，出版专业术语称之为“发行点数”，即表示错误之处。

布拉特尔书店是波士顿最古老的书店。三层店堂里装满了书，精装本和平装本分开摆放，三楼则用于专门陈列珍本和第一版书籍。

第一版，表示某本书的第一次印刷发行。一般情况下，对收藏者来说，更重要的意义在于喜欢收藏第一版的图书，因为它们的价值要远远高于其他版次的书。在布拉特尔，一次偶然的机会，让戈德斯通夫妇买到了惦记了5年的B.特拉文（B.Traven）的《夜访者和其他故事集》，而且是第一版。45美元的价格虽然让他们觉得很过分，但满足感依然是一种“极大的快乐”。

走过维克多·雨果大道书店，转悠了巴登布鲁克斯书店和“大卫·L.奥尼尔书商，好书和珍本书”书店，戈德斯通夫妇的下一站寻书之旅，便是佩伯和斯特恩书店，并在这间自称的珍本书书店，感受了一番珍本书的价格。戈德斯通夫妇熟悉的作家的作品，在这里就有约翰·勒卡雷（John Le Carré）的《冷战谍魂》，英国第一版标出的价格为900美元。同时，戈德斯通夫妇也发现了自己一直在寻找的许多书，如威廉·福克纳的《村子》，标价10000美元；布拉姆·斯托克（Bram Stoker）的《德拉库拉》，该书由伦敦阿奇博尔德·康斯特布尔出版社1897年出版第一版，第一次印刷，第一次发行，标价9500美元，而纽约道布尔迪与麦克卢尔出版社1899年美国第一版，则标价

4000美元。高价书籍还有，在20世纪60年代花800美元能买到的第一版《格列佛游记》的价格已上涨至47500美元。而埃德加·赖斯·巴勒斯（Edgar Rice Burroughs）的《人猿泰山》——芝加哥：A.C.麦克勒格出版社1914年第一版，第一次印刷，第一次装订，价格最高，达50000美元。

戈德斯通夫妇记得，自己以前曾花费12.5美元购买了一本《阿申丹》。在佩伯和斯特恩书店，合装、护封完美的第一版《阿申丹》，价格为2500美元。此时，戈德斯通夫妇终于明白，为什么在众多旧书店，他们搜寻了多年的《了不起的盖茨比》如此难求，因为该书的价格已经是五六千，甚至上万美元了。

至此，明白了收藏意义的戈德斯通夫妇重新定义了自己的藏书观。他们以为，自己与众不同的特点之一是要定位藏书的多样性，而不是染上所谓的“初版热”。于是，当书商将标价100美元、美国第一版、奥威尔[6]的《1984》和1967年阿根廷第一版、开价400美元的加西亚·马尔克斯[7]的《百年孤独》推荐给他们的时候，也能够断然放弃，尽管他们明知奥威尔的书不会贬值，尽管《百年孤独》有着独特的历史。他们知道，凭自己的经济实力，要买到好书，以好价钱拿到，始终是困难的，因为真正的收藏家收藏的某些书，别人永远都不会有。由此，他们坚守的信条就是买旧书，买自己爱看的书。他们告诫读者，收藏书籍，其实并不是真的一定要购买第一版。第一版不过是一种假象，是书商们向你要高价的借口，是书商营造出来的传奇故事，花那么一大笔钱买来的书读起来并不比其他版本更好。

书人小传

劳伦斯·戈德斯通（Lawrence Goldstone）和南希·戈德斯通（Nancy Goldstone），皆是成功的小说家。戈德斯通夫妇现居美国西海岸康涅狄格州。《旧书与珍本——戈德斯通夫妇书店漫游记》，上海人民出版社2010年10月第一版，杨俊峰、卢晓娟译。

---

①阿尔弗雷德·爱德华·纽顿（Alfred Edward Newtom，1864—1940），美国费城人，20世纪欧美最重要的藏书家之一，开创了西方书话新气象。多年聚书颇有心得，偶为文论述藏书点滴。平生最爱兰姆、狄更斯、布莱克、特罗洛普，以及哈代等英国作家，同时亦心仪约翰逊博士、鲍斯威尔等大家。1918年出版散文集《藏书之乐及其相关逸趣》，不但畅销，而且成为同类书中的经典之作。

②斯科特·菲茨杰拉德（Scott Fitzgerald，1896—1940），美国小说家。创作倾向与“迷惘的一代”相似，表现了第一次世界大战后年轻一代对美国所抱的理想的幻灭。1925年出版代表作《了不起的盖茨比》，从而确立了自己在文学史上的地位。

③杰克·凯鲁亚克（Jack Kerouar，1922—1969），美国小说家。代表作《在路上》。被公认为美国“垮掉的一代”的代言人。

④陀思妥耶夫斯基（1821—1881），俄国作家，一位本质上的悲剧家。1866年代表作《罪与罚》问世，赢得空前的盛誉。有评论认为，《罪与罚》是近百年来所有关于谋杀故事中最出色的。看《罪

与罚》，应遵循D.H.劳伦斯的格言：相信故事，不要相信讲故事者。

⑤罗伯特·路易斯·斯蒂文森（Robert Louis Stevenson，1850—1894），英国作家，19世纪末新浪漫主义的代表人物。1883年，斯蒂文森著名的小说《金银岛》出版，开创了以发掘宝藏为题材的小说的先河。

⑥乔治·奥威尔（George Orwell，1903—1950），1903年出生于印度，英国小说家。代表作有《巴黎伦敦落魄记》（1933）、《动物庄园》（1945）和《1984》（1949）。奥威尔的作品以风格明晰简练著称。小说《1984》幻想了人在未来的高度集权的国家中的命运。《纽约时报书评》指出："《1984》是最具当代感的小说，无论是今天还是多少年以后。"这本书检视并戏剧化了艾克顿爵士（Lord Acton）有名的一句格言："权力使人腐化，绝对的权力使人绝对腐化。"

⑦加西亚·马尔克斯（Garcia Márquez，1927— ），哥伦比亚小说家、记者。作为一位天才般的、赢得广泛赞誉的小说家，马尔克斯将现实主义与幻想结合起来，创造了一部风云变幻的哥伦比亚和整个南美大陆的神话般的历史。代表作有《百年孤独》和《苦妓追忆录》等。1982年获诺贝尔文学奖。

书房，让家成为家

——《坐拥书城——爱书人如何聚书护书、与书相处的故事》

在英格兰和威尔士交界的群山起伏的地方，有一个美丽的海边小山村，叫海伊。海伊小镇常住人口仅1500多人，却拥有40余家书店，再算上其他兼营书籍的杂货铺，售书场所则不计其数。就是这样一座小镇，各式各样的书架，包括露天书柜，陈列着几十万册图书，涉及2000多个学科门类。书香弥漫整个小镇，涌动的人潮在个个书店间穿梭，每年吸引书迷、游客超千万人。同时，书店业带旺了旅游业，各种精品古董店、书籍装帧店、印刷作坊、拍卖会、旅馆、咖啡店、电影院和商店等随之完善，呈现一派热闹景观。

书城海伊，成了全世界书迷们的大书房。

——根据《坐拥书城》之《书镇海伊》撰写

书房，爱书人心灵栖息的港湾，梦的依归。

“人们不停地为书营造一个家，是因为书让人有家的感觉。”埃斯特尔·埃利斯不但这样说，也探寻了这个家的秘密。他与卡洛林·西博姆以及克里斯托弗·西蒙·赛克斯合作，在走访了40位书迷，探访了他们性情化的书房之后，向读者奉献了美轮美奂的《坐拥书城》（*At Home With Book*）一书。

在《坐拥书城》中，埃利斯全景式地展示了他们的所见所闻。该书图文并茂地描述了各种特色的书房，也讲述了爱书人“如何聚书护书、与书相处”的故事。这些书房是人格化的，这些人因为对书之爱，从而引领读者，一道分享了关于购书、藏书和护书的理解与感悟。

保罗·盖蒂（Paul Getty）的私人藏书楼，位于英格兰牛津郡。这是一座古堡式的“威势或堂皇”的藏书楼。之所以这样说，是因为保罗挑选了一个恢弘的古堡来收藏他的藏品，而且还装配了最现代化的书籍保护装置。天花板拱顶、天窗的富丽、栏杆的精雕细琢，以及层层书架之中孕育的5000册珍本与手稿，宣示了书籍艺术的瑰丽和藏书楼之品位。

藏书，在西方有悠久的传统。18世纪，上流社会的绅士们为了表现出必要的社交礼节，书成了必需品。于是，任何一位收藏者都会想到为自己设计一间雅致的书房，用来摆放“泛着柔光的真皮精装书”，以此显示主人的“才智练达”。

安德鲁（Andrew）就传承了家族的藏书传统。这位第十一代德文郡公爵，有一座“富丽堂皇、精美宽敞”的宅第。这座宅子由第一代德文郡公爵于1687年至1707年间建造，到第六代公爵时期则扩建了，这就是查茨沃思“高贵宏丽，错落有致”的大书房，用于收藏极其珍贵的图书、画作和手稿。他让书房变成了宅第中最出名的一个房间。300年后，终于到了安德鲁年代。公爵说：“坐在这里（书房），我觉得这间屋子就像是一本插图手写本和一家法国餐馆的混合体。”安德鲁根据自己的喜好，收藏了政治类、传记类、文学类书籍，包括古典小说、20世纪小说、奇人异事、丘吉尔回忆录的全套初版本以及有关第一次和第二次世界大战等书籍。

洛伦·罗斯柴尔德（Loren Rothschild）及其夫人不但富有，还是爱书之人。他们偏爱书籍的作者，最心仪的是18世纪英国著名诗人、传记名家和辞典学家塞缪尔·约翰逊博士。在收藏约翰逊藏品的过程中，他们夫妇成了美国西海岸的唯一代表。罗斯柴尔德的书房气势辉煌，松木装饰，加上镶上玻璃的书橱以及印花棉布家具，古色古香，俨然一个豪华私家图书馆。18世纪的奥立佛·哥德史密斯（Oliver Goldsmith）、亚历山大·蒲柏（Alexander Pope），19世纪的理查德·伯顿（Sir Richard Burton），20世纪的毛姆[①]（Somerset Maugham）、保罗·索鲁（Paul Theroux）等他敬佩的名家作品，统统收入了他的囊中。而体味约翰·斯塔布斯和简·斯塔布斯夫妇（John and Jane Stubbs）的书房——8000余册藏书，加上书桌、托架、旋转式小书橱和专人书桌等旧宅家具以及英国威基伍德[②]黑瓷器，意大利的庞贝式瓮[③]，美洲的陶器等陈设布置，仿佛百年前沙龙的重现，散发出一股浓郁“浪漫的土耳其情调”。

作家罗伯逊·戴维斯（Robertson Davies）和大部分收藏家一样，藏书多于所需。他说：“我们看重书籍的装帧之美，我们看重书籍的收藏传承。”藏书除了能让人扩大视野，书籍本身也自有其美，这是小米切尔·沃夫森（Mitchell Wolfson, Jr.）在自己收藏的过程中获得乐趣时的感叹。《坐拥书城》中描述的藏书者，除了上述大家，更多的还是“为了读书而藏书”的大众书籍爱好者。与大收藏家豪华奢侈的书房相比，普通爱书人的书房和创意更让人感到轻松愉快，具有亲和力。他们更加强调——用书籍营造出家的氛围与温馨。

罗丽·马利特（Laurie Mallet）是一位设计师，居住在纽约格林威治村一座颇具“幽幽的古意”的老房子中。罗丽将宅子二楼两个房间的一部分改建成自己的书房。墙壁、地板、书架，甚至部分书籍都被她用最不可思议的方式涂成了白色。让书仿佛“飘离了书架”，带着“朦胧的意象”，如梦如幻地与“另一个世界和另一个年代的视觉”对话。神秘的白色书籍，可能是世界上最让人想不到、最具创意的书房设计了。罗丽的房间，充满了对往昔的回忆，她用书填满房子的空间，再把房间带回了现实。

书房，是一个可以做梦的地方。一位意大利设计师经过精心设计，将两间普通的房间变成了文艺复兴时期的宫殿式书房，他叫伦佐·蒙贾尔迪诺（Renzo Mongiardino）。这位错视画[4]名家，为表达自己的设计效果，将纽约城市空中轮廓的高旷美景通过绘画进行描绘，使书房仿佛置身于林立的楼宇之中，缥缈如梦。而书房的涂漆书柜，伦佐则在大理石之间嵌入错视画，使之与所存高贵华美的书籍交相辉映，呈现出古典庙宇的气质。哈里斯（Harris）夫妇的别墅书房虽然不大，却精美别致，而且被安排在远离尘嚣的美国佛罗里达的渔夫岛。他们除了墙壁四周都安排陈列收藏的书籍之外，还有就是他们花了半个世纪从中国、俄罗斯以及中亚等国收集来的世间奇珍异物，诸如唐三彩骏马、青铜器和玉器等。藏书为了藏品，藏品为了研究，是他们收藏的一大特色。艺术研究专家艾玛·宾克女士这样评价，哈里斯夫妇的藏书使得他们的“艺术品有了时代的渊源”，不失为一种最现实、最有效的藏书方式。

当然，更多人的藏书，或者说设计一个书房还是为了满足自己的阅读、工作，甚至“诉说自己的一生”的需求。基思·理查兹（Keith Richards）是一家滚石乐队成员。他在美国康涅狄格州的郊区有一栋大房子，但他却不要大房间，而是喜欢上了屋顶的一个小房间作为自己的卧室兼书房。他说：“我喜欢这个完全属于我个人的比较私密的房间。”作为滚石乐队成员中的一员，他认为“与书更是须臾不可分开”的，“巡回演出是很无聊的，读书可以解闷”。于是，他收藏了不少19、20世纪大小说家的作品。彼得·卡纳尔 （Peter Cannell）为了求得一间大一点的书房，把家安在了纽约长岛的乡间。为此，他每天清晨5点半就无怨无悔地从家中出发去纽约上班。卡纳尔有一间专门请设计师设计的呈曲线形的充满乐趣的书房，而且带有新古典主义的传统风格。这是彼得心仪的地方，书房透过一扇小门，可通往意大利风格的阳台，观赏到室外美妙的田园风光，书房与自然融为了一体。基蒂·达莱西奥（Kitty D'Alessio）是位职业女性，曾经担任过著名的化妆品牌香奈尔的主席。对书，她总是有一种难舍的情结，于是一直不断地买书。而她买的书自然也与她的兴趣及所从事的职业或者活动相关联，诸如艺术、商业、时装、建筑、装饰、传记、历史、戏剧和电影等。她的书房由一座褐砂石两层小楼改建而成，卧室四周用乌木装修成书墙，书墙中心是一个壁炉。于是，书房成了她的天堂。在这里，她可以"幽居独处，读书写作，沉思默想"。

"浪漫、神秘、残旧、时尚"并带有一些爱尔兰气息。迈克尔·凯西和艾琳·凯西夫妇（Michael and Aileen Casey）不无自豪地形容自己的书房。

所以，罗杰·罗森布拉特（Roger Rosenblatt）说："我们是什么，书就是什么。……书让我们的生活井井有条。"琼·斯坦（Jean Stein）也说："家家都需要一个静心忘俗的房间，就如一片远离尘世的绿洲。"斯坦利·巴罗斯（Stanley Barrows）则更直接，他说："书房不仅仅是藏书的房间……它们能诉说一个人的一生。"

《坐拥书城》精美地展示了爱书人所建构的各种风格的书房，以及书房设计上的奇思妙想。琼·瓦什（Joan Vass）宽敞明亮的复式阁楼书房；华尔特·特肯和简·特肯夫妇（Walter and Jane Turken）的旧屋梁谷仓书房；德文郡公爵富丽堂皇的英式书房；罗丽·马利特的涂白漆“回忆的仓库”；尼尔·史密斯 （Niall Smith）用比德迈风格[5]的书柜组织的墙壁；比尔·布拉斯的旧式书房家具；鲁丝·萨克纳和马文·萨克纳夫妇（Ruth and Marvin Sackner）上万册规模，对具体诗歌和视觉诗歌极具个性的收藏。还有，薄麻布条装饰的书架；可让藏书或隐或现的书墙；从地板直到天花板的白色科林斯柱式[6]的黑色书架以及浴室和厨房里的书架等，构筑了一幅幅动人心魄的书房风景画。

是的，《坐拥书城》记述的这些爱书人，他们形容自己为书着魔，为书痴迷，于是一门心思要买更多的书籍，为书寻找到更好的安置场地。书是他们生活的中心。书，决定了他们的兴趣、职业和价值观。他们之中，有些人藏书多于所需，看重书籍的装帧之美，看重书籍的收藏与传承；有些人则是为了阅读而藏书，他们聚书的目的，首先是为了满足自己的阅读需要。

大多数人可能都属于后者。埃斯特尔·埃利斯这样说：“书这样一种不起眼的方盒状物体，一手就可把握，却蕴藏着如斯力量。”迈克尔·罗杰斯（Michael Rogers）则说：“说到要表达观念的纯粹力量，没有东西能胜过文本。”

这就是书的魅力，书房的魅力。如前所述，《坐拥书城》是一册图文并茂、精致而又难得的好书。用文字叙述无论如何也不能充分表达或达到其书卷盈室、赏心悦目的视觉效果，如此，就这本书来说，看精美的原作才是读者最佳的选择和享受。

书人小传

埃斯特尔·埃利斯 （Estelle Ellis），杂志出版的先锋人物，企业形象公司总裁，现居纽约。卡洛林·西博姆（Caroline Seebohm），作品有《沃尔夫：装潢生涯》，经常为《纽约时报》撰稿，现居新泽西。克里斯托弗·西蒙·赛克斯（Christopher Simon Sykes），摄影家和作家，与卡洛林·西博姆合著《英国乡村》，现居伦敦。《坐拥书城——爱书人如何聚书护书、与书相处的故事》，上海人民出版社2008年9月第一版，陈淼译。

---

①萨默赛特·毛姆（Somerset Maugham，1874—1965），英国著名的小说家、剧作家和散文家。代表作《人性枷锁》奠定了他伟大小说家的不朽地位。

②威基伍德（Wedgwood），享有“陶瓷之父”美誉的英国制陶工乔舒亚·威基伍德于1759年创立陶瓷厂，开始生产以“威基伍德”为名的瓷器。早在17世纪上半叶，受中国瓷器艺术影响，英国人发明了炻器，这是一种介于瓷与陶之间的器物。在炉温1200℃时，将食盐撒在器物上，食盐中的钠分子变成硅酸苏打，再与器物中的氧化铝化合，形成玻璃质的釉覆盖器物表面，多呈棕色、黄褐色或灰蓝色。之后英国人又发展了锡釉陶生产。1765年，威基伍德瓷器被英国皇家选用，成为“王后御用陶器”。经过250年的发展，目前威基伍德瓷器餐具成了英国著名的餐具品牌。“威基伍德”不仅是一个产品，而且成了一种文化和精神，传递着英国贵族的传统文化。

③庞贝式瓷，意大利生产的具有庞贝艺术风格的高端瓷。庞贝（Pompeii），位于意大利西南那波利湾的一个古城，曾经是古罗马一座繁华而喧嚣的城市，其经济富裕程度和文化发展水平不亚于罗马。庞贝建筑风格独特，重视镶嵌幻觉效果，注重情节性绘画，也曾是意大利珠宝、金银铜器和瓷器等工艺品发达地区之一，是当时的时尚之

都。公元79年10月24日维苏威火山喷发，庞贝古城瞬间被火山灰掩埋。17世纪，中国瓷器大量出口欧洲，带动了整个欧洲的瓷业生产。通过模仿中国青花瓷，意大利结合本国的艺术特点发展了自己的锡釉陶器。随着18世纪末期庞贝古城发掘而引发的“新古典主义”的勃兴，之前的洛可可风格逐渐退出社会审美主流。“新古典主义”推动了意大利瓷业的发展并形成了庞贝瓷的新风格。

④错视画（Trompe－Íoeil），“Trompe－Íoeil”在法语中有“蒙骗眼睛”的意思，让人产生错觉，使虚构的东西看起来像是真实的事物。产生于20世纪60年代法国的欧普（Optical）艺术就是一种利用人类视觉上的错视所形成的绘画艺术。这是一种通过精心计算的“视觉艺术”，使用明亮的色彩，造成刺眼的颤动效果，使人达到视觉上的亢奋。因此“欧普艺术”又被称为“视觉效应艺术”或者“光效应艺术”。

⑤比德迈风格，艺术上是一种介于新古典主义和浪漫主义之间的过渡时期风格。“比德迈（Biedermeier）”一词为贬义，源于一幅《比德迈老爹》的漫画——一个中产阶级贪图安逸的诙谐性形象。比德迈风格家具最大的缺陷是笨重和稚拙，受人称赞的是技艺的精湛、简易与实用。家具表面饰纹以自然木纹、木节或仿乌木色加以变化，使之形成对比，以严谨的几何图形构成明显特征。

⑥科林斯柱式（Corinthian Order），希腊古典建筑三种柱式中的一种。由公元前5世纪的建筑师卡利漫裘斯（Callimachus）发明于科林斯，故得名。其柱头以毛莨叶纹装饰，图案呈环绕状，适应各种观赏角度，风格豪华富丽，从而在日后的希腊化时期和罗马时期备受欢迎。科林斯柱式建筑典型的代表是雅典的宙斯神庙。

书・书人

此生只为书籍来——绥青

——《为书籍的一生》

伊凡·德米特利耶维奇·绥青，俄罗斯出版史上跨越新旧两个时代的最著名的出版家。1851年，绥青出生于俄罗斯科斯特罗马省索里加里奇县一个叫格涅兹德尼科沃的小山村。农村孩子出身的绥青"过着极端拮据"的生活，12岁时就外出当学徒。之后，一次偶然的"打工安排"，或由于切尔特科夫恰巧分别都认识绥青和列夫·托尔斯泰的机缘，使绥青"从此与真正的作家和文学联系在一起，成就了一生的出版家传奇经历"。

《为书籍的一生》记录了这一过程。严格地说，该书并不是一部完整的绥青回忆录。绥青只念过3年乡村小学，因此这部书只是他晚年写下的往事"片段"。但"小说"式的情节描写与记录，却充分展现了绥青的文采以及他辉煌的出版人生。同样，这也不是一部及时书，绥青于1922年将完成的书稿交给苏维埃出版局后，直到1934年绥青去世后书籍才得以正式出版。

1866年9月，已经有了两年学徒经历，个子高大，身体结实，14岁的绥青经自己的老板瓦西里·库齐米奇介绍，前往莫斯科，被安排在同时兼营皮货业和图书贩卖业的彼得·尼古拉耶维奇·沙拉波夫的书铺里做学徒。

怎么，老弟，你是来工作的吗？那么，老弟，就多卖点儿劲

> 吧！遇事别图省力，干活不要偷懒，早点儿起，晚点儿睡。别以为干粗活丢脸，别先给你自己评价——等人家来给你评价。市场上的顾客会说出你是值多少的。

初来乍到的绥青，得到了这样的忠告。按宗法传统，"服从，听话，绝对恭顺"是莫斯科旧派人家的生活规矩，这是每个人必须遵循的准则，沙拉波夫家亦不例外。绥青没有埋怨，因为喜欢书业这一行当，于是他开始了与书结缘的一生。而沙拉波夫此时的图书业务，主要是贩卖图画。他们将店里的图画和图书一车车批销给来自弗拉基米尔省的"货郎"[①]，并通过货郎分销到各地市场或农村。

1883年元旦这一天，对绥青来说，是值得记住的日子。已经成家，在沙拉波夫店里干了十几年的绥青终于有机会在莫斯科伊林门附近的老广场上开一家属于自己的小书铺。沙拉波夫对绥青说："……现在你自己去开铺子，自己去当老板，让我帮着你做吧！"父亲般的关怀。于是，在向沙拉波夫赊借的价值5000卢布商品的支援下，一家字号为"伊·德·绥青公司"的图书出版股份公司成立了。绥青将销售通俗木版画[②]和通俗小书作为自己既继承传统又不拒绝创新的发展策略，并开始了自己的出版生涯。

木版画在俄罗斯民间至少已有300年的历史，而且这种图画对当时识字率不高的俄罗斯农民的影响远远超过了图书。道理很简单，要读完一本书，必须认识许多字，但看懂一幅画，只要一双眼睛就行了。正因为易懂，通俗的图画便成为绥青从事出版业获取的第一桶金。之后，从19世纪80年代开始至20世纪初，绥青出版的版画本图书，无论是内容还是形式，都胜人一筹。绥青出版了俄罗斯古典作家的画像和许多画册，以及普希金、涅基拉索夫、尼基金和柯尔佐夫等著名作家在内的许多作品，还有无数以俄罗斯战争、史迹、神话和歌曲为题材的石印图画。这些图画既反映老百姓的生活，又讽刺、反映了当时的社会形态。至于销售量，不但每年达到了5000万幅以上，而且随着农民文化水平与兴趣的提高，还能与时俱进。

伊·德·绥青在出版方面的伟大贡献，还是在后来的图书出版领域。

一方面，大力出版图画书；另一方面，绥青又将适合平民阅读的书籍作为自己出版的重点，并大量刊印。切入点包括曾经长期以来始终被俄罗斯文学爱好者所耻笑的书，如《鲍瓦王子》和《叶鲁斯兰武士》，以及一些圆梦书、歌曲本和在民间完成并流传的中、长篇小说，甚至被作者们不屑一顾的“地下文学”作品，还有“尼古拉市场”——一些老年或青年作者写的东西。据绥青后来回忆：“尼古拉市场上的人，自己创作，自己出版，自己寻找并且自己找到了他们独自走的道路，通向那些识字不多的农村读者。”

米沙·叶夫斯契格涅耶夫、柯里雅·米连尼基、苏沃里夫、库兹涅佐夫等就曾经是尼古拉市场的作者，一些贫穷如洗的文人。他们从事艰苦的写作，作品必须随版权卖给出版商，得到的只是如同施舍般的低稿酬。

至于平民阅读书籍的定价，在后来的回忆里绥青有过介绍。在媒介出版社[③]时期，对列夫·托尔斯泰所著的《人靠什么生活》和《二老人》以及列斯科夫所写的《基督在庄稼人家里做客》等书与作者达成分配书价的结构是：第一版次印刷，免付稿费，此后再版时才支付稿费，但作者所得的稿费不得超过当时出售给平民阅读的廉价书的一般稿酬。例如，如果每100印张的成本是65戈比，售价定为80戈比。绥青对自己出版的《俄国通用历书》定价更低，零售每本15戈比，成本价约9戈比，批发价9戈比，基本无利可图。

绥青从创业开始就明确了自己的出版理想是创造一种特殊的平民

文学，并吸引第一流作家参与写作，出版让广大平民能够听得进、读得懂的图书。他认为，书应当卖得便宜，书必须依靠学校之外的平民教育。

绥青说："我从事出版业的经验，以及我在图书事业中度过的整个一生，使我确信，要保证图书畅销，只有两个条件：

"'它们是非常有趣的。'

"'它们是非常便宜的。'

"我一辈子都在追求这两个目标。"

此时，伊·德·绥青仍然认为自己的出版"离真正的文学很远"。他苦于没有办法去与那些真正的作家和真正的文学建立联系。

1884年11月，幸运的日子终于来临。

"我是玛拉库耶夫派来看您的……我姓切尔特科夫。希望您能给平民出版这几本书。"

玛拉库耶夫就是前面文中提到的那个绥青和托尔斯泰都认识的人，也从事教育、出版工作；切尔特科夫所说的几本书，即是前面文中提到的列夫·托尔斯泰和列斯科夫所著的三本书。

这一"偶然的遭遇"，如同神话中的奇迹，让绥青欣喜不已。于是，催生了媒介出版社的诞生，也成就了绥青与切尔特科夫这两位出版人之后长达15年志趣相投的紧密合作。

根据两人达成的默契，此后媒介出版社为平民出版的书籍，切尔特科夫负责编辑、校对以及美术设计等工作，绥青则负责出版。因为达成了低廉或者甚至不需要支付稿酬的一致意见，因此这些平民读物的售价都能达到不高于通俗读物的定价，而且版权公有，不属于任何一家出版者，只要愿意，谁都可以刊印。

"'读者'是现成的，'平民'却需要出版人去造就成'读者'"的认识，提高了绥青的境界，使他懂得了出版不仅在于"生意"还关乎"文化"的道理。之后，绥青，当然也包括切尔特科夫，他们共同"把全部的热爱和精力一起献给了这一事业——出版平民图书"，并在短时间内出版了大批内容精彩、装帧漂亮、售价低廉的平民图书。

所有的同事都十分关心和支持这一创举。尤其是大文豪列夫·托尔斯泰，他"积极地参加了印刷、编辑和销售工作，做出了许多宝贵的指示和纠正"。

> 那时书铺里常常会同时聚集四五十人。货郎们自己挑选图书和图画。整天进行交易，他们说笑话、讲故事，热闹非凡。每逢这个时候，列夫·托尔斯泰也会来到铺子里，与乡下人聊天，而且一谈就是半天。……

通过媒介出版社，绥青与知识分子之间的关系变得密切了。不仅是托尔斯泰，还有当时著名的作家列斯科夫、加尔欣、奥斯特洛夫斯基、谢德林、柯罗连科、契诃夫和画家克拉姆斯科依、列宾以及苏利科夫等。

随着出版事业的发展，绥青的出版思想也日臻成熟。

绥青说："出版事业是有无限的活动范围的，无论在人民生活中哪一方面，俄国出版工作者都可以找到要做的事情。"

早在若干年前，绥青就意识到俄国历史书出版的重要性。他对以前出版的良莠不齐的历史书进行了纠错，率先把历史书籍的出版当做一项伟大的事业、全民性的事业，为此，绥青筹划了整整五年，包括从国外定购特制的轮转印刷机和其他机器设备。绥青围绕圣徒纪念日、火车站名称、农产品售价、医疗药方、国家制度等多个主题，将历史书编成了一本包罗万象的参考咨询手册。《俄国通用历书》就是这样一本涵盖生活各方面的家务百科全书。

绥青出版的历书，包括《俄国通用历书》，基本上都是采取不赢利的运作方式。虽然没有追求利润，但却达到了另一个目的。历书的广告影响力不仅遍及俄国，而且它的读者还遍及美洲、大洋洲和亚洲，甚至所有俄国人能够到达的地方。

针对当时俄国儿童文学读物主要源于国外翻译和改写的作品，几乎没有本国儿童文学作品的现状，绥青决心加大这一领域的创作和出版推动力度。他认为，只要能铺平几条通向这些新读者的道路，就可以开辟一个崭新的、极大的销售市场。于是,《媒介》丛书出版后，出版社陆续策划、出版了一系列每本售价仅几戈比的童书，诸如卢卡谢维奇《故乡乌克兰童话》、谢尔古诺娃《俄罗斯童话》以及普希金童话集和当代作家加林娜、索洛维耶娃和别季斯基等大量供儿童阅读的文艺性童话书籍，并将儿童书籍的出版范围延伸到了诸如芮克留创作的《山的史话》等科普、通俗文学和杂志类别，逐步推动了儿童图书的出版繁荣。

新时期，绥青成为一位有责任心的出版家。他认为，出版企业应该为大众的教育、健康、经济、财富作出更大的贡献。于是他提出了“工业教育”的概念，认为出版业要全面为国家建设和发展服务，而之后所有这些有关工业教育的书籍“都获得了巨大的甚至可以说是辉煌的成功”。

据1914年的数字统计，绥青公司出版的图书几乎占到了当年俄国所有出版物总量的1/4以上，他向人们开启了一扇通往书籍的大门。绥青“为书籍的一生”，大量出版发行了最便宜的普希金、果戈理、托尔斯泰、契诃夫以及其他伟大作家的作品，编印了《平民百科全书》《儿童百科全书》和《军事百科全书》，以及历史、地理方面的诸多巨著，为国家的文化与教育事业作出了重要的贡献。

高尔基曾经计划办一份新杂志，去信邀请绥青参与。信中，高尔基对绥青给予了高度的评价，他写道："一个善良的俄罗斯人，是热爱他的祖国的，是了解它的一切的，并且是愿意尽力为它服务、满足它的重大需要的；像这样的人你可不会常常遇到，而如果遇到了，你自然会为他感到快乐，自然会对他肃然起敬。这就是我与您的关系……"

1934年年末，为出版业付出了毕生精力的绥青去世。他的挚友、著名作家尼·捷列肖夫在自己的著作《作家札记》中写下《书的友人》一文缅怀绥青。捷列肖夫说：

> 对于绥青这样一个人，他创建了巨大的事业，掌握了亿万的资本，为了要满足人民精神上的需要而献出了自己的整个一生。……
>
> 将来有一天，我希望，我们将会出版一部有关俄罗斯发明家、无师自通者和自修成名者的重要巨著，而在这样的一部传记中，作者是不会忽略绥青的名字的，是不会忽略这个有趣的人物和杰出的自修成名者的名字的。
>
> ……
>
> 亲爱的伊凡·德米特利耶维奇，您的整个一生都出色地证明了一位才智卓越的俄罗斯人拥有多么巨大的力量。

通过绥青的回忆录《为书籍的一生》中《往事的片段》，作为读者也深深地感怀着绥青的伟大和崇高，这是一位理想主义者对出版事业长达半个世纪的执著追求。在中文新版《为书籍的一生》序中，生活·读书·新知三联书店副总编辑汪家明先生用一句话高度、贴切地概括了绥青的一生："绥青的一生证明了一个道理：人由时代造就。时代需要伟人，就必然有伟人出现。"

书人小传

绥青，全名伊凡·德米特利耶维奇·绥青。俄国极富传奇色彩的著名出版家，跨越俄罗斯新旧两个时代，从事出版工作达半个世纪之久，与当时许多文化名人，如列夫·托尔斯泰、契诃夫等都有密切的交往。他对推广俄罗斯的平民教育、民间识字运动都有很大的贡献。《为书籍的一生》，广西师范大学出版社2005年1月出版，叶冬心译。

---

①货郎，指革命前漫游俄国各地、没有定所的小贩。他们把杂货、衣料和粗俗的小书推销到各个乡村。这些人中有俄罗斯人，也有斯拉夫人和匈牙利人。他们走村串巷，将图书销往最偏僻的村庄，在当时的图书、图画贩卖业中发挥了很大的作用。1877年后，货郎贩书业因为被当局禁止而逐渐消逝。

②木版画，亦称树皮画，是民间创作中极富兴趣的一种。木版画上的表现形式是图旁附小段叙述文字介绍。初始的木版画宗教色彩浓厚。木版画于15世纪中叶已经出现，18世纪后出现的木版画则大量反映日常生活，有描绘历史事迹和历史人物的，也有给民间的文学创作插画的。由于木版画风格明白易晓，笔简意深，具有艺术的手法，于是在民间大受欢迎。17世纪初，木版画在俄国开始广泛流行，之后，随着识字率的提高，文字开始逐渐替代图画，木版画才逐渐被版画本图书取代。

③媒介出版社，莫斯科一家宣扬文教性质的图书出版社，由切尔特科夫于1885年创办，同时得到了托尔斯泰的赞助。当时，媒介出版社出版了许多供平民阅读的廉价小册子和一些文艺作品，以及托尔斯泰有关宗教道德方面的图书，一直开办到1925年。

全能：米歇尔的想象与欲望

——《阿尔班·米歇尔—— 一个出版人的传奇》

布尔蒙，法国上马恩省中部的一个小镇。19世纪的时候，小镇就建在层林叠翠、蜿蜒起伏的一座高山斜坡之上，山下是平原，镇上的全部人口仅750人。

1873年7月29日，阿尔班·米歇尔（Albin Michel）就出生在这里。

恰好，当时著名的出版人埃内斯特·弗拉马利翁（Ernest Flammarion）的老家离布尔蒙不远，因此熟悉这里。在当医生的父亲推荐下，没有通过中学毕业会考、18岁的阿尔班·米歇尔追随埃内斯特离开了家乡，前往巴黎。时间是1890年的秋天。

奥德翁剧院书店很快就成了阿尔班·米歇尔的新世界——这是一家办在走廊上的书店。书店里读者熙熙攘攘，既包括附近学院的学生、教授，也有前来采访的记者以及寻找绝版图书的作家等。开在走廊里的书店，环境恶劣，从早到晚都在风中，但阿尔班还是能够忍受。“我喜欢这工作，它吸引我，我找到了自己的道路。”阿尔班这样说。虽然这是一个疯狂、动荡和骚动的年代，但阿尔班还是尽心地学习业务，他必须适应这个职业，工作的性质要求他严肃并且忠诚。

他充满好奇，渴望了解这个行业的方方面面，并主动要求多做一些事情。所以，为了避免第二天图书断档，一到晚上，阿尔班便成了采购员，拿着订单，披着保护图书的布，向一家又一家出版社进货。

很快，他就摸到了经营书店的门道，知道哪些书好卖，哪些是通俗读物。他甚至拥有一双犀利的蓝眼睛，能够准确地把偷书贼从人群中揪出来……

工作才几个月，阿尔班的身边就吸引了一批读者，他与他们交上了朋友。尤其厉害的是，他熟悉每一本书，并且能根据每一位读者的口味向他们推荐图书。

勤奋的阿尔班得到了老板的赏识。

1897年，阿尔班·米歇尔被任命为歌剧院路书店的经理，这是巴黎最富有的地区。之后的三年他使书店的营业额翻了三番。“只要会卖，什么都卖得掉。”这句话后来成为米歇尔的格言和行动准则。他解释说：“胡乱地卖书，这谁都做得到。但能不能卖给读者适合他的书，那就是另外一回事了。我确信，一个好书商能卖掉他想卖掉的东西，如果他熟悉他的业务，他什么书都能卖掉。他只要向可能会买这本书的人推荐……”在书籍的发行环节，阿尔班十分重视广告策略的运用。他认为，书籍光有文学质量还不够，书商的推荐、媒体的宣传以及付费广告和彩色招贴都能造势，这样，即使是一个无名作者的作品也能很快被卖掉。阿尔班一开始就弄明白了媒体宣传和广告在书籍经营中的重要作用，这些重要经验使他在日后的出版生涯中受益匪浅。

27岁的时候，阿尔班梦想着自己也能开创一份家业，自己当老板。尽管他坚信歌剧院书店有很好的前途，但他不想一辈子只当一个领薪水的经理，不想永远给老板打工。做自己相对熟悉的行业，投身出版业成为他最终的选择。他对自己构想的未来充满想象。

端坐在洛莱特圣母院十号出版社里的孤独者，就是阿尔班·米歇尔。这一天，他以自己的名字命名的出版社正式挂牌了。虽然此刻只是他一个人，但显然这是一个敢于冒险且胆大的人。

多产作家费里西安·尚索尔（Félicien champsaur）是第一个与阿尔班走到一起的人。尚索尔写过很多小说、诗集和剧本，却因为自己“一大堆乱七八糟的作品中津津有味地揭示了巴黎生活的种种阴暗面”而挫败了别人的傲气，践踏了太多人的自尊，因此成为众矢之的的人物。但阿尔班却不这样看，他认准了尚索尔作品的商业潜质。经过与尚索尔商量，阿尔班将尚索尔若干年前出版的小说《名人》进行了修改、补充，改造成具有挑衅性书名的《野心家》，并合成一大本重新出版。没有钱怎么办？阿尔班要求尚索尔放弃第一版印刷1万册的版税，以此作为书籍的广告投入。阿尔班的第一本书就这样出版了，最终获得了巨大的成功。

为了弥补自己出版经验方面的不足，并维持出版社的生存。阿尔班接受了原来做书店时书店经理瓦扬老爹给的一个做图书批发的建议。之后他与书商合作控股了一家书店，开始涉足销售、发行和出版的全领域。这时候，曾经的书店工作经历派上了用场——他悟出了只有将来能够进入先贤祠、名垂千古的著名作家的纯文学作品和读者读后能很快忘记的轻巧故事这两类书才是好卖的道理。这就是他重要经验中的第二条，决定了以后出书的成功率。

《野心家》一书成功出版模式的运用，使阿尔班·米歇尔出版社的出书量逐渐增加。1903年，他出版了保尔·布鲁拉（Paul Brulat）的《脉石》和一批轻文学作品——短短的、封面诱人的小说再配上轻巧的插图。他与曾经的老板弗拉马利翁商量，成功得到了弗拉马利翁拥有版权的著名的作者欧仁·苏（Eugène Sue）的《巴黎的秘密》等43部著作，还有埃克多·马洛（Marlowe）的6部小说、连载小说作家阿列克西·布维尔（Alexis Bouvier）和讽刺作家欧仁·夏韦特（Eugène Chavette）的一系列作品为期4年的所有权。于是阿尔班的出版目录便增加到了140种图书。此时，阿尔班的理想是要做一个全能的出版人，做出版能做的任何东西，包括出版大众文学、工业科学方面的著作、通俗文学、历史、青少年读物、期刊、时尚读物和小说等。总之，所有种类……

阿尔班·米歇尔收获了成功与幸福。这个奥德翁剧院走廊书店里昔日的伙计，一个朝气蓬勃的书商，正成为一位上升时期的出版人，逐渐在大出版人当中占得一席之地。他出版的书籍越来越丰富，同时也拥有了越来越多的忠实读者。他精力旺盛，凭着对出版业的了解与大胆革新，逐渐成为一位出版大师。

“出版是一个充满激情的行业……这个行业需要对公众十分了解。……所有的出版人都应该在零售书店进行实习，以了解读者的口味。我之所以成功，就是因为在零售书店里干了十年。”阿尔班对从业者说出了自己的心声。

1918年11月11日，法国教堂齐鸣的钟声宣告了第一次世界大战的结束。结束了多灾多难的战争，阿尔班·米歇尔的出版生涯活力重现。战争期间，阿尔班得到了上士罗兰·多热莱斯（Roland Dorgelés）写的一部优秀战争小说——《木十字架》。由于军队的严格审查，这部书始终不能出版。战后，多热莱斯回到巴黎，阿尔班迅速出版了这部书，初印数就达1万册。小说出版后，受到了评论家的一致好评，称赞这本书“巧妙地把感情与讽刺结合起来”，而且是“一部欢快而真实的巨著”。人们期待着《木十字架》能够荣获龚古尔[①]奖。经过激烈的竞争，《木十字架》在当年的龚古尔奖评选中，最终还是败给了马塞尔·普鲁斯特（Marcel Proust）的《追忆逝水年华》之《在少女们身边》，四票对六票，虽败犹荣。多热莱斯说：“我在1919年龚古尔奖的角逐中败给了普鲁斯特，这是我一生中最大的幸事。”但阿尔班却不甘言败，他妙用广告技巧，理所当然地在小说的腰封上印上了几个大字“龚古尔奖”，下面再印上几个几乎不能看清的小字：“十票得了四票”。这一精明的渲染，尽管引起了普鲁斯特的出版人加斯东·伽利玛（Gaston Gallimard）的愤怒，并将此不当行为告上了法庭，败诉后的阿尔班理所当然地赔偿了2000法郎。然而，这一赔偿却让阿尔班用较少花费做了个大广告，书的反响更热烈了。

这就是阿尔班·米歇尔的典型性格特征：嗅觉灵敏，直觉发现。

《木十字架》以及皮埃尔·伯努瓦（Pierre Benoit）的《亚特兰蒂斯》出版大获成功后，阿尔班·米歇尔“决定性地成了文学出版人”。1921年这一年，他出版的雷蒙·埃绍利耶（Raymond Escholier）的《根特女孩》荣获了费米娜奖；皮埃尔·维勒塔尔（Pierre Villetard）的《痛苦中的比尔先生》获得了法兰西学院小说大奖；勒内·马朗（René Maran）的《巴图阿拉》获得了龚古尔奖。虽然没有获奖，但路易·迪穆尔（Louis Dumur）的《凡尔登屠夫》销售超过12万册，成为了当时最畅销的书。

到1922年，阿尔班·米歇尔出版社光是记者就达到了3000人，阿尔班正式跻身于最大出版人的行列。两年后，阿尔班再次出击，花180万法郎购买了更多作家的书，还收购了保尔·奥伦多夫出版社。这一系列举措，使阿尔班名副其实地成了巴黎头号出版人。

> 还有大量的工作要做。数十万人可能并应该对文学感兴趣……至于我的出版社，我想我将来可以涉足终端销售，组织专业队伍，比如推销员等。我觉得让某些行业发了财的办法也完全

有理由能让书业发财。精挑细选、不断更新的优秀文学作品，健康的广告，具有远见和智慧的人，热爱自己的职业，价格合理，分期付款的形式。是的，我想过，我们为什么不会成功？

针对书业发生的危机，阿尔班·米歇尔用上述一段话，揭示了应该发生变化的这个行业的发展前景。在不断拓宽书店与图书馆销售渠道的同时，事实上，阿尔班也想了很多办法进行书籍促销。比如，通过经纪人；采用邮购的方式将精装书发行到图书馆，并赠送一瓶墨水；读者预订《维克多·雨果全集》赠送一座民族大诗人石膏像，等等。

在发行《悲惨世界》的过程中，阿尔班通过每周出一个分册的销售方式，让“全法国人都满腔热情地追随雨果分成一小册一小册的巨幅画卷”。

如何处理好与作者或作品的关系。这时，阿尔班·米歇尔做到了把作者变成自己的朋友。他说：“我很诚实地大胆承认，有时，出版人和他的作者之间存在着一种剑拔弩张的和平，我一点都不喜欢……我完全忍受不了怀疑的猜忌。我希望所有的作者都是我的好朋友，希望我能和大家建立一种最友好的关系。”的确如此，阿尔班与大作家罗曼·罗兰（Romain Roland）之间的亲密关系就是这样培育起来的。罗兰·多热莱斯在书信中回忆与阿尔班·米歇尔之间的友谊时这样写道：“你是我的全权代表，捍卫我的一切。……我知道对我们这一代人来说，你是唯一的出版人，我们是朋友，这就是最好的合同。”阿尔班对待作者，能够做到既倾听他们的心声，又关心他们的写作。他说过：“在选择作者的时候，我不关心他属于哪个流派，也不关心他是哪个组织的。我所希望的，是书要写得好，结构要棒，能让广大读者感兴趣。对我来说，出版的主要目的就是：打动广大读者。”

尽管在众多法国的出版社之中，阿尔班·米歇尔出版社并不是经济实力最强的，也没有拉鲁斯出版社和伽利玛出版社那样具备某一方面的“特别权威”，但它却是法国最具活力的出版社之一。作为乡村医生儿子出身的创办人阿尔班·米歇尔，在他一生辉煌的出版生涯中，过人的个人胆识和惊人的勇气得到了充分的展示。他这样奠定自己的出版精神：

> 我的出版物将更加文学、更加活跃、更加快乐。它将进行辛辣的讽刺，极其无情。它将揭发滥用权力的恶习，偷盗、贪污、浪费，这些东西将成为它抨击的对象。……
>
> 出版这个行业虽然有一定的技术含量，但涉及更多的是冒险精神。我要说，这是出版人最大的回报。因为冒险会带来快乐，最大的快乐，努力创造的快乐。

阿尔班·米歇尔，就是这样一个敢想、敢做，充满欲望和活力，并勇于实践的人。

书人小传

埃玛纽艾尔·艾曼（Emmanuel Haymann），瑞士法语历史学家、传记作家。撰写了《法国宝藏神秘史》《第二帝国的精神》《凡尔纳笔下的2000年》《王后与红衣主教》和《500年的征服史》等四五十部著作。《阿尔班·米歇尔——一个出版人的传奇》，人民文学出版社2010年5月第一版，胡小跃译。

①龚古尔，法国兄弟作家，即法国19世纪作家爱德蒙·德·龚古尔（Edmond de Goncourt，1822—1896）和他的弟弟儒勒·德·龚古尔（Jules de Goncourt，1830—1870）。主要作品有《翟米尼·拉赛特》、《少女艾尔莎》和《亲爱的》等，《龚古尔日记》是兄弟俩坚持数十年写成的22卷重要文献。爱德蒙去世后立遗嘱将全部财产用于成立龚古尔学院，设立龚古尔文学奖。该奖由10位委员负责，每年用5000法郎，奖励当年发表的小说中评选出的最佳新人作品。“龚古尔文学奖”的评选始于1903年。

高卢雄鸡的黎明破晓

——《加斯东·伽利玛——半个世纪的法国出版史》

加斯东·伽利玛（Gaston Gallimard），20世纪法国著名出版家。

伽利玛家族源于法国中部著名的葡萄酒产地——勃艮第。1881年1月18日，加斯东·伽利玛出生于巴黎，圣拉扎尔路79号便是他的家。父亲保尔·塞巴斯蒂安·伽利玛是当时一位知名的收藏家。他的收藏除了主要的美术作品，还有漂亮的书籍，包括独特的珍本以及罕见的精装本。

小时候的加斯东·伽利玛，生活在贝内维尔——那是位于乌尔加特和多维尔之间塞纳湾畔的一处海滨胜地，圣三一教堂四周是他主要的活动场所。中学时，加斯东就读于巴黎的孔多塞，那是一所声名显赫的学校——老一代先人“往往被当做和平和自由的港湾，与左岸的一些庄重和威严的建筑形成了鲜明的对比”。中学阶段，哲学老师皮埃尔·雅内曾给过加斯东“勤奋而努力，似乎懂得如何取得成功”的评语，但他并没有完成中学学业，而是选择了轻松愉快的自由的生活，那时他的家境还算富裕，家里每年供他年金。“情绪多于思想”这句话概括了加斯东·伽利玛的全部性格。尽管在20岁的时候，伽利玛仍然喜欢玩，喜欢懒散、奢华、女人和朋友，甚至被人贬称为“花花公子”。但本质上，加斯东是“诚实的”，也是“有智慧和理想，甚至充满魅力的”。据弗朗茨·儒尔丹回忆：“这孩子（加斯东）既天真又敏锐……甚至连那些指责他优柔寡断的人也会被这种魅力完全征服……人们会不由自主地喜欢他，抵挡不住这种欲望。”

虽然加斯东·伽利玛没有取得中学学历，但在事业发展方面，他似乎还是有好运气的，而且能够让才华得以发挥，正如哲学老师的评语。1907年间，加斯东接受了罗贝尔·德·弗雷尔提供的秘书职位——这是一个不但有趣，而且可以见多识广的职业。加斯东自然乐此不疲。某一天，在贝内维尔度假时，加斯东第一次结识了马塞尔·普鲁斯特。尽管普鲁斯特也是孔多塞中学毕业，尽管当时普鲁斯特还没有成为作家，但普鲁斯特的形象却深深印在了加斯东的脑海里。

1908年年底，一小群作家创办了《新法兰西杂志》(简称NRF，后发展为NRF出版社)。创办人便是著名的安德烈·纪德[①]和让·施伦贝格尔。到1910年12月，即《新法兰西杂志》出版第24期的时候，加斯东·伽利玛的名字出现了，“将来在管理杂志社甚至出版社时会表现得极为忠诚”，杂志社的皮埃尔·德拉努克斯这样评价加斯东。是的，他们认为，加斯东主要的不足已经被他整体上的优点弥补了，他符合编辑部的要求。最重要的还在于“尽管他才29岁，也没有文化方面的专长，但他有一种嗅觉，能正确地判断作品的质量，直奔最好的东西，不是理性方面的原因，而是由于喜欢”。

于是，加斯东·伽利玛成为了出版商。

半个世纪后，伽利玛出版社的确在加斯东·伽利玛的统领下，文学类图书的出版几乎占据了20世纪法国出版业的半壁江山。他的6位作者获诺贝尔文学奖，出版的作品27次获龚古尔奖、18次获法兰西学院小说大奖、12次获联合奖、7次获美第奇奖、10次获雷诺多奖以及17次获得费米娜奖……伽利玛“就如同法国文学的同义词”，“影响了对法国文学的评价”。

加斯东·伽斯玛在圣拉扎尔路开始了他的新职业。此时，他的出版社，用纪德的话说，是他的出版“柜台”，一切都得从头开始。

创办于1899年的法兰西水星出版社是加斯东的榜样，该社老板阿尔弗莱特·瓦莱特在出版界享有威望，他把自己年轻的出版社变成了象征主义运动的堡垒。出版商该如何做？加斯东向瓦莱特取经。无疑，瓦莱特成为对加斯东影响最深的出版商。

管理公司之后，在作者们看来，伽利玛便是《新法兰西杂志》的实际负责人了，而两位创办者纪德与施伦贝格尔则更多体现为杂志社精神上的担保人和大使。三人之中，从一开始，伽利玛就是出版人。

《新法兰西杂志》为伽利玛创造了一条通往出版的道路。他欣然接受了这一命运的安排，决心抛弃优越的生活，像他崇拜的出版家那样勤奋工作。

“寻找……追踪……发现……这是出版的秘诀。”伽利玛这样认为。事实上，无论发生什么，在以后的日子里，他都忠诚于自己关于这一职业的这一看法。

1911年1月，加斯东·伽利玛在《鲁昂快报》中读到一个叫夏蒂埃的人写的《随想录》，于是写信过去，建议在《新法兰西杂志》名下替其出版一本书。之后，伽利玛收到了埃米尔-奥古斯特·夏蒂埃热情、慷慨、无私的回信。起步如此顺利，伽利玛没有预料到。

1913年11月，马塞尔·普鲁斯特提供了两部书稿给加斯东，希望出版。当时的普鲁斯特对伽利玛尽管并不是很熟悉，但他相信他。然而，书稿却在审阅过程中被纪德否决。这就是后来在法国乃至世界文坛影响巨大的《追忆逝水年华》。普鲁斯特不得已将书稿转给了出版商贝纳尔·格拉塞[②]，《追忆逝水年华》得以由作者自费出版。年底，

《追忆逝水年华》第一部《在斯万家那边》出版，引起反响。而伽利玛以及NRF们“重读”作品后，都意识到了当初的草率。纪德本人也致信普鲁斯特说，“……拒绝这本书将是NRF所犯的最大错误”，并承认了自己的失误。

好在普鲁斯特本人对NRF非常执著，也好在格拉塞出版社的豁达。经过伽利玛的再三努力，《追忆逝水年华》之后终于回归了NRF，连同作者普鲁斯特本人。普鲁斯特事件是加斯东·伽利玛在从同行那儿挖作者方面的第一次真正的尝试，而他唯一的王牌，唯一的信用是精神方面的——NRF的形象。

普鲁斯特事件导致伽利玛对出版的反思，推动了后来NRF审读制度的诞生。

加斯东·伽利玛从事出版业，较早意识到作者与出版社之间的重要关系——出版社的生存根本，在于建立和培养一批基本的、有活力的作者队伍，尤其是年轻作者队伍。

之后的岁月，伽利玛始终坚持了这一原则，和各种作者都保持着密切的关系，如马尔罗、科昂、西默农、莫朗、布洛什、莱奥托以及阿拉贡等，表明了他的接纳能力，同时也说明，他能顺应作者们的种种脾气、缺点甚至苛求。

马尔罗（André Malraux）是典型的范例。1928年，伽利玛为了从格拉塞出版社挖来马尔罗，甚至让出了伽利玛出版社艺术部的职位，并承诺除了版税预付金外，还付给马尔罗一份真正的工资。除此之外，为了将马尔罗永远拴在自己身边，他给出了不固定工作时间，没有利润指标的优厚工作待遇，并安排马尔罗进入审读委员会，推动了马尔罗风格和灵感的成熟。

科昂（Abbeele Cohen）的故事更富于戏剧性。1922年，伽利玛在NRF杂志上读到一个名叫阿贝尔·科昂的陌生人所写的《子夜后的日内瓦》的文章后，直接派雅克·里维埃主编前往瑞士，代表出版社要求与作者签订5本书的合同。当时年仅27岁的科昂，被这一举动惊呆了，因为他连一本书的书稿都没有。最后，在里维埃的开导下，科昂随意写下《国际快车》的书名，签订了合同，获得了支票，被NRF雇用。

进入20世纪，法国文坛呈现日益多元化的趋势，但以反传统和非理性为重要特征的现代派或现代主义仍是主流。20年代，伴随着法国出版与文坛习惯发生的变化，年轻作者所占地位越来越重要，尽管这些作者的作品可能还相对幼稚，但他们的影响“主要原因是年轻、有前途、有代表性，他们不但有现在，还有未来”。加斯东受益于这种变化，他抓住了一个又一个作家，真正的作家。

伽利玛比任何人都清楚，出版这个职业，它的基础是社会关系。所以他把大部分时间都花在了向外界推介自己的出版社上。为了不落下任何一部重要书稿，他四面八方撒网，到处寻求支持。在伽利玛看来，出版社的发展，一方面，取决于与作者直接建立的合作关系，而且这种关系要意趣相投，并用真正的友谊替代金钱关系；另一方面，取决于出版社经营者的性情，冒险和开拓精神以及他们对文学和作家这一职业的看法。伽利玛的这种认识与思想，长期而深刻地改变着法国文学出版界的面貌。可以这样说，如果没有加斯东·伽利玛，包括竞争对手贝纳尔·格拉塞，20世纪上半叶法国的文学可能将是另外一个样子。

随着马塞尔·普鲁斯特《追忆逝水年华》第二部《在少女们身旁》

获得龚古尔奖，加斯东·伽利玛领导的出版社也迈出了新的一步。这时，向NRF投稿的人越来越多，出版社的管理难度也与日俱增。为了避免普鲁斯特事件重演，伽利玛决定在出版社成立审读委员会，这是伽利玛出版社设置的一个典型机构。培养审读员，在当时的出版界并无先例，伽利玛拟定的条件是，必须懂得阅读，也就是要懂嗅、闻、研究、分析、解释、批评、捍卫或“谋杀”一部书稿。为了避免审读员在阅读一部作品之前可能形成的压力或阅读之后可能出现、造成的报复性仇恨，出版社制定了审读报告和审读员身份的保密制度。伽利玛有意识地从一些知名作家中选聘了一批审读员履行这一职责。

在伽利玛出版社，审读委员会的会议庄重而神秘。会议方法是，每位审读员都有自己的位置，他们一一就自己负责审读的书稿发表意见，如果审读员对所审读的作品特别看好，报告又没有反对意见，作品就会立即被留下。如果作品发生分歧，书稿便会转给第二个、第三个甚至更多的审读员审读，从而确保好的书稿不被“草率”放弃。而此时，伽利玛作为终审者则不亲自介入讨论，他非常人道地行使自己的权威。

邦雅曼·克莱米厄就是伽利玛最信任的一位审读员。克莱米厄的专业知识、博学以及准确的判断为他赢得了名副其实的声誉，而这一切，均没有超过文学评论、新闻和出版的范畴。伽利玛聘请克莱米厄，还因为他是法国外交部意大利办公室的主任。克莱米厄的这一职位与兴趣，让伽利玛出版社同样受益匪浅，克莱米厄帮助出版社出版了许多重要的意大利文学作品，让法国读者认识了皮兰德娄[3]、威尔加等许多意大利重要作家。

从20世纪20年代到40年代，阿尔朗、保朗、克莱米厄、格罗蒂森、帕兰……这些人组成了伽利玛的审读委员会，他们制造了伽利玛出版社珍贵的图书目录。

第一次世界大战结束后，出版业逐步得到恢复和发展。如何发展、规划企业的未来？加斯东·伽利玛决心改变出版社民间色彩浓、手工作坊风格、缺乏计划以及随心所欲的现状，而首先确立的是在出版社内部建立起以人际关系为重要基础的友好原则。伽利玛决心寻找能人，把各个领域一些有专长的有用人才聚集在自己的麾下。

路易-达尼埃尔·伊尔什，是伽利玛出版社的营销经理。虽然他也是审读委员会的委员，但并不参与审读，却是伽利玛身边的一个关键人物。伊尔什参加审读会议，只对图书的发行、销售以及在书店的陈列甚至图书内容发表意见。玛格丽特·米切尔的《飘》在引进法国之前完全没有知名度，面对这样的书，伽利玛也表现出既不想拒绝，也不想接受的烦恼。于是，他征求伊尔什的意见，伊尔什虽然对书的文学质量不太满意，但仍相信书中的故事会吸引广大读者，并征求自己太太的阅读意见，并得到好评。《飘》最终出版后，在法国的销售量达到80万册。

即便是第二次世界大战期间，伽利玛也在不断开辟新的发展领域。雅克·席弗兰创办的七星文库出版社，出版了有影响力的“七星文库”丛书，内容涉及艺术图书、画册，以及反映个人生活的作品和俄罗斯经典名著。这套品牌丛书及席弗兰本人最终都被伽利玛出版社吸纳，而席弗兰则被任命为“七星文库”丛书的主编。

20世纪50年代，市场机制引入了出版业，伽利玛开始对德诺埃尔出版社、“圆桌”出版社和法兰西水星出版社的兼并产生兴趣。经过谈判，伽利玛成功收购了德诺埃尔公司90%的股份，之后，又得到了历史悠久的法兰西水星出版社。王国扩大了，带着同样的热情，伽利玛在包括书店公司、卡萨布兰卡的大西洋出版社、辞典与百科出版社、好书俱乐部、今日出版公司、泰尔出版社、贡蒂埃出版社和书店，甚至巴黎的迪旺书店和斯特拉斯堡的梅桑日书店都拥有了大部分股份。

就这样，加斯东·伽利玛成为20世纪法国出版界“独一无二，非同寻常”的人物。

政治立场方面，他表现为，首先是一个出版商，必要时又会是一个机会主义者。在他的出版社，并不是每一个人都拥有他这种19世纪色彩很浓的大财主才有的精神，他所热衷的只是文学方面的活动。

他从不强调自己的思想或主张，却强调品位。他只要求道德完善、为人高雅、有风度、有品位。他的性情就如同温和的天气。与其说他是知识分子，不如说他是艺术家，他喜欢艺术家甚于喜欢思想家。

作为老板，他为人随和，低调而谦逊，和蔼并善解人意。喜欢用一种潇洒而轻松的表达方式来领导企业。但他没有时间观念，尽管他自己非常守时。在给雇员工资或者给作家预付金方面，他并不大方，但往往又会做出一些令人意想不到的举动，特别是对他喜欢的作家或雇员。

他接受现代化，却把它变成可笑的东西。他喜欢讲排场，喜欢精致的生活，喜欢丰富多彩，自己却总会一件衣服一直穿到破了洞都不扔。

他有自己的激情与癖好，有自己喜欢的东西，也有自己的习惯，却对荣誉与奖赏不断礼貌地拒绝，甚至感到厌倦。他一生出版了无数本书，却没有留下自己的一本，甚至回忆录。

关于未来，他能根据蛛丝马迹，捕捉信息，判断初入文坛的作者是否有前途。但他不会冒险，他懂得让读者去冒险。

年轻的罗贝尔·拉丰曾向这位前辈讨教，加斯东说：

“如果你说话总是那么肯定，那你当不了出版人。在这个行业里干了四十年之后，我只能告诉你一件事情，就是我们永远也无法预知一本书的命运。”

这就是加斯东·伽利玛。

《加斯东·伽利玛》一书的封面作者选用了一幅伽利玛叼着高卢牌香烟，带着长长烟嘴的照片，很是经典。

书人小传

皮埃尔·阿苏里（Pierre Assouline），原籍摩洛哥。记者，传记、小说作家。1983年任法国《读书》杂志首席记者，1993年接替贝尔纳·皮沃出任《读书》杂志第二任主编。主要作品：传记《西默农传》和《达索传》等，小说《女宾们》《双重生活》和《路德西亚饭店》，其中魔幻小说《有限等级》出版后引起读者和传媒的广泛关注。《加斯东·伽利玛——半个世纪的法国出版史》，人民文学出版社2010年1月第一版，胡小跃译。

---

①安德烈·纪德（André Gide，1869—1951），法国20世纪现代派或现代主义最重要的作家之一。《新法兰西杂志》创始人之一，20世纪20年代，纪德启发了像加缪、萨特等一批作家。主要作品：散文《地粮》《刚果之行》，小说《背德者》《窄门》《田园交响曲》《梵

蒂冈地窖》和《伪币制造者》，自传《如果一粒麦子不死》等。1947年获诺贝尔文学奖。

②贝纳尔·格拉塞，生于1881年。1907年，为出版朋友的作品，他从母亲那儿得到3000法郎，创建了格拉塞出版社。1911年和1912年，该社《鲁尔丁先生》和《雨之女》相继获龚古尔奖，之后，格拉塞又相继推出了众多知名作者的作品，其中包括马塞尔·普鲁斯特的《追忆逝水年华》第一部《在斯万家那边》。贝纳尔·格拉塞在法国出版界以一位开拓者形象被载入史册。

③皮兰德娄（Luigi Pirandello，1867—1936），意大利小说家、怪诞戏剧家。代表作：长篇小说《被抛弃的女人》（1901）、《已故的帕斯卡尔》（1904）和怪诞剧《亨利四世》（1922）。1934年获诺贝尔文学奖。

兰登书屋的那缕清风

——《我与兰登书屋——贝内特·瑟夫回忆录》

20世纪20年代，美国的出版业还掌控在一批老资格、并带有偏见的出版家手中。他们认为，出版业是高尚的事业，不需广告，不必宣传。而且这些出版人大都来自古老的家族，威严、保守、绅士派头，他们不会想到要出去找书稿，因为作者会自己求上门来巴结……

那个年代的美国出版物市场，出版人就是一切。

这时候，也就是1921年，贝内特·瑟夫从美国哥伦比亚大学新闻学院毕业。受舅舅的影响，贝内特走进了华尔街，在《论坛报》财经版工作。两年后，由大学同学理查德·西蒙[①]介绍，进入了自己心仪的贺拉斯·利弗莱特（Horace Liveright）的博尼与利弗莱特出版社工作。因为入社时带了2.5万美元的投资，于是被出版社破格提拔为副社长。在西蒙的引领下，贝内特率先接触的是发行工作，并在全国最富裕的地区率先推销亨德里克·房龙[②]的《圣经的故事》等书。

此时的博尼与利弗莱特出版社，规模虽不能与一些老牌出版社相抗衡，但由于开放式的经营，营销上的创新，依然有良好的业绩，并拥有像尤金·奥尼尔[③]、格特鲁德·阿瑟顿[④]、亨德里克·房龙、塞缪尔·霍普金斯·亚当斯[⑤]等这样一批知名作者。利弗莱特出版社模仿伦敦“人人文库”丛书创立的“现代文库”丛书是出版社的业绩支柱。针对美国出版业当时相对封闭的状况，博尼与利弗莱特、本·优比克、阿尔弗雷德·克瑙夫，以及后来的西蒙与舒斯特、哈罗德·金兹伯格等出版社的横空出世，逐渐颠覆了传统出版业的陈规，改变了美国出版业的发展格局。

1925年，理查德·西蒙离开博尼与利弗莱特出版社后与马克斯·舒斯特共同创办了西蒙与舒斯特出版社并获得成功。此情此景，让贝内特·瑟夫变得心神不定，他思忖着自己也该创一番事业。就在此时，老板利弗莱特由于投资戏剧行业，致使财务状况发生了变化。于是，贝内特决定向利弗莱特购买“现代文库”丛书。经与利弗莱特谈判，最终以20万元的价格成交，连同“现代文库”丛书的所有库存。于是，贝内特·瑟夫邀请大学同学、挚友唐纳德·克劳弗尔（Donald Klopfer）加盟，各出10万元（后来总额追加至21.5万元），便拥有了属于自己的共108种的“现代文库”丛书。从此，贝内特与唐纳德全力以赴地投入“现代文库”的经营，并且拥有了像《白鲸记》《红字》以及《道连·格雷的肖像》等一批现代经典名著的廉价版本。

接手“现代文库”后，贝内特决定对丛书进行重新设计，以此改变过去人造革书衣的传统包装。他请来著名的潘森印刷公司老总、制版专家埃尔默·阿德勒（Elmer Adler），采用雅致而柔软的气球布做书衣；请来著名的德裔设计师吕西安·伯恩哈特（Lucien Bernhardt）和著名艺术家洛克威尔·肯特[⑥]，设计出了“现代文库”的新标志和新扉页。从此，“现代文库”丛书的装帧焕然一新。

“现代文库”丛书初期的发行工作千头万绪，为此贝内特和唐纳德这两位合伙人分别干起了书籍的发行工作。纽约、波士顿、华盛顿、费城……他们一个城市一个城市、一家书店一家书店地上门推销。

为扩大丛书的规模，贝内特购进了自己的第一本版权畅销书——

威廉·比比（William Beebe）的《丛林的宁静》，与阿尔弗雷德·A.克瑙夫（Alfred A.Knopf）商洽，收入了该出版社拥有的托马斯·曼的《魔山》⑦，薇拉·凯瑟（Willa Cather）的《大主教之死》以及安德烈·纪德的《伪币制造者》等重要作品。到1927年，“现代文库”向外发展，并获得了巨大成功。尽管如此，这一切对贝内特来说，也仅仅是限于“只出版供别人消遣的再版书”。显然，这无法满足贝内特的抱负和理想。

英语中，random一词为“随意，偶然，不定期”之意，At Random是双关语，表示“率性，随意，偶然”。因为在出版选题讨论中“要不定期地、偶尔地另外出版几种书”的突发灵感，为了体现不拘一格的自由派出版风格及主张，于是，At Random催生了“兰登书屋”的诞生。1927年2月，兰登书屋的社标首次公开亮相，印在了一份名为“一号公告”的小册子上。赫尔曼·梅尔维尔（Herman Melville）的《班尼托·西兰诺》成为第一本兰登书屋出版的书。

1928年春季，在“二号公告”书目中，贝内特采取了一流制作，再次请来洛克威尔·肯特画小说的插图，出版了伏尔泰（Voltaire）最著名的小说《老实人》。这本书是兰登书屋以单独名义出版的第一本书，也成为“现代文库”丛书在之后的岁月最畅销的作品之一。

《老实人》初版印制1300本，每本售价15美元，全部由插图画家洛克威尔·肯特签名。其中95册特装书在肯特工作室上色，售价75美元。上市当天，一本标价15美元的书卖到了45美元。由于需求量巨大，第二年便推出了商业性市场版，并被文学公会俱乐部选中。

1926年，为了引进限量版精装书，贝内特第二次前往英国，去争取做英国颇有名气的诺萨奇出版社在美国的代理。他令人信赖的诚实得到了出版社老板弗朗西斯·梅内尔（Francis Meynell）的信任。1929年，弗朗西斯·梅内尔回访美国之后，兰登书屋理所当然地成为了诺萨奇出版社在美国限量版精装书的主要发行商。再后，兰登书屋发行了小金鸡、螺旋、源泉以及莎士比亚爱好者等多家出版社的书籍，“现代文库”从书逐渐为兰登书屋树立起威望。

伟大的剧作家尤金·奥尼尔是贝内特崇拜的偶像。瑟夫曾说：“每当有人要我说出自己一生中遇见过的五六位伟大人物，我总是说到尤金·奥尼尔。”尤金·奥尼尔是博尼与利弗莱特出版社的签约作家，博尼与利弗莱特破产后，尤金成了众多出版社争夺的对象。贝内特采取的策略是直飞尤金和他的妻子卡罗塔居住的海岛，让自己真正成为尤金的朋友。著名诗人罗宾逊·杰弗斯[8]的情况类似于尤金，贝内特利用当年在博尼与利弗莱特出版社整理罗宾逊诗集时留下的印象，赶往加利福尼亚，和他顺利签约。1933年，兰登书屋欣然宣布，本社业已成为在美国独家出版尤金·奥尼尔与罗宾逊·杰弗斯作品的出版社。

1934年，为了将《尤利西斯》引进美国并在美国出版，贝内特·瑟夫运用了他敏锐的商业本能。他安排自己出版社的工作人员故意走私该书进口被抓，然后诉之于法律，以此在法庭上挑战禁令。最终，法庭做出了《尤利西斯》“是为了创造一种崭新的文学手法来观察、描绘人类而做出的严肃认真的尝试”的判决陈词，从而使《尤利西斯》成为兰登书屋第一部真正意义上重要的大众图书，一本超级畅销书。

同年秋天，兰登书屋又推出了另一部重要著作——马塞尔·普鲁斯特的《追忆逝水年华》。为了这套书，贝内特对过去七卷单行本的出版形式进行了重新设计，改为精美的四卷本套装书，并制作专门木质书套，使《追忆逝水年华》成为1934年的出版杰作之一，继而也成为兰登书屋有史以来最成功的出版项目。

通过不断增加新老作者的作品，兰登书屋逐渐建立起了丰富的出版书目。此时，贝内特·瑟夫在打理好出版业务的同时，也腾出精力开始涉足新的工作，施展个人的激情与魅力。1942年年初，贝内特开始为《星期六文学评论》具有幽默内容的“业界风向”专栏撰稿，并以此为基点，编写了《袖珍战争幽默故事集》等书籍，写作了自己的第一本书籍——《欲罢不能》。1950年1月，他开始为报纸副刊《本周》撰写《瑟夫看板》。此时，贝内特还主持了一档电台节目，命名为《书就是子弹》，成为哥伦比亚广播公司电视栏目《我是干哪行的》的评委。在全国各地的演讲达到几百场的贝内特，成为顶级的演讲人。贝内特说，这些社会活动为兰登书屋带来了很多好处。此时，他“比任何同时代的人都更早、更透彻地意识到了20世纪40年代末以电视出现为发轫的大众文化、技术、商业和媒体惊天动地的变革，这些变革改变了书业的形态”，使他“推动引导兰登书屋乃至整个出版业经历了‘第二次’革命”。

由于英国企鹅[9]、西蒙与舒斯特等出版社的推动。1939年以后，以口袋书、平装书为标志的低价书籍在英国和欧洲大陆风行，并迅速传入美国市场。兰登书屋通过收购格罗塞与邓拉普出版社，合作运营矮脚鸡出版社，与克瑙夫出版社合作开发平装书“佳酿”书系，最终不但打造了一个非常成功的著名出版品牌，而且也使兰登书屋得到了长足的发展，出版社进入了一个新的时代。

投身出版业，贝内特·瑟夫首先从事的是发行工作。发行工作使他了解了市场，并积累了“完美无瑕的文学趣味与丰富的营销体验”。1947年前后，先后花了三年时间，耗资百万元，兰登书屋出版了第一本词典——《美国大学词典》。如何营销《美国大学词典》？贝内特决定亲自出马，他首先确定的目标销售客户为银行系统，并认为像《美国大学词典》这样的工具书，银行用作奖品送给新开账号或往老账号存新款的用户是一种有效的营销手段。为此，他们四处出动，足迹踏遍明尼阿波利斯、孟菲斯、休斯敦和丹佛等城市。贝内特运用了天才的公关与销售技巧，通过宴请银行董事，与当地电视台沟通报道，制作户外广告等手段，使词典销量猛增。不仅如此，这种营销的效应同时也拉动了零售书店较平时增长10倍的销售，为之后出版更大规模的《兰登书屋英语词典》奠定了基础。

从事出版工作，贝内特·瑟夫非常注重编辑队伍及编辑人员素质的提高。他认为，找到合适的编辑以及编辑对书稿的品位和判断力是对编辑本身信任的基础。

贝内特说，优秀的编辑就像优秀的作家一样，必须天生就有某些不可或缺的才能。譬如良好的记忆力和想象力、广泛的兴趣、流畅的语言沟通能力和综合知识的储备。优秀的编辑，要懂得如何与作者融洽相处，作为编辑，一个重要的职责是能够为出版社增添新的作者。詹姆斯·米契纳（James A.Michener）曾出版了一本几乎没人注意的短篇小说，被贝内特发现后，立刻将其纳为签约作者，之后不到两星期，米契纳曾经出版的短篇小说《南太平洋的故事》就获得了普利策奖，成为一夜之间“冉冉升起的文学新星”。关于编辑，贝内特认为：“一个在文学界朋友众多、人缘很好的编辑，显然比一个虽然具备许多才能但不喜欢交际的编辑机会多得多。”而“编辑的另一个重要职责就是要在维护作者利益和出版社利益之间找到平衡”。

如何做一个好编辑，贝内特讲述了年轻作家麦克·海曼（Mac Hyman）一本屡遭出版社退稿的书的故事。该书描写的是朝鲜战争，贝内特拿到书稿后，认真阅读，并说服作者进行了删减、改写，重新取名为《中士没时间了》。该书出版后，连续几个月在畅销书排行榜上名列第一，并拍成话剧、大型电视连续剧和热门电影，成为兰登书屋最成功的畅销书之一。

一家成功的出版社一定会拥有一支优秀的编辑队伍，贝内特这样认为。

1959年，兰登书屋开始融资、扩张，由艾伦公司协助公开发售了30%的股票，走上了资本经营之路。之后不久，又实现了与阿尔弗雷德·克瑙夫出版社的合并，收购了万神殿出版社。1961年9月20日，兰登书屋的股票成功地在纽约证券交易所上市，尔后，又成功地实现了与美国无线电公司（RCA）的股票置换。尽管进行了一系列重组与股票置换，但贝内特并没有放弃对兰登书屋业务的绝对控制权。至此，兰登书屋实现了贝内特·瑟夫梦寐以求的真正价值。

经过贝内特·瑟夫40余年的奋斗，兰登书屋终于成为了美国乃至世界上一家著名的出版社。拥有了“美国最优秀的编辑团队，既有一份漂亮的书目，也有一支出色的发行队伍”。由兰登书屋、克瑙夫、万神殿三家出版社重组后的兰登书屋具备了更强的实力。

兰登书屋成为了一家令无数作家、出版人与读书人向往的出版社。

20世纪，兰登书屋在世界出版业发展进程中扮演了举足轻重的角色，兰登书屋弘扬的创新、自由、自主、多样和以读者为中心的出版理念产生了深远的影响，为现代西方文化的发展与传承起到了潜移默化的引领作用。作为兰登书屋发展的领路人，贝内特·瑟夫以“融才华、激情与奉献精神为一身的独特风格”，将兰登书屋“发展成为世界上最重要、最具影响力的媒体集团之一”，他个人也“被公认为20世纪出版业巨子”。兰登书屋出版的大量不朽文学精品著作，给美国，甚至整个世界的学术界和大众文化带来了毋庸置疑的影响，尤其是文化气质与企业家精神完美结合的价值提升，使贝内特·瑟夫拥有了一个出版家所应有的一切品质。

1971年8月，贝内特·瑟夫去世。他曾经撰写了15年“业界风向”专栏的《星期六文学评论》为贝内特作了总结：

他立志当一名出版人，也确实成为了最卓越的出版家。为了这一事业，他全力以赴。每一个与图书世界有关的人都应感激他的恩惠。

书人小传

贝内特·瑟夫（Bennett Cerf，1898—1971），美国兰登书屋创始人之一，美国出版界划时代的人物。他的回忆录《我与兰登书屋》是一部生动反映美国20世纪出版业风云变幻的经典性著作。《我与兰登书屋——贝内特·瑟夫回忆录》，人民文学出版社2007年2月第一版，彭伦译。

---

①理查德·西蒙（Richard Simon），又称迪克·西蒙。1924年1月在纽约创立西蒙与舒斯特出版社，另一创办人是马克斯·舒斯特（Marx Schuster）。该社早期以出版填字游戏图书为主，后因出版了《哲学史》《苏联十月革命史》和《艺术珍品集》等作品而享誉出版界。

②亨德里克·房龙（Hendrik van Loon，1882—1944），荷裔美籍历史通俗读物作家，作品以散文的形式叙述、评论历史事件及人

物。代表作有《圣经的故事》《房龙地理》《人类的故事》和《宽容》等。

③尤金·奥尼尔（Eugene O'Neill，1888—1953），美国著名剧作家，表现主义文学的代表人物。主要作品有《琼斯皇》《毛猿》《天边外》和《悲悼》等。1936年获诺贝尔文学奖。

④格特鲁德·阿瑟顿（Gertrude Atherton，1857—1948），美国小说家。她根据自己的家乡加利福尼亚早期历史记载创作了一系列长篇小说。主要作品有《加利福尼亚人》《布莱克·奥克森》《我的圣弗朗西斯科》和《小说家历险记》等。

⑤塞缪尔·霍普金斯·亚当斯（Samuel Hopkins Adams，1871—1958），美国作家，作品包括小说、传记、历史、杂文及电影剧本等。主要作品有小说《狂欢》和《运河小镇》，传记《不可思议的时代》等。

⑥洛克威尔·肯特（Rockwell Kent，1882—1971），20世纪最负盛名的美国版画家。著作有《我的艺术观》和《荒原集》等。

⑦《魔山》，作者托马斯·曼（Thomas Mann，1875—1950），德国小说家和散文作家，被认为是德国20世纪最伟大的小说家。巨著《魔山》创作于1924年，作品清晰地表明了他日益信奉启蒙运动为复杂而多元的一部分。《魔山》的写作背景是1904年至1914年，却反映了魏玛共和国时期流行的各种思潮。它既是一部“教育小说”，又是一部“时代小说”。曼的作品以细腻的风格、丰富的幽默和讽刺、精细的描写、多层次的睿智叙述而闻名。1929年托马斯·曼获诺贝尔文学奖。

⑧罗宾逊·杰弗斯（Robinson Jeffers，1887—1962），美国著名诗人、剧作家，出生于宾夕法尼亚州匹兹堡。作品《美狄亚》和《悲剧外的塔楼》等被誉为美国20世纪最特立独行的古典悲剧遗产。

⑨企鹅出版社（Penguin Books），现为企鹅出版集团。1936年1月由艾伦·雷恩（Allen Lane）创办。同年7月企鹅出版社出版第一批图书，之后陆续出版了《奥德赛》《查泰莱夫人的情人》等畅销书。1962年企鹅的股票上市，70年代被皮尔松公司并购。企鹅出版社是世界最著名的英语图书出版商，在世界媒体业目前排行第10位，主要出版小说及儿童图书，在版图书达2.5万种。

有些记忆难以写下

——《出版人——汤姆·麦奇勒回忆录》

要想做好出版，出版人必须对书籍本身充满热情，必须真正喜欢这本书，而要喜欢上这本书，就必须真正赞赏这本书的品质，一旦作出了出版决定，就要开始操作，首先在出版社内部进行这种信念传播，然后，再传到外界。汤姆·麦奇勒说，这是自己遵循的唯一原则。

2000年年末，英国《书商》杂志评选了20世纪最有影响力的十大出版人物。汤姆·麦奇勒入选其中，并获得了“英国最重要的出版人”和“最有创意、最富冒险精神，也最有新闻价值”的评价。特别是在世纪末的20年，“他使出版业充满魅力，他为这一行业所创造的光环，至今未曾泯灭”。

汤姆·麦奇勒，1933年出生于德国柏林。第二次世界大战期间，为避免德军搜捕，汤姆一家辗转移居英国。

学生时代的汤姆·麦奇勒，就是一个对世界充满好奇、充满幻想的年轻人。于是，他作了一个决定：身上只带五英镑，搭便车周游美国。纽约——芝加哥——圣佩得罗岛（洛杉矶）——拉斯维加斯——大峡谷——得克萨斯州——新奥尔良，再回到纽约。从非法打工，做流浪汉，到为《洛杉矶时报》和《纽约时报》撰写游记稿。一次搭便车之旅，身上的钱居然比出发时还多出了不少。美国之行，使汤姆认识了很多，也体验了很多。虽然他父亲从事的也是出版商职业，然而汤姆自己却向往电影业，做一位电影导演是他的梦想，而且特别欣赏“意大利新现实主义”电影。为此，22岁时，麦奇勒只身前往罗马，试图圆自己的电影之梦。但意大利之行，麦奇勒并未受到命运之神的眷恋。

1960年5月，此时已经27岁的汤姆·麦奇勒加入了英国乔纳森·凯普（Jonathan Cape）出版社，并从此后开始，麦奇勒在凯普出版社工作了近40年，直至退休。虽然在加盟凯普之前，汤姆还有在英国多伊奇出版社、麦吉本与基出版社以及企鹅出版社的短暂工作经历，但都是小试牛刀。乔纳森·凯普搭建了展示汤姆才华的舞台，最终成就了汤姆·麦奇勒非凡的、充满传奇色彩的出版人生。

乔纳森·凯普出版社的时任老板是创始人之一鲍勃·雷恩·霍华德（Bob Wren Howard）。汤姆·麦奇勒首先出任的职务是文学主编，尽管以后他成为凯普董事长，但从职业生涯取得的成就来看，后来者可能更愿意尊称麦奇勒为“职业出版人”。他在出版选题、重点书捕捉方面创造的辉煌远远超过了同时代的同行，成为独领风骚者，这都是后话。汤姆·麦奇勒将自己的出版经历，以回忆录的方式写成了《出版人》（*Publishers*）一书。由于该书是汤姆亲自执笔之作，于是，读者能够更加亲切地感受到作者的坦诚与真挚。《出版人》犹如一部文学作品，加上语言上的流畅、幽默，从而显得更加真切、生动。书中记录了一本本重要书籍的出版，一个个书籍出版背后出版人与作家们交往的故事。《出版人》把读者带回了20世纪西方出版业快速发展的年代。

确切地说，《第二十二条军规》①是汤姆·麦奇勒加盟乔纳森·凯普出版社后为凯普购买版权并出版的第一本书。这本书原创于美国，作者为约瑟夫·海勒（Joseph Heller），美国版称之为《第十八条军规》。唯恐有太多美国化倾向，在引进英国时，麦奇勒担心没有人能看懂，于是，他对书籍进行了编辑加工。虽然《第二十二条军规》讲述的是关于战争的题材，但与一般的战争书籍不同，它“本质上是反战的”，是一本佳作。出版后，销售果然不错，甚至超过了美国版。之后，《第二十二条军规》成为汤姆·麦奇勒出版过的所有美国处女作小说中最成功的一本，被《纽约时报》称为“英国式的成功故事”。

威廉·斯泰伦[②]是美国著名的大作家，汤姆·麦奇勒通过斯泰伦的经纪人约翰·多兹结识了他。当时能够引进出版斯泰伦的作品，已让汤姆万分激动。《纳特·透纳的自白》是汤姆谈成出版的斯泰伦第一部作品。这是汤姆出版斯泰伦新书的开篇。之后《苏菲的选择》的出版，成为汤姆所出版的书籍中最受关注，也是最美妙的书籍之一。

纵观汤姆·麦奇勒的出版生涯，有两位作者最后成为汤姆终生的朋友，一位是多丽丝·莱辛[③]，另一位是库特·冯尼古特（Kurt Vonnegut）。

与多丽丝·莱辛的交往，源于汤姆在麦吉本与其出版社时期。汤姆为多丽丝出版的第一本书是短篇小说集《相爱的习惯》，从此两人保持了经常性来往，无论是在企鹅的日子，还是在凯普的时光，最终两人成为“最珍贵的朋友”。在企鹅策划“英国新戏剧家”系列时，汤姆在第一卷收录了多丽丝的戏剧作品《每一个人的旷野》。1962年，在凯普出版社，汤姆为多丽丝出版了一部被公认为多丽丝·莱辛的代表作——《金色笔记》（2007年获诺贝尔文学奖）。多丽丝是一位涉猎甚广、风格独特的作家，《金色笔记》被汤姆认为是一部当代伟大的小说。最终，多丽丝也成为汤姆出版的作品中13位获得过诺贝尔文学奖的作家之一，这是汤姆·麦奇勒毕生的荣耀。汤姆在《出版人》中用一篇《千钧一发》记录了与多丽丝和库特两位作家的友情。在凯普工作了40年之后，汤姆的个人状态曾两度陷入危险境地，此时，多丽丝与库特的来信成为汤姆最重要的心理慰藉。汤姆说，“库特·冯尼古特也是我特别喜爱的作家之一”，并成为他在所有美国作家中关系“最铁”的朋友。库特的才华显示在科幻小说的创作方面，《猫的摇篮》被誉为库特“高质量的科幻小说”。在汤姆看来，库特是自己所熟悉的人中，想象力最丰富、最慷慨大方、最令人敬仰的一个人。他的来信总是充满了幽默感和想象力，具有与众不同的独特风味，让汤姆感动。患难见真情，汤姆为出版业的毕生付出，此刻收到了最丰厚的回报。

萨尔曼·拉什迪（Salman Rushdie）是一位读者熟悉的作家。他的影响可能更多的是因为写作了《撒旦诗篇》，导致自己被伊斯兰世界追杀，但《撒旦诗篇》因为开价太高而被凯普拒绝。汤姆出版的拉什迪的第一部小说是《午夜的孩子》。汤姆认为，阅读萨尔曼《午夜的孩子》是一种美妙的体验，它完全可以称为“魔幻现实主义”的文学风格，并且可以称得上萨尔曼最伟大的代表作，这本书后来赢得了布克奖④。汤姆还认为，约瑟夫·海勒的《第二十二条军规》并不是自己最满意的美国处女作小说，最满意的应该是美国作家托马斯·品钦⑤的小说《V.》。在《V.》中，品钦准确地描写了许多国家，但作者自己并没有去过任何一个他所描述的地方，非常神奇。阅读这部作品，用汤姆自己的话说“真是令人发疯的一件事”。《V.》出版后，在美国取得了巨大的成功，但在英国却毁誉参半。这之后，汤姆继续出版了品钦的《拍卖第四十九号》和一部非常深奥的《万有引力之虹》。《万有引力之虹》最终被作为托马斯·品钦的旷世之作，并获得美国国家图书奖。在《V.》出版15年之后，汤姆才终于有机会见到神秘的托马斯·品钦，并续写了一段友情佳话。汤姆认识作家约翰·福尔斯[6]源于一位未曾谋过面的詹姆斯·金罗斯先生，金罗斯给汤姆写信，推荐了约翰·福尔斯以及福尔斯的《收藏家》一书。汤姆立刻作出判断，这是一位才华横溢，前景光明，将来的成就将远远超过现在的《收藏家》的作者，汤姆迫不及待地盼望与福尔斯见面。这之后，在汤姆的帮助下，福尔斯又陆续写作出版了《大法师》和《法国中尉的女人》等书，深受读者好评。其中，《法国中尉的女人》被大导演卡雷尔·雷兹拍成了著名电影佳片。莱恩·戴顿（Len Deighton）不仅是一位出色的作家，也有独一无二的个性。在出版莱恩第二本书《水下之马》的交往过程中，汤姆向莱恩学到了很多。不会做饭的汤姆，经常为莱恩充当“助手”。在与《每日快报》洽谈连载版权的过程中，莱恩展示了自己的营销天才，发挥了自己的书法、绘画专长。他亲手制作摹本，送给书商做推介，让汤姆颇受启发。莱恩坚持原则比金钱更重要的思考问题的方式影响着汤姆，使汤姆认识到出版社与作者的关系，不仅仅是单纯的出书与写书的关系，而是不同生活方式的融合。当然，在莱恩位于葡萄牙南部海岸的度假屋，在濒临大西洋、风光旖旎的海边，汤姆则教会了不会游泳的莱恩游泳。汤姆·麦奇勒就是这样在与作家们的交往中建立了密切的合作关系。当时，大部分业内人士都形成了这样的共识，从20世纪60年代至80年代早期的20年间，凯普出版社是英国最了不起的文学出版社——拥有最好的作者，最为成功的营销，出版的书也是最好的。用独立出版人安东尼·布朗德（Anthony Blood）的话说：不用雇专人负责图书制作，只需把一本凯普出版的书寄给印刷厂，说“按这个做”就行了。

汤姆的故事还要继续。

古巴革命后不久，汤姆·麦奇勒受古巴美洲之家（古巴政府专门负责推广文化、文学的机构）之邀访问了古巴，开始涉足拉丁美洲文学园地。哥伦比亚著名作家加西亚·马尔克斯是他最早接触的作家，并出版了马尔克斯的短篇小说集《没人写信给上校》。汤姆认为，该书是本好书，但并不出彩，凯普与并不被看好的马尔克斯签订了5本书的合约。马尔克斯说："我的下一本书一定会创造历史。它会一直卖一直卖。"这是一位作家的自信与信念，汤姆不怀疑，这本书就是合约中的第5本书——《百年孤独》。《百年孤独》的出版，如同马尔克斯在朋友们心目中的那样——"他已成了拉丁美洲的文学之神"。汤姆·麦奇勒成为了加西亚·马尔克斯在英国的第一个出版人，当然，成为这样第一个的还有秘鲁作家马里奥·巴尔加斯·略萨（Mario Vargas Llosa）。之后，便有更多南美作家的作品，诸如阿根廷的伟大作家博尔赫斯，墨西哥作家卡洛斯·富恩特斯（Carlos Fuentes）以及小说家阿斯图里亚斯（Asturias，获1967年诺贝尔文学奖），随笔作家奥克塔维奥·帕斯（Octavio，获1990年诺贝尔文学奖），诗人巴勃罗·聂鲁达 （Pablo Neruda，获1971年诺贝尔文学奖）。于是，汤姆被卡洛斯·富恩特斯尊称为"拉丁美洲文学先生"。汤姆自己也觉得"我在他们的生命里扮演了重要角色"。

在《出版人》中，汤姆·麦奇勒还讲述了许多重要作家，金斯利·艾米斯[⑦]便是其中突出的一位。金斯利·艾米斯以其作品《幸运的吉姆》而闻名。这本书被誉为当代最著名、最有趣的小说之一。但亲近艾米斯却不容易，汤姆甚至觉得艾米斯是一个充满矛盾的人——他可以很有趣，很开心，但本质上却是一个不快乐的人。认识艾米斯，汤姆通过了出版社的老作家，也是与自己有密切联系的伊丽莎白·简·

霍华德（Elizabeth Jane Howard），而伊丽莎白此时正与艾米斯爱得“地暗天昏”。在汤姆看来，艾米斯是一位性格鲜明的作家，他最重要的戒律是写作日程。每天，整个上午、下午直到5点半都是他的写作时间，从不破例，哪怕是周末，而从下午5点半开始，就是他雷打不动的喝酒的时间。艾米斯对自己的写作评价谨慎，但对文学及其批评却非常刻薄，哪怕是对自己的儿子。他说，马丁（艾米斯的儿子）的作品根本无法读，哪怕是在庆祝马丁作品出版的派对上，也是如此。与汤姆一见如故的作家还有艾伦·金斯堡[8]，尽管那时金斯堡出版的《嚎叫》《卡迪什》，已使他闻名遐迩。作为作家，金斯堡有些特殊，他的创作灵感，很大程度上来源于他随身携带的一种叫LSD的迷幻药。在金斯堡的鼓动下，汤姆也第一次尝试了LSD。服下药丸的感觉，汤姆说：“只见对面的山峦逐渐变成了棕红色，泥土也开始像火山熔岩一般顺着山坡往下流淌……”而金斯堡就是在这种状态下开始执笔创作自己的作品的。在汤姆眼里，金斯堡是自己这一生中遇到的“最天真率直、最淳朴无华、最热情、最可爱、最谦卑的人”。

发掘约翰·列侬[9]，是汤姆·麦奇勒的一大意外收获。从一位年轻作者迈克尔·布朗带来的宾馆信纸纸片中，汤姆偶然发现了一些约翰·列侬手写的诗和画的素描。这是一个好选题，汤姆马上意识到。而列侬的所谓作品，其实只是有写东西或画画的一些爱好，充其量不过是些“涂鸦”式的兴趣。即便这样，汤姆依然发现了其中的巨大商机。于是，汤姆即刻赶往列侬所在的温布尔顿南部地区歌迷俱乐部所办的甲壳虫乐队演讲会现场，小心、平静地与列侬商谈出书事宜，唯恐“大牌”的态度发生变化。这样，《约翰·列侬自己的写作》出版后成为超级畅销书，之后汤姆又一鼓作气地出版了续集性质的列侬第二部书《一个工作中的西班牙人》。不仅仅如此，除小说等纯文学作品外，汤姆还出版了诸如儿童文学作家罗尔德·达尔（Roald Dahl）、画家吕西安·弗洛伊德（Lucian Freud）、动物学家戴思蒙德·莫里斯（Desmond Morris）、插画家昆廷·布莱克（Quentin Blake）、摄影家亨利·卡蒂埃–布列松（Henri Cartier Bresson）等的大量作品。其中莫里斯的《裸猿》一书出版后引起巨大反响。“裸猿”一词不仅被收录进了《牛津大词典》，而且得到了“向大众普及动物行为学，对科学作出了重大贡献”的很高评价。多种类别图书的出版，大大丰富了凯普的出版内涵，提升了出版社的实力。

在40多年的出版生涯中，汤姆·麦奇勒出版了马尔克斯、莱辛等10多位诺贝尔文学奖得主的作品，成为了无数当代英美以及拉丁美洲重要作家的出版人，并一手创办了英语文坛的重要奖项——布克奖。

多丽丝·莱辛在自传《影中漫步》中记录了对汤姆的评价。她说，汤姆多年来一直是一位进取心强、出类拔萃的出版人。他把凯普出版社从濒临倒闭的边缘挽救出来，使之成为了英国最有活力的出版社。他发现了许多新作家，珍惜并支持他们；他为那些起初被垄断或者被评论家不屑的书而奋斗。如《百年孤独》和《第二十二条军规》，无论遇到什么困难，他使他的朋友们始终忠于他。

积极、乐观的人生态度，准确、敏锐的商业思维，丰富、豁达的人格魅力，使汤姆·麦奇勒“亲历和创造了20世纪英国出版业的黄金时代”。汤姆·麦奇勒的回忆录，通过生动、幽默和坦诚的文字，向读者介绍了许多书业的内幕和文坛逸事。虽然有些记忆难以写下，但那些闪烁着光芒的名字却在他的记述中变得更加真实起来，幻化成了一个个有趣的故事。

书人小传

汤姆·麦奇勒 （Tom Maschler，1933— ），在回忆录中，汤姆·麦奇勒以生动、幽默和坦诚的文字，带领读者领略了诸多书业内幕和文坛逸事，并见证了他所亲历和创造的英国出版黄金时代。《出版人——汤姆·麦奇勒回忆录》，人民文学出版社2008年9月第一版，章祖德等译。

---

①《第二十二条军规》，军规内容：根据第二十二条军规，只有疯子才能获准免于飞行，但必须由本人提出申请，如果你一旦提出申请，恰好又证明了你是一个正常人，结果还是在劫难逃。第二十二条军规还规定，飞行员飞满32架次就能回国，但它又说，你必须绝对服从命令，要不就不能回国。因此上级可以不断地给飞行员增加飞行次数，而你不得违抗。如此反复，永无休止。《第二十二条军规》是美国黑色幽默文学的代表作，被誉为当代美国文学的经典作品。小说描写了主人公为了逃避危险的作战任务而装疯，可是逃避的愿望本身又证明了他的神志清醒。作者约瑟夫·海勒（Joseph Heller，1923—1999），美国黑色幽默及荒诞派代表作家。

②威廉·斯泰伦（William Styron，1925—2006），美国当代著名小说家，生于弗吉尼亚州纽波特纽斯。普利策奖获得者。代表作有《漫长的行程》《躺在黑暗中》《纳特·透纳的自白》和《苏菲的选择》等。

③多丽丝·莱辛（Doris Lessing，1919— ），当代英国最重要的作家之一，被誉为伍尔芙之后最伟大的女性作家，多次获诺贝尔文学奖提名，最终于2007年获此殊荣。她以怀疑主义、激情与想象力审视一个分裂的文明。主要作品有《野草在歌唱》《暴力的孩子们》和《金色笔记》等。关于《金色笔记》，莱辛说：这是“一次突破形式的尝试，一次突破某些意识观念并予以超越的尝试”。诺贝尔委员会称《金色笔记》为“一部先锋作品，是20世纪审视男女关系的巅峰之作”。

④布克奖（Boorer Prize），1968年设立，是当代英语小说界的最重要奖项。布克奖每年颁发一次，奖励当年度最佳英文小说创作而不限英国籍的作者，与诺贝尔文学奖一样只颁与在世的人。布克奖由专门管理委员会运作，每年十月公布入围书目，十一月评奖，并由英国国家图书协会颁奖，奖金21000英镑。布克奖可与法国龚古尔文学奖和美国普利策奖相媲美。

⑤托马斯·品钦（Thomas Pynchon，1937— ），生于纽约长岛的美国作家，以写晦涩复杂的小说著称，被许多读者和批评家视作当代最优秀的作家之一。主要作品有：《V.》《万有引力之虹》《葡萄园》《梅森和狄克森》和《抵抗白昼》等。哈罗德·布鲁姆说，品钦的作品“有点儿走卡夫卡路线，使自己不能被解释，除了被读者按照自己的选择，甚至可能是任意武断的选择所解释”。在《万有引力之虹》中，品钦主张的是“施虐狂无政府主义”。

⑥约翰·福尔斯（John Fowles，1926—2005），生于英国伦敦，世界上享有盛名的英国作家。代表作：《收藏家》《大法师》《埃伯尼塔楼》和《法国中尉的女人》等。

⑦金斯利·艾米斯（Kingsley Amis，1922—1995），英国小说家、诗人、评论家，生于伦敦。1947年出版第一部诗集《灿烂的十

一月》。1954年出版第一部小说《幸运的吉姆》，小说里的主角吉姆·狄克逊被称为“愤怒的青年”，艾米斯由此成名。其他作品有《杰依克的东西》《俄罗斯迷藏》和《地狱新地图》等。

⑧艾伦·金斯堡（Allen Ginsberg，1926—1997），生于美国新泽西州。堪称美国当代诗坛和整个文学运动的一位“怪杰”。作品以《嚎叫》获得成功，被奉为“垮掉的一代”之父。

⑨约翰·列侬（John Lennon，1940—1980），英国著名摇滚乐队“披头士”（又译“甲壳虫”）成员，摇滚史上最伟大的音乐家之一，披头士乐队的灵魂人物。诗人、社会活动家、和平主义者。1980年12月8日在纽约遇刺身亡。

马提尼的艳阳繁花

——《黄金时代——美国书业风云录》

马提尼，源于19世纪中叶意大利都灵一个制酒家族的称谓及其对自制新式酒品的命名。马提尼酒，原产于葡萄牙，是一种有名的经过了强化的葡萄酒。酿制时，在完成葡萄酒制作工序的后期，再加入烈性白酒和蜜糖，使酒质改变而变成另一种介于葡萄酒与白酒之间的中性酒。该酒口味干辣，具有开胃、低酒精度、精致高雅而气味芬芳的独特品质。在西方出版界，因为开展业务的缘故，也基于“喝酒在图书出版中往往是很重要的”这样一个事实，作为“一种衡量工作水平的方式”，喝酒的次数成为了衡量这个行业兴衰的一个不言而喻的标志。

第二次世界大战结束后，在美国，因为高素质读者队伍的出现；因为作家对战争的认识和反思；因为出版人不断冲击严格的图书审查制度；因为出版人年富力强、独立经营；因为大批优秀编辑的出现，还因为欧洲的衰落和美国的崛起等种种因素，带来了美国出版业空前发展的一个“黄金时代”。阿尔·西尔弗曼便是那个年代中出版业队伍中的一员。他在每月一书俱乐部工作了16年，之后又在维京—企鹅出版社做了9年编辑，因而使他有条件去发掘美国图书出版业的那段逝去的时光。西尔弗曼用纪实、访谈的笔触，客观而又饱含深情地记录了那个年代。在西尔弗曼眼里，那是出版人“最快乐的时光”——太多的人和事成为书业挥之不去的经典；太多的作品成为永不褪色的丰碑；太多的故事成为那个“图书为王、文字当道”的时代传奇——

《等待戈多》[①]的华丽转身、《查泰莱夫人的情人》[②]的解禁之战、《北回归线》[③]的破茧成蝶、《鼠王》的粉墨登场、《第二十二条军规》的盛装出炉、《秀拉》和《所罗门之歌》的联袂献艺、《罗斯柴尔德家族》的诞生、《大地之歌》的风生水起、《唯一》最悲哀的绝唱……

这是让所有出版人留恋和敬仰的逝水年华。阿尔·西尔弗曼费尽周折，走访了其中许多当年的见证人，通过120余位当事人的口述历史或查阅叙事性史料，写出了《黄金时代——美国书业风云录》一书。他用栩栩如生的记忆，硝烟未尽的情愫，再现了20世纪中期，准确地说，是以1946年为开端，直至20世纪70年代末至80年代初那个“图书成为人们至爱的时代”，浸染了书香气息的由一批志存高远的出版人、编辑与作者们构筑的浑然天成的“马提尼艳阳繁花”。

阿尔·西尔弗曼将黄金时代的起始时间界定于第二次世界大战结束和1946年法勒—斯特劳斯出版社的创办之始。原因是，这家出版社在随后的岁月，通过创办人罗杰·斯特劳斯（Roger Straus）与杰出编辑罗伯特·吉鲁（Robert Giroux）之间的携手演绎，出版的作品最终17次问鼎诺贝尔文学奖，成为了黄金时代图书出版业优秀文学作品出版的标杆。

罗杰·斯特劳斯对人才的需求是迫切的。在法勒—斯特劳斯出版社成立之初，他就向罗伯特·吉鲁伸出了橄榄枝，盛邀他出任出版社首席编辑，但并没有得到吉鲁的响应。吉鲁，这位20世纪30年代中期就读于美国哥伦比亚大学的活泼的、瘦高个少年，在大学期间就在一群热爱阅读、怀有文学理想的同学之间形成影响，他们包括约翰·贝里曼（John Bergman）、罗伯特·格尔迪（Robert Gerdy）和托马斯·默顿（Thomas Merton）。其中格尔迪后来成了《纽约客》杂志的编辑，默顿成了哥伦比亚大学幽默杂志《笑话大王》的编辑，而吉鲁自己则成为了文学杂志《哥伦比亚评论》的编辑。正是这种人脉关系，13年后的1948年，默顿作品《七重山》被哈考特—布雷斯出版社出版，也正是这部经典作品，使吉鲁“成为了出版社能够独当一面的编辑”。

凭着自己的眼力，成为编辑后的罗伯特·吉鲁认准了当时并不知名的作家杰洛姆·D.塞林格[④]，并通过《纽约客》时任主编威廉·肖恩（William Shawn）向隐士式人物塞林格约稿。一年后，吉鲁得到了塞林格的小说《麦田里的守望者》。然而，由于塞林格这部充满创造力的作品被哈考特—布雷斯出版社以“所谓的教科书”为理由退稿，最终促成了吉鲁转投法勒—斯特劳斯出版社。而这一转投，不但使斯特劳斯收获了吉鲁，也收获了吉鲁带来的17位重要作家，其中不但包括托马斯·默顿、约翰·贝里曼、杰克·凯鲁亚克和彼得·泰勒（Peter Taylor）等，之后，还有大作家T.S.艾略特[⑤]。这些作家几乎是当时全美一半的文学天才。而吉鲁的这次转投也成就了美国“现代出版史上几乎是最为庞大的作家群主动追随同一编辑跳槽到另一家出版社的空前绝后的狂潮”。

能言善辩、光彩照人以及权力欲极强的罗杰·斯特劳斯，胸怀着对图书充满的渴望，锋芒毕露的强势风格与生活简朴、穿着保守，但同样对职业有着纯粹态度，并拥有高尚品德的罗伯特·吉鲁因为对发现不朽的文学作品共同的理想终于走到了一起。1957年，吉鲁出版了伯纳德·马拉默德（Bernard Malamud）的《店员》，得到评论界的一致好评。之后，马拉默德的短篇小说集《魔桶》和小说《基辅怨》经吉鲁编辑之手，分别获得了美国国家图书奖和普利策奖。20世纪60年代，一卷本《赖恩日记》出版，泽维尔·赖恩为吉鲁及其出版社赢得了巨额利润。1964年，罗伯特·吉鲁继任出版社董事长。70年代，法勒—斯特劳斯—吉鲁出版社签约的大批作家，包括艾萨克·巴什维斯·辛格（Isaac Bashevis Singer）、亚历山大·索尔仁尼琴（Aleksandr Solzhenitsyn）、巴勃罗·聂鲁达（Pablo Neruda）、切斯瓦夫·米洛什（Gzenlaw Milosz）、约瑟夫·布罗茨基（Joseph Brodsky）以及纳丁·戈迪默（Nadine Gordimer）等陆续获得诺贝尔文学奖，创造了前所未有的辉煌。

即便在图书市场正在发生深刻变化的今天，法勒—斯特劳斯—吉鲁出版社也是美国唯一一家被收购后仍然没有发生重大改变的出版社。他们依然很好地传承了罗杰·斯特劳斯和罗伯特·吉鲁时期的经营风格。韦尔兰·克林肯伯格（Verlyn Klinrenborg）在写给《纽约时报》的文章中这样评价吉鲁："现在他的出版社经常被提起的是，在世界众多流线型出版机器的包围下，它就像一个古董，一股效率低下的残余势力。但是，就像罗杰先生理解和证明的那样，在出版界真正的效率就是出众的品位。"

法勒—斯特劳斯—吉鲁出版社是"黄金时代"美国出版业的一个缩影，但从业的当然远不止是他们，美国的出版人开始实施的是他们宏伟的"马歇尔计划"[⑥]。不仅是新兴的格罗夫出版社、雅典娜神殿出版社，还有大批传统的老牌出版社，诸如克诺夫出版社、兰登书屋、维京出版社、哈珀出版社以及双日出版社（又译：道布尔迪公司）等。他们不但大量组织出版了许多优秀的美国本土作家的作品，而且足迹遍布法国、德国、意大利、拉美以及世界其他地区，大肆网罗世界各国最优秀的文学作品。

1951年，当巴尼·罗塞特（Barney Rosset）创办格罗夫出版社后，他就专程去法国带回了爱尔兰作家塞缪尔·贝克特的《等待戈多》，并由此开启了他令人惊异的出版事业。那之后，罗塞特铁了心要出版亨利·米勒的《北回归线》。当时美国的法律对文学与色情文学定性的依据是：文学，它能产生一些表层反应，或者是上半身的情绪反应；色情文学，它让你只专注于下半身。米勒的这本书，从1934年起，正因为所谓的"淫秽"内容，在美国本土始终处于被禁状态。于是，罗塞特决定计划先出版未删节的《查泰莱夫人的情人》，为《北回归线》的出版铺平道路。"连续的冲击如暴风骤雨般摧毁了文学审查的壁垒"。经过上诉法院终审裁定，罗塞特最终取得胜利。

罗塞特凭着一股勇气，敲开了美国图书出版的大门，并带来一股"凉爽、清新、流畅"的气息。为此，1999年，出版人约翰·G.H.奥克斯用"试想一下，一个没有了格罗夫出版社的美国，也就是一个巴尼·罗塞特从未留下其永恒印记的美国，这样你们就会明白为什么要称他为第二次世界大战后对美国文化产生最大影响的人了"的评价，奥克斯对罗塞特表达了崇高的敬意。

1960年春夏之交，安德烈·施瓦茨-巴特（André Schwarz-Bart）最有影响力的作品《唯一》在雅典娜神殿出版社出版。而这家出版社更具新闻性的事件是，它是由哈伯出版社高级编辑西蒙·迈克尔·贝西（Simon Michael Bessie）、兰登书屋总编辑海勒姆·海登（Hiram Haydn）和时任克诺夫出版社副总裁的小艾尔弗雷德·A. 克诺夫（Alfred A.knopf，Jr.）三人共同组建的。人们形容，这一组合如同通用、克莱斯勒和福特三大汽车公司的总裁重建了一个新汽车公司。雅典娜神殿出版社成立后，贝西不但成功策划、出版了像《唯一》这样的美国"最为悲哀的小说"，而且还出版了《1960年，总统的诞生》《罗斯柴尔德家族》以及《早与晚》等众多获得美国国家图书奖、普利策奖或其他奖项的作品，并开创了平装书出版业务。"以小为美"

的圣马丁出版社，时至今日，事业依然蒸蒸日上，但孕育它的，却是来自英国的麦克米伦出版有限公司。乔治·普拉特·布雷特（George Platt Brett）在19世纪末听命于父亲指派，成为公司驻美国的“常驻出版人”。小布雷特遵循“提供优质书稿，有效销售图书，迅速处理公务”的基本经营原则，并收到了极大的成效。到1931年，麦克米伦成为了美国最大的图书出版社。1936年麦克米伦出版了玛格丽特·米切尔的《飘》，当年销售量就达到137万册。1952年该出版社易名为圣马丁出版社，之后被允许购买书稿，成为了一家完全意义上的美国出版社。再后，在新总裁汤姆·麦考马克（Tom McCormack）的统领下，圣马丁出版社在英国约克郡的一个遥远小镇，发掘了詹姆斯·赫里奥特（James Herriot）以及他的《大地之歌》，并陆续推出了赫里奥特的《大地之声》《大地之恋》和《大地之爱》等“大地”经典系列。詹姆斯·赫里奥特为圣马丁出版社打开了通往世界的大门。作为老板，麦考马克展示了自己在出版领域的过人之处。他始终保持着“忙碌、自信，还有点儿犬儒的意味，但棱角更鲜明”。在同行的眼中，汤姆·麦考马克还是一位选书高手，“如果你挑中了正确的书，那么其他一切错误都可以原谅；如果你没挑中，再有万般功劳也救不了你”。这就是他的特点。关于出版，麦考马克认为做老板的应作的决定只有两个：一是是否要重印；二是如何让书评发挥最大的作用。关于书稿，麦考马克的策略是，避开“大书”的拍卖，他的团队只用“萨茨金方式”，即“低价薄利”购买书籍。

20世纪70年代晚期，圣马丁出版社渐入佳境。1985年，圣马丁出版了《沉默的羔羊》，这是汤姆·麦考马克购买的最贵的一部书稿。即便是后来，在美国出版业人人自危、出版社纷纷被大公司兼并的时期，圣马丁出版社仍能在麦考马克的率领下轻而易举地取得赢利。

弗拉基米尔·纳博科夫（Vladimir Nabokov）用“摄人心魄的品质，令人渴求的魅力”形容了当时的美国出版业。

阿尔·西尔弗曼热情地将《黄金时代》喻为自己“向那个年代的编辑们致敬的一首赞歌”。因为在他看来，那段时间是美国出版史上产生优秀编辑最多的年代。对编辑的评价，基思·詹尼森（Keith Jennison）说：“杰出的纽约编辑们一致要求的工作前提就是编辑要与作者一同工作，从而能发现更多的作品，以应对读者或评论家的需要。”

前面所述的罗伯特·吉鲁就是其中一位“最出色的编辑”。不仅是吉鲁，罗伯特·戈特利布（Robert Gottlieb）亦如此。这位近年来花去大量时间用于美国前总统比尔·克林顿（Bill Clinton）自传《我的生活》的编辑，在黄金时代，无论是在西蒙—舒斯特出版社还是在克诺夫出版社，都可以称得上“编辑中的编辑”。

1955年，孩提时代就迷恋图书出版业的罗伯特·戈特利布在西蒙—舒斯特出版社谋得了人生第一份正式工作——助理编辑。两年后，他成为了一位“真正的男人”，一位“品书大师”。戈特利布为出版社带去了一股自由、清新的空气，之后，每个人，特别是小说作者都得益于他的作为。26岁的戈特利布秉承西蒙“为读者着想”的办社宗旨开始为西蒙—舒斯特出版社打造了一个十年的“小黄金时代”。他买下约翰·列侬（John Lennon）的第一本书，1964年一出版就成为畅销书。30岁时，戈特利布登上了西蒙—舒斯特的总编辑宝座，并带来了当代一大批质量上乘和高水准的通俗小说。其中包括查姆·波托克（Chain Potok）的《抉择》、查尔斯·波蒂斯（Charles Portis）的《大地惊雷》等。约瑟夫·海勒的《第二十二条军规》在1961年出版时评价褒贬不一，并没有真正产生市场效应，为此戈特利布花了大力气做宣传推广，并为之奋斗了八年。他说："约瑟夫·海勒是唯一一个我为之很卖力的作家。"到1974年，《第二十二条军规》销售量达到600万册。这部小说在全世界的最终胜利，为作为编辑的罗伯特·戈特利布赢得了巨大声誉。

2007年，典型的兰登书屋式编辑罗伯特·卢米斯（Robert Loomis）为庆祝他在兰登书屋工作50年举办了一个优雅的黑领结宴会。卢米斯被资深代理人罗伯特·莱斯彻称赞为"一个天生的编辑"。当年，这位生长在美国俄亥俄州，毕业于杜克大学的年轻人，曾受益于美国政府的《退伍军人权利法案》⑦，自以为没有当作家天分的卢米斯在大学时就结识了"二战"后挤满了大学校园就读的大批老兵。其中就有彼得·马斯（Peter Maas）、马克·海曼（Mark Heyman）和威廉·斯泰伦（William Styron）等。之后，作为编辑的卢米斯发掘了马斯的《冲突》等许多作品，而海曼的小说《乡下人从军乐》则成为了兰登书屋连续两年的畅销书。

罗伯特·卢米斯1957年进入兰登书屋，并深得总裁贝内特·瑟夫的信任。此后50年卢米斯为兰登书屋奉献了自己的创造力，也成为了"那个时代无论是小说还是非小说出版领域最伟大的编辑之一"。他服务了威廉·斯泰伦和埃德蒙·莫里斯（Edmund Morris）等大批获得各种奖项的作家。而科利斯·摩根·史密斯（Corlies Morgan Smith）俨然又是一个"超级传奇式人物"。他得益于总裁汤姆·H·金兹伯格（Tom H.Guinzburg）的黄金般"妙手"，进入维京出版社的第一年就带来了吉米·布雷斯林（Jimmy Breslin）的《这里没有一个人能打比赛吗》。这位被人称为"科克"的编辑涉及了出版业的各个领域，寻觅有特色的作者或者找故事。身为编辑的科克所做的头等大事就是与一向神秘低调的托马斯·品钦（Thomas Pynchon）建立了稳固的关系。品钦尚未出名时，曾经在西雅图找到了一份工作，但苦于没钱买机票，于是科克预支500美元购买了品钦的未来。第二年，托马斯·品钦回报了小说《V.》。1967年，经历了5年的苦苦等待后的科克，最终收获了品钦具有“美国式的幻觉和梦想”的小说《万有引力之虹》。科克为维京出版社的黄金时代作出了突出的贡献，使品钦成为了20世纪的文学大师。《纽约时报》克里斯托弗·莱曼-豪普特（Christopher Lehmann-Haupt）曾这样评价《万有引力之虹》：“如果我明天要被放逐到月球，只允许带四本书，这就是其中的一本。”还有评论说，这本书是“构思最精细的小说之一，读者可能会感觉被远远抛出了（作品）叙述的轨迹，但是足智多谋的作者又总能把他们拉回来”。

“我们出版业的核心是出版人们可以享受阅读乐趣的好书”是有如魔术师一般经营矮脚鸡出版社的奥斯卡·迪斯特尔（Oscar Distel）的一句箴言。在黄金时代的出版领域，平装书引发了惨烈的超越书籍阅读价值的竞争。

美国“平装书革命”源于1782年190本平装版的约翰·贝尔（John Bell）的英国诗歌系列的引进。南北战争后，平装书以各种形式在美国南北方出版。20世纪30年代中期，由于高速卷筒进纸印刷机的出现，大众市场平装书得以复兴。

1939年，伊恩和贝蒂·巴兰坦夫妇（Ian and Betty Ballantine）从伦敦横渡大西洋来到纽约，着手筹建企鹅出版社美国分社。据企鹅出版社创始人艾伦·莱恩回忆：“这些企鹅版图书是将借书者改造为购书者的工具。”巴兰坦夫妇来到纽约，准备好改造广大读者了，并在格罗塞特—邓洛普出版社的支持下孕育了一家新的出版社——矮脚鸡出版社，出版了《愤怒的葡萄》[8]《密西西比河上的生活》《内华达》和《魂断巴黎》等20本平装书。到1954年，在奥斯卡·迪斯特尔主持下的矮脚鸡出版社得以真正发展。之后的两年时间，又陆续出版了销售量过百万册的《战争的呼喊》《桂河大桥》和《伊甸之东》等畅销书，取得了商业上的巨大成功。到1967年，矮脚鸡出版社的平装书销售量达到800万册，占据了美国平装书市场份额的22%。尤其是矮脚鸡版《麦田里的守望者》一书，销售业绩辉煌，不但一年内固定销售可以达到50万册，而且陆续重印了46次。1952年从矮脚鸡离职的巴兰坦夫妇也成立了以出版、销售平装书为主体的巴兰坦出版社。巴兰坦在经营上采取精装书+平装书的“复合出版形式”拓展平装书市场，并使出版与营销实现了完美的结合。

在所有平装书出版社的经营发展进程中，阿尔·西尔弗曼认为，对于阅读体验的理解最深入、最广泛的人莫过于马里兰州出生长大的维克多·韦布赖特（Victor Weybright）。韦布赖特十分清楚自己需要什么样的商业小说，但也从不低估纯文学小说的力量。在新美国文库出版社，韦布赖特就以善于发现“合适图书”而著称。他培养了诸如杜鲁门·麦克唐纳·塔利（Truman Macdonald Talley）、马克·贾菲以及埃德加·L.多克托罗等许多优秀的编辑；挖掘了《我就是陪审团》《日瓦戈医生》《裸者与死者》和《隐形人》等诸多非凡巨著以及威廉·福克纳的所有作品；推出了“赛奈特”小说系列和“良师”非小说系列，而且尤其注重名著的出版，使新美国文库出版社的作品大大丰富。到1961年，他的书在全世界销售量达到6400多万册。

虽然黄金时代在美国出版史上只能算是一个瞬间、一个阶段，但阿尔·西尔弗曼却为这一瞬间和阶段留下了浓墨重彩的一笔，让读者得以领略那个时代美国出版人和编辑人的幽默、情趣、独特与辉煌。

中国出版集团总裁聂震宁先生在本书的序言中这样评价，他说："……能深切地感受到故事和细节中人的灵魂，真切地体会到那个年代的编辑出版职场的氛围，以及传统书业特有的纸张油墨的气味。"书的结尾，西尔弗曼引用了塞缪尔·沃恩（Samuel Vaughn）的一段话，沃恩用最真切的感受回味了那个时代出版的魅力。

> 那个方方正正的东西叫书籍，也许（它）会静静躺在那儿几个世纪，直到你翻开它的封面。接着你要致力于此。你必须在乎它，而如果你为之献身，它也会将自己回报给你。对于我们大多数人而言，这毫不奇怪，这就是爱！

书人小传

阿尔·西尔弗曼（Al Silverman），在美国每月一书俱乐部工作了16年，先期担任编辑总监，后升为董事长。1988年转到维京出版社，先做主编，后成为出版人。《黄金时代——美国书业风云录》，机械工业出版社2010年8月第一版，叶新等译。

---

① 《等待戈多》（*En attendant Godot*），爱尔兰剧作家塞缪尔·贝克特（Samuel Beckett，1906—1989）的两幕悲喜剧，1952年用法文发表。《等待戈多》是贝克特成就最高、影响最大、最有代表性的荒诞派戏剧作品。表达了作者悲观厌世的人生态度和反现实主义的文学主张。

② 《查泰莱夫人的情人》（最初的书名为《柔情》），1928年最

早出版于意大利。该书源于一个真实的故事，只因书中有毫不避讳的性爱描写，甫一面世即被列为禁书，在英国本土则定性为“邪恶的标志”。在1959年英国出台了“淫秽出版条例”的前提下，企鹅出版社决定出版《查泰莱夫人的情人》全本，经过法庭无罪判决，才结束了长达30年的禁令。在作者劳伦斯（D.H.Lawrence，1885—1930）化腐朽为神奇的笔下，《查泰莱夫人的情人》的性爱描写变成了一层深似一层、一次细过一次的飞逸着的旋涡，是暧昧而激情、细腻而诗意、深刻而空虚的终极高潮。性在层层神秘和敏感的压力下，成为了男女之间最直接与最自然的交流。

③《北回归线》，作者亨利·米勒（Henry Miller，1891—1980），20世纪美国乃至世界最重要的作家之一，自称为“流氓无产者的吟游诗人”。《北回归线》是亨利·米勒的第一部自传体小说，1934年率先在法国出版。作为“淫秽”作品在美国被禁后直到1961年才解禁。小说以回忆录的形式追忆了作者同几位作家、艺术家朋友在巴黎度过的一段时光，旨在通过诸如工作、交谈、宴饮、嫖妓等超现实主义和自然主义的夸张、变形的生活细节的描写揭示人性，探究人如何在特定环境中将自己造就成广义的艺术家这一传统的西方文学主题。《北回归线》形成了亨利·米勒一种独特的社会批判风格，通过描写一些与社会格格不入的人物，来攻击西方社会，并不惜使用污秽的语言。亨利·米勒其他主要作品还有《黑色的春天》（1936）和《南回归线》（1939）。

④杰洛姆·D.塞林格（Jerome D. Salinger，1919—2010），美国作家。1951年出版第一部长篇小说《麦田里的守望者》，并一举成名。小说出版后曾一度被许多人认为内容“猥亵”“渎神”，也曾在部分图书馆遭禁。但经过时间考验后最终被列为美国大多数中学和大学的课外必读书，至今总销售量已经超过1000万册。

⑤托马斯·S.艾略特（Thomas Stesrns Eliot，1888—1965），英国20世纪影响最大的诗人，他的诗歌技巧和内容趋向复杂化。艾略特出生于美国密苏里州圣路易斯。代表诗作有《荒原》（1922）和《空心人》（1925）。1944年出版的《四个四重奏》是他后期创作的重要作品。1948年获诺贝尔文学奖。

⑥马歇尔计划（The Marshall Plan），官方名称为欧洲复兴计划。因时任美国国务卿乔治·马歇尔于1947年6月5日在哈佛大学“宣告美国已经为帮助欧洲复兴做好了准备”的历史性演讲而得名。马歇尔计划是“二战”后美国对被战争破坏的西欧各国进行经济援助、协助重建的计划，对欧洲国家的发展和世界政治格局产生了深远的影响。该计划启动于1947年7月，并持续了4个财政年度，援助金额达130亿美元。

⑦《退伍军人权利法案》，美国国会于1944年颁布的法案，旨在帮助退伍军人在“二战”后更好地适应平民生活。法案的基本内容：美国国会授权联邦政府，对在“二战”中服兵役超过90天的美国公民在医疗、卫生以及住房等方面提供政策性优惠；对因战争中断深造机会的美国公民提供资助，让他们有机会接受适当的教育或训练。该法案的颁布实施，使数百万美国退役军人受惠，对美国迅速从战时经济向民用经济转变提供了智力支持和人才保证。

⑧《愤怒的葡萄》（*The Grapes of Wrath*），小说描写了俄克拉何马州乔德一家在大企业压迫下被迫离开长期遭受干旱和尘暴的家乡，长途跋涉前往西部谋生，却又陷入果园主剥削与压迫，最终奋起反抗的经历。它是美国20世纪20年代大萧条时期的一部史诗，发表于1939年，所反映的社会问题曾在美国引起强烈的反响。1940年获普利策奖。作者约翰·斯坦贝克（John Steinbeck，1902—1968），美国小说家，1962年凭借小说《人与鼠》获诺贝尔文学奖。

集锦文字七十岁

——《OED的故事》

英国作家西蒙·温切斯特在研读《牛津英语词典》（*Oxford English Dictionary*，简称OED）时，有感于OED的创造过程及其书中的人和事，向读者奉献了《OED的故事》与《教授与疯子》两本书。其中，《OED的故事》再现了19世纪《牛津英语词典》艰难诞生的过程。

《牛津英语词典》是一部卓越的英语工具书，由牛津大学出版社出版，至今仍被读者视为最全面、最权威的英语词典。当年，1928年6月6日，也就是《牛津英语词典》成功完成第一版时，形成了“十二册形如石碑的巨著”。OED收入的词条达到了414825个，引语1827306条，页码达到15490页，构成了当时世人所知的全部英语整体。

在编排上，《牛津英语词典》对所有收录的词条都进行了“充分而适当的释义”。而且，对每一个词不同的拼法、要求或建议的发音也进行了加注。其中最具特色的是说明性引语，它来自于成百上千的志愿者和文字收集者的奉献，引语收集先后达到500万条。这些引语为OED提供了无数的例证，叙述了英语在过去的几百年发展进程中是如何发挥作用的。由于这些引语，《牛津英语词典》被后人尊奉为“世界上所有词典中的最佳词典”。

《牛津英语词典》第三任主编詹姆斯·默里（James Murray）在1900年发表的《英语词典编纂学的发展》一文中曾经说：“英语是如

此浩繁，如此枝蔓丛生，如此奇妙地难以驾驭，如此精细……”正因为如此，它预示了编著《牛津英语词典》的难度，说明英语是在无穷无尽的发展过程中，逐步变得宏伟、壮丽，变得更加富于魅力。

研究，或者说编纂《牛津英语词典》，离不开了解英语的形成与发展的历史。作为一种语言，英语是“流动性”的，它的发展奇迹在其有据可考的1500年全部历史中，始终是“不断变化、扩充和发展的”。

回溯到远古时期，在不列颠群岛，岛上居民的祖先都是从欧洲大陆渡海而来，带来的是不同的习惯、相貌甚至语言。据说，最早到达的移民之一凯尔特人便来自多瑙河上游“幽暗的森林与沼泽”，时间大约是公元前500年的青铜时代。那些定居在气候温和岛屿南路的人，史称为不列颠人，这也是后来英国之得名。凯尔特人在这里定居，在这里建立家园与文明，于是，他们的语言也成为了现代英语中的宝贵遗产。

基督教时期后，不列颠群岛先后变成了宗主国罗马的殖民地，尔后又不断被新的占领者征服，这些人中既包括弗里斯兰人、朱特人，也有撒克逊人、盎格鲁人。时过境迁，在语言上，日耳曼语系，到盎格鲁人时期，英语以及英格兰民族得到了发展、壮大。

“英语不是一种固定的语言”是专家、学者们的论断。之所以有此结论，源于英语“使用无法绝对的规定，它永远不断地变化……”因此，英语发展的变化无穷，使它的词汇的意义根据需要也随时发生变化。在《牛津英语词典》之前，于1755年，英国“文坛权威”塞缪尔·约翰逊[①]曾率先编纂过一部当时恢弘的《英语词典》，被视为经典，并印行、流通长达百余年。约翰逊说，自己编《英语词典》的目的“不是造就，而是记录”，因为记录并分类归纳这种语言的词典不可能是“规定性的”，必须完全是“描述性的”。它告诉人们，英语现在是什么样子，而不是英语应该如何。诚然，英语的特质诠释了一种全新英语词典的编写方法，由此而产生的是一种研究英语的全新态度。

16世纪末，在英国的书店里，各式各样的弥撒、传记、科学史、艺术史、祈祷、《圣经》、地图以及异国游记等书籍已经大量涌现。这是英国诞生大作家莎士比亚的时代。西蒙·温切斯特在《OED的故事》中描述了莎士比亚的写作生涯，并认定莎士比亚在他大部分写作生涯中就没有接触过词典。从莎士比亚1580年开始写作的时间推算，过去了四分之一个世纪，英国才出现可供他查阅的某种书籍。

19世纪，经历了君主立宪和工业革命，特别是到了维多利亚时代[②]，英国的科学、工业和文化迅速发展，人们信仰科学进步，对工业革命充满了乐观与信心。此时的英国，人们只“关心平淡无奇的事情，意味着时代太平安宁”。机构人员“博学而自信”，这些人“都认为有能力知悉一切，了解许多事物，从而闪耀饱学的智慧之光”，“卓尔不群，博学多才，文化修养高，迷恋于工作，聪明而富有闲暇”。大英帝国进入经济、文化发展的鼎盛时期。在此背景下，《牛津英语词典》的编纂也开始紧锣密鼓起来了。

1857年6月，英国语文学会的3位成员开始讨论彼此最关心的英语问题。他们分别是：赫伯特·柯勒律治（Herbert Coleridge）、弗雷德里克·弗尼瓦尔（Frederick Furnivall）和西敏寺教长理查德·特伦奇（Richard Trench）。他们以为，在1857年夏初，对语言研究的最大贡献莫过于建立一个委员会，任务是确立哪些词语被英语词典遗漏。在盖伊·福克斯节的晚上，在伦敦图书馆，理查德·特伦奇发表了题为“论我们英语词典的若干缺点”的著名演说，特伦奇博士代表语文学会表达了编纂词典的雄心壮志。他们坚信：英语在全世界的不断传播，必定有某种神圣的旨意在发挥作用。于是，在理查德·特伦奇发表“有力地批评当时英语词典存在的不足之处”的演讲一年后，一部全新英语词典的创建工作被提上日程。语文学会终于通过正式决议，着手编纂一部《按历史原则编纂的新英语词典》，即《牛津英语词典》。

这就是维多利亚时代，“总是那么野心勃勃，充满了绝对的自信”的英国人的时代。

1858年，“历史上同类活动的最伟大工程”——威廉·克雷吉（William Craigie）爵士，1928年评语——正式启动。

《牛津英语词典》选定的第一位主编就是赫伯特·柯勒律治。27岁，学识丰富的柯勒律治，在一个委员会的协助下，确立了“编纂条例”。他把需要阅读的书籍分为：从1250年到1526年第一部英语《圣经》出版；1526年到1674年弥尔顿逝世和1674年到1858年词典工程正式开始三个时期。他认为，自己的主要任务在于尽自己与志愿阅读者的最大力量，发现词典中每一个词语在历史上有记载的各种用法，并确定了严格贯彻词典工程的基本原则——找到的引语越多，区别一个词的众多微妙词义和用法也就越容易。这便是柯勒律治确立的编纂历史性词典的方法。

由于赫伯特·柯勒律治的英年早逝以及第二任主编弗雷德里克·弗尼瓦尔时期遇到的重重困难，致使《牛津英语词典》的编纂被滞后20年。

1879年，詹姆斯·默里出任第三任主编，《牛津英语词典》的编纂才有了真正意义上的开始。业余语文学者出身的詹姆斯·默里以极其饱满的热情，全身心地投入到词典的编纂工作。

默里通过《致读者呼吁书》，征集了一千位阅读者，并要求大家尽可能在以后的三年时间内完成此项工作。

……然而，早期印刷的书籍——卡克斯顿及其后继人印出的书，还没有人阅读过，如果有人有机会或时间读到些书的原本或复制品，将给我们提供极有价值的帮助。詹姆斯·默里这样说明需要阅读的范围。16世纪后期的文献已经大体读过，但还有几本等待阅读。17世纪的作者大为增加，自然就留下更多尚未探索的空间。19世纪的书籍……也有一些早期的书籍。然而，最需要帮助的是在18世纪……我们必须呼吁英国的阅读者来分担这个任务。……

针对众多的阅读者，如何选择，如何统一标准和格式。默里提供了措辞温和的指导：

凡是你感到稀罕、过时、老式、新奇、使用方法特别的词语，都把引语录下。

有些段落要特别注意：它能显示一个词刚开始试用，或由于古老、过时而需要解释，这样的段落有助于确定那个词被引进或被停止使用的时间。

对普通词语要尽量多录引语，特别是在具有重要意义的场合，在上下文中能显示本身含义的场合。

以名词COW（母牛）为例，詹姆斯·默里下的定义，成为了简洁优雅的典范——牛科动物（牛、水牛、野牛）的雌性，通常指家养的种类（Bostaurus）。

默里在自己家的旁边专门建造了一幢铁造小屋，称之为“缮写室（Scriptorium）”。“缮写室”内置一个有1092格的木箱和大量的书架。果不其然，默里征集了800位不领报酬的志愿者加入OED的编纂工作中来，其中就包括菲茨爱德华·霍尔（Fitzedward Hall）和威廉·切斯特·迈纳（William Chester Minor）等。应征后的短短一年内，默里收到了志愿者提供的引语361670条，第二年达到656900条，到1882年，达到350万条，编纂工作进展迅速。1884年2月1日，在词典式样公布后的第23个年头，在詹姆斯·默里的努力并推动下，《牛津英语词典》的雏形终于出现，并出版了第一分册，共352页，收录了由字母A至Ant之间的词。

之后，享利·布拉德利（Henry Bradley）加入词典的编纂队伍，并于1896年被任命为词典两主编之一，与詹姆斯·默里共同主编之后的各分册。1923年，芝加哥大学威廉·克雷吉教授继任主编，直到词典第一版最终完成。

1928年4月19日，是一个具有历史意义的日子。在威廉·克雷吉的审核监督下，词典的最后部分（Wise–wyzen，64页）终于完成了。《牛津英语词典》的最终完成，标志着当时人们所知的全部英语，已经收入10卷，后来重印时扩充为12卷硬封套巨册之中。

《OED的故事》描述了《牛津英语词典》这一历史巨著艰难产生的过程。而这一过程，用詹姆斯·默里的话说，是“仿佛试探着穿越无人涉足的森林，没有任何人在前面开过路”；是“我回顾自己的一生，似乎每一步都是上天的安排，而不是我选择的。我一生涉猎广博，触及每一种科学、许多种艺术，似乎都是上帝为了使我适于编好这部词典……”《牛津英语词典》自1858年正式启动到1928年第一版完成，前后耗时达71年，创造了人类书籍创作史上可能的最长纪录。西蒙·温切斯特记录了为此付出，甚至毕生付出的成百上千位作家、编辑和志愿者队伍，包括赫伯特·柯勒律治、弗雷德里克·弗尼瓦尔、詹姆斯·默里、享利·布拉德利等卓有成效的主编以及专心致力于词典编写的隐士菲茨爱德华·霍尔和经历了危险的疯狂、无奈的忧愁并最终获得救赎的威廉·迈纳等志愿者。尽管他们之中大多数人都没能等到OED最终完成的那一天，但他们的名字，随着《牛津英语词典》而将永存。《牛津英语词典》第一版共收录了414825个词，1827306条解释引语，如果这些词和引语用字符连接起来，将达到178英里，是伦敦到曼彻斯特的距离，堪称一条“文字长城”。英语词典编纂的祖师爷塞缪尔·约翰逊在说起人类创造的字词时，曾优雅地比喻：“字词是大地的女儿，而事物则是上天的儿子。”的确，经过如此长久的搜寻，OED完成后，“大地所有的女儿已经全部安稳地回到了家中”。

西蒙·温切斯特说，《牛津英语词典》是所有前辈知名人物的创造，也是他们自豪的奉献。它将成为一部完美的词典，今后也将保持完美。

进入21世纪，OED的故事仍在延续。《牛津英语词典》在现任主编约翰·辛普森（John Simpson）的主持下，正在继续第三版的编辑。到2005年，OED收录的词汇已达61.65万个，而且电子版也即将呈现在世人面前。正如詹姆斯·默里所说：“英语的圆形有一个确定的圆心，但是没有明显的圆周。”

英语就这样年复一年地发展着、变化着，经历了一个又一个世纪。

书人小传

西蒙·温切斯特（Simon Winchester），英国著名作家、记者。1944年生，1966年牛津大学地质系毕业后，担任《卫报》及《星期日泰晤士报》的海外特派员，同时也为《纽约时报》《史密森学会月刊》《观察家》《国家地理杂志》以及BBC等媒体撰稿。主要作品有：《教授与疯子》《世界边缘的裂缝》《喀拉喀托火山爆发记》《改变世界的地图》，以及《世界中央的河流》和《大英帝国的边境》等。最新作品有《热爱中国的人：李约瑟传》。《OED的故事》，上海人民出版社2009年9月第一版，杨传纬译。

---

①塞缪尔·约翰逊（Samuel Johnson，1709—1784），书商家庭出身，幽默雄辩的谈话家，仅次于莎士比亚的英语语言大师，尊称“约翰逊博士”。辞书编纂家、散文家和文学评论家，18世纪英国杰出人物之一。历时七年依靠一己之力独自编纂的《英语词典》于1755年出版，成为英语历史上随后150年唯一的标准辞书。直到20世纪初，约翰逊的《英语词典》才被《牛津英语词典》取代。著有《莎士比亚戏剧集序言》和10卷本《英国诗人传》。其中《英国诗人传》收录了约翰逊博士对文学批评所作的重要贡献。《英语词典》和《英国诗人传》这两部巨著成为了英国新兴中产阶级构建其价值观的基石。约翰逊博士还是英国最伟大的藏书家。

②维多利亚时代（Victorian era），通常定义为维多利亚女王1837年至1901年63年在位时期，被认为是英国工业革命和大英帝国的峰端。这一时期的英国，不但科学发明浪潮汹涌澎湃，而且古典主义、新古典主义、浪漫主义、印象派艺术和后印象派艺术等文艺运动也呈现出群星夺目的盛景。涌现出了许多伟大的作家、诗人，如夏洛特·勃朗特和查尔斯·狄更斯等。社会风气以崇尚道德修养和谦虚礼貌而著称，也是科学、文化和工业都得到很大发展的繁荣昌盛的太平盛世。

威廉·迈纳的故事

——《教授与疯子》

伦敦，兰贝斯（Lambeth），位于城市的南部。从伦敦市中心出发，往南跨过泰晤士河便进入该地区。公路和铁路在这里呈扇形展开，把伦敦以南各郡的旅客带进或带出都市中心区，兰贝斯便紧紧夹在这扇形路网的中间。

19世纪，兰贝斯地区地势低洼，沼泽遍布，积水不能排出，泥泞的小路弯弯曲曲。在当时的伦敦人看来，这是一个邪恶的地方，一片乱七八糟的贫民窟，像妖魔一样黑黝黝地蹲伏在泰晤士河岸边。

1872年2月17日凌晨，在贝尔维德雷路，三声短促、连续的枪响，划破了夜空的宁静。枪手正是威廉·切斯特·迈纳（William Chester Minor），时年37岁。他来自美国康涅狄格州的纽黑文市，是一名美国退伍军人，曾被授予过美国陆军军衔。而无辜的受害者乔治·梅里特，34岁，一名从威尔特郡农村迁移到兰贝斯来的酿酒厂司炉工。当天在上夜班的途中遭此不测，被迈纳所开的第三枪击中颈动脉，不治而亡。

威廉·迈纳家族在美国属于第一望族。原籍英国格洛斯特郡的迈纳的先祖们横渡大西洋后，来到美洲，在纽约长岛上岸，然后定居在新英格兰。到17世纪末，由于家族兴旺，被公认为康涅狄格州的创建者之一。

威廉·迈纳于1834年6月出生于锡兰（今斯里兰卡）。幼年时随父在锡兰、印度、新加坡、英国等地生活、闯荡。十几岁时回到纽黑文的家，之后进入耶鲁大学攻读医学学位，专业是比较解剖学。

美国内战期间，威廉·迈纳合同参军，作为军医，被安排在纽黑文的奈特医院服役。四天后，即1863年6月29日，葛底斯堡战役开始，迈纳随后被派往前线，残酷血腥的战争，使迈纳的精神受到影响。

战争对威廉·迈纳的影响，在他的故事始末分析中，可能至少存在三个方面。其一是战争的野蛮残暴以及战场地形的险恶。其二是涉及一个特殊参战群体——爱尔兰人。曾经有一位爱尔兰人在莽原战役中被军事法庭认定犯逃亡罪，应当受到烙刑，而烙刑的执行者则选择了迈纳。其三是战后迈纳应付了美国东部第四次霍乱大流行。这场让大约1200人死亡的瘟疫，让人看到了他精神病发的早期征兆。

1866年夏天，由于病情进一步发展，已是上尉军衔的威廉·迈纳患上了剧烈的头痛和严重的晕眩病，心智开始失常。同年9月3日，外科医生哈蒙德签发诊断书，认为迈纳患上了偏执狂，即心中总想着某一单一事件的精神病。

1871年，正式退役的威廉·迈纳，经过一段时间的精神治疗后回到了位于纽约的家中。在度过了夏、秋在美国的最后一段自由而宁静的时光后，迈纳在波士顿买了一张单程船票到伦敦去，为了观光，也为了疗养，更重要的是去振作紊乱的精神。

几个月后，在伦敦，威廉·迈纳旧病复发，继而发生了前述枪击事件。再过四个月，威廉·迈纳谋杀案的审判如期举行，直到此时，迈纳医生的病情才大白于天下。最后，陪审团与法庭作出了如下判决。

威廉·切斯特·迈纳医生，美国陆军上尉医官，出身于新英格兰古老而备受尊重的家族，一个自负却命运悲惨的人物。从今以后将正式称为布罗德莫742号，以“法定刑事精神病患者”的身份受到永久关押。

詹姆斯·默里（James Murray），生于1837年2月，较威廉·迈纳小3岁，是苏格兰哈维克镇上一个亚麻布商人兼裁缝的儿子。1867年，30岁的默里因为热切盼望加入《牛津英语词典》的编写工作而自荐于大英博物馆，展露了难以置信的广博知识，并很快从一个业余爱好者变成了真正的语文学家。

终于，在1879年3月1日，詹姆斯·默里被语文学会正式推上《牛津英语词典》第三任主编的位置，代表伦敦语文学会主编《按历史原则编纂的新英语词典》，即《牛津英语词典》。

在随后的工作中，詹姆斯·默里通过《致读者呼吁书》，征集了大批新的志愿者。他宣布，编辑委员会“需要英国、美国和英属殖民地广大读者的帮助，以便完成二十年前热情开始的工作，阅读尚未读完的书籍，摘出所需的材料”。

也许就在这个时候，或者在19世纪80年代初，其中一份默里发出的呼吁书夹在了书本或学术杂志里，送达了克劳索恩的布罗德莫刑事精神病院二号楼顶层的两间病房内。此时，威廉·迈纳已在这里度过了整整8年。迈纳狼吞虎咽地读完了它。这时，书已经成为了迈纳的第二生命，他的一间病房从地板到天花板都放满了书。《牛津英语词典》从此将默里与迈纳紧紧地联系了起来。

获悉詹姆斯·默里征集志愿者呼吁之后的威廉·迈纳，显然正处于愿意钻研、乐于思考的积极情绪之中。他欣然作了回应，写信给默里正式报名担任志愿阅读者。此时的迈纳，身材瘦削，头发呈淡黄色，脸部轮廓分明，眼窝深陷，颧骨突出，面色苍白。

整整十年，威廉·迈纳待在囚禁和隔离的阴暗沼泽中，无法与外界进行智力交流。现在，在接到了默里的回函后，他终于感到自己又回到了充满阳光的学术天地，回到了人间。

此刻，威廉·迈纳巡视着自己的图书室，检阅着自己过去十年积累起来的丰富藏书，他决心使它们成为自己心灵摆脱布罗德莫阴暗现实生活的工具，书籍此时变成了他最宝贵的财富。

他下定决心，从书架上取下了第一本书，然后打开平摊在书桌上……

这样，威廉·迈纳面对满满一屋子的图书，一本本地开始了词汇表的记录工作。他按照詹姆斯·默里在说明书中提出的要求——引语写在裁成半页的纸条上，词目在左上角，引语出现的日期写在下面一行，再下是作者姓名，引语出处的书名、页码，最后便是引语句子的全文。他规范操作，一个词，又一个词，每个词拼写正确，在词汇表上的位置恰当，有原著的页码供查证，从atom到azure到gust和hearten，再到fix和foresight，这个词汇表不断延伸，日复一日，年复一年。

他全力以赴、全神贯注地工作着。从每本书中搜集词句，进行整理，做出索引。他的书桌上渐渐堆满了许多叠纸，每一叠都是一本书的词汇索引表，来源于他十分宝贵的、门类繁多的“袖珍图书馆”。

此时的威廉·迈纳尽管仍被关押在精神病院里，但他的思想却驰骋在远方。他最感兴趣的是阅读旅行和历史方面的书籍，阅读了托马斯·赫伯特（Thomas Herbert）写于1634年的《始于1626年的非洲和大亚洲数年旅行记》，读过葡萄牙人卡斯特涅达（Castanheda）写的

《葡萄牙发现与征服印度史》，还有雅克·博斯克（Jacque du Boscq）《完全的女人》等。而1639年伦敦出版的“人们很少读过、富有异国情调，而且肯定充满了奇怪有趣的词汇”的博斯克所著的《完全的女人》则有可能成为迈纳做引语的第一本书。到了1884年秋天，威廉·迈纳已经有了足够丰富的材料，有大量易懂的引语可供词汇选择。

威廉·迈纳的天分在阅读书籍、收集引语的过程中得到了充分的展现。针对《牛津英语词典》编辑们的需要，他都能即刻找出来供应。别的志愿者也许只是阅读詹姆斯·默里指定的书籍，在纸条上记下有趣的引语，然后把纸条成捆寄出。而迈纳不是这样，他发挥了自己独特方法的作用——编辑们需要什么词的引语，他就寄什么材料给他们，甚至达到了与编辑词典的进展保持同步。

1885年的春天，第一批六英寸长、四英寸宽雪白的纸条，满载着威廉·迈纳用绿黑墨水写出的整齐漂亮的草书字体，从布罗德莫的邮政局寄出。之后，威廉·迈纳寄出的纸包越来越多，每月一次，每周一次，随后20年间几乎没有间断。

威廉·迈纳的贡献，让主编詹姆斯·默里不禁感到豪情满怀。迈纳不仅认真细致，而且知识渊博，能在研究中汲取深刻的结果。词典编辑部终于遇到了一位难得的人才。

不知不觉之中，给默里博士和迈纳医生的关系提供了一个起点。他们两人的关系，饱含着崇高的学术追求，强烈的悲剧感，维多利亚时代的含蓄，深沉的感激，互相的尊重，以及慢慢成熟的亲切之情。这种亲切之情在之后一直延续了30年，直到死亡。

1897年，詹姆斯·默里在一次语文学会上这样描述威廉·迈纳：“去年收到一万五六千张引语纸条，一半是威廉·迈纳先生提供的。……迈纳医生阅读着五六十本书，多数是16、17世纪罕有的书籍。他的工作总是正好赶在词典编辑的前面。”之后，默里又说：“迈纳医生在过去十七八年中的贡献是太大了。单靠他提供的引语，我们便能够阐述英语字词近四百年的发展。”

然而，威廉·迈纳毕竟还是一位患者。此后，这个精神病人又变成了一位残疾人——在一个寒冷冬天的早晨，他下定决心割掉了自己的阴茎。他以为，这是自己罪孽的根源，而这一罪孽在他13岁时，在锡兰的海边观看棕色皮肤的、赤裸的、嘻嘻哈哈的年轻姑娘——有着光滑湿润的身体、玫瑰含苞似的奶头、长头发、飞快的腿，耳朵后面戴着鲜红或紫色的花朵——她们在印度洋的白色海浪中嬉闹戏耍，在沙滩上奔跑的时候就埋下了。威廉·迈纳后来断定说，就是这些年轻姑娘使他最终走向无休止的情欲，走向疯狂，走向沉沦。现在，他必须赎罪。

1910年4月6日，在默里以及其他人的帮助下，时任英国内政大臣的温斯顿·丘吉尔终于签署了一份“有条件的释放令”——条件是迈纳“在释放后离开联合王国，不再返回”。同年4月16日，迈纳离开英国，默里在春天微弱的阳光下与迈纳握手告别。而此时，迈纳为之努力了30年的《牛津英语词典》也已经出版了六个分册。带上自己辛勤努力的成果，威廉·迈纳踏上了回纽约的客轮，同时也带走了自己辛酸而富有人情味的故事。

随着汽笛的长鸣，轮船渐渐消失在茫茫的大西洋，灰色的大海广阔无边，空空荡荡。对迈纳来说，前方便是美国——自己的家乡。

1920年3月26日，威廉·迈纳因感冒引发支气管炎，在睡眠中安静逝去，享年86岁。他的墓碑铭言是：我怀着信念仰望您。

威廉·迈纳虽然逝去，但《牛津英语词典》的编辑仍在继续。1928年4月19日，第一版词典的编纂工作宣告全部完成。

报纸宣布，巨著的创建是英语文学的英雄史诗。

书人小传

西蒙·温切斯特，生平略。《教授与疯子》，上海人民出版社2009年8月第一版，杨传纬译。

喀布尔烟云收揽

——《喀布尔书商》

20世纪50年代，苏尔坦·汗出生在阿富汗首都喀布尔郊外一个叫德库岱达的小村庄。他的父母都不识字，但家境贫寒的他们还是凑足了钱让儿子上学，而且一直供他读到了工程学校。一次偶然随叔父去伊朗德黑兰的机会，在一个琳琅满目的小镇书市上，苏尔坦买到了自己所需的书，而且多买了几套，并以双倍价格卖给了自己的同学们，由此找到了一种赖以谋生的手段。于是喀布尔多了一个书商。

苏尔坦第一间小书屋就开在喀布尔的市中心。1973年前后，苏尔坦的书店销售了从马克思主义到原教旨主义等各种政治派别的书籍和期刊，其中包括许多新的或旧的、古典的或现代的图书，有些甚至是连他自己做梦也想不到的书——波斯诗歌、艺术和历史等方面的书籍。

书店日渐兴旺了起来。

历史上，阿富汗曾经是一个古老而又传统的国家。古代丝绸之路，自东至西从阿富汗穿境而过，而且阿富汗又是北方中亚、俄罗斯等国南下阿拉伯海至印度洋的必经之地。因此，15世纪以前的阿富汗曾经成为欧洲、中东对印度和远东贸易、文化交流的中心。

2001年11月，“9·11”事件之后，美军进入阿富汗。奥斯娜·塞厄斯塔作为挪威战地记者，随北方联盟的突击队，在阿富汗北方靠近塔吉克斯坦边境的沙漠中，在兴都库什山脉间，在潘杰希尔山谷里，在喀布尔以北的悬崖绝壁上，紧随突击队对塔利班发动攻势。六个星期后，塔利班退却，他们开进了喀布尔。

在喀布尔，也就是在苏尔坦所开的书店里，塞厄斯塔对举止优雅、头发花白的苏尔坦有了进一步的了解和认识，尽管随突击队时两人曾并肩同行。在书店，苏尔坦跟塞厄斯塔讲了许多书店的故事，并引发塞厄斯塔的极大兴趣。在征得苏尔坦同意的前提下，塞厄斯塔决定住进苏尔坦的家里。她希望就此能写出一本有关阿富汗人家庭生活全记录的书，从而揭示这个亚欧大陆内陆山地又经历了持久贫困和战争的国家之中更多鲜为人知的故事。

开书店，对苏尔坦来说，他有自己的理想，目的是弘扬阿富汗的文化和传播历史方面的知识。为此，他不设限定，各种书籍都统统引进，包括圣战者组织所写的各种被禁出版物。正因为如此，这些出版物之后也给他带来了许多麻烦，甚至牢狱之灾。

1979年12月，苏联军队进入阿富汗，圣战者开始组织武装反抗，双方冲突到后来演变成了一场残酷的反抗苏联的游击战争。苏尔坦的书店因此受到影响，不但书籍遭到了当局的查禁，苏尔坦本人也被株连进了监狱，并被判刑一年。出狱后重操旧业的苏尔坦，5年之后再一次被捕。再次被释放的苏尔坦这时已经35岁，在母亲的劝说下，娶妻生子，组建了自己的家庭。10年后的1989年，苏联军队撤出阿富汗，但这并没有给阿富汗的百姓带来生活上的长治久安。1992年12月，国内各派争权加剧，军事冲突愈演愈烈。不得已，苏尔坦带着一家老少逃往邻国巴基斯坦，他的书店也被洗劫一空。

从巴基斯坦返回喀布尔后，苏尔坦购到了一些盗贼从国家图书馆盗出的图书，他用不多的钱买到了几百年前的珍品，包括前国王查希尔最钟爱的收藏原本——菲尔多西伟大的史诗《王书》和一本来自乌兹别克斯坦500年前的手抄本，这本手抄本后来被乌兹别克斯坦政府用2.5万美元从苏尔坦手中买了回去。

1996年9月的一天清晨，当喀布尔市民从睡梦中醒来时，整个城市变得彻底的安静。艾哈迈德·沙阿·马苏德以及他的军队逃向了潘杰希尔山谷，来自阿富汗最大的民族普什图族的塔利班占领了喀布尔，并建立政权。持续的战争状况虽然结束了，但一场新的战争又开始了。塔利班政府颁布了一系列法令，将所有的欢乐踩在脚下，同时彻底摧毁了阿富汗的艺术和文化，包括有着两千年历史、被视为阿富汗最伟大的文化遗产——巴米扬大佛雕像，也在2002年3月12日被炸毁。当然，苏尔坦的书店也毫不例外地再一次被政府烧毁。

到2001年夏天的时候，苏尔坦已经得不到任何保护了。于是，他决定离开这个国家，全家申请了定居加拿大的签证，尽管此时苏尔坦仍然放心不下他的书籍和书店。他此时在喀布尔又拥有了三间书店，一间由他的小弟经营，一间由他16岁的儿子曼苏尔经营，另一间则由他自己掌管。他的书，这时在书架上只存放了一小部分，其中绝大部分，有1万余册，被他藏在了遍布喀布尔的阁楼中。苏尔坦不能允许自己苦心收集经营30年的东西此刻再有任何闪失，不能忍受掠夺者摧残更多的阿富汗的“灵魂”。他想，总有一天，当一个可以信赖的政府重返阿富汗的时候，他要把它们全部无偿地捐给被洗劫一空的图书馆。

“9·11”后，当炸弹如雨点般地落在阿富汗的时候，苏尔坦再次逃往巴基斯坦。两个月后，塔利班政权垮台，苏尔坦成为了最早几个重返喀布尔的人之一。

他终于可以按照自己的喜好将所有的书放在他的书架上了。

阿富汗是绝对的男权主义国家。男人，特别是父辈，在家中永远具有至高无上的绝对权威，号称开明的苏尔坦·汗也不例外。在家庭里，他固执地维持着家长独裁权。

在与第一任妻子沙里发结婚16年之后，苏尔坦看上了当时年仅16岁的桑娅。于是，苏尔坦想方设法将桑娅买了过来，成为自己的第二任妻子，他的理由似乎很充分——为了保持自己旺盛的精力。关于家庭观，苏尔坦认为，如果连一家之主都得不到绝对服从，怎么可能有秩序井然的社会？苏尔坦的话就是指令，其他家庭成员无论是谁，如果不按他说的做，都会受到他的处罚。此时，对第一任妻子沙里发来说，命运是悲惨的。苏尔坦第二次结婚后，沙里发就像一个离了婚的女人那样生活着，却得不到离婚女人所享有的自由，因为苏尔坦还是自己的主人。男人们甚至还能第三次或更多地娶妻。在阿富汗，离婚对一个女人来说，根本行不通。如果一个女人要求离婚，那就意味着她将失去所有的权利——家庭的财产权，孩子的抚养权，甚至孩子的见面权。作为家庭的耻辱，女人通常会被扫地出门，而财产统统都会归到丈夫的名下。

布卡是阿富汗的传统服饰。单纯从服饰上看，阿富汗女人的着装似乎都罩在布卡之中。布卡里面是又长又宽的衣服，衣服下面又穿着长裤。不是一个家庭的男子和女子是不允许同坐在一个房间的，而且男女彼此之间绝对不能互相谈话或一起就餐。妇女对爱的渴望是被禁止的，甚至年轻人也难以获得诸如约会、相爱以至选择的权利。爱不仅与浪漫不相干，相反却被视为一种严重的罪过，甚至会被私刑处死。沙里法就曾经讲述了18岁的邻居嘉米拉因爱上了一个自己喜欢的年轻人而被家族议会处死的悲剧故事——三个兄弟亲手结束了自己妹妹的性命。

在阿富汗，年轻女人是最重要的物品。她们可以用来交换和出售，婚姻不过是家庭之间或家族内部的一份契约，它取决于婚姻能给部族带来多大的好处。在塞厄斯塔记述的故事中，沙里发如此，桑娅如此，甚至连苏尔坦自己的小妹妹蕾拉的命运亦如此。关于蕾拉，塞厄斯塔说，她感觉自己的生活、自己的青春、自己的希望正离她而去——她却无法拯救自己。蕾拉感觉自己的心沉重、孤独得就像一块石头，并且注定要永远忍受煎熬，直到最后被碾成齑粉。

自古以来，阿富汗妇女就是这样忍受着强加在她们头上的诸多不公正。

阿富汗与巴基斯坦的边境因为战争关闭后，大批的商旅或走私就只能依靠秘密的小径通行。小路安排在光秃秃的陡峭山脉的悬崖绝壁上，山脉的腹部全都是石块，而岩石随时有可能山崩地裂般滚滚而下，将下面过往的行人砸得粉碎。在这一条条小路上，无论是阿富汗还是巴基斯坦，政府都没有实际意义上的控制。

苏尔坦书店的许多业务，就是通过这样的小路往返于阿富汗与巴基斯坦之间，最终在巴基斯坦的城市白沙瓦完成。“9·11”之后，苏尔坦将结发妻子沙里发安排在巴基斯坦白沙瓦生活。在这里，条件较喀布尔要好很多。苏尔坦通过电子邮件，可以获悉美国的大学想要的20世纪70年代的期刊；研究人员希望得到的一些古旧的手抄本原件；拉合尔印刷商发来的印刷明信片的报订单。塔利班被边缘化后，苏尔坦的书店又可以做自己想做的事情了。随着外国军队、记者、外交官和劳务人员大量拥入阿富汗，印制销售明信片成为了苏尔坦主要的收入来源。在巴基斯坦，苏尔坦印制60张明信片仅需花费1美元，但运回喀布尔则卖3张就可收获1美元，而且销售势头良好。

苏尔坦前往巴基斯坦另一个城市拉合尔，主要的任务是印书。拉合尔是一座以印刷、装订和出版著称的城市。苏尔坦的出版计划很大，他希望在联合国教科文组织的支持下，更新原来塔利班时代学校的教材体系。印制教科书，对苏尔坦来说是一笔预算高达200万美元的大生意。当然，在拉合尔，苏尔坦还有大量其他的书刊需要印制。此时的苏尔坦俨然已成为喀布尔最大的出版商之一，但他从不打算从国外出版商那里进口图书，他的书都采取自己印制的方式出版发行。此时的巴基斯坦简直就是盗版印刷商的天堂，没有任何管制，也少有版权和版税的概念。苏尔坦在巴基斯坦付1美元印制1本书，回到喀布尔售价可达20—30美元。而且，这时的阿富汗随着外国人进出的增加，像艾哈迈德·拉希德所著《塔利班》等都成为了畅销书。还有诸如一位俄国记者写的描写苏军占领阿富汗期间的书籍《我的隐蔽的战争》，都深受外国士兵、国际维和部队士兵的欢迎。苏尔坦的书店成为了喀布尔最受欢迎的书店之一。

巴基斯坦成了苏尔坦的印刷、出版后勤保障基地。

事业有成的苏尔坦还是一个无情之人。书店装修时，木匠贾拉鲁丁偷了一些书店的明信片被发现后，苏尔坦毫不客气地将其送上了法庭。尽管木匠也是穷人，也是因为生计所迫，但最终贾拉鲁丁还是被判了三年监禁。苏尔坦说，社会对恶棍无赖决不能手下留情。

塞厄斯塔离开喀布尔之后获悉，苏尔坦家庭分裂了，一场争执演变成了一场激烈冲突。桑娅和沙里发成为了留在苏尔坦身边的最后两个女人。

小妹蕾拉失去了自己钟情的男友的消息。

茫然的大儿子曼苏尔，终于赢得了一份去埃及读大学的奖学金。

苏尔坦的巨额教科书合同最终也没能敲定，牛津大学出版社成了最大赢家。

尽管如此，苏尔坦书店的生意却越来越兴隆。他在伊朗赢得了不少金边合同，他还向西方国家大使馆的图书馆售书。而且，他还准备建一个集书店、报告厅和图书馆于一体的文化中心。

从传统到现代，从战争到和平。喀布尔也在不断发生变化。

书人小传

奥斯娜·塞厄斯塔（Asne Seierstad），1972年10月出生，享誉全球的挪威战地记者兼作家，欧洲100位最具影响力的女性之一。塞厄斯塔毕业于奥斯陆大学，主修俄语、西班牙语和哲学史，之后又到莫斯科大学攻读政治学。曾先后担任多家斯堪的纳维亚媒体驻俄罗斯、中国、巴尔干半岛、阿富汗、伊拉克和美国的记者。“9·11”后，她在美国对塔利班和基地组织开战期间，赴阿富汗进行实地采访，曾借住在喀布尔一个书商家中达4个月之久，通过与其家庭成员的密切接触而创作了小说《喀布尔书商》。该书出版后迅速畅销全球，荣膺十几项国际性大奖。作者也因为身为女记者深入炮火中进行采访所表现出的勇气和敏锐洞察力而成为世界新闻界的明星。《喀布尔书商》，接力出版社2007年1月第一版，陈邕译。

巴格达烽火日记

——《烽火守书人——伊拉克国家图书馆馆长日记》

2010年8月31日，是美军宣布从伊拉克撤出全部作战部队的最后日子，此时离2003年3月20日美英发动伊拉克战争已过去7年半。这一天，也正好读完萨德·伊斯康德的日记体著作《烽火守书人——伊拉克国家图书馆馆长日记》。《日记》记录了自2006年11月至2007年7月伊斯康德作为伊拉克国家图书暨档案馆馆长期间艰难抢救、恢复因为战争而造成的被毁藏书、档案的过程，同时也反映了巴格达人在这个时期真实的生活与生存状况。

十一月十三日（星期一）

一进办公室就听到坏消息，我不在的时候，“伊图”（“伊拉克国家图书暨档案馆”简称）被炸了两次，狙击手的子弹打破了几块窗户（玻璃），幸好没人伤亡。……

十一月二十一日（星期二）

到目前为止，今天是今年最坏的一天。

车子一到行政大楼，听到两声巨响。逊尼派极端分子用迫击炮轰炸医学城医院和卫生部……

11点，接获了一个要命的消息——我被通知说阿里·撒利就在他妹妹的面前被活活刺死……

阿里·撒利是“伊图”一位27岁的员工，曾被伊斯康德送到意大利佛罗伦萨专门学习网页设计，并成为后来图书馆官方网站的设计与经营负责人之一，而这一安排，是图书馆现代化革新的象征。然而，阿里却在这个时候倒下了。

萨德·伊斯康德的日记开始于2006年11月10日，上述两个片段就是从这个时期开始后的9个月共计263天间几乎不断重复的记录。在2007年2月10日的日记中，伊斯康德这样写道：

> 关于失踪的和被杀的图书馆馆员事件，并没有新的发展。我打算成立一个调查委员会，调查图书馆馆员被杀事件。
>
> 我渐渐发现，生活在今天的巴格达，最完美的人应该是那些能随时关起所有感官的人。失明或失聪不再是一种诅咒，而是一种变相的祝福。

“在黑暗、仇恨及狂热的蛮横肆虐下，书和人（在伊拉克）遭到恶意的破坏与虐杀。”

“没有听到爆炸声，就算是美好的一天”，成为了巴格达现状的真实写照。

人类最早的图书馆，起源于公元前3000年的古埃及。公元前2000年左右，古巴比伦王国在今天的美索不达米亚平原建立，以索马利亚文化为基础，逐步创造了繁荣进步的辉煌时代。曾经是苏美尔、巴比伦及亚述文明发源地的伊拉克，同时也发明了管理与应用图书馆及档案资料的系统，保存记载了该地区文明发展的文献。在文化传播方面，这一文明作出了巨大的贡献，从而被称为西方文明的摇篮。伊拉克，以其众多的稀世珍藏和考古遗址，成为了一座名副其实的世界文明博物馆。

2003年3月，伊拉克战争爆发后，虽然不到一个月美英联军就攻占了巴格达，萨达姆·侯赛因政权也因此垮台，但战争及之后的过程，却导致巴格达甚至伊拉克全境的无序与混乱，各种游击、绑架、暗杀或汽车炸弹爆炸等恐怖性活动愈演愈烈。在文化方面，战争对历史建筑、珍贵文物等的毁灭、破坏甚至文物的大量流失带来了灾难性的后果。

伊拉克国家图书暨档案馆便是伊拉克境内被毁最严重的文化机构之一。伊斯康德的日记记录了“伊图”馆藏60%左右的档案文件、25%的手稿及95%的珍善本藏品遭到战争破坏和被盗匪洗劫的现实。其中某一次三天时间内的大肆劫掠，盗匪就从“伊图”偷走了好几百件稀有的，且已有几百几千年历史的伊斯兰史料与文本，其中就包括6000年前遗存至今的文字范型，以及萨达姆·侯赛因政府尚未夺走的中世纪编年史和宗教捐赠部门保藏的多卷精美的《古兰经》等。而剩下的大部分文件资料则饱受火灾、烟熏及水损的残害。馆里的设备、机器及家具不是被抢，就是被火烧得面目全非，员工的士气也跌到了谷底。

此时，库尔德人，出生于巴格达的年仅44岁的萨德·伊斯康德博士在侯赛因政权垮台后毅然结束了海外的流亡生活。他接受了伊拉克临时政府的聘任，从英国伦敦回到巴格达担任伊拉克国家图书暨档案馆馆长之职。他的使命是重建遭炮火毁损的图书馆，并争取在短时间内将重新修整后的图书馆对外开放。

在伊拉克，因为历史缘由，主要民族由三大部分构成：北部的库尔德人、南部的什叶派和中部的逊尼派。以北部为传统居住地的库尔德人，在20世纪20年代并入伊拉克。1991年，第一次波斯湾战争后，美国及北约划出的禁航线，给了库尔德人自治的机会，使其社会、经济得到了一定程度上的稳定和发展。什叶派人口的大多数信奉伊斯兰教，由于临近伊朗，在两伊战争中遭受了严重的侵害，建立“民主伊拉克”成为什叶派的主张。前总统萨达姆·侯赛因则属于逊尼派，他的统治带来了占人口少数的逊尼派拥有了更多的特权地位。伊拉克战争使侯赛因政权迅速垮台，可美国的军事干预，并不能维持之后的伊拉克秩序，导致了之后长达若干年局势的动荡。2004年年初，伊拉克的安全状况开始恶化，并经历了前所未有的宗教派系对立。到2006年年中，巴格达爆发了全面内战。种族冲突不断，暴力升级，街上到处烧杀抢掠，各种基础设施遭受惨重破坏。于是，出现经常性断水断电，没油没气。巴格达，甚至伊拉克全国人民都陷入了深刻的痛苦之中。伊拉克宗教派系力量在美军控制下的较劲，使得伊拉克各种大小规模的武装冲突不断，局势变得无法“正常化”，国家体制不能确定，政府机构无法稳定运作。之后的5年，就如同伊斯康德日记中所描述的：

十二月十日至十五日

星期二，我和一家建设公司的经理见面，他们负责重新修大楼剩下的部分，包括期刊部和开架式书库。……

星期三，我收到更多的坏消息。一个员工的房子被恐怖组织袭击，结果他和他的（一个）儿子受了伤，另外一个儿子也同时被杀害。……

星期四，为了安全起见，我和司机决定换另外一条路走，一到阿尔–辛纳克区我们就听到恐怖组织绑架了40个人。

二月二十五日（星期日）

今天是“新安全计划”施行两个星期来最惨的一天。一起针对阿尔–穆斯坦斯瑞亚大学行政暨经济系的自杀式攻击事件，造成了170多人死伤，大部分死伤者都是年轻的学生，（而）进行自杀式攻击的竟是一个女人！……

我跟所有部室的主管开会，会议进行了一小时，会中讨论了包括安全问题、人员的交通运输问题、预算、新进人员的任用以及2003年4月以来图书馆遭战火破坏后的纪念活动等。

尽管形势依然严峻，但“伊图”的工作在伊斯康德的主持下仍在逐渐恢复，并取得进展。

2月26日，一位什叶派圣职人员将一批“伊图”散失的文件、照片及缩微胶卷送来捐赠给了图书馆。2007年以来，在伊斯康德的主持下，“伊图”开始了对一批君王政体时期及总统时期的史料进行收集、整理，这是一批具有珍贵史料价值的书籍。经过几个月的努力，《全国参考书目》也被整理出版了。

“伊图”的重建过程，得到了意大利、捷克、英国、美国以及荷兰等国家或许多友好热心人士的援助，其中图书馆许多部室的出版、修复及缩微胶卷实验室设备、电脑、印表机、网络和家具等，很多都来自海外的捐赠。

3月4日，伊斯康德收到“美国国会图书馆”发来的一份需要双方签署的关于“美国国会图书馆”与“伊拉克国家图书暨档案馆”未来合作的重要电子文件，由此，“伊图”可以利用“美国国会图书馆”的“世界数字图书馆”（World Digital Library）系统。这种数字化推动，使“伊图”可以通过网络系统，免费获得“世界数字图书馆”提供的各种知识和资讯，供读者在线阅读，其中包括了稀有书籍、手稿、海报、邮票以及音乐和电影等影音数字典藏等。当然，伊斯康德还希望通过“世界数字图书馆”合作计划，实现把“伊图”馆内珍贵并富有历史价值的报纸及期刊在毁损、消失之前能够扫描储存起来。

“世界数字图书馆”计划给“伊图”的重建带来了新的希望。

4月3日，伊斯康德奋力保存伊拉克史迹断简残篇的“巴格达记忆”项目也取得进展。这个项目的实施将增加“伊图”主修图书馆专业的毕业生人数，可以采购更多新的出版物，举办更多初级图书馆课程讲座，以及出版新的年度国家及论文书目等。此时，尽管“伊图”每年的新书采购预算只有7000美元，但伊斯康德也必须将其使用好。

建立“国家先烈图书室”和“档案史料室”是伊斯康德的愿望。伊斯康德想，建立“国家先烈图书室”，突破超越所有地区、种族、宗教和意识形态的界限，是为伊拉克人民建构共同的文化回忆；建立“档案史料室”，推动档案立法工作，发挥政府及非政府组织的作用，找回“伊图”缺失的文件、记录、地图、珍稀的书籍及影像资料等，是为了让珍贵的资料得到更加完整的保护和传承。

伊斯康德认为，“伊图”的发展不仅仅需要增添更多新的技术设备，更重要的是还要积累影响历史进程的原始资料。于是他提出了建设“口述历史计划”（Oral History Project）这项重要工程。他说，要了解诸如1968年至2003年期间的这段历史，就一定要从民间去研究。特别是要将以前伊拉克士兵的想法与感受，不分宗教及种族地记录下来，这样才有可能形成完整的历史观。

以上计划或工程，伊斯康德总是亲历亲为地推动，但鉴于体制上的原因，又往往难见成效。为此，伊斯康德提出了对“伊图”的改革措施，建议“伊图”从文化部独立出来，并直接隶属部长会议或总统管辖。结果自然是受阻。

没有等官僚们作出决定，伊斯康德的努力还在继续。2007年6月19日，第一个取得合法账号的新伊拉克网站（www.Iinksnut.com）在“伊图”诞生，开启了历史新的一页。

然而，恐怖活动仍在延续。

伊斯康德统计了2006年1月开始写作至2007年7月停止日记期间暴力冲突对“伊图”员工所造成的伤亡数。其中，遭非法伤害致死5人，亲人遭伤害致死74人，被绑架8人，亲人遭绑架或非法逮捕12人，受到死亡威胁55人，被迫撤离家园74人，房屋及财产受损9人。而此时“伊图”的全部员工人数为464人。

三月五日（星期一）

> 今天将是我一生（中）难忘的一天，因为在黑暗、仇恨及狂热等情绪的蛮横肆虐下，书遭到恶意的破坏虐杀……数以万计的纸张飘扬在空中，犹如天空降下书本、泪水及血滴，场景是如此的超现实。有些纸张在空中烧了起来，有些落到本馆的大楼上。

面对伊拉克四分五裂的窘境，伊斯康德深知问题的严重性，原有的伊拉克文化在不断弱化。与此同时，随着侯赛因政权的衰亡，光怪陆离的外来价值观正在迅速地填满伊拉克的文化真空。这时，伊斯康德所做的，是坐而言不如起而行。

关于图书馆建设的意义，伊斯康德说，不管你是库尔德人、逊尼派还是什叶派，我们彼此之间唯一共有的，就是国家图书馆。这是我们国家意识之所在。

大英图书馆网站将伊斯康德的日记陆续地刊载了出来，许多读者因此在线阅读了这些日记，看到了一个现实、真实的伊拉克。

大英图书馆发言人卡崔欧那·费雷森说：“伊斯康德代表着伊拉克的希望，他想为下一代建立一个好的未来。”

“伊图”员工KH小姐这样问伊斯康德：“馆长，你为什么不离开伊拉克回欧洲去？”伊斯康德坦然地、微笑着回答她：“因为我舍不得离开像你这么好的员工啊！”

书人小传

萨德·伊斯康德（Saad Eskander），1962年5月生于伊拉克巴格达，库尔德人。1978年至1990年担任巴哈尔出版社助理编辑。1994年毕业于北伦敦大学，取得世界现代政治史文学士学位。1999年取得伦敦政治经济学院国际历史博士学位。1999年至2003年任伦敦“伊拉克文化论坛”研究员。2002年任多所伊拉克库尔德斯坦大学的访问讲师。2003年侯赛因政权垮台后，他决定结束流亡异乡的生活，返回巴格达协助抢救国家的文化财产，担任伊拉克国家图书暨档案馆馆长一职至今。现居巴格达。《烽火守书人——伊拉克国家图书馆馆长日记》，英属盖曼群岛商网络与书股份有限公司台湾分公司2008年7月第一版，李静瑶、张桂越译。

书·书店/书展

日落巴黎爱有时

——《莎士比亚书店》

父亲是一位牧师，母亲生于宾夕法尼亚，而且都喜爱法国与法文，自己则出生在巴尔的摩的美国人西尔薇娅·比琪，在1917年第一次世界大战正如火如荼地进行着的时候，与妹妹西普莉安一道再次来到了法国巴黎。尽管小时候，因父母工作关系西尔薇娅曾在法国度过一段青少年时光，但巴黎“宛若仙境，美得像是一幅印象主义的画”的感觉，还是使比琪离开了与家人一起生活的新泽西普林斯顿小镇。

因为《诗与散文》杂志的缘故，西尔薇娅·比琪在巴黎第六区，剧院街七号，找到了一家称做“A.摩妮耶”的书店，并结识了店主爱德希娜·摩妮耶（Adrienne Monnier）小姐。这是一间靠近塞纳河，位于左岸，晦暗的法文小书店；这是一个身材魁梧、肌肤白皙，拥有一双微凸蓝灰色眼睛、美丽动人的人。A.摩妮耶书店特别温馨，墙上挂着一些作家的画像。西尔薇娅和爱德希娜也一见如故，一个说喜欢法国，一个说喜欢美国。她们一拍即合，惺惺相惜结下莫逆之交。

开一间自己的书店，是很多爱书人的梦想。对于西尔薇娅来说，也是“一种无法自拔的渴望”。原本来巴黎打算研究法国当代文学的西尔薇娅，由于结识了爱德希娜，使开书店的梦想变成了机会。西尔薇娅想，应该与爱德希娜合作在纽约开一家法文书店。很快，纽约开书店高昂的成本，让西尔薇娅不得不放弃“迷人的构想”。于是，爱德希娜建议，何不在经营成本相对较低的巴黎开一家英文书店？的确是一个好创意，西尔薇娅实在太爱巴黎了。许多法国人似乎也很喜欢认识美国的新作家，有了爱德希娜的经验和客户资源，一家开在塞纳河左岸、专门出售美国书、英文书，并以英国大作家莎士比亚之名作为书店名号的小书店，似乎会很受欢迎。西尔薇娅对此充满期待。这样，西尔薇娅终于在离剧院街不远的杜皮特杭街（Rue Dupuytren）8号找到了自己心目中即将要横空出世的“莎士比亚书店”（Shakespeare & Company）店址——这是一家曾用于开洗衣店的店铺。

此刻，已是大战结束后的1919年11月。

“在巴黎开书店，汇钱过来。”西尔薇娅这样给普林斯顿的老妈发去电报。于是，妈妈汇出了所有积蓄。

打理店面是一件既充满乐趣，但又脏累不堪的苦差事。店铺是一个两房套间，两房之间隔着一道玻璃门，从台阶上去是后房，前房内有一个壁炉。装修时，西尔薇娅用粗麻布将潮湿的墙壁粘贴后再用凹凸纹木条加固墙角，墙壁与房子中间布满书架，窗户经改造后变成了展示书籍的橱窗。挂在店外的店招采用了一幅莎士比亚肖像，一些办公家具则来自跳蚤市场，而且是古董级的。西尔薇娅将书店设计成了一个舒适的场所，主要区域布置了松软的沙发，看上去更像一个起居室。一番油漆后，美轮美奂的书店便大功告成。

接下来便是书籍的采购，店里用于出借的图书馆（指书店的租书业务）用书，大多来自巴黎那些存货充足的二手英文书店，其中也包括一些新书。已经回到美国的妹妹西普莉安则寄来了新出版的书籍。其他的书籍，西尔薇娅则亲自跑了一趟伦敦，购回了两卡车的英文书，其中大部分是诗歌作品。之后她在巴黎又补充订购了叶芝、乔伊斯[①]与庞德（Ezra Pound）的书以及其他一些“便宜货”。经过三个月的筹备，在1919年11月19日这个并不特别的日子，书店开业了——橱窗里摆着“我们的守护者”莎士比亚、乔叟（Chaucer）、艾略特（T.S.Eliot）以及乔伊斯等人的作品和爱德希娜最喜欢的英文书《船上三人行》。店内的陈列，一个书架摆着一些书评杂志，如《国族杂志》《新共和国杂志》和《日晷》等。墙上则挂上了布莱克（William Blake）的画作和惠特曼（Walt Whitman）、爱·伦坡（Edgar Allan Poe）以及西尔薇娅喜欢的同时代人物与顾客的照片，其中就包括两幅威廉·布莱克的线条画[②]原作。

租书、借书、卖书，西尔薇娅的“莎士比亚书店”就这样忙碌起来了。

20世纪20年代的美国，文学史上有“迷惘的一代”之称。许多美国作家、艺术家为争取自我表达的机会而痛苦地挣扎。身处大洋彼岸的西尔薇娅当然无法清楚这一切，当然也就无法估量这一事件将要对书店产生的影响。随着这些作家、艺术家陆续漂洋过海来到巴黎，定居在塞纳河左岸，这些来自祖国，因为在国内遭受打压而自我放逐的作家，却在巴黎，为西尔薇娅的书店创造出了氛围，以至于后来每一个“朝圣者”来到巴黎后的第一件事就是要找到莎士比亚书店。而且，这些人都成为了莎士比亚书店的顾客，把书店当成了自己的据点或专属俱乐部。他们在此或高谈阔论，或借阅书刊，或发表新作。美国作家海明威[③]、艾兹拉·庞德以及格特鲁德·斯泰因[④]，英国作家D.H.劳伦斯（D.H.Lawrence）等人都是书店的座上客。来自美国中西部、年轻的劳勃·麦克阿蒙（Robert Mcalmon）就是其中一个积极分子。他甚至将自己在巴黎的永久联络地址变成了莎士比亚书店。

莎士比亚书店也由此变得知名起来。

作家，有时候，或者说大多数作家在这个或某个特定的时期都是落魄的，乔伊斯便是其中典型之一。詹姆斯·乔伊斯是爱尔兰作家，在《尤利西斯》（*Ulysses*）出版前，他凭借小说《一位年轻艺术家的画像》和剧作《流亡》等作品已经赢得了广泛的知名度。乔伊斯身材中等，瘦削，微微驼背，下巴上留着些小山羊须，体态优雅，有着一双非常漂亮的深蓝色眼睛，光芒中蕴藏着才华，而且说话时的声音还带着爱尔兰风味，充满了魅力。1914年，西尔薇娅·比琪还在普林斯顿的时候就读过乔伊斯的《一个年轻艺术家的画像》，领略了乔伊斯的才华，并开始留意他的作品，包括《小评论》杂志在1918年至1920年期间对《尤利西斯》的连载。第一次见到自己崇拜的詹姆斯·乔伊斯，西尔薇娅既紧张又兴奋。这是1920年夏天的某一天，在爱德希娜的朋友家里。

相识之后，乔伊斯直接地对比琪说，自己来到巴黎后很缺钱，搬家的过程花去了所有积蓄，而且一家人现在住宿的地方还是朋友临时提供的。到巴黎来，乔伊斯有两个目的：一是继续完成《尤利西斯》一书的最后写作，他为此已经付出了7年的时间；二是想找一个可以教语言的活计。这位“乔伊斯老师”不但说英语，而且还通晓德文、拉丁文、法文、意大利文、西班牙文，甚至希腊文等九种语言。一肚子学问，就是找不到用武之地。乔伊斯曾经动过手术的右眼，因虹膜炎而使视力受损，此时的处境真的不容乐观。几个回合交往后，乔伊斯与西尔薇娅之间建立了友情，乔伊斯成为了莎士比亚书店这个大家庭中继安德烈·纪德（André Gide）之后的又一位著名人物，而且是最显赫的一个。

不久，乔伊斯基本完成了《尤利西斯》的创作，但该书在《小评论》上连载的效果并不好。在英国，哈莉叶·薇佛小姐为《尤利西斯》出版所作的努力宣告失败，《小评论》与美国政府之间为《尤利西斯》出版展开的“大战”也使乔伊斯陷入困境。美国邮政总局基于“淫秽”理由，对《小评论》发动了多次扣押。按当时英美的法律，如果一本书一旦因为淫秽问题而被法庭认定为违法，出版商和承印商都要承担法律责任。于是，没有一家英、美出版商有勇气购买这部小说，也没有一家英、美印刷厂愿意承接这笔生意。《尤利西斯》在英语系国家的出版完全失去了机会。

这时，机会却给了西尔薇娅。于是她和乔伊斯商量，以莎士比亚书店的名义出版《尤利西斯》。柳暗花明，乔伊斯重新看到了书籍出版的曙光；西尔薇娅更兴奋，自己终于可以做一件大事情——莎士比亚书店拯救《尤利西斯》——20世纪一部伟大的小说。

1921年巴黎的夏天，对西尔薇娅来说是温馨又明媚的。就在西尔薇娅忙于《尤利西斯》出版的同时，莎士比亚书店也搬到了环境条件更好的剧院街12号。与爱德希娜的“A.摩妮耶书店”成为了面对面的邻居，两家书店的互动功能更加强化。

西尔薇娅决定，将《尤利西斯》首版开放预约，印制1000册限量版。每一本都采用流水编号，其中100册使用高级荷兰纸印制，并让作者签名，定价350法郎；150册用拱形花纹纸印制，定价250法郎；其他750册用普通纸印制，定价150法郎。随后，订单从世界各地寄来，《尤利西斯》尚未付梓就轰动文坛。

厄内斯特·海明威是西尔薇娅自称最喜欢的一位读者。那是1921年年底的事，海明威带着年轻的妻子海德莉来到了巴黎。之后，每天早晨，海明威都会按时来到莎士比亚书店看杂志，读书。当然不光是看，有时他还会买些书。自从与海明威认识，西尔薇娅就从他那儿

“感觉到友谊的温暖”。个头高大、皮肤黝黑、留着一小撮八字胡须的海明威是芝加哥人。父亲早逝后，海明威便成了“一家之主”。为养家糊口，他甚至不能完成高中学业，在靠拳击赛赚得一些钱后，他选择了离开。通过虚报年龄，海明威在加拿大开始了军旅生涯。西尔薇娅这样回忆海明威：

> 海明威是一个饱学博览的年轻人，他对许多国家都很了解，也懂得几种语言，而且都是自学，不是通过大学教育。他对于事物的掌握，比我认识的其他年轻作家都还要深入也快速，虽然带有一点孩子气，但是特别聪明自立。海明威在巴黎担任《多伦多星报》的体育特派记者。无疑他当时已经开始试着创作小说了。

的确，能力出众的海明威，在莎士比亚书店几乎读完了书店里所有的出版品，甚至法文书籍。

关于写作，西尔薇娅确信，海明威的老师“就是他自己”。用海明威自己的话说，即“如果要有‘好作品’，就得动手写”。海明威后来的《午后之死》就是去西班牙现场观斗牛后的作品。作品问世后，即便是西班牙人也大加赞誉。

在莎士比亚书店，海明威甚至与乔伊斯也成为了好朋友，海明威甚至成为了帮助乔伊斯将《尤利西斯》挟带进美国的“帮凶”。

1922年2月2日，乔伊斯40岁生日的这一天，经过印制过程以及乔伊斯不断对作品补充、修改导致《尤利西斯》一再延期出版，甚至差点被预订该书的读者状告之后，封面印着希腊国旗湛蓝色，共计732页的《尤利西斯》，在一个世代传袭的优秀印刷匠人默希斯·达罕提耶（Maurice Darantiere）甘冒风险的精神感召下终于问世了。西尔薇娅率先印出了两册样本——一册作为生日礼物送给作者乔伊斯；一册陈列于莎士比亚书店。

随着乔伊斯的声名大噪，乔伊斯与《尤利西斯》几乎占据了莎士比亚书店。越来越多的朋友、陌生人、书迷和记者纷至沓来……

《尤利西斯》给詹姆斯·乔伊斯带来了稳定的收入来源，也缓解了他的生活困难。同时，禁书的名声在助长了销售的同时，也给西尔薇娅·比琪带来了不少麻烦。在比琪看来，可悲的结果是许多人将《尤利西斯》和“淫书”相提并论，致使许多作者将各式各样、形形色色的淫秽书带来要求西尔薇娅出版，但都被她一一拒绝。而并非淫秽书的D.H.劳伦斯的《查泰莱夫人的情人》（*Lady Chatterley's Lover*）被西尔薇娅所拒，对她来说，是艰难并痛苦的。更不幸的是，像《尤利西斯》这样并不受版权保护的书籍，之后遭到了猖狂的盗版。

相对于乔伊斯的努力与牺牲，他的回报是不成比例的。疯狂的盗版，成为了天才的悲哀。1933年12月，美国纽约地区法院解除了对《尤利西斯》的出版禁令。两个月后，经乔伊斯授权，美国兰登书屋（Random House）出版了第一部普通版《尤利西斯》。这次出版，给乔伊斯带来了一笔不多不少的财富，他终于可以为女儿治病并防止自己眼疾的恶化了。西尔薇娅并没有为此计较，尽管《尤利西斯》的版权拥有者是自己。20世纪二三十年代世界性经济大萧条使书店的经营遭受重创，西尔薇娅由此产生了停办书店的想法。这一想法让纪德知道后，纪德迅速号召一群法国作家一起来帮西尔薇娅渡过难关。一方面，作家们拟定请愿书，希望政府给予支持；另一方面，作家们又呼吁200个朋友，每人用200法郎购买书店两年的会员资格，使书店能维持正常的经营。20世纪30年代末期，欧洲战云密布，属于犹太裔的西尔薇娅没有接受美国大使馆的回国安排，她执意固守书店并坚持与巴黎的友人共患难。1940年6月的一天，巴黎沦陷。

1941年12月的一天，一位德国军官来到书店，要求购买乔伊斯的《芬尼根守灵记》，被西尔薇娅以只剩一本为由拒绝。随之，在西尔薇娅将书店所有图书转移后，自己却遭到了德军的逮捕，并在集中营待了半年。

巴黎解放前夕，西尔薇娅终于回到了剧院街。

一天，一辆吉普车开进街道，在书店门口停下，西尔薇娅听到了一个低沉的声音呼喊："西尔薇娅！"那声音传遍了整条街道。爱德希娜大叫："是海明威！是海明威！"西尔薇娅冲下楼，撞上了迎面而来的海明威。海明威将西尔薇娅抱起来转圈圈，同时亲吻着她。街道旁窗边的人们发出了热烈的欢呼声。

海明威解放了剧院街，但莎士比亚书店却在开业22年之后从此消失。

关于莎士比亚书店，作家、时任法国国家档案中心主任安德烈·项松（André Chamson）曾这样评价西尔薇娅·比琪，他说："她就像只传播花粉的蜜蜂，作家们都通过她才能互利互助，英、美、爱、法四国在她的促成下更紧密地联系一起，四国大使的功劳加起来也没她大。"莎士比亚书店成为了20世纪二三十年代英美现代主义在巴黎的活动基地，兼有图书馆、邮局、银行、出版社以及书店等多种功能。书店主人比琪小姐堪称现代主义最重要的"保姆"之一。

1964年，为纪念莎士比亚诞辰400周年。一位在巴黎开书店的美国人乔治·惠特曼（George Whitman），在事先征得西尔薇娅·比琪的同意后，将自己所开书店易名为"莎士比亚书店"。他在很多方面延续了西尔薇娅·比琪时代的人文特质，在塞纳河畔续写了书店的传奇。

为了纪念西尔薇娅·比琪，惠特曼甚至将自己的独生女儿命名为西尔薇娅·比琪·惠特曼，以便让女儿将“莎士比亚书店”的传奇继续得以传承。

2004年，一部以“莎士比亚书店”为摄制背景，由美国男演员伊森·霍克（Ethan Hawke）与法国女演员朱莉·蝶儿（Julie Delpy）领衔主演的美国影片《爱在日落巴黎时》（*Before Sunset*）完美演绎了这一动人故事。

今天，位于巴黎圣母院旁边、塞纳河左岸的“莎士比亚书店”成为了全世界最知名的文化景观之一。

书人小传

西尔薇娅·比琪（Sylvia Beach，原译雪维儿·毕奇），1887年出生于美国巴尔的摩。1919年西尔薇娅在巴黎塞纳河左岸开了一间英文书店“莎士比亚书店”，吸引了乔伊斯、海明威、菲茨杰拉德、纪德、拉尔博、梵乐希等作家与艺术家，她使书店不仅成为了英语和法语文学交流的中心，也成为了当时美国“迷惘的一代”流连忘返的精神殿堂。1922年，西尔薇娅以莎士比亚书店的名义，为乔伊斯出版了被欧美列为禁书的巨著《尤利西斯》，因而名噪一时。然而在盗版、战争和经济萧条的威胁下，书店多次面临困境，还好在艺文友人的协助下书店仍继续经营了下来，直到1941年西尔薇娅被纳粹逮捕入狱。出狱后西尔薇娅已无心再开店。西尔薇娅·比琪于1956年写下自传作品《莎士比亚书店》，1962年在巴黎逝世。《莎士比亚书店》，英属盖曼群岛商网络与书股份有限公司台湾分公司2008

年5月第一版，陈荣彬译。

---

①詹姆斯·乔伊斯（James Joyce，1882—1941），爱尔兰小说家，因对所处环境强烈不满从而开始了自己的文学生涯。1914年发表第一部短篇小说集《都柏林人》，1916年发表自传体中篇小说《青年艺术家的肖像》。1922年，乔伊斯花费7年时间创作完成了代表作《尤利西斯》。该书被誉为“一书一世界”，包罗万象的体验和国族史诗全部浓缩在都柏林的一天之中。在《尤利西斯》中，乔伊斯广泛运用“意识流”的创作手法，形式了一种崭新的文学风格，成为现代小说的先驱。萧伯纳说，在揭露现实的丑恶方面，乔伊斯“超过了我们时代所有的小说家”。心理分析大师卡尔·荣格说：“我花了三年时间才读通它。我很感激你写了这么一部大书，我从中获益不少。但我大概永远不会说我喜欢它，因为它太磨损神经，而且太晦暗了，我不知你写时心情是否畅快。我不得不向世界宣告，我对它感到腻烦。读的时候，我多么抱怨，多么诅咒，又多么敬佩你啊！全书最后那没有标点的四十页真是心理学的精华。我想只有魔鬼的祖母才会把一个女人的心理捉摸得那么透。”美国批评家艾德门·威尔逊则说：“乔伊斯这部书在写作方法上之新奇，对未来小说家的影响将是难以估计的。我简直无法想象他们如何不受此书的影响。它创造了当代生活的形象，每一章都显示出文字的力量和光荣，是文学在描绘现代生活上的重大胜利。”（注：上述评论引自萧乾的中译本序）《尤利西斯》因为作品中某些词句被认为是“淫秽”而在美国长期遭禁，直到1933年12月6日法官沃尔西作出解禁决定。晚年的乔伊斯在几乎双目失明的情况下，经过十几年的努力完成最后一部长篇小说《为芬尼根守灵》。

②线条画，又称线描，是以线条为主要表现手段的绘画形式。实

际绘画过程中运用“点”和“面”等处理方法，以增强画面的表现力。线条画的绘画关键在于线条的疏密处理，多用签字笔、钢笔、圆珠笔和油性笔等工具作画。线条画画面上只要有黑、白和灰色存在，就可称做一张完整的线条画。

③厄内斯特·海明威（Ernest Hemingway，1899—1961），美国小说家，早期以“迷惘的一代”的代表著称。1918年海明威参加志愿救护队司机，在意大利前线受重伤。1921年去多伦多担任特写记者，后前往欧洲担任《星报》和赫斯特报驻欧记者。第二次世界大战期间，他曾率一支游击队参加解放巴黎的战斗。在巴黎，结识美国女作家格特鲁德·斯泰因和诗人埃兹拉·庞德。1926年，海明威发表第一部重要的长篇小说《太阳照样升起》。主要作品有《永别了，武器》（1929）、《丧钟为谁而鸣》（1940）和《老人与海》（1952）。在谈到自己最喜爱的半自传体短篇小说《乞力马扎罗的雪》中主人公哈里时，海明威说：“他爱太多，要求太多，而他为此心力交瘁。”美国现代诗人华莱士·史蒂文斯把海明威称为：“最重要的在世诗人，就非凡的现实这一题材而言。”

④格特鲁德·斯泰因（Gertrude Stein，1874—1946），美国女作家。1902年辍学前往巴黎，20世纪20年代许多新起的诗人、小说家、画家、音乐家和戏剧家出入她的文艺沙龙，使之名噪一时。“迷惘的一代”一词就出自她之口，并成为美国文学中的一个流派。主要作品有《三个女人的一生》（1909）、《美国人的成长》（1925）和《爱丽丝·B.托克拉斯自传》（1933）等。

弗兰克，你还在吗

——《查令十字街84号》

1971年年初，美国作家海莲·汉芙终于有机会踏上了她向往已久的英伦三岛，来到了伦敦，站在了查令十字街（Charing Cross Road）84号，一间名为“马克斯与科恩”（Marks &Co.）的专营古旧书籍的书店门前。

此时的查令十字街依旧是车水马龙、熙熙攘攘。但海莲顾不上这些，她关注的是书店，这个令她二十多年来魂牵梦绕的地方。而眼前的马克斯与科恩书店呈现给海莲·汉芙的是人去楼空的破落：“灰蒙蒙的玻璃窗里面蛛网遍织的书架东倒西歪，地上散落着些废纸，满是尘埃。”此情此景，让汉芙神伤不已——弗兰克，你还在吗？海莲·汉芙从心底呼唤。

海莲·汉芙不禁想起当年往事。

偏好、喜爱英国文学，尤其是“一心一意醉心于寻找维多利亚时代的情怀”的海莲·汉芙，因为实在忍受不了在纽约“总买不到我想读的书，要不就是索价奇昂的珍本”而将购书目光转投英国。通过《星期六文学评论》杂志，她获悉位于伦敦的这家名叫马克斯与科恩的书店“专营绝版书”，于是也就有了海莲自1949年10月5日开始横越大西洋，从纽约到伦敦的求购书籍的信函，并由此展开的长达二十年的“书缘·情缘”之旅。

那时候，年仅33岁的海莲·汉芙，已是一位依靠撰写电视或舞台剧本谋生的自由撰稿人。虽然生计不成问题，但汉芙的生存状态依然是潦倒困窘。出身于制衣人家庭的海莲·汉芙，父亲原本是一位民谣说唱艺人。小时候“逛戏院”的经历，丰富了她对艺术的感觉。19岁时，海莲进入费城大学学习英文，但由于家境原因，一年后便辍学并开始求职谋生。对书的热爱，纯粹来自于在纽约市立图书馆的刻苦自学，在偶得一戏剧写作奖项后，海莲开始了以写作糊口的职业生涯。

第一封信函发出二十天后，海莲收到了马克斯与科恩书店在信首称她为“敬爱的夫人”，落款是“马克斯与科恩书店FPD敬上”的复函。第一次书籍求购让海莲欣喜，这是一次价廉物美的周到服务，解决了汉芙提出的“三分之二的困扰”。海莲购得了威廉·哈兹里特①《哈兹里特散文选》与罗伯特·路易斯·斯蒂文森（Robert Louis Steveson）《致少女少男》等作品。

之后，马克斯与科恩书店的主管弗兰克·德尔成为了大洋彼岸与海莲·汉芙购书的联络人，双方不间断地书信往来，而且一写就是二十年。

绅士派头、一丝不苟的旧书商弗兰克·德尔是一位敬业的店员。初次交往之后，海莲亲昵地改称弗兰克·德尔为Frankie。据店员塞西莉在给海莲的信中透露，此时的弗兰克·德尔“年近四十，长得很帅，娶了一位漂亮的爱尔兰姑娘”。

19世纪，查令十字街地区已成为伦敦的一个热闹地区——“人类生活的潮流尽在查令十字”。1865年，英格兰东南区铁路终点站，即现在的查令十字街车站的建设，使查令十字遂成为近代伦敦的发展中枢。以查令十字车站为端点，向北延伸的查令十字街，沿途便有鳞次栉比的书店和出版社，加上邻近的柯芬园剧院区、艳名远播的苏活区以及餐馆林立的唐人街，此处长期成为了伦敦人的文艺娱乐重镇之一，位于查令十字街84号的“马克斯与科恩书店”便在其中。Marks & Co.书店先在老孔普顿街开业，而后先后迁移至查令十字街108、106号，1930年后迁至查令十字街84号。马克斯与科恩书店以经营一般古旧书刊为主业，其中对狄更斯相关书籍的收罗尤其丰沛。

纤巧单薄的海莲·汉芙在《查令十字街84号》一书中，通过书信，展示了自己的喜好与个性。与其说她是书籍的作者，还不如说她更像一位书中描写的爱书之人。她的性情率真、活泼可爱，体现在选书、购书方面，似乎总是表现得当仁不让，摆出一副舍我其谁的咄咄逼人的架势。

> 弗兰克·德尔！你在干吗？我什么也没收到！你该不是在打混吧？
>
> 利·亨特[2]呢？《牛津英语诗选》呢？《通俗拉丁文圣经》和书呆子约翰·亨利[3]的书呢？我好整以暇，等着这些书来陪我过大斋节，结果你连个影儿也没寄来！
>
> 你害我只好枯坐在家里，把密密麻麻的注记写在图书馆的书上。哪天要是让他们发现了，保准吊销我的借书证。
>
> ……
>
> 春意渐浓，我想读点儿情诗。别给我寄济慈或雪莱！我要那种款款深情而不是口沫横飞的。怀亚特[4]还是琼生[5]或谁的，该寄什么给我，你自己动点儿脑筋！最好是小小一本，可以让我轻松塞进口袋里，带到中央公园去读。
>
> 行啦！别老坐着，快去把它找出来！真搞不懂你是怎么做生意的！

这是海莲·汉芙1950年3月25日知悉弗兰克·德尔真实姓名之后写去的第一封信，率真的汉芙真的没有把弗兰克当做外人。她用一连串诙谐、亲昵、撒娇般的美国式幽默笔触，似炮弹般向弗兰克倾泻而去。汉芙自己调侃说，我就是要“戳穿他那英国式的矜持”，让弗兰克无法抗拒。海莲·汉芙这种轻松、活泼甚至调皮的语言风格，赢得了弗兰克的好感，很快拉近了双方的距离。

亲爱的海莲：

我也十分同意，该是我们都摒弃无谓的“小姐”“先生”敬称的时候了。不瞒您说，我本人实在并不像您长久以为的那样既木讷又严肃。只是我写给您的信都必须存放一份副本作为业务存档，所以我认为行礼如仪似乎比较妥当。不过，此封信既然与书店业务无关，自然无须顾虑副本、存档的问题。

……

我实在不知该如何回报您对我们的不断付出。我所能做到的，只是当您确定访问英国时，橡原巷37号将会有一个房间，可供您无限期地住宿。

弗兰克·德尔

看到这里，细心的读者往往能心领神会。

就这样，海莲·汉芙与弗兰克·德尔以及其他店员之间的通信持续了二十年。二十年间，虽然海莲在马克斯与科恩书店的购书量并不多，但通过书信往来，彼此之间却建立了深厚的情谊，成为了相互生活中不可或缺的一个重要组成部分。

可是，马克斯与科恩书店究竟是个什么样子，这是海莲·汉芙急切盼望知道的。于是，趁朋友玛克辛去伦敦的机会，海莲请其做了一回“侦探”。

这是一间活脱从狄更斯书里头蹦出来的可爱铺子，如果让你见到了，不爱死了才怪。

店门口陈列了几架书……一走进店内，喧嚣全被关在门外。一阵古书的陈旧气味扑鼻而来。我实在不知道怎么形容：那是一种混杂着霉味儿、长年积尘的气息，加上墙壁、地板散发的木头香。……

极目所见全是书架——高耸直抵天花板的深色的古老书架，橡木架面经过漫长岁月的洗礼，虽已褪色仍绽放光芒。接着是摆放画片的专区——应该说：一张叠放着许多画片的大桌台。上头有克鲁克香克[6]、拉克姆[7]、斯派[8]和许许多多我叫不出名字的英国插画家的美丽画作；另一边还放着几叠迷人的古旧画刊。

……

玛克辛对马克斯与科恩书店的描述——经典英式书店的布局风格。

这就是弗兰克·德尔们工作的场所，也是海莲·汉芙得意自誉的“我的书店”。

玛克辛还告诉海莲，查令十字街上的书店全都“小得很”。当然，马克斯与科恩也不例外，除去老板，算上弗兰克，书店也仅有六位店员。虽然日子过得艰难，但他们却怡然自得。

经营古旧书，意味着不但要坐店待客，而且，更重要的是要不断外出收购、补充书源。弗兰克就是这样，必须经常离开伦敦，到小镇、乡间去走村串巷——拜访私人宅第，搜寻待售的藏书，努力补充书店捉襟见肘的库存。……海莲·汉芙虽然只是自己服务的客户之一，但弗兰克总会把他们所需的书籍逐一进行登记，并记在心里。不断寻觅好书，不停地给读者复信、邮寄，弗兰克把这些都当成了自己义不容辞的分内职责。为一本海莲所需的《通俗拉丁文新约全书》，弗兰克竟然花了两年时间才收购到，这让海莲·汉芙感动不已。

亲爱的急惊风：

你简直是“迅雷不及掩耳”，利·亨特的书和《通俗拉丁文新约全书》“倏忽”寄达。你大约还没弄明白吧——这不正是我两年前向你们订购的书吗？如果你继续照着这种提心吊胆的步调干活儿，要不得心脏病也难。

我真恶毒。你为了帮我找书，忙东忙西的，我竟然不曾向你道过一声谢，我真是坏透了。其实，你在那头儿受苦受难，我都是铭感在心底的……

H.H.

（1951年11月2日）

严谨、谦逊、规规矩矩的弗兰克·德尔，就是这样一个有情重义之人。

在19世纪40年代末至50年代初的那些年间。因为经济困难，英国实行了配给制。海莲·汉芙从邻居那儿获悉此情况后，毫不犹豫地从自己微薄的收入中拿出一部分钱，购买了肉和鸡蛋等食品寄送给查令十字街书店的朋友。海莲的慷慨，不但缓解了大洋彼岸书店朋友的暂时生活困难，也为自己赢得了来自英伦的更加真挚的友情。

弗兰克·德尔在1950年4月7日的复信表达了这一情感：

感谢您寄来的复活节礼物，包裹已于昨日平安寄达。看到这些罐头和那一盒生鸡蛋，大家都十分开心，全体同仁与我在此感激您对我们的亲切与慷慨……

当然，英国这边书店的朋友为了答谢海莲的慷慨，也会想点法子，回敬一点心意。

于是，我们将另行寄上一本小书，希望您会喜欢它。我还记得您曾经想买一本情诗集，这是我所能找到尽可能符合您的要求的了。全体同仁为您献上此书，盼您笑纳。

弗兰克·德尔

（1951年4月9日复函）

之后，弗兰克甚至还牵线汉芙与玛丽·博尔顿老太太建立起友谊（1952年1月29日书函）。

这种友谊，还体现在书店同仁对海莲·汉芙赴英国的邀请过程中。汉芙心仪英国文学，曾在信中（1950年4月10日）表达了“我到英国是为了探寻英国文学”的愿望，这一愿望，激发了书店朋友的共鸣。

我们所有同仁都盼您能尽快来英国，届时我们一定会竭尽心力，让您有一趟愉快的英伦之旅。……

店员梅甘·韦尔斯1951年4月5日这样复信。

“人的情感、心思乃至咫尺天涯的友谊开始自由流窜漫溢开来。”

然而，这种愿望，这些真情之邀，总是由于汉芙的手头拮据而无法成行。最终，成为了大家心头永远的痛。对海莲·汉芙来说，却是终生的遗憾。

1969年1月的一天，在纽约冬天的寒风中。海莲·汉芙意外地收到了马克斯与科恩书店秘书琼·托德1月8日的来信，并得知弗兰克·德尔去世的消息。

1969年4月11日，悲伤的海莲·汉芙在给前往英国的朋友凯瑟琳的信中写道：

亲爱的凯瑟琳——

我正在整理我的书架，现在抽空蹲在书堆中写信给你，祝你们一路顺风。我希望你和布莱恩在伦敦能玩得尽兴。布莱恩在电话中对我说：“如果你手头宽裕些就好了，这样子你就可以和我们一道去了。”我一听他这么说，眼泪差点儿要夺眶而出。

大概因为我长久以来就渴望能踏上那片土地……我曾经只为了瞧伦敦的街景而看了许多英国电影。记得好多年前有个朋友曾经说：人们到了英国，总能瞧见他们想看的。我说，我要去追寻英国文学，他告诉我："就在那儿!"

或许是吧，就算那儿没有，环顾我的四周……我很笃定：它们已在此驻足。

卖这些好书给我的那个好心人已在数月前去世了，书店老板马克斯先生也已不在人间。但是，书店还在那儿，你们若恰好路经查令十字街84号，代我献上一吻，我亏欠它良多……

海莲

然而此时，由于书店主人的后代已无心经营旧书业，查令十字街84号的"马克斯与科恩书店"也正酝酿着结业。一年后，海莲·汉芙的《查令十字街84号》一书出版，引起许许多多爱书人的关注，成为了爱书人的"圣经"，但书的畅销并未能挽救书店关门的命运。

"无数爱书人因为汉芙的这本书，更加缅怀查令十字街上曾经有过的璀璨时光。"直到今天，该店门口外还镶着一面铜铸圆牌，上头镌着："查令十字街84号——因海莲·汉芙的书而举世闻名的马克斯与科恩书店原址。"

28年后，终身未嫁的海莲·汉芙于1997年4月9日因肺炎溘然病逝于纽约，享年81岁。从此留下了一段哀婉、悲情、感人的伤逝故事。

但——书店，还在那儿。

书人小传

海莲·汉芙（Helene Hanff），1916年4月15日出生于美国费城。她一生潦倒困窘，绝大部分的岁月都在纽约曼哈顿度过。汉芙生前从事最多的工作是为剧团修审剧本，也曾为若干电视剧集撰写剧本。主要的著作有日记体纽约导游册《我眼中的苹果》，自传《Q的遗产》《纽约来鸿》和《布鲁姆斯伯里的女伯爵》，以及一系列以少年为对象的美国历史读物。《查令十字街84号》，译林出版社2005年5月第一版，陈建铭译。

---

①威廉·哈兹里特（William Hazlitt，1778—1830），英国散文作家兼评论家。主要作品有散文集《席间杂谈》（1821）和《直言集》（1823）。其他主要著作还有《莎士比亚戏中人物》（1817）与集其思想之大成的《时代精神》（1825）等。《哈兹里特全集》十三卷于1902年至1903年出版。

②利·亨特（Leigh Hunt，1784—1859），英国新闻记者、散文作家、诗人兼政论家。主要著作有：《拜伦及其同时代诸君》（1828），诗集《里米尼的故事》（1816）与脍炙人口的《自传》（1850）。

③约翰·亨利·纽曼（John Henry Newman，1807—1890），英国神学家。后信奉天主教并成为天主教会领袖。

④托马斯·怀亚特（Sir Thomas Wyatt，1503？—1542），英国诗人。他将意大利十四行诗、三行连环韵诗体及法国的回旋曲引介到

英国。他的诗作影响了诸多16、17世纪的作家。

⑤本·琼生（Ben Jonson，1574—1637），英国剧作家兼诗人。被公认为是伊丽莎白一世与詹姆斯一世时期英国仅次于莎士比亚的杰出剧作家。

⑥克鲁克香克（George Cruikshank，1792—1878），英国19世纪著名的插画和讽刺漫画家。

⑦拉克姆（Arthur Rackham，1867—1939），20世纪英国著名的插画家。作品风格秀丽、典雅，擅长描绘如诗如梦般的幻想场景。曾为《格林童话》（1900）、《仲夏夜之梦》（1908）、《暴风雨》（1926）以及狄更斯的《耶诞欢歌》等诸多名著配图。

⑧斯派（Spy），即沃德爵士（Sir Leslis Ward，1851—1913），英国插画和肖像画家。1873年起用笔名斯派为《名利场》杂志绘制插图。

Libro：一家人文书店的记忆

——《书店魂——日本第一家个性化书店Libro的今与昔》

Libro[①]，全称Libro Book Center，1975年创立于日本东京西武百货池袋店。因为与出版部门Libro Port合作而成为“SAISON文化”的核心，并在1975年至1995年的20年间演变成日本独树一帜的一家个性化书店。Libro标榜的主题与个性，切合了当时日本社会“后现代主义”[②]思潮，向读者宣示了书店的自我和主张，并突破了“以畅销作品为主，重视销售量的卖场”为代表的传统连锁书店经营模式，通过定期书展和改变陈列方式等创举，改变了日本书籍流动与贩卖的历史。Libro以文化据点自命，展示了强大的企图心，甚至成为日本当代文化的要角。

20世纪80年代，后现代主义逐渐成为日本年轻人行为的流行思想。新世纪思潮著作——“精神世界的书本”，成为引领这种社会思潮的利器。这样，书店作为后现代主义“新学院派、街头的流行思想”的据点之一，责无旁贷地成为了“新学院派”的堡垒。Libro，就是这样一家异军突起的“新生代书店”的代表。此时，小川道明来到Libro，先期担任书籍部部长，后再继任社长。正是由于小川道明的发现与挖掘，又成就了核心人物中村文孝和今泉正光。此时的中村文孝负责了Libro卖场的规划，而今泉正光的经营风格决定了之后的Libro。随后，本书——《书店魂》的作者，田口久美子也于1976年加入Libro合作团队。至此，以小川道明为首，由中村、今泉和田口等骨干组成的一群爱书人，在西武Libro遵循达成“将书店变成文化据点”的理想，开启了一场令人耳目一新的主题个性化书店试验，铸就了一段辉煌的“书店魂”。

20世纪80年代，被称为“日本书店界最后一个平稳和幸运的年代”。

在日本，特别是在首都东京，书店业出现的显著变化始于70年代。70年代末期，全国性连锁书店发展势头突然受到的扼制，催生了一批大型书店。1978年，八重洲Book Center（简称八重洲BC）的成立，在当时产生了广泛的影响。之后，便是1981年三省堂书店的大装修，继而又有纪伊国屋书店新宿南口店的盛大开幕，最终以1996年由阪神集团出资的Book First进军图书市场为终结。

八重洲BC书店成立后，营业面积达到当时日本书店的最大规模，秉承了“创立无论什么书都马上买到手的书店”的基本经营理念。大型书店的出现，在出版界刮起了一股旋风。特别是针对小型出版社，他们得到了“我们公司的出版物能在书店长期铺货”的鼓励。读者也期待着大型书店的出现，八重洲BC引领书店进入了一个大型化时代。不仅如此，这时，仅东京都就出现了诸如纪伊国屋、三省堂、丸善（日本桥）、大盛堂（涩谷）和芳林堂（池袋）等大型书店，而且这些书店的经营面积大多数均达到了500坪（1坪为3.3平方米）左右。

纪伊国屋总店新宿店，就是其中一家。当时，纪伊国屋陈列的专业书籍分为政经和自然科学两大类，其中政经，包括政治、经济与其他，其他之中又包含了人文类书籍。自然科学则涵盖了理工类书籍。纪伊国屋新宿总店有四个经营楼层，每层面积大约150坪。二楼除专业书籍外，还陈列文艺、文库新书与工具书；三楼是参考书、童书和外文书；四楼则是美术类图书与纪伊国会堂。虽然此时的纪伊国屋新宿总店的销售额还不及丸善的日本桥总店，但纪伊国屋逐渐形成了新宿总店和大阪梅田两个大型主力店，借以确立了自己在市场上的龙头地位。三省堂则是开店数量较多的书店之一，不仅占据了东京都的池袋、新宿和涩谷等大车站附近的黄金地段，而且还积极地在名古屋、札幌等地开设了分店，其中面积大的达到每间七八百坪。销售方面，传统的三省堂一直是“参考书”销售的主力军，其中三省堂神田总店一楼教科书贩卖部的经营面积就曾经达到250坪。这种情况直到1981年大装修后才得以改变，三省堂增加了专业书籍的陈列品类，由此淡化了人们对三省堂“参考书权威”的印象。“以参考书联想至各种书类”成为了三省堂的策略，随着将海外文学视为翻译等语言学的延伸。之后，三省堂利用有限的空间，拓展了文学类书籍的陈列与销售。

在东京，如果说新宿的代表是纪伊国屋，神保町的代表是三省堂，那么，池袋的代表性书店则是芳林堂。芳林堂的经营面积虽然比纪伊国屋和三省堂都小，但400坪的书店，每层楼也有五六十坪。从70年代起，市场和规模的扩张，成为了芳林堂书店成长的主导因素。芳林堂经营上所花的心思是藏书丰富，并在短期内形成了专长书目，包括人文、社会（含哲学、思想、心理、历史、社会和政治）等大类。将过期期刊杂志引入并提炼书籍贩卖概念，芳林堂在日本书店中是第一家。之后，日本书店的大型化趋势有增无减，其中淳久堂书店池袋店的经营面积扩张至2000坪。

此时，完成了扩建工程的西武百货，卖场面积达到了日本第一规模。扩建计划中，其中一项提案就是将原属文化杂货部的书籍卖场扩大并移至11楼，与12楼的美术馆构成了一个整体，并提出了——“打造文化西武百货”的目标。

小川道明，学生时代曾在时代理论出版社做过编辑，出版过《书架的思想》一书，之后转投芙蓉集团以及西友的广告部门。怀着“打从心底喜欢书本”与“希望对出版界有所贡献”的理想，小川最终选择了西武Libro。中村与今泉，两人各有所长，均被田口称之为“理论家”。纯粹书店出身的中村是一位“全能型人物”，而今泉则是一位埋头苦干的“努力派”—— 一个做书店有天赋的人。因此，此时作为西武Libro社长的小川，尊重了他们各自的才干。让中村参考社会状况，负责设计Libro独特的卖场环境，解决诸如专业出版社图书“寄售”惯例等棘手问题；放手让今泉去构思独创的书架陈列方式，以此实施、推进书店“个性化”的经营风格。

1975年9月，经过充分的准备，经营面积达到300坪的西武Libro开幕了。

20世纪80年代的日本，是外国文学出版逐渐繁荣的时代。特别是美国文学作品，经过60、70年代的不断翻译、引进，到80年代已形成规模并开花结果。引领者是塞林格（Terme David Salinger）的《麦田里的守望者》一书，随后托马斯·品钦（Thomas Ruggles Pynchon.Jr）、约翰·厄文（John Irving）、约翰·厄普戴克（Johe Updike）、瑞蒙·卡佛（Raymond Carver）、杰·麦金纳尼（Jay Mclnerney）等人的著作都陆续被翻译出版。文库本的代表性作品有威廉·吉伯逊（William Ford Gibson）的《神经浪游者》、安东尼·伯吉斯（Anthony Burgess）的《发条橘子》等科幻文学作品以及R.A.海莱因（Robert A.Heinlein）的《夏之门》、艾文·烈文（Alvin Revin）《从巴西来的男孩》等小说，还有“垮掉的一代”杰克·凯鲁亚克（Jack Kerouac）的代表作《在路上》，朱蒂斯·盖斯特（Judith Geist）的少年成长小说《平凡的人们》等甚至带有纽约气息的小说。《纽约客》杂志的专栏作家、《美国的脉动》的鲍伯·格林（Bob Greene）或《纽约随笔》的皮特·哈密尔（Pete Hamill）等人，都成为畅销的作品或深受读者欢迎的作者。

在此过程中，日本的知名作家也起到了推波助澜的作用，村上春树就是其中的典型代表。村上春树在成为职业作家前，曾倾心于翻译工作，之后仍不断翻译美国文学作品。他醉心于弗朗西斯·斯科特·菲茨杰拉德（Francis Scott Key Fitzgerald），出版了《我消失的城市》和《斯科特·菲茨杰拉德作品集》等译作。甚至在自己的作品《挪威的森林》中，村上春树也加入了描写主角阅读《了不起的盖茨比》的场景。另一位作家小岛信夫自1968年至1982年连续十几年在《群像》杂志连载的《拥抱家族》，典型地代表了当时日本的社会现状，反映了日本社会的变迁。因为“新世纪”风潮，书店进入了快速成长、发展的时期。

到1980年代后期，日本“‘后现代主义’流行于街头”的这种思潮，已不只限于“现代思想”的领域，而是广泛地渗透于从古典哲学、历史、社会学、文学到艺术的各个层面，更大范围拓宽了读者群的广度。

开幕10年后的1985年，受书籍定价制度和零售利润率低等因素影响，Libro从西武百货中独立了出来。

“建构有特色的卖场，吸引新的客群”是Libro提出来的经营口号。在类别经营方面，Libro始终秉承了艺术、人文类书籍的特色。坚持走为年轻人服务的经营之路，并以之为品牌，挑战之前或其他书店的经营模式。

1989年重新装修后的Libro，进一步突显了书店独特品位和效果的经营定位。整个卖场设计一改传统的既有概念，创新了新店面设计的理念和实验空间。整体的照明刻意偏暗设计，多视角使用聚光灯为书架打光，营造了高雅的格调与氛围。采用红木制作的书架、书柜顺着弧形壁面，与细长龟甲型稳重的金属架，组成了美术类书籍专用书柜。深褐色的木地板，使整体装修效果强化了书籍陈列的质感。中村文孝在卖场空间规划设计过程中，展示了才智。关于店堂设计的空间感，中村的理念是力图创造一个先进的空间配置。他说，Libro的设计一定要突破那个时期书店都像超市一样光线明亮的传统，高端的书店卖场用光必须要趋暗，并通过照明改变达到促进销售的效果。他认为，这是销售策略的必要手段。对书架的设计，中村提出了“山形书架”的设计理念，目的是“使上下左右的书架联结，共同表现一个主题”。对书店的商品陈列布局，中村甚至对此也进行过专门的研究。譬如，他认为，人的潜意识习惯会向右移动脚步，这个比例，研究结果显示为70%左右，所以，店门入口设计应该倾向性地安排在左边。同理，站在店方立场考虑，杂志卖场要设在店内左边，并将最希望卖好的书摆在一个平台的左前列。按中村的设计理念，如果不能做到让读者无意识地伸手取书，那么商品的畅销也无从谈起。

在中村进行卖场整体规划的同时，今泉正光也没有闲着。他舍弃了业界的惯例，致力于书架的建构，设计出得到广泛关注的“今泉书架”。之后，“今泉书架”流传世间，对日本书店业形成了广泛的影响力。

“立体化呈现‘世界的知识潮流’，是‘今泉书架’的目标。”今泉正光如是说。今泉将书架设计成八个面，分别用于陈列各种类别的书籍。诸如神秘的基督教思想史、亚里士多德、柏拉图以及社会学、政治学，甚至陀思妥耶夫斯基或卡夫卡等内容，各占一个面，八面玲珑。书架陈列的内容按日语中五十音图假名字母顺序排列，并可根据需要随时改变，经常性给读者保持一种新鲜感。

中村和今泉针对人文类书籍，特别是围绕思想性书籍陈列方式的设计变革，经过不断努力，制造了书籍在人文社会类方面成功的营销策略，顺应了当时日本“后现代主义”社会的时代背景。这种影响不仅在于“现代思想”领域，也包括古典哲学、历史、社会学、文学和艺术；不仅只有后现代，还包括了对学科范围的拓展与延伸，或称之为“学问越界”，或称之为“知识重组”。中村和今泉，通过设计拓宽了读者队伍的广度和深度。

时代孕育了西武的文化战略，也造就了文化战略中诞生的Libro。虽然在1995年后，随着小川道明、中村文孝、今泉正光，以及田口久美子的陆续离开，后现代主义思潮在日本的“快速地消退”，“今泉书架”最终被解体，Libro也随风而逝。但Libro通过主题个性化呈现出的书店业态，在朝气蓬勃的20世纪最后20年间，还是为日本的出版、书店业创造了一段辉煌的时光。那种勇于创新的精神，那种对高雅文化执著的追求与可贵的坚持，以及许多成功的经验仍然得以传承，影响了后来日本书店业的发展。

书人小传

田口久美子（Taguchi Kumiko），其书店生涯始于1973年，在Kiddy Land八重洲店担任店员。1976年进入西武百货书籍贩售部门

（Libro的前身），历经船桥、涩谷各店，曾任池袋店店长。现任淳久堂池袋总店副店长。《书店魂——日本第一家个性化书店Libro的今与昔》，台北：高谈文化事业有限公司2004年8月第一版，黄柏华译。

---

①Libro，意大利语和西班牙语中词义相同：表示“书”之意。Libro这个词源于拉丁文liber，指的是一棵树的外皮和木头本身之间的薄皮，是最早的书写对象。

②后现代主义。原书作者引用东浩纪《动物化的后现代主义》的解释为：后现代主义，诞生自20世纪60年代的法国，70年代在美国成长，80年代传入日本。它原本是汇集结构主义、马克思主义、消费社会论及批评理论、难懂的言论，因此主要在大学内流传。但是在日本，80年代中期成为年青一代的流行思想，而传播到大学外，然后随着时代被淡忘。日本流行思想的后现代主义，常以“新学院派”称之。

神保町：古旧与鲜活

——《神保町书蟲——爱书狂的东京古书街朝圣之旅》

东京千代田区神田神保町古旧书街，在日本，有“古书的麦加”或“古书的圣地”之称。早在明治时代神保町就是书店群聚之处，至今已有上百年的历史。

插画家、古书收藏家池谷伊佐夫便是这条街上一个执著的“书虫”[①]。“凡有书的地方都是我的最爱。”池谷将神保町视为书的巢穴，是自己“朝朝暮暮心之所向之地”，而且一逛便是兢兢业业的30年。自称“书虫”的池谷，比较讲究地认为，“书虫”的“虫”字一定要采用日本二手书中常用的旧体字——“蟲”，才符合古早味十足的神保町气质。现在的神保町古旧书街，包括了以神保町为中心，继而覆盖周边的整个神田地区，并由此形成的由众多古旧书店共同构成的古旧书销售、展示场所，其规模达到了160余家，有世界古书第一街之美誉。其中，又以老店林立的靖国路和白山路两条书店密集的书街及其藏于周边巷道中的各式古旧特色书店最为著名。

在池谷伊佐夫的记忆中，靖国路上一家称为“佐藤书店”的老店，因为代表性地只销售一般二手书，从而变成了一家稀有难得的个性化书店，这给他留了十分深刻的印象。因此，在池谷看来，要在神保町“现有古书店的规模与集客能力中寻觅出一条活路，除了凸显自家的个性外，别无他法”。正因为个性化特质，使神保町成为了一个聚集人气的地方，尤其像池谷伊佐夫这样的“书虫”。成为了“书虫”

后的池谷，在之后的岁月，无论是天晴或下雨，每逢周末，都“必定风雨无阻，准时去向神保町东京古书会馆的古书即卖展报到”。神保町，成了池谷等“书虫”们每周怀抱“巧遇好书”的期待而准时前往的朝拜圣地。

于是，池谷的神保町寻书之路，也就从古书会馆开始了。

东京古书会馆，亦称古旧书即卖展场。东京所有的旧书迷，当然还不仅仅是东京的书迷，古书会馆每周五、六举办的即卖展对所有的书迷来说都是引颈期盼的。会馆所有展出的旧书经过参展商一本一本精心挑选，使品质和价格得到了保证。因而也能形成一定的规模，吸引广大的书迷。池谷就曾兴奋地花800日元在此购得松本清张[②]荣获28届芥川奖的《某〈小仓日记〉传》杂志版。

创办于1902年（明治三十五年）的北沢书店，是神保町屈指可数的老字号书店之一。这家书店营业之初主要是为海外的图书馆订购书籍。之后，才转型专门经营欧美古旧书，继而成为在经营英美文学书籍方面的高品质书店。这里，既存有全套《洛布古典丛书》[③]希腊、拉丁文英译版本，与莎士比亚作品相关的文学类书籍，也存有大量英美大型词典类工具书，甚至西方戏剧、音乐与美术类书籍。

北沢书店经过1982年的改建，变得豪华、舒适。到北泽一郎时期，已是第三代经营了，他接任了书店的管理之职。

一诚堂书店创立于1903年，后进驻东京，也是神保町具有代表性的一间老字号书店。一诚堂经营范围定位于文科与西洋二手书。宫殿般的一诚堂书店现有建筑于1931年10月建成，分为地上四层地下一层，整幢大楼艺术氛围浓郁，至今仍不失当年风采，是日本最具规模的二手书书店之一。一诚堂书店保存有不少珍本图书，如规模达到351册的镇店之宝《日本史料》，价值1200万日元。西方出版的图书，一诚堂也存有包括1778年出版，标价38万日元共5册的《库克船长第二次探险航海记》[4]和法国附图（复刻版），标价高达18万日元12册的《狄德罗百科全书》在内的许多珍本书。除此之外，一诚堂还收藏有丹羽桃溪所绘“狂歌绘卷”，日本江户时代的手抄本《伊势物语》[5]，西本愿寺本二十册《万叶集》[6]，以及葡萄牙人泰克斯拉手绘的《日本图》等价格不菲的珍本。

创始于大正三年（1914年）的老字号明文堂书店，是一家专售“法律·经济·社会科学”类书籍的专业书店。明文堂拥有《现代日本产业发达史》《学制百年史》以及《东京都财政史》等史料书籍。与众不同的是，该店因为经营许多公司历史方面的书籍而独具一格，如神户制钢、纪阳银行、北陆电力、住友保险、大昭和制纸以及《资生堂会馆七十五年史》等。而擅长经营日本及东亚历史古籍的书店则非丛文阁书店莫属。丛文阁的“书志·书目”中，就有《典籍丛话》《天理图书馆四十年史》和《古书丛话》等。丛文阁的典籍经营，包括了《神道大系》《古事类苑》《正法眼藏全讲》和《国释一切经》等。尤其是，丛文阁书店还设有中国古籍专架，如《天工开物》《白乐天诗集》（线装三套，十二册）以及《文选》（十二册）。另外，丰富的传记类藏书也是丛文阁藏书的特色之一。

虽然神保町不少书店都经营西洋版书籍，但最具原汁原味特色并坚持至今的书店当属戈尔多尼（Goldoni）。这家书店的店招源于18世纪意大利喜剧作家戈尔多尼之名，是一间专门销售戏剧类书籍的书店。说到特别，便是戈尔多尼书店老板宫岛惠一的歌舞伎演员出身。宫岛为实现自己的理想，建立了这间专门提供戏剧后辈与从业人员相关资料与文献的书店。“古书店不过是我搜集文献的名义”宫岛这样絮叨自己办店的初衷。文学戏剧剧本、戏剧论文以及海外戏剧资料等难见文献在戈尔多尼应有尽有，既包括田纳西·威廉姆斯（Temmessee Williams）、尤金·欧尼尔（Eugene O'Nell）、阿瑟·米勒（Arthur Miller）的作品，也包括日本本土作家、剧作家千田是也、安部公房、浅利庆太和芥川比吕志等的重要著作。

至于如何逛神保町书店，池谷伊佐夫透露了自己的一些“秘籍”，以告诫读者谨防遭受店主的冷遇。他说，倘若您的目标是搜寻西洋书或者社会科学、日本文学和古籍之类的书籍，则最好打扮成学者的模样；倘若您的目标是近代文学、珍本漫画、高价位的侦探小说，那么可以装扮成收藏家的模样；如果您有足够的名人气质，那肯定无往不利。进入一家书店，如果您能带上几本已购的书，那是最受店主欢迎的了，这时您就可以尽情地置身于昂贵的古籍与稀有珍品之间大快朵颐了。北沢书店的老板北泽一郎曾经感慨，读者究竟是真正来购书的还是来闲逛的，其实很难从装扮上作出判断。

尽管神保町古书街素有“古书的麦加”之誉，但近些年来由于受经济或地价店租的影响，经营者面临的压力也在增加。尽管时过境迁，神保町还是保持了活力。

品味东京神保町，自然让人联想到伦敦的查令十字街及威尔士书城小镇海伊、巴黎塞纳河畔的小书摊以及北京琉璃厂的古籍书店。作为古旧书收藏者的“圣地”，今天的神保町依然对爱书人有着足够的魅力和吸引力。

池谷伊佐夫集自己30年淘书经验，把自己在神保町寻书、观书和购书的独门秘诀通过《神保町书蟲——爱书狂的东京古书街朝圣之旅》一书极尽可能。从轻松幽默的散文随笔，到巨细无遗的手绘插图，有图文，有掌故，有观察，娓娓道出了书街圣地许多不为人知的有趣故事，让读者感受了一番古书街淘书的氛围与鲜活。

书人小传

池谷伊佐夫（Isao Ikegaya），1951年生。日本插画家、古书收藏家。曾在广告公司任职，之后成为SOHO族，从事插画、漫画工作。在插画工作上秉持慢工出细活的专业信念。池谷高中时代即爱书成痴，是个身陷书海、无法自拔的书虫，凡有书的地方都是他的最爱。他有自己的藏书哲学，新旧书皆收，所收之书分藏而读之和藏而不读两类。收藏外文童书就是藏而不读。藏书范围除涵盖绘本、少年小说、推理小说、散文、美术、落语和动画等，对装帧美观的艺术类二手书更是情有独钟。著有《东京古书书店地图》《三都古书店地图》和《书物达人》等，作品《博士为何气冲冲》获平成14年（2002）日本文化厅媒体艺术节漫画类特别奖。《神保町书蟲——爱书狂的东京古书街朝圣之旅》，生活·读书·新知三联书店2008年8月第一版，桑田草译。

---

①书虫（Lepisma saccharina，又称书蟲、蠹鱼、纸鱼，学名衣鱼），属衣鱼科小昆虫。体形（长约1厘米）长而扁，头小，触角呈鞭状，无翅，有三条长尾毛。常躲在黑暗的地方。食干燥的含淀粉的物质或纸张，在潮湿的环境中生长迅速，可损坏书籍，钻入书籍的封皮及书页造成许多小洞。常见的种类有衣鱼和书虱。蝙蝠是书虫的天敌，在葡萄牙的科英布拉图书馆就特地允许蝙蝠存在。池谷伊佐夫的书中所指的“书虫”，喻指爱书、爱读书之人。

②松本清张（1909—1992），日本推理小说作家。代表作有《某〈小仓日记〉传》（1952）、《点与线》（1957）和《隔墙有眼》（1957）等。

③《洛布古典丛书》，英语世界一套收入西方古典作品的丛书，收入的作品种类繁多，含经史子集，主要指约中世纪以前用希腊文和拉丁文撰写的著作。丛书最初由詹姆士·洛布（James Loeb）发起和赞助，于1912年面世。

④《库克船长第二次探险航海记》，詹姆斯·库克（James Cook，1728—1779），英国探险家、航海家，曾三度远征太平洋，被称为库克船长。1772年库克率船队离开英国，沿海岸线南下绕过非洲好望角，穿越南极圈到达新西兰、澳大利亚及南太平洋诸岛，史称“第二次远征”。他探索了太平洋沿岸的海岸线，是最早发现南半球新西兰和澳大利亚东海岸的人，并留下许多珍贵的航海绘图记录。

⑤《伊势物语》，主人公在原业平是平安时代的歌人，一个有名的风流美男子。他将热情倾注于众多的女子身上，数量多达3733人。《伊势物语》是日本最早的古典文学作品之一。

⑥《万叶集》，日本现存最早的诗歌总集，共20卷，收诗歌4500首，所收诗歌出自4世纪至8世纪前半叶，按内容可分杂歌、相闻和挽歌等。《万叶集》最大贡献在于摆脱了汉诗的窠臼，用日本民族语言，把不定型的古歌谣发展为定型的民族化、个性化的诗歌形式，为后世诗歌创作树立了典范。

绽放风华六百年

——《法兰克福书展六百年风华》

法兰克福，位于德国中南部，静静的美茵河之水缓缓穿城流过，汇入莱茵河。

因为得天独厚的地理优势，法兰克福成为了德国乃至欧洲的重要交通枢纽。实行欧元后，欧洲中央银行便设在法兰克福，使法兰克福成为世界著名的金融中心。除此之外，法兰克福还是世界著名的会展之都。每年的图书展、汽车展等，使法兰克福享誉全球。

法兰克福国际书展会场，交通便利，位于市中心特奥多尔—霍伊斯大道旁，靠近火车总站。随着参加人数的不断增加，书展展厅数量和展览面积也得到不断扩充。目前法兰克福书展展馆已增至9个，展厅达到16个，展览面积将近20万平方米。于2010年10月6日开幕的第62届法兰克福国际书展吸引了来自世界111个国家和地区的7539家参展商参展，近30万参观者观摩。法兰克福书展原则上安排在每年10月的第一个星期三至第二个星期一举办，为期五天，周六、周日两天对一般公众开放。今天的法兰克福书展已经成为世界上规模最大，也是最成功的版权型书展，堪称“出版业的奥运会”。据统计，书展达成的版权贸易能占到当年世界成交总量的75%。

法兰克福书展的历史，可上溯到六百多年前。据称，早在公元1370年前后，法兰克福图书集市就已经存在。大约公元1455年，谷登堡利用其发明的金属活字印刷术印制了《四十二行圣经》。

书籍印刷是世界文化史的一大进步。这项新技术推动了当时的文艺复兴运动，并加快了文艺复兴运动由意大利传播至全欧洲的步伐。与此同时，人文主义者通过“大量印制的书籍作为对外沟通的工具，于是这类学者的文学作品成为畅销书籍，它们首先征服了扩张中的图书市场”。

第一部这样的作品便是福斯特（Foster）和舍费尔（Schafer）在1465年出版的《西赛罗文集》。之后，便有维吉尔、亚里士多德等更多的文学及哲学作品问世。其中哥伦布（Cristoforo Colombo）、维斯普西（Amerigo Vespucci）、科特斯（Costner）以及达迦马（Vascoda Gama）等人的游记、地理探险类书籍尤其受到读者欢迎。公元1480年左右，欧洲境内印刷厂规模是118家。到公元1501年，这一数量便增至1120家，印刷各类作品约有3万种，数量超过1200万册。15世纪，法兰克福图书集市交易模式还是印刷商直接与消费者交易，但从公元1500年后，以物易物的贸易模式逐渐成为主流，而这种方式则主要由出版商带动形成。法兰克福之所以能够成为贸易中心，源于其绝佳的商业及地理优势。法兰克福位于两条重要商业道路的交会处。一条通道，从南方经过巴塞尔及斯特拉斯堡向北通往科隆，并延伸至比利时和荷兰；另一条通道，则以西边的巴黎为起点，向东通往马德堡和莱比锡，法兰克福因此而发展成为德国最古老的传统集市。而近在咫尺的金属活字印刷术摇篮——美因茨，使得法兰克福比其他城市能更迅速且更有条件地发展成为图书交易中心。

> 当帝国的旗帜在城门或者某座塔楼上升时，该城的钟声随即响起，宣告该日集市正式开始，出版商和采购书商接下来可以自由进行商业交易。交易时，出版商在书籍展览厅的门窗上贴着海

报格式的出版社目录和书名清单，让路过的访客一目了然地了解每个国家销售的出版物内容。当帝国旗帜降下，钟声响起时，集市一天的交易便告结束。

年复一年，法兰克福图书集市就这样蓬蓬勃勃地发展起来了。

1611年，一名与莎士比亚同时期的英国文学家、旅游作家科里亚特（Koriath）来到法兰克福。他在游记中这样记载：

……之后我走进书店街，看见了无数书籍，这景象让我惊讶万分。因为这条街道的盛况，远远超过了伦敦圣保罗教堂前的广场、巴黎的圣雅各大街、威尼斯的美彻丽雅，以及所有我曾在旅游途中参观过的街道，这在我看来真可以说是全欧洲最重要的书籍流通处。这里的每条街道不仅因为各种书店，而且同时也因为艺术、知识及印刷术的专业水准而出名。尤其此地的印刷术在过去几年的蓬勃发展，使得法兰克福不亚于任何一个基督教城市，甚至不亚于因为精良的印刷术而受我大加赞扬的巴塞尔。

尽管经历了17、18世纪的衰落，饱受了20世纪二次世界大战的破坏，二战后法兰克福书展还是得以复兴。1949年9月18日至23日，在黑森州和德国书商协会的赞助下，现代意义上的第一届法兰克福书展在保罗教堂举办。书展吸引了205家德国参展商参展，向1.4万名参观者展示了8400种图书，营业额达到260万马克，出版社也签订了2.1万份交易合同。第三帝国时期文化和思想禁锢解除之后，德国人如饥似渴地追求自由的愿望，成为第一届书展成功举办的主要原因。从第一届开始，法兰克福书展就不仅仅只是一个图书展览和图书贸易的场所，它成为了一个新时代的象征，成为了重新建立图书行业的希望载体。在第一届书展上，丘吉尔（Winston Churchill）的回忆录、蒙哥马利（Bernard Law Montgomery）的《从诺曼底到东海》、艾森豪威尔（Dwight David Eisenlower）的《入侵》、霍尔（Hall）的《特别任务的使者》以及米切尔的新版《飘》和哈萨尼（Harsanyi）的《以女人的眼睛》等作品，通过重视市场经济运作，并以典型的美式刻印精细地打造书名，营造吸引读者的视觉效果，共同获得了整个书展的最高营业额。随后，每年一届的书展，通过不断积极创新的举措，造就了新时代法兰克福书展的面貌和商业特性。

在经营上，法兰克福书展的准则是"增长"——追求规模扩大，追求参展商增多，追求参观者数量，追求国际影响力。这一个个"追求"，推动了书展规模的迅速膨胀，推动了书展的快速国际化，吸引了越来越多的国际参展商和参观者，书展功能转型臻于至善至美。起初，书展主要服务于采购订书业务，搭起出版社与零售商沟通的平台，到后来，便转型成为了出版社对出版社的业务服务。特别是从20世纪60年代开始，不断成长的翻译授权、发行授权与联合制作的国际化交易，逐渐形成了书展的主轴。为推动国际化，书展主办方努力招揽客户，吸引国际出版社来到法兰克福，并努力将出版物推销到国外。为此，书展不仅仅在书展期间开展活动，而且还通过提供咨询服务，成立工作坊或举办研讨会等多种形式进行推广，并且通过走出去，参加国外书展吸收各地主办国合作办书展。如1975年到南美推广，1976年与莫斯科达成文化协定，并在非洲尼日利亚、肯尼亚，亚洲的泰国、菲律宾，东欧的俄罗斯、乌克兰，以及罗马尼亚等国开展书籍经济在新市场中的普及活动，目的是让更多的国家和出版社日后能够受邀参加法兰克福书展。

1973年，是法兰克福书展在新时期的一个新的转折点。这一转折来自媒体、观众的批评，源于媒体对书展片面追求商业利益，只顾及那些出版畅销书的出版社，而对中小型出版社、专业出版社以及对艺术、本土宗教与科学类图书在展览安排上的忽视。为重塑书展形象，新任书展主席对书展内涵进行了深层次的反思与探索，强化了内容服务，在坚持商业书展特性的前提下，通过设立主题馆等形式给书展注入了新的元素和活力，以创新方式解决了形象问题。1976年，书展首次设立了“拉丁美洲”主题馆，并通过设立“拉丁美洲”馆，邀请了阿根廷、秘鲁、墨西哥等国家以及阿根廷的科塔萨尔①和普格（Puig）、巴西的林斯（Lins）、德梅洛（De Melo）和亚马多（Amado Jorge）、乌拉圭的加莱亚诺（Eduardo Galeano）、秘鲁的略萨②、墨西哥的鲁尔福（Juan Rulfo）、智利的斯卡尔米达（Skarmeta）和哥伦比亚的博达（Boda）等30余位拉美知名作者参加书展。并在展厅开辟专门展览馆，规划安排了“神话、历史、现实：拉丁美洲文学”照片和文字特展、“拉丁美洲当代艺术”展、拉美文学研讨会以及作家演说、朗诵等活动，引发了欧洲读者一股认识拉丁美洲文学的热潮，也使法兰克福书展成为国际出版界瞩目的焦点。

20世纪90年代，法兰克福书展国际化趋势得到进一步加强。随着1993年在莫斯科、1994年在布加勒斯特、1995年在华沙以及1998年在北京和纽约等地设立海外办事处，法兰克福书展不断拓展了国际服务范围。德国图书信息中心就是这样一个专门从事国际图书交流、版权介绍以及德国与国际出版社开展贸易合作的服务机构。

唱主角的文学书与作者。虽然主办方一再强调，法兰克福书展是一个出版商展览，文学类书籍只是其中一类产品，书展并非文学嘉年华。但自古至今，文学类书籍仍然是书展备受瞩目的焦点，这既是法兰克福书展的历史和传统，更是魅力所在。书展推出的文学作品成为了年度出版的风向标。

在1959的书展上，诺贝尔文学奖得主海因里希·伯尔（Heinrich Boll）的《九点半的台球》，被许多国外出版社竞相购买翻译权；君特·格拉斯（Günter Grass）的《铁皮鼓》，尚未出版就造成了轰动；25岁的东德作家约翰森（Jonathan）的处女作《对雅科布的种种揣测》，在书展中引起广泛反响。除此之外，如哈格尔·施坦格（Hagel Stenge）的《众神的玩物》、兰佩杜萨（Description）的《豹》、卡尔·楚克迈耶（Carl Zuckmayer）的《狂欢节的忏悔》、鲍里斯·巴斯捷尔纳克[③]的《日瓦戈医生》和尤利斯（Juliusz）的《出埃及记》等都在畅销书排行榜上。20世纪50年代后期，法兰克福书展呈现的一个趋势是传记与“伟人”经历类书籍的广受青睐。

20世纪60年代，备受瞩目的作家和书籍有：瓦尔泽（Martin Walser）的《间歇》、魏斯（Weiss）的《车马夫的身影》和施密特（Schmidt）的《像月球危海的瘠土》。美国作家亨利·米勒的《北回归线》第一版4万册，一出版就被抢购一空。

口袋书的出版，在1962年第14届法兰克福书展上形成热潮，大大提升了当时民众的阅读率。

针对书展上文学书的特殊地位，来自德国科隆的出版商J.C.维奇（J.Caspar Witsch）这样诠释：

> 我们所尊奉的现代文明的规则，我们所热爱却不断腐蚀我们的富裕、文明使20世纪的人类变得千篇一律。简单地说，所有从文明中衍生而来的不便与麻烦，对我们造成的影响是有限的，但我们却可以感受得到某一特定的东西能让文明不断地得以修正，这个东西我们称之为“文学”。
>
> 这个东西，文学，是人类力量的储存地，并不是因为它是一个艺术的保护地，而是因为它对我们的生活整体而言是一个持续

的、有效的抗议。

文学是一个每天、每小时、分分秒秒都在进行的对话，是所有人类的相互对话。在我们的行为上、想法上、思考上有任何不尽完善、需要补强、不足之处，也可以借由文学使其趋于完美。

……

大显身手的经纪人。20世纪90年代，法兰克福书展上大家关注的热门话题不再是有什么新书问世，而是谁付出了多少款并购买了谁。这就使书展上涌现了一大批企业分析师和经纪人。经纪人形成了书业中一个新的行业，他们来往于展厅和出版社接待处打探着消息，导致出版资源加速呈现集中化倾向，也导致美国整体图书市场高达90%的出版资源掌握在不到20家的企业手中。虽然，代理商于1970年就首次进入书展目录，代理商和经纪人也于1978年就在书展获得独立展区，但成为书展的核心，还是在今天。目前，全世界每年有超过400家代理商云集法兰克福书展，成为书展交易的一个亮点和特色。

德国《斯图加特日报》曾作过这样的报道：

……这些刺探消息的人的作息时间是从中午12点到凌晨3点，地点是旅馆的休息厅，或楼梯的通道。……他们只有在这里才可以从容不迫地观察新的出版品，因此书展绝对不是仅限于在展场中而已。……许多合约都是在那里（招待所）签订的，作者的稿费也是在那儿讨价还价的，争执版税的相关事宜和出版权的买卖都在那儿进行；小型出版社在那儿为自己争取个别性，中型出版社争取自己的生存权，而大型出版社则为如何继续经营出版社而努力。

应运而生主宾国。法兰克福书展设立主宾国的举措始于1988年，目前已有意大利、法国、韩国等10多个国家出任过主宾国。2006年是印度，当年印度组织了150多家出版社参展，展出了2000多部印度文学作品，还有50位印度作家到场。此外，书展期间还有印度电影、展览和美食，立体化地展现了印度的当代文化。随着主宾国的设立，法兰克福终于成为全世界镁光灯的焦点。2009年，中国成为第61届法兰克福国际书展主宾国，利用组委会提供的一个2500平方米的大展厅，全方位展示了当代中国出版业的成果和国家文化形象。

迈向数字化时代。数字化和新媒体早在1983年的法兰克福书展上就成为主题，首次展示了声音、图像和数字载体。20世纪90年代，人们再也无法忽视数字化现象的存在。互联网时代，给传统图书行业带来了深刻的变革。

这是一个为奥威尔小说《1984》设定的年代。数字化引发的巧合与联想，范围涵盖了整个生态学和基因技术，也涉及了媒体。1984年的书展，主办单位规划了书展的三大区块组成，表达了对迈入电子时代的忧心。开展了新媒体——旧文化、无线化人类、明日与未来的电子书等系列论坛，点燃了关于丧失阅读兴趣以及电视体现的文化价值这类话题的广泛讨论。自从1984年法兰克福书展以奥威尔为主题以来，书展大会便安排了更大的展出空间支持新媒体。书展主席卫浩世说："在全球图书交易中，我们已走到一个必须考虑现实的转折点，将国际书业因为大量电子产品问世而改变的现状，转化成为书展上的新品质和新面向。"1993年，书展宣布当年的主题为"法兰克福迈向电子化"。来自14个国家的160家新媒体参展商亮相书展。从1997年开始，书展参展目录和版权目录都编成了电子形式。1998年，两项电子书的新发展主宰了书展讨论："软件书"和"口袋电子书"。可以轻易下载的阅读文字和经过技术改善的荧屏，加上迷你电脑高存储容量，使得电子书被视为将来印刷书的主要竞争对手。

全球书业的变化与发展，迎合了市场需求的趋势。这一趋势，加强了图书业的产业化，导致了书籍的文化意义明显地屈居于新兴媒体之下。而法兰克福书展在强化集中化与差异化的过程中，成为了创意迸发与出书规划工作坊以及全球版权交易市场。法兰克福书展提供的图书市场以及参考信息，对帮助行家掌握新趋势，真正的出版人在书展上寻找志同道合的伙伴搭建了一座桥梁。全球书业需要这样一个可以全面地交流信息、了解产品，以及与议题、图书、同业和竞争对手邂逅的平台。经历了六百多年发展的法兰克福国际书展，主导了一条从孕育者那里通过书本来传递到使用者的理念长河。

卫浩世认为，在法兰克福书展上，出版商、作者、书商、图书馆员及文字工作者齐聚一堂，巩固了所有参与者对内和对外的认同，而更重要的是图书交易也进一步成为了集体的行为，并通过持续的努力，为全世界的出版社、书商和读者提供了更全面的服务。

书人小传

卫浩世（Peter Weidhaas），法兰克福书展辉煌历史的缔造者，曾担任法兰克福书展主席达25年之久；这个对书展了如指掌的专家，由一个流浪汉而逐渐成为“世界书展之父”，是全世界出版界最有权力的人物之一；是出版界的无私奉献者，为全球的出版界训练了许多精英；是自由精神的实践者，曾因纳粹残害犹太人的历史，而激烈反抗自己的家庭、国家甚至语言。在世纪之交的时候，法国一家媒体选出近20年来影响欧洲的人物，德国有三人入选。一是前总理科尔，一是1999年诺贝尔文学奖得主格拉斯，另一位就是卫浩世。《法兰克福书展六百年风华》，中国人民大学出版社2007年8月第一版，欧阳斐斐、蔡嘉颖、天寒译。

---

①胡利奥·科塔萨尔（Julio Cortázar，1914—1984），阿根廷作家、学者，有“短篇故事大师”之称，短篇小说有《角斗士》和《决胜局》等。科塔萨尔是拉丁美洲文学爆炸的代表性人物之一。代表作《跳房子》，普遍认为是他集大成之作，并成为阿根廷文学的经典。在拉美，科塔萨尔是一位与加西亚·马尔克斯和马里奥·巴尔加斯·略萨齐名的作家。

②马里奥·巴尔加斯·略萨（Mario Vargas Liosa，1936— ），“结构现实主义”作家，拥有秘鲁和西班牙双重国籍。1963年出版第一部长篇小说《城市与狗》，使略萨蜚声国际文坛。1965年出版反映秘鲁原始森林和海滨城市生活的长篇小说《绿房子》，获西班牙文学批评奖。其他主要作品还有《酒吧长谈》和《世界末日之战》等。2010年略萨获诺贝尔文学奖，颁奖词只有短短的一句话：“对权力结构的制图般的描绘和对个人反抗的精致描写。”

③鲍里斯·巴斯捷尔纳克（Еорис Пастенак，1890—1960），俄罗斯诗人和散文家。代表作：长篇小说《日瓦戈医生》。作品描写了俄国人在革命期间的徘徊、精神上的孤立，描写了爱情以及革命带来的后果。1958年获诺贝尔文学奖，但他没有去领奖。

书·小说

看不见的小镇“硝烟”

——《书店》

1959年那会儿，哈堡没有鱼和炸薯条，没有自助洗衣店，除了隔周的星期六晚上之外，也没有电影可看，人们感到他们对这一切的需要，但从没有人考虑过开一家书店，当然更没有人想到格林夫人会考虑开一家书店。

这是英国当代文坛女作家佩内洛普·菲兹杰拉德在小说《书店》中的一段风格简洁、隽永的描述。作者讲述了一个带有浓郁自传色彩的伤感故事。

小说主人公弗洛伦斯·格林就是这样一个人。25年前，即1934年，弗洛伦斯成为了威格摩尔街穆勒书店的一位年轻店员，而且，她还自以为“对这个行业了解得非常透彻”，从那以后这一行也没有什么实质性的变化。

丈夫去世八年后，弗洛伦斯依靠已故丈夫遗留给自己的一小笔财产生活在哈堡，或许，开一家书店是最好的选择，于是，她作了这个决定。

哈堡，并不是一个有知名度的地方。它位于英国东英格兰的萨福克郡靠近北海雷兹河口的一座岛屿上。自然条件并不好的哈堡——整个小镇都龟缩在沼泽地水平面之下，而且不断经受海水的侵蚀。潮湿，并且伴随着北海散发出的粗野咸味，使哈堡的空气既清新又充满腐烂的气息。

弗洛伦斯·格林，虽然“身材矮小”，却也“清瘦结实”；虽然常常感到孤独、无助，但她有“一颗善良的心”。只不过，在涉及自我保护这类问题时，善良的心对她来说并不能起到多大的作用。弗洛伦斯还是一个坚毅的人——打她自16岁工作后，第一天领到薪水，并开始自力更生的时候，她就坚信这一点。

经过一番比较、斟酌，弗洛伦斯选择了“老屋”以及“牡蛎屋”作为自己开书店的店址，并成功说服了银行经理凯布尔先生，贷到了启动资金3500英磅。

“大家都在传说，你打算开一家书店。这表明你准备冒险做些不太可能的事情。”“临时兽医”雷文第一个给了弗洛伦斯忠告。在雷文看来，岛上的人们似乎对任何稀奇的东西都丧失了欲望，当然也包括书。弗洛伦斯则不以为然，她自信，在哈堡，自己还是能够获得大家的信任的。书，也是有需求的。

尽管哈堡几乎没有什么房子是新的，但弗洛伦斯认为，购买500年前用泥土、稻草、木条和橡木梁搭建的“老屋”以及“牡蛎屋”这样的永久性物业还是合算的。“老屋”之所以还能保存至今，甚至要归功于石头台阶下面的一间洪水地窑。地窑里至今还积存了一些海水。

“老屋”的结构，里面有一间大客厅，后面是厨房，楼上倾斜的天花板下是一间卧室。“牡蛎屋”与“老屋”虽然相隔两条街，但它与“老屋”一起出售，可作为书籍存放的辅助仓库使用。在哈堡，人们将敲打作恶的鬼，称做“敲门鬼”。“老屋”这个地方之所以长期没有出售，有一个原因，就是“老屋”经常被一个喜欢敲敲打打的鬼骚扰，当然，或许还有潮湿以及排水管存在问题没有解决等其他原因。对此，弗洛伦斯并不在乎，她下定决心，一定要把开书店这桩事情“当做对书籍本身蕴涵力量的赞美”去努力。

5月，成群的鸟儿从远方飞来。鸟儿们扑棱着翅膀，不断地起落翱翔，又数以百计地栖息在朝向海岸的沙地上。

这时，弗洛伦斯向穆勒书店采购的两卡车库存图书送了过来，向其他批发商订购的图书也随之而来。更多的新书，弗洛伦斯期待着出版社的推销员长途跋涉，穿越沼泽送来。

开业前，海上童子军自发地赶来帮助弗洛伦斯，订书架、刷油漆、整理库存。出版社的新书，也陆续以十八本一包的方式送来，它们分别包在薄薄的包装纸里。弗洛伦斯将这些书籍分门别类地挑拣出来，归并到不同类别中去。

> 厚重而豪华的乡间别墅书、关于萨福克郡教堂的书，以及多卷本的政治家回忆录，由于它们的高贵出身而稳坐前面的橱窗位置。其他的书——虽不可或缺，但并非系出名门——则占据了中间的书架。这块地方放置了汽车图书——从奥斯汀牌到沃尔斯利牌，各种技术图书，涉及磨制镜片、航海、赛马俱乐部、野花以及鸟类，还有本地地图和旅游指南。这些书畅销的是战争旧话，包在卡其色和血红色的书衣里面，面对面立着，如同充满敌意、气势汹汹的对手。往后掩在阴影里的是滞销书，大部分是哲学与诗歌，是她几乎没有希望再见到的一类。常销书——词典、参考书等——便直接放在后面，与《圣经》以及奖品书一起，她希望小学的切尔夫人会买奖品书奖励优秀学生。最后则是穆勒书店破破烂烂的剩余图书，一箱箱装在板条箱里。有一些甚至是二手书。

一切布置妥当，弗洛伦斯的书店“隆重”开业了。其实，她并没有举办任何庆祝仪式。

无论是看不见的东西，还是看得见的东西，此时，都无法阻止弗洛伦斯开书店。她的理想——“我就是想开一家书店。”

每天早晨，弗洛伦斯一打开店门，就有一种充满希望与机会的感觉。

开业的同时，海上童子军瓦利送来了埃德蒙·布朗迪希老先生的一封祝贺信。信中表达了“你在为我们增光，我必定会来拜访你的书店”这样一些温馨的话。布朗迪希在信中告诉弗洛伦斯，在他曾祖父那个年代，高街上曾有过一个书商，因为在一次与一个顾客的争吵过程中用图书击倒了对方，致使从那天起，就再没有人有足够的勇气在哈堡卖书了。因此，若干年来，弗洛伦斯成为了第一个。因此，布朗迪希成为了弗洛伦斯在哈堡开书店的坚定支持者，而且是唯一的。

克里斯汀·吉平是弗洛伦斯在小学校门外偶然认识的一位学生。这是一位“脸色苍白，身体纤弱，长得异常好看”的小姑娘。经雷文的介绍，10岁多一点的克里斯汀·吉平想利用课余时间过来帮助弗洛伦斯打理书店。“我虽然年龄不够大，也不够强壮，但很能干。”吉平这样介绍自己。她还说：“我每天放学后过来，还有星期六一整天。每星期工钱不能少于十二先令六便士。”这样，吉平在书店工作了。虽然吉平自称不喜欢看书，但她对图书分类的感觉，以及对书店管理的责任心，还是让弗洛伦斯省心不少。

之后，弗洛伦斯不断遇到了一些麻烦，而且有时形势还很严峻。

西奥多·吉尔是一位水彩画家，因为已故妻子堂弟的关系，与朗华希选区的一位议员，以及议员的姑妈维奥莱特·加玛特夫人沾上了一点关系，于是来信要求弗洛伦斯在书店安排一场小规模画展。鉴于场地所限及画作的内容，弗洛伦斯没有理会。

初夏时，伦敦的布隆普敦书店为弗洛伦斯送来一批书，这是一家专门为地方书商提供租书服务的书店。为此，弗洛伦斯与布隆普敦签订了一份租书协议。可供出租的图书分成了A、B、C三个等级。A级是需求量极大的，B级是可以接受的，C级是十分破旧和无人问津的。但协议规定：每借一本A级书，借阅者必须要附带借三本B级以及大批C级图书。如果弗洛伦斯付更多的钱，就能得到更多的A级书，不过相应地，还是要搭上一大批B级和C级书，并约定，上一批书归还以后，新的书才会送来。《玛丽王后的一生》[①]成为了这样一本受欢迎的A级书。桑顿夫人是第一个把《玛丽王后的一生》这本书列入书单的人，于是弗洛伦斯将写有“桑顿”的标签插在这本书里面。这样构成了一个缺陷，因为后者一眼就能看到前者是谁借过这本书。还有，假若桑顿夫人不能及时借出或归还，也就意味着其他人将不能借阅该书，由此形成了一系列矛盾。最终，租书活动不得不临时暂停。

应邀参加斯达德庄园加玛特夫人的酒会，并在酒会上与弗洛伦斯结识的米罗·诺斯先生来到书店向弗洛伦斯推荐了《洛丽塔》[②]一书。弗洛伦斯没有看过《洛丽塔》，于是，只订了一本审查本用于书店陈列。关于《洛丽塔》，弗洛伦斯被美国报纸的两种截然不同评论观点搞糊涂了——有的评论家认为这本书对于行业和公众来说都是个坏消息，因为该书愚蠢、浮夸，并且令人厌恶；而格雷厄姆·格林[③]又撰文称这是一部杰作。这时，诺斯提醒弗洛伦斯，加玛特夫人并不希望在哈堡这样一个稀罕、沉闷的小地方，有人会卖《洛丽塔》。为此，弗洛伦斯特去信向布朗迪希先生请教。之后，布朗迪希回信告诉弗洛伦斯：“我读了《洛丽塔》。这是一本好书，因此你应当尽力把它卖给哈堡的居民。”布朗迪希还说，哈堡的居民不会理解这本书，不过这样只有好处，理解令心灵懒散。

“让我告诉你，对于人类，我所推崇的是什么。我最看重的美德是他们与上帝以及动物所共有的，因此也不必称之为美德。我是指勇气。而你，格林夫人，就十分具备这种品性。”布朗迪希鼓励弗洛伦斯。

弗洛伦斯终于松了一口气，决定相当冒险地一次性订购了250册《洛丽塔》一书。

终于，加玛特夫人到“老屋”书店来了。这是一位与皇亲国戚沾点亲带点故、在哈堡所有公共活动中成为资助人且在哈堡具有相当权势的人物。按加玛特夫人的意思，本来是想在“老屋”建一个艺术中心的。弗洛伦斯开书店，显然是她不愿意看到的。至于弗洛伦斯开展的租书活动，也是加玛特夫人不满意的。但弗洛伦斯依然是我行我素。这时，租书业务也已经重新开张。

弗洛伦斯意识到，这是书店命运的一个转折点。书店开业六个月来形成的压力，使书店变成了一个无声的战场。此时加玛特夫人的到来，作为自己的一位顾客，当然会得到弗洛伦斯的尊敬。然而，意外往往就在瞬间发生，因为加玛特夫人没有排队，还拿起别人的书翻看，并弄乱了克里斯汀·吉平的粉红色标签，被克里斯汀·吉平用尺子敲打了指关节，这个小姑娘闯下了大祸。

不久，弗洛伦斯收到了律师桑顿写来的、加玛特夫人委托的约翰·朱利律师事务所来函。针对加玛特夫人身体遭受的侵害行为、书店给公路造成的临时堵塞以及《洛丽塔》一书的销售等系列问题进行司法协商。当然，这一切都被弗洛伦斯一一回绝。关于《洛丽塔》一书，弗洛伦斯用弥尔顿的一句话回敬了自己所谓的律师桑顿——一本好书是一位大师精神凝结而成的珍宝，是为了超越生命的生命而永久珍藏。④

最终，警方以证据不足为由，终止诉讼。

勇气，增添了弗洛伦斯生存下去的决心。这时，《洛丽塔》的赢利也让弗洛伦斯第一次感受到了一种触目惊心的富足。

但事情并没有完结，加玛特夫人毕竟是个有“力量和权力”的女人。

某一天，督察员来到了克里斯汀·吉平就读的学校，以弗洛伦斯违反了《商店法》，非法雇用未成年人为由进行调查。这一次，理所当然地又一次遭到了弗洛伦斯的回击。

一次又一次折腾，一度又一度度过危机，也使弗洛伦斯的“老屋”书店伤了元气。

致命的打击终于来了。

那年的暮春时分，加玛特夫人的侄子，朗华希选区的一位议员，向议会提出了一个称之为《征用具有教育价值以及利益的住宅议案》。《议案》的大概意思是，授权地方议会在经由达成一致补偿的基础上，强制收购任何在1949年以前完全或部分建造、并非当做住家之用途的建筑物。按此议案的说法，“老屋”书店应属被收购之列。而此时，该议案已通过了第一次以及第二次在议会的宣读。

此时的加玛特夫人也在努力。在她看来，在哈堡这个地方，几乎不需要活力。她身为活力的源泉，注定要创造出远远超过最初念头的、越来越宽广的影响力，而弗洛伦斯还在为书店的经营忙碌着。

这时离哈堡不远的地方又有一家名称为萨克斯福德·泰伊的书店开业了；克里斯汀·吉平因为只考上技术学校也离开了书店；开业时一度楼上、楼下闹腾剧烈的敲门鬼，发出的吵闹声也越来越少了。米罗·诺斯则怀着古道热肠，自告奋勇地要求到“老屋”书店来帮忙。

下议院重新开议。这一次，朗华希选区议员提出的司法议案，通过了第三次宣读。第三次宣读意味着完成了下议院的表决，议案可以直接呈递上议院。议案条文中明确指出：如果房屋在以前的任何时候有五年以上时间是空置的话，便可以被强行收购。

10月，在一个寒冷的日子里。事前已获悉“老屋”书店将被强行收购的，年迈的布朗迪希先生拄着手杖决定去找加玛特夫人面谈，为书店争取最后一线保留的希望。但态度坚决、措辞严厉的布朗迪希也未能打动、说服加玛特夫人。就是这一次，就在布朗迪希离开加玛特夫人的斯达德庄园、穿过大街的时候，他倒了下去，永远没能再起来，死了。

一个好人走了。

大约一个月后，根据新的议会法令，“老屋”被征用了。接着，大量的有关文件塞进了书店的黄铜邮箱，而对“老屋”提供评估帮助的人正是弗洛伦斯始终信任的米罗·诺斯。此时此刻，桑顿先生、朱利先生和凯布尔先生，以及他们的妻子们，这些常来书店的人，也不再到弗洛伦斯的书店里来了，书店已经声名狼藉，弗洛伦斯更觉得自己像一个通缉犯。从此，敲门鬼再也没有在该出现的时刻来了，弗洛伦斯几乎有些想念它。

又过了几个星期，不好的消息再度传来，弗洛伦斯连强行收购的补偿也没有得到。因为还有，各种城镇与乡村规划的法令都规定，如果一幢房子潮湿到不适合人类居住的程度，并且有下沉的危险，就不得索取补偿。可是，尽管“老屋”已经存在了好几个世纪，并没有下沉；尽管“老屋”也没有那么潮湿；尽管“老屋”至少还有弗洛伦斯这个“人类”仍在居住，但一切都于事无补。

弗洛伦斯就这样被遗弃了，没有了朋友，没有了书店，没有了书。

1960年冬天的一天，弗洛伦斯·格林送走沉甸甸的行李，默默地乘上火车选择了离开。“只要有生命，就有希望。”这是弗洛伦斯自己曾经说过的一句话。此刻的她，只有回忆，因为她生活了将近10年之久的小镇并不需要一家书店。她在一场看不见“硝烟”的战争中败下阵来。

书人小传

佩内洛普·菲兹杰拉德（Penelope Fitzgerald，1916—2000），当

今英国文坛最杰出、最受读者欢迎的小说家之一。主要作品有《书店》（1978）、《早春》（1988）和《天使之门》（1990）等。1979年凭借《离岸》荣获布克奖。佩内洛普是一位大器晚成的作家。《书店》，新星出版社2010年3月第二版，尹晓东译。

---

①《玛丽王后的一生》，作者不详。相关书籍有奥地利著名作家斯蒂芬·茨威格（Stefan Zweig，1881—1942）的《在革命的断头台上》。该书介绍了玛丽·安托瓦内特（Marie An-toimette，1755—1793）的一生。玛丽生于维也纳，神圣罗马帝国皇帝弗朗索瓦一世之女。1770年嫁给后来成为法国国王的路易十六为妻。到法国宫廷后，她热衷于舞会、欢乐和庆宴，奢侈无度，有“赤字夫人”之称。1792年8月巴黎人民起义，次年10月，被革命法庭判处死刑。

②《洛丽塔》，作者弗拉基米尔·纳博科夫（Vladimir Nabokov，1899—1977），出生于俄罗斯，1940年移居美国，被公认为20世纪杰出的小说家和文体家。小说讲述了中年男子亨伯特恋上12岁的洛丽塔的故事。《洛丽塔》在结构上可以说是一部恋童者的心理治疗个案研究。该书1955年由巴黎奥林匹亚出版社出版后引发争议，被斥为“龌龊之作”及“毫无节制的色情书”。1956年和1958年在法国两次被禁。1958年在美国出版后，销售曾升至《纽约时报》畅销书排行榜第一位。

③格雷厄姆·格林（Graham Greene，1904—1991），英国作家、剧作家和文学批评家。——原书注

④引自英国17世纪诗人、政治评论家约翰·弥尔顿的《论言论出版自由》。——原书注

沉重的“纸房子”

——《纸房子》

一个“嗜读者”，倾其毕生的财力和精力购书藏书。最后，用自己珍藏的爱书抵作砖头，在沙丘上搭建起了一座“纸房子”。

这是一个诡异离奇的故事，发生在地球的另一端——南美洲，在乌拉圭东南部一个叫罗恰省，拉普拉塔河入海口，濒临大西洋，距乌拉圭首都蒙得维的亚（Montevideo）两百公里，景色优美的地方。

故事充满了悲情色彩。

> 此时，正端坐在椅子上的卡洛斯·布劳尔（Carlos Brauer）看着自己找来的工人，将自己心爱的藏书化成房子的四壁：墙越筑越高，博尔赫斯（Luis Borges）充作了窗台；还有巴列霍（César Vallejo）、卡夫卡，旁边再填上康德，再铺上一册海明威的《永别了，武器》当门槛儿；还有科塔萨尔（Cortázar）、巴尔加斯·略萨（Vargas Llosa）；巴列-因克兰（Ramon Maria del Valle-Inclan）挨着亚里士多德，加缪和摩洛索里（Juan Jose Morosoli）砌在一块儿；莎士比亚和马洛（Marlowe），在砂浆的簇拥下终于难舍难分……

布劳尔用那些书为他避风、遮雨，抵挡冷酷的寒冬。此时的他，“早就顾不了作家之间的交情是好是坏，不在乎斯宾诺莎、亚马孙河流域的植被，与维吉尔的《埃涅阿斯纪》之间有什么本质上的关联抑或相互排斥；至于装帧精不精巧、书中插图是铜版画还是木版画，他更无心去管。”“连毛边本①、摇篮本，这会儿都无可奈何了。”他现在“只计较书的大小、厚薄，哪些封皮是否足够坚挺，扮演石灰、水泥和沙砾的角色”……

这是一个位于天边海角的穷乡僻壤。布劳尔用一辆加了篷顶的卡车装载，将书籍从蒙得维的亚运来。到了那儿，先沿着土泥路走上一段，然后再用板车慢慢穿过沙地，最后才运到濒临海岸线、空荡荡的，事先树立的只有骨架的小屋前。

那里，面对的，是一大片无边无际的天空和宽广延伸的海平面，以及荒凉的沙丘和苍劲的风。还有，就是“浪涛拍岸的响声，成群海鸥聚集在海滩上的嘈杂”。

此刻，心劳日拙的布劳尔居然感到无比的祥和与平静。

卡洛斯·布劳尔，显然是一个“病入膏肓的嗜读者”。不管手头有多少钱，他都会统统拿去买书。

由于酷爱书籍，布劳尔家的每个房间都摆满了从地板直至天花板的大书橱。连厨房、浴室，还有卧房的空间，甚至通往阁楼的楼梯，统统不曾放过，全都摆满了书。最后，他自己只能在附带小盥洗室的阁楼上找到栖身之处。嗜读如命的布劳尔，总是日以继夜地泡在书本里头，而且，习惯性地喜欢在书中写上一大堆眉批②。

布劳尔是乌拉圭人，一位藏书家，尤其喜欢专门收藏文艺类书籍，特别是西班牙文首版书、画册以及19世纪的小说。当然，他最关心的还是法国和俄国小说。布劳尔的藏书，不但包括众多的古旧期刊、古典史籍，而且还包括“几乎一本不漏的19世纪旧俄小说，还有美洲文学、艺术图籍和各类哲学论著；完备的古希腊、伊丽莎白时期剧作；20世纪中叶前的秘鲁诗集”以及“墨西哥摇篮本；阿尔特（Roberto Arlt）、博尔赫斯、巴列霍、奥内蒂（Juan Carlos Onetti）、巴列-因克兰等人的首版书”。甚至各种各样的百科全书、词典，以及溯河旅行家的小册子、专著和里昂·帕利耶雷（Leon Palliere）与维达尔（Vidal）的全部著作等。总之，藏书量不下两万册。

书商若热·迪纳利（Jorge Dinarli）这样评价布劳尔，如果将藏书家分为两类：一类是一心一意搜罗稀罕版本的人，那么，布劳尔显然属于另一类。布劳尔本身也读书，而且倾其毕生之力，累聚了一批重要非凡的藏书。对于自己耗费可观金额购买的书，布劳尔同样舍得花费同样多的时间，将书读懂、读通。布劳尔说，读书时如果不写下眉批、画上底线，便无法深入理解文义。他声称，读书“过程中最耗神，也最费力的，就是厘清每本书之间的关联性”。他甚至认为，博尔赫斯的书，就万万不可与加西亚·洛尔迦（Federico Garcia Lorca）的著作摆在一起；因为莎士比亚和马洛都拼命相互指控对方抄袭，两人的作品也无法并肩陈列，但同时还要慎重保持整套书的编号不至于紊乱；又如马丁·艾米斯（Matin Amis）不可与朱利安·巴恩斯（Julian Barnes）共存；同样还有巴尔加斯·略萨与加西亚·马尔克斯（Gabriel García Márquez），因为友谊破裂，两个人的书当然也不可以放在一起。

布劳尔认为，世上最变幻无常的，莫过于对文学的见解。在读书、藏书的过程中，他不断研究、改进藏书的分类方法，寻求分类过程中完美配合的动态需求，使冷门作品重获重视，或与其他著作发生新的关联性。为了做好书籍分类索引卡的编制工作，布劳尔甚至还研读了高等数学。

由于案牍劳神，时长日久，布劳尔渐显精神错乱迹象。

在一个“风雨欲来的典型墨西哥燠热夜晚”，卡洛斯·布劳尔结识了在英国剑桥大学西葡文学系任教的布鲁玛·伦农（Bluma Lennon）小姐。两人“在一座南美大宅院的阳台上挨着烛光翩翩起舞”。之后，手牵手“并肩走在铺着圆卵石的街道上”，因书结缘……

《纸房子》（*La Casa de Papel*）开篇描写的布鲁玛·伦农因捧读《艾米莉·狄金森诗集》在街口被汽车撞倒身亡的惨剧，牵出了这一故事。正是由于这一惨剧的发生，引发了“我”——《纸房子》书中主人公，因收到来自乌拉圭，无注明寄件人姓名、地址，供布鲁玛·伦农研究约瑟夫·康拉德（Joseph Conrad）[3]著作《阴影线》（*The Shadow Line*）一书而横跨大西洋的追寻、探奇之旅。

康拉德《阴影线》一书扉页上布鲁玛·伦农神秘的题赠，书脊上残留的水泥痕迹，使“我”一心想找出死者与这位神秘寄书人之间究竟有何关联，甚至隐情。《纸房子》便是作者卡洛斯·M. 多明盖兹这样设计的一部关于“人与书”曲奇悬疑的小说。

贯穿《纸房子》的线索是康拉德的《阴影线》。读者阅读《纸房子》就像是探讨一个扑朔迷离的文学推理过程，层层深入，引人入胜。小说叙述虽然曲折，但全书充满了作者对书以及书中人物命运的关切与行为的反思，并兼具文学推理和形而上学的思索成分。藏书家布劳尔，经过了绝圣弃智、绝学无忧的书之旅，又被藏书牵制——最终陷入进退维谷的窘境，那些书把他困得死死的。“割舍书籍往往比获得书籍来得加倍困难”以及“人在爱欲之中，独生独死，苦乐自当，无有代者”的痛苦抉择，便是布劳尔的心路历程。这一历程，如同康拉德在《阴影线》中对奥塔哥号“即使在黑漆漆的大海上，依然静悄悄地持续往前漂航”的描述。

“我”，终于看到了卡洛斯·布劳尔的“纸房子”。此时的小屋——所有的门和窗，皆已遗失，只剩下孤零零的框棂。镶着远方一幅幅单调暗淡的风景，贫瘠一如破败的框架的“纸房子”，任凭海风在屋顶仅剩的茅草间隙穿梭，发出一阵阵悲鸣。

书籍与人之间以互需、相忘之契紧紧相系。“纸房子”让读者见证了生命之中某个永远不能回首的吉光片羽的时刻；多明盖兹叙述了这样一个悲惨、诡异的爱的故事。

书人小传

卡洛斯·M.多明盖兹（Calrlos Maria Dominguez），乌拉圭作家、记者和文学评论家，1955年生于阿根廷首都布宜诺斯艾利斯，目前定居在乌拉圭首都蒙得维的亚。被誉为继博尔赫斯、科塔萨尔等小说家之后拉丁美洲文学的明日之星。主要作品：小说《纸房子》《被品头论足的女人》和《卡宾枪的三个榫眼》，乌拉圭魔幻现实主义作家欧内提传记《黑色的形成》等。《纸房子》，上海人民出版社2008年7月第一版，陈建铭译。

---

①毛边本，又称毛装本，平装本的一种形式。书芯经过折页、订书、包本等工序后，三面不加裁切，使书边不齐，保留它的自然朴素之美，让读者在阅读时自己裁开，以便增加读者对书籍的亲切感。裁开后的书页毛茸茸着，故称毛边。毛边本书始于欧洲，真正的毛边本的规格是，只裁地脚（下切口），不裁天头（上切口）和翻口（外

切口）。

②眉批，图书正文上端的白边称书眉，在书眉上批注读书心得、批语、订误、校闻和音注等都称为眉批。

③约瑟夫·康拉德（Joseph Conrad，1857—1924），波兰裔英国作家。17岁当水手，后升为大副、船长，有20余年航海经历。1895年出版第一部长篇小说《阿尔迈耶的愚蠢》。代表作还有《水仙号上的黑家伙》（1897）、《吉姆老爷》（1900）、《台风》（1902）和《阴影线》（1917）。康拉德是英国现代小说的先行者之一。他的创作手法兼用现实主义和浪漫主义。康拉德擅长细致的心理和海洋生活描写，注重惊险的事件在人们意识中的反映，并认为，作品如果忽视人们的思想感情，艺术就失去了意义。老舍称康拉德为："一个近代最伟大的境界与人格的创造者。"

驼队“炙热心灵”

——《骆驼移动图书馆》

位于非洲中东部东非高原上的肯尼亚，因为赤道横穿中部，形成了印度洋沿岸的湿热气候和西南部的亚热带森林气候；也因为高原，又形成了该国东北部地区的半荒漠气候。从位于肯尼亚中部的首都内罗毕向东北方向行进，大约300公里后，便可进入该国东北部的东北省。加里萨是东北省的省会，由此再向东去，便进入荒漠。而荒漠中的米帝帝玛，生存着一支半游牧状态的原始部落。

2002年年末，生活在美国纽约市布鲁克林区的菲奥纳·斯威尼小姐，昵称菲儿，经过调查，获悉肯尼亚“那个国家的文盲一抓一大把”的现状后，决定报名，作为志愿者或顾问去那里。她是一名图书馆馆员，一名研究员。她以为，自己有义务去为那里的扫盲工作尽些力量。

在赞助商、投资机构以及加里萨省图书馆的支持下，菲儿谋得了一个短期顾问的角色，加入了非洲荒野中的扫盲运动组织——骆驼移动图书馆。对菲儿来说，这就好像是“冥冥之中某个知晓她内心渴望的神灵为她量身定做的一份工作”。她以饱满的热忱开始了新工作之旅。而其中的一站，就是米帝帝玛——一个“尘中生长之物”的地方。

在菲儿的眼里，米帝帝玛是一个比其他地方更令她感到亲切的地方。因为，至少一个名叫卡妮卡的女孩，以及女孩腰背笔直的奶奶尼玛和那个笑容摄人的会说英语的马塔尼老师，方便与自己沟通。当然，还有一个叫“疤孩”的男孩塔邦。塔邦也是一个爱书的孩子——

捧着书的样子就像捧着命根子一样。

虽然从加里萨通往米帝帝玛的路是一片荒漠，并不能称之为真正意义上的路，但沿途不时出现的长颈鹿和塔纳河上时常出没的河马，还是让菲儿他们一行人能够一扫遥远路途的艰辛与疲惫。

这样，拥有三头骆驼、一名牧人、一名保镖以及菲儿和加里萨图书馆馆长阿巴斯先生，加上几箱图书馆藏书的驼队就这样出发了。远方，笔直的地平线上，依稀呈现的是橘红色的曙光。载着图书的驼队浮现在沙漠的土地上，仿佛人在口渴难耐中看到的海市蜃楼。

此时的菲儿，仿佛回到了自己的过去。她想，大概是由于某种学习障碍的缘故，自己差不多9岁的时候才学会独立阅读。但由于喜爱读书，也就有了“书能够让我们脱离自身的局限，感受更广阔的世界，书甚至能够让我们接触到现实中接触不到的人物”的认知。如今，她意识到，书是恒久甚至不朽的。有些书很久以前就成为了这个世界意识的一部分，乃至人们都无法将它们从意识中单独分离出来。而对于米帝帝玛这样一个神秘之地，菲儿甚至认为：“（它）看起来就像一个易碎的奇思异想，好像有人在大脑中草草地构思了它一下，便将它遗弃了。”

植物上霜结了沙粒，缕缕阳光由于无人照料而蒙上了尘土。

米帝帝玛，在常人看来，甚至在阿巴斯馆长的眼里，那儿仍然是一个原始落后、路途遥远而且与世隔绝的地方。

的确，多少年来，部落间，包括米帝帝玛的成员们都始终过着“一起游荡、弃家、重新定居、重新迁居的生活”。这个过程，使他们变得“亲密无间，像熟悉风的变化和尘土的轨迹一样熟悉彼此之间的脾性”。

经过几小时的跋涉，驼队终于第九次来到了米帝帝玛。

在村落前一棵方圆一英里以内最高、最美丽又朴素的刺槐树下，驼队得以停靠。一路行程中的死寂和米帝帝玛的喧闹碰撞到了一起。

屋舍建筑在一块绿色的台地上的米帝帝玛，旁边有一个天然的浅浅的蓄水池，圆锥形的、茅草屋顶的小屋像蘑菇一样一簇簇地出现。

驼队的到来，使空气中那一阵阵激动的情绪变成了实实在在的人潮，鸟儿兴奋异常地飞掠而过。人群包围了他们，将他们拥簇在中央，而且，人群身后还有他们豢养的动物——山羊、骆驼，还有牛，许许多多……

“酱布、酱布”（Jambo Jambo，意为“你好，你好”），菲儿亲切地用学来的当地语简单地与大家交流。

女孩卡妮卡这时总会挤在人群的最前面，这是一个菲儿喜欢的小女孩。她“头上编着紧绷绷的辫子，脖子上绕着三条项链”，还有“一张窄脸笑得明媚照人”。在卡妮卡的身后站着的，常常是卡妮卡的奶奶尼玛。此时，尼玛经常是“围着一条鲜艳的橘色围巾，穿着一件天蓝色的裙子，戴着如拳击手的拳头那么大的珠子耳环”——典型非洲妇女的传统装扮。已经56岁的尼玛，一副饱受“长年累月与众人习以为常的世俗陋习作斗争的痛苦”的模样。此刻，她最大的愿望是希望看到卡妮卡有明确的人生目标。而马塔尼老师则忙着替驼队卸下一箱箱书籍以及行李。

卡妮卡是个爱读书的女孩，她“读起书来可以像蝗虫扫荡庄稼一样快”。而这种本领是从奶奶那儿学来的，她奶奶年轻的时候读书也很快。多年以来，卡妮卡拥有的唯一一本书便是一部破破烂烂的英文版《圣经》。而这部《圣经》曾经是一位英国传教士送给奶奶母亲的，而奶奶的母亲则是卡妮卡家族中第一个学会读书的人。于是，卡妮卡受奶奶的影响，从小就读了不少书。9岁时，她就已经把亚当、亚伯拉罕和大卫的故事读了50多遍，奶奶的《圣经》她也抱着不知读了多少遍。在卡妮卡看来，驼队带来的不只是书和有关外界的知识，还包括希望与地位的提升。尽管这一切前后不过四个月，但驼背上的书籍已经成了卡妮卡生命中不可或缺的一部分。她总是想办法要借机接近菲儿，或者把她从别人身边吸引过来，她梦想着一小点一小点地与菲儿谈论她的愿望、她的需求。

卡妮卡的理想是要去“远城”，即首都内罗毕，或者比“远城”更远的城市。她要离开这片荒野，到一个书架成林、镜子成墙的地方去，到一个书本和镜子像沙子一样寻常的地方去当助教，像马塔尼老师那样读书、教书。她幻想将来既能教米帝帝玛的孩子读书，也能够教别的地方的孩子读书。这一想法，在米帝帝玛，或许被认为是痴人说梦。卡妮卡能够倾诉这一计划的人，在米帝帝玛，只有一个人，那就是“疤孩”。“疤孩”，能够替她保守秘密。在卡妮卡看来，“疤孩”是懂得梦想的。

“疤孩”，真实名字叫塔邦，在一次遭遇土狼袭击中受到严重伤害。那一刻，对塔邦来说，是“骨碎肉离的时刻”，有如“乾坤倒转，万物分崩离析。他的世界从此变得恐怖骇人”。成为了现在“腿脚又跛又慢，面容畸形可悲”的样子。从那以后，“疤孩”变得自闭、孤独起来，也很少出门，再也不愿意与其他人交往。

按照阿巴斯馆长的说法或者活动赞助商的约定，规定骆驼移动图书馆，上一次借阅的书，在下次骆驼移动图书馆到来时必须归还，否则，任何人都不准再借书了，甚至该部落的图书馆日就将变成别的部落的图书馆日。然而，恰恰就在米帝帝玛，这次却发生了一件令人难堪的事情。“疤孩”上一次借去的两本书，一本儿童版带插图的《伊利亚特和奥德赛》和一本《禅宗冥想录》没有按时归还，这给整个米帝帝玛带来了空前的信任危机。

在菲儿的争取下，阿巴斯最终让步，延长了两个星期的归还期限。为此，菲儿、卡妮卡、尼玛以及马塔尼都心急如焚，决心找回被“疤孩”借去的那两本书。

骆驼移动图书馆的到来，打破了米帝帝玛千百年来的宁静，同时也引起了村里长老们的抱怨和烦恼。

佳禾，马塔尼老师相貌出众的妻子。一位对骆驼移动图书馆的到来持坚定反对态度的人。“他们跑到这里来，一看我们不会读那些愚蠢的书，就认为我们是一群‘马巴德胡力’（Mabardhuli，斯瓦希里语，意为‘傻瓜’）。”佳禾这样发泄着自己的不满。但她的观点明晰，并且在米帝帝玛还有一定代表性——从加里萨来的白女人和图书馆馆长是两个危险的入侵者，他们带来的书充斥着错误的价值观，甚至是糖衣炮弹，他们威胁了米帝帝玛各个家族的稳定与和谐。如果年轻人相信了某一条外来的生活观，则这一隐形杀手会将历史与传统从每个孩子的灵魂里割离出来。为此，佳禾认为，自己有义务把话说出来，必须采取行动，保护自己的传统。

甚至，阿巴斯馆长也有这样的忧虑——这些外国人不明白，读书写字并非教育的唯一途径。他认为，在部落文化里，传统是口头相传的一件事。它靠着日益发展、丰富的记忆的支持，由一系列的仪式和人们的敬重心理来维持。这种敬重心理不是书本可以构建出来的，相反，书本会摧毁这种心理。为此，阿巴斯讲了这样一个故事。

在离米帝帝玛不太远的地方住着另一个部落，那里的人需要徒步4小时到一口井边去打水。几年前，一个基督教传教团筹集了资金，在离部落仅十五分钟路程的地方打了一口新井，然而新井却屡次遭到人为破坏。最后他们得知，这并非敌对部落所为，而是本部落的人自己破坏了井。因为部落的妇女有每周徒步4小时去打水的习惯，她们并不觉得这段路很漫长，而且，她们可以借打水的机会，暂时放下家里的杂务去串门。甚至打水这件事已经成为了部落女子的一种成人仪式，是他们部落文化的一部分。

对于思想单纯的人来说，一阵雨，一碗玉米，就能叫他们称心如意。阿巴斯如是说，而移动图书馆送来的这些书，无非昭然突显了西方理想主义的弱点——无知与妄自尊大。

阿巴斯甚至对菲儿直言：你们美国人啊，总是顽固不化地深信自己有能力和权利去插手别人的文化。

当然，菲儿并没有被阿巴斯说服，为了在规定的两星期内找回不知所踪的“疤孩”借去的那两本书，菲尔决定用自己的真诚专程再去米帝帝玛一趟。在她的心目中，米帝帝玛就好像是“根植在地表以下的岩层中的，随着人口一代一代地繁衍，村落也只会横向扩大而已”。她自信，图书馆将为那些人打开通往新世界的大门；她深信，移动图书馆能够改变米帝帝玛这样的部落的命运。

终于，菲儿见到了“疤孩”。

经过一段艰难的纠结，此时此刻，菲儿终于明白，“疤孩”借去的那两本书已被撕破——那数页数页的纸上清楚而又生动地记录了从“疤孩”心底涌出的一幅幅图画——这些图画流过了他的四肢，从他的指尖喷薄而出。这些图画成为了这个伤痕累累的孤独少年述说梦想的途径——《伊利亚特和奥德赛》，那本书上有插图，画的是勇士们和女人们的形象。“疤孩”在图上描了又描、画了又画。……

不可思议，“疤孩”的图画，让菲儿震惊——他有着未经雕琢的才华，他的眼光独特。这是一些米帝帝玛的草图，画的是夜间的远景，光线从祈灵所中透出来。一些正在地里干活的女人的素描，画的边框即是他家敞开的屋门。有一张，画的是“疤孩”父亲的背影，正俯在一面鼓上，还有卡妮卡……“疤孩”的每一张画像都栩栩如生得可以入怀。不仅如此，画像上还平添了一些小小的创意，以及灵气。画中的花朵是世上所没有的，云彩的形态完全是虚构的。为了收容和隐藏纸上的文字，许多地方“疤孩”都插入了即兴的图样。

菲儿马上意识到，“疤孩”得进城去。应该去上课，应该得到提高。

菲儿决心帮助“疤孩”。当菲儿怀着激动的心情，兴冲冲再一次赶到米帝帝玛的时候，她惊呆了。

米帝帝玛，没了。

米帝帝玛曾经存在过的那片地面像是被人扫荡过了一般。在菲儿眼前呈现的，一只孤孤单单的黑鸟是此地唯一的活物。……屋外的篝火坑已经凉了……庄稼都已拔光……

然而，在那棵刺槐树下，堆着几摞书，方方正正、整整齐齐的三摞，五颜六色的几十个书脊。……《冬日计划》，几本数学教科书，《宝宝的最初五年》，不用数就知道：除了《圣经》和塔邦用过的那两本书，米帝帝玛所有的书都在这里了。

菲儿明了这一切。她坐在刺槐树下，体味着这仿佛瞬间逝去的时光，重温着自己在米帝帝玛“如饮甘露”的时刻。她经历了片刻失语，喉咙哽咽了。……

书人小传

玛莎·汉密尔顿（Masha Hamilton），毕业于布朗大学，现居纽约。曾任美联社中东特派员，为《洛杉矶时报》、美国国家广播公司和全球多个新闻机构工作。《骆驼移动图书馆》，上海人民出版社2009年8月第一版，姜嫻静译。

天使，朝前走

——《书中谜》

罗丝玛莉（Rosemary），因为从不知道自己的父亲是谁，去了哪里，所以只有妈妈一个亲人。于是她跟了妈妈的姓，被称为罗丝玛莉·萨维奇。

已经怀孕的妈妈从大洋洲大陆，横跨巴斯海峡，艰难来到塔斯马尼亚岛，并在这里生下了她。在小镇的中心广场，身体并不好的妈妈租了一间小公寓，开了间“神奇帽子”商店。母女俩住楼上，店面就在一楼，于是小店成了塔斯马尼亚岛唯一卖帽子的地方。有了不错的小生意，她们也找到了被小镇接纳的方式。在小镇，妈妈没有多少朋友，艾丝特·查普曼是唯一一个，而查普曼则开了一家书店。在罗丝玛莉看来，这不过是一家小书店，非常雅致的小书店。小时候，罗丝玛莉就经常到书店看书。久而久之，查普曼，不，罗丝玛莉从小就叫她查普，于是查普成了罗丝玛莉的良师益友。罗丝玛莉18岁那一天，她遭遇了人生一次重大挫折——妈妈突然去世。霎时，罗丝玛莉成了孤儿，失去了所有的依靠。

此时的塔斯马尼亚岛，对罗丝玛莉来说，闻到的不但是太平洋和印度洋带来的咸味，还有南纬四十度吹来的清晰咆哮的西风。罗丝玛莉似乎感觉自己来到了世界的尽头，甚至是地球的尽头。她孤单无助，被围困在澳大利亚大陆与冰雪覆盖的南极洲之间，一无所有，面对的只有空荡荡的大海，没有人迹，一片未知。

一个月后，查普郑重地对罗丝玛莉说，你要发现自己，要继续朝前走，并鼓励她，人生还有许多美好的事。与此同时，查普替罗丝玛莉购买了前往纽约的机票。她希望罗丝玛莉能够一切重新开始，走出一片新天地。

于是，18岁的罗丝玛莉带上简单的行李，以及用修恩松木盒装着的妈妈的骨灰，飞往了遥远、陌生的城市——纽约。在此之前，罗丝玛莉到过最远的城市也不过是悉尼。

抵达纽约的时分已是深夜，而且是暴风雨之夜。罗丝玛莉叫了计程车，请司机载着她去找一家他所知道的不贵但又相对安全的旅馆。于是在简陋的玛莎华盛顿女子旅社，罗丝玛莉落了脚。

需要攒钱，需要工作。罗丝玛莉第二天一早就走出了旅馆。

纽约，此时露脸的，是6月的艳阳。无独有偶，出旅馆不远，便是一家店名叫拱廊的书店。她不知道的是，这居然是纽约最大的一家二手书店，而且它的名气在于它存有许多失传的东西，甚至可能是市面上曾经出现却已遗失的书，也可能是从没有人见过，但一直有人想收藏的书。拱廊书店的魅力毋庸置疑。

拱廊书店的大门并不显眼。踏进书店，高耸的天花板从前到后划出了一道长长的弧线。对罗丝玛莉来说，拱廊书店仿佛就是她的城市，她的岛屿。纽约，仿佛变得真实了起来。在罗丝玛莉眼里，店内的书籍堆得就像挤在一起的“纽约客”，成为这个城市各色人等，各自的生命曲调。这时，罗丝玛莉想起了查普说过的话——每一本架上的书都有灵魂。书，一点都不像无生物。仿佛桌上成堆的，是生命。

其实，在柔和昏暗的光线下，拱廊书店的图书陈列根本就是一片混乱。此时，头发已经灰白的书店老板乔治·派克正在店堂内亲自忙碌。他仔细地翻看着每一本书，动作熟练、快速，正在给一本本新到的书籍确定售价。此情此景，已经让罗丝玛莉下定决心——这就是自己将要安身立命的地方，派克就是自己的老大——海中央漂过来的一只救生圈。自我介绍后，罗丝玛莉直截了当地对派克说：“派克先生，我在书店工作过，你一定要录用我。”如此冒失，派克居然也能容忍。于是，派克将罗丝玛莉介绍给了书店经理渥特·盖斯特，让盖斯特去评估她的工作能力。

一切顺利，罗丝玛莉成为了拱廊书店中的一员。

拱廊书店的员工，看上去个个都像怪人，40出头的渥特·盖斯特当然也不例外。他诡异的模样，让罗丝玛莉心悸不已。盖斯特是个白化症患者，这种病在美国西南部原住民居住区很普遍，白化症症状的一个显著特点是导致视力下降。盖斯特就是这个样子，呆滞的眼珠藏在夹鼻眼镜后，让人看不清楚，给罗丝玛莉留下了“苍白的耳朵让人想起突然见光的海底生物，赤裸裸的毫无抵抗能力，身躯佝偻，而且有一种退缩的特质”的初始印象。

盖斯特让罗丝玛莉填表格，办理入职手续，然后告诉她，每天的工作时间是上午9点至下午6点，周薪70元。并正告罗丝玛莉：“你在拱廊书店目前不会有固定职务，也就是说，不属于任何一个特定书区，也不能服务客人。”盖斯特还特别提醒罗丝玛莉书店的一条聘雇规定，即“乔治·派克绝不允许丢钱或丢书”。并强调，一旦有偷窃嫌疑，将立即终止聘雇关系。事实上，据罗丝玛莉后来察觉，拱廊书店确实存在盗窃问题，而且不但有小偷光顾，甚至在书店内部也曾出现过——一些书籍定价高得离谱，出身被造假美化。

拱廊书店虽说是一家二手书店，但也有自己的经营逻辑。乔治·派克的规则就是自己的主观。譬如，平装书一律不上架，且毫无秩序地堆放在店门旁的桌上或地下；分类也不分文学或者历史；一千页或百来页的书，均按1.5元出售。老板派克将一至两年内出版的精装书定义为“新”书，而这些所谓的“新”书都上不了他的橡木桌，而是直接丢进天花板低矮的地下室。至于书籍的售价，派克别出心裁，统统由盖斯特去标记，书籍的进出一律按出版社定价的四分之一购书，再半价卖出。派克聘用的店员，总之是林林总总，有失意的作家和诗人，也有音乐家，或者歌手。

奥斯卡·贾诺，算得上是一位年轻的热心人。第一天上班，盖斯特就将罗丝玛莉介绍给了负责非文学区的奥斯卡，并安排由奥斯卡来带她。奥斯卡铜色的大眼睛，在不见天日的拱廊书店，对罗丝玛莉来说，“温热如太阳”。在罗丝玛莉到来之前，奥斯卡已在拱廊书店服务了5年，由于为人沉默寡言又可信，被派克留在了非文学区负责。的确，这个区12个高大的书架被奥斯卡整理得井井有条，而且由于奥斯卡掌握了一些书籍修复方面的技术，因此颇得派克的重视。奥斯卡为此经常替派克参谋一些少见的装帧，推测书籍的来源，或将书籍修复好。奥斯卡甚至能够对一些羊皮纸类的难懂文字进行处理。在跟着奥斯卡做学徒的日子里，罗丝玛莉刻意地模仿他。奥斯卡有很快记住大部分听过或读过的东西的能力，且每闻必录。受奥斯卡的影响，罗丝玛莉也学着随身携带小笔记本，决心让自己也养成有敏锐观察力的行事风格。

在拱廊书店，亚瑟是一位有自己个性和风格的店员。罗丝玛莉第一次与亚瑟的见面，是初来那天的偶遇。当时，胖胖的亚瑟正端坐在艺术区，用书堆围成的死胡同中的地上，双脚张开像个婴孩，聚精会神地看着一本裸体图片的大摄影集。亚瑟是一个满口尖酸，却又咬字清晰并带有英国口音的人。天性可爱的收银员珍珠·贝德是罗丝玛莉进店前书店唯一的女性。珍珠的理想是成为歌唱家，她一直梦想唱歌剧。珍珠是派克最信赖的店员，认识之后，她成为了罗丝玛莉的好朋友。罗丝玛莉喜欢珍珠对单调的工作性质的不介意与如何在生活中学会忍耐。负责整理书店入口处桌上平装书的布鲁诺·高维奇是乌克兰人，一位带点无政府主义者调子的乐手。店员中资历最老的人是罗伯·米契尔，他帮派克工作已有40年。即便如此，米契尔也没有改变与老板派克两人之间根本对立的紧张关系，而且他们经常会为钱或古籍书的成本发生口角，致使两人的工作关系的维持不得不经常采用电话联络。米契尔对保存不易的古书与文献非常执著。60余岁的米契尔学识渊博，但头发已经全白，而且气色像是血压失控之人。对于罗丝玛莉的到来，米契尔倒是显得很开心。米契尔的亲切，让孤苦伶仃的罗丝玛莉感到了一丝温暖。

奥斯卡·贾诺是博学多闻的，这一点，令罗丝玛莉羡慕不已。一天，在与奥斯卡聊起盖斯特的白化病症时，奥斯卡突然冒出一句“我一定帮你找一本平装的《白鲸记》”这样的话，让罗丝玛莉一头雾水。奥斯卡解释说，因为赫尔曼·梅尔维尔[①]讲了很多白化症的故事呀。而且，奥斯卡告诉罗丝玛莉，你现在人在美国，就应该读一点美国的书。

果然，奥斯卡给罗丝玛莉找到了一本相当老旧的平装本《白鲸记》。

几个月后的一天，盖斯特请罗丝玛莉帮忙念一封信，而来信是匿名写给派克的。信中说，来信者手中已拥有梅尔维尔一部遗失作品的手稿，因为来源可疑，因此期待得到派克的协助，帮助鉴定手稿的真伪，并且为这份稀世珍宝确定价钱。

信未念完，紧张的盖斯特迅速地将信件夺过去，并令罗丝玛莉离去。

盖斯特私拆派克的信件，而且信中所说内容让罗丝玛莉感到恐惧又害怕。于是，罗丝玛莉思来想去还是决定将信的情况告诉奥斯卡。

之后的一天，盖斯特约罗丝玛莉一道去见一位收藏家——朱利安·琵巴第，一位非常有钱的人。盖斯特说朱利安的收藏即便在美国也是数一数二的。到达后，他们见到了琵巴第的图书管理员山谬·麦考夫。麦考夫和盖斯特是老朋友。盖斯特将罗丝玛莉留在展览厅参观，自己却与麦考夫上楼去洽谈，谈了什么？罗丝玛莉当然无从知道。

一连串疑问，还有对梅尔维尔的好奇，罗丝玛莉决心弄明白其中的秘密。

纽约市立图书馆是一栋现代化建筑。由于奥斯卡有曾在图书馆工作的经历，罗丝玛莉随奥斯卡来到这里，做了一次“侦探”，以此揭开盖斯特，以及梅尔维尔身后隐藏的秘密。

奥斯卡告诉罗丝玛莉去查找梅尔维尔的书信集或没有听过的梅尔维尔的小说，也就是说，要找出梅尔维尔遗失的或未曾出版过的书。

罗丝玛莉开始阅读梅尔维尔——梅尔维尔与作家好友霍桑[②]的通信集。梅尔维尔写信给霍桑，他把霍桑当成了心灵伴侣。

阅读中，罗丝玛莉刻意注意了其中一封信件，那是1852年8月13日写的，这一天正好也是自己妈妈的生日。信中梅尔维尔讲述了自己去南塔基特旅游时听到的阿嘉莎的故事。

> 阿嘉莎与丈夫罗伯特森结婚两年后，丈夫留下身怀六甲的妻子外出找寻工作的机会，一去17年音讯全无。经过漫长的等待，阿嘉莎得到的结果是——丈夫赚了很多钱，生意也很成功，却娶了第二任妻子。

悲情故事打动了梅尔维尔，他把故事介绍给霍桑，希望霍桑能写成小说；这一故事也感动了罗丝玛莉，她想起了至今下落不明的父亲，想到妈妈独自一人将自己养大的艰辛。

之后，霍桑并没有将此故事构思成小说，于是梅尔维尔决定将书信、手稿等从霍桑那儿要回。梅尔维尔是否将此故事写成了一部已经遗失的小说？罗丝玛莉与奥斯卡查遍了梅尔维尔的作品集，没有结论，留下一个神秘的结。

另一封书信，则提到了梅尔维尔写给自己妹妹的信，信中谈到了《十字岛》的故事。这篇故事罗丝玛莉无法查到，但可以确定的是，写作时间在1853年，即梅尔维尔与霍桑通信的后一年。

《十字岛》，是否就是梅尔维尔遗失的那部神秘的书？

闲暇的时间，拱廊书店的店员们发明了一种称做“谁知道”的游戏来打发时间。每当读者问了一个非常难回答的问题，游戏就在不知不觉中开始了。有些读者只知道书名却不知道作者，或只知道作者但没有书名，有时只能说出书的颜色与开本，或者只能说出“大概就这个厚度”，这时候就需要店员去准确寻找答案。除了美国现行图书出版目录，书店并没有其他的参考手册。因此店员的集体记忆这时就成为了唯一可信赖的参考来源。结果，“谁知道”这种游戏还真的能帮助读者找到一些高难度的书籍。

有人说，丧失视力是一种解脱。此时，渥特·盖斯特的视力已经变得越来越弱，到了近乎于失明的状态。对盖斯特来说，失明并不能为他带来任何救赎；失明将断送他维持生命的活力，罗丝玛莉这样认为。

终于，经过一番暗自较量，盖斯特主动找到罗丝玛莉。他说，我已经找到了那本梅尔维尔遗失的小说了，是一个男人无法脱手出售，因为这本书是真的，而且是偷来的。盖斯特打算私下将这本书以80万元的价钱卖给朱利安·琵巴第。盖斯特还说，自己将要离开拱廊书店，不再做派克的影子，要自立门户。盖斯特还答应付钱给罗丝玛莉，并将捆成一包的书稿交给罗丝玛莉，希望罗丝玛莉帮忙完成此项交易，但罗丝玛莉拒绝了。

罗丝玛莉希望盖斯特去向派克说明一切，同时更希望这部书能够回到它应该去的地方——图书馆，成为公众都能欣赏、使用的书籍。当然，这也是奥斯卡的意思。一番争吵后，罗丝玛莉并没有说服盖斯特，于是罗丝玛莉叫来了派克，说明了一切，派克将盖斯特带上楼，去了办公室。此时珍珠、奥斯卡都来了，还有店堂里其他读者，罗丝玛莉将书稿交给了奥斯卡。然而，当奥斯卡打开包裹，惊讶地发现里面的书稿竟是一沓厚厚的白纸。

一场骗局。

楼上的争执越发激烈，奥斯卡也参与其中。原本就已经脆弱松动的楼梯，在相互的推撞中，致使栏杆断裂，盖斯特从楼梯上跌落，意外身亡。一包所谓书稿的白纸也散落开，从楼上纷纷飘落而下。

此后，拱廊书店的一切都发生了改变。奥斯卡从此消失。珍珠动手术选择了离开。米契尔住进了医院。派克对这种事情的发生感到了悔恨，但没有流露出自己的情绪。盖斯特的死，被警方认定为一次意外。

在拱廊书店工作了10个月的罗丝玛莉接受了一家出版社的邀请，得到了一个助理的职位。

终于，罗丝玛莉打开了离开塔斯马尼亚岛时查普送给自己的，一直舍不得打开的礼物。原来是一本有着精巧皮革封面的《暴风雨》[3]，这是查普最喜欢的一本书。查普在书籍赠言上这样写着：“我会想念着你，你将享有自由。”

“身外之物回首凝视我本所在”是罗丝玛莉在书店读到的一本诗集中的一句话，原先并不能完全理解的这句话，此刻，对罗丝玛莉来说，有了切身的体验。

书人小传

雪瑞登·海伊（Sheridan Hay），书店工作者，并在家乡澳大利亚和纽约之间从事出版业。拥有班宁顿学院写作与文学的艺术硕士学位。著有短篇故事，并在帕森设计学院教授写作。现居纽约。《书中谜》，台北：时报文化出版企业股份有限公司2008年9月第一版，陈重仁译。

---

①赫尔曼·梅尔维尔（Herman Melville，1819—1891），美国小说家、散文家和诗人。家族曾是苏格兰望族，后移民美国。梅尔维尔在少年时代时，由于家境转坏，15岁便离开了学校，从事过农夫、职员、小学教师等职业。1837年乘帆船出海，1841年成为捕鲸水手，航行远达南太平洋。1843年服役于“美国号”军舰。1844年定居马萨诸塞州，后从事小说写作。1846年发表《泰皮》，后结识霍桑，并阅读霍桑的小说《红字》。1849年出版《雷得本》，1851年出版《白鲸记》（又译《白鲸》）。《白鲸记》日后被认为是美国最伟大的小说之一，被誉为“美国想象力的最辉煌的表达”，“美国现代长篇小说无可争辩的祖先”。梅尔维尔的作品反映了现实与理想之间的矛盾，体

现了他特有的瑰奇的风格，一种迫人思考、扣人心弦的力量。哈罗德·布鲁姆评论说：“《白鲸》是美国崇高性的小说范式，也是某种高度或深度成就的小说范式——不管是高度或深度，都是一种深刻。”1866年梅尔维尔在纽约任海关检查员，晚年转而写诗，主要有：《战事集》《约翰·玛尔和其他水手》和诗集《梯摩里昂》等。梅尔维尔生前默默无闻，1891年9月28日，穷困潦倒地逝世于纽约。《白鲸记》出版70年后，梅尔维尔才暴得大名。

②纳桑尼尔·霍桑（Nathaniel Hawthorne，1804—1864），堪称美国19世纪影响最大的浪漫主义小说家和心理小说家。其作品风格受新英格兰清教主义传统影响很深，渗透着加尔文教派“人性本质”和“原罪”的观念。霍桑的写作在艺术上独具一格，擅长心理描写，自称为“心理罗曼史”。他潜心挖掘隐藏在事物背后的不易觉察的意义，作品想象丰富，结构严谨。1850年他最重要的长篇小说《红字》出版，并获得巨大成功。

③《暴风雨》（*The Tempest*），威廉·莎士比亚的喜剧作品，创作于1610年至1611年间。被认为是莎士比亚最后一部独自完成的戏剧。

后　记

尽管方兴未艾的“电子书”大有对印刷书呈“剿灭”之势，但依然有不少志存高远的业界人士在为“出好书”而努力，书人书话书籍出版的“逆风飞扬”便是一种鼓舞。

我不敢以藏书家自居，从个人偏好角度，却也陆续收集、购买到了“书之书”这类话题的书籍二百余册，构建了一个小小规模的收藏。用约翰·伯顿的话说，这是一种“欲得书而后快的秉性”。于是一边阅读一边记笔记，再从喜爱的文学作品中汲取“养分”，从而勾勒了经典重温意味的《读来读往》主题框架。

《读来读往》关注的对象侧重于国外作品的中文译作，也包括一些港台版本。这种选择，完全是出于主题结构的完整性考虑，并无排斥其他同类作品之意。全书文章的组织，考虑到大陆、港台及译者在译名理解上形成的差异，为方便大陆读者的阅读习惯，我按照《中国大百科全书》或权威版本、网络称谓的共识对人名或专有名词进行了统一，同时尽量标注原文。书籍的搜集或购买过程本应厚积薄发，但做到并不易。除近年出版的新品，许多老版本仍然仰仗不少出版社或书店的朋友的帮助，比如曼谷埃尔的《阅读史》、《阅读日记》和绥青的《为书籍的一生》，再比如台北版本《书店魂——日本第一家个性化书店Libro的今与昔》和《书中谜》。还有，像《莎士比亚书店》和《真的不用读完一本书》等书则是我本人在香港书展或香港、内地的一些旧书店淘来。写作与选材，我的专注点在于谈人说书，因此对原著的故事情节可能有所弱化，这是一种两难选择。阅读、写作与整理这些文章，先后花费了我近两年的时间，这是日复一日挑灯熬夜的结果。读来又读往，谦恭而静谧。虽然辛苦，但乐在其中。

《阿尔班·米歇尔—— 一个出版人的传奇》和《加斯东·伽利玛——半个世纪的法国出版史》两书由于作者介绍缺失，于是海天出版社的蒋鸿雁帮我联系到了译者胡小跃，胡先生提供了独家资料。读书笔记每篇写完后，我尝试将其发表于新浪网博客之中，无意之举却得到了《深圳书城》杂志执行主编王娅莉和编辑张群的关注，杂志选刊了其中一部分。

《读来读往》不是一本一般意义上的读书笔记，做的是书籍发展史的“填充题”，或者说，是我在这个行业从业多年后一种内心情结的袒露。虽然仅此仍然不能使书籍发展的脉络更加清晰，我想做的，是尽力让它变得鲜活一些。目前出版业面临着重大转型，印刷书也步履维艰，我欣赏《阅读的未来》中“改变的是形式，不变的是阅读”这句话，我希望形式多元化后，未来阅读的内涵将更加丰富。

感谢大家包括读者对我的帮助，不到之处，恳请指正。

孙重人

2011年6月7日